NICOLE FOSTER

La brûlure d'un secret

*éditions*Harlequin

Titre original : THE TEXAS CEO'S SECRET

Traduction française de NATALIA DELYS

Photos de couverture
Couple : © ROYALTY FREE / MASTERFILE
Réalisation graphique : M. GOUAZÉ

83-85, boulevard Vincent-Auriol 75646 PARIS CEDEX 13.
Service Lectrices — Tél. : 01 45 82 47 47
www.harlequin.fr
ISBN 978-2-2802-2324-9 — ISSN 1950-2761

- 1 -

C'était une nuit pour les amoureux. Une nuit lourde et voluptueuse, au clair de lune argenté, dont la quiétude invitait à l'intimité et à la séduction…

Katerina Whitcomb-Salgar soupira intérieurement.

Hélas ! l'homme à côté d'elle dans la voiture n'était pas celui qu'elle avait été sur le point d'épouser. Elle avait laissé celui-là avec une autre femme à son bras, de la même façon qu'elle avait renoncé à toutes ses certitudes, et d'abord à celle de devenir un jour Mme Tate McCord.

Elle se demandait comment les gens qu'ils avaient quittés avaient interprété le fait qu'elle parte avec le frère aîné de Tate… D'ailleurs, elle s'interrogeait aussi fortement sur ce qui l'avait poussée à accepter l'invitation de Blake de la raccompagner jusque chez elle.

Elle lança un regard en coin vers lui et étudia à la dérobée son profil à la lumière syncopée des phares de voitures et des lampadaires.

Blake McCord partageait la blondeur et l'harmonie de traits de Tate, mais il avait une personnalité très différente de celle de son frère, presque opposée. L'arrogance transparaissait clairement sur son visage, ainsi qu'une détermination sans faille — deux traits de caractère qui le définissaient parfaitement.

Rien chez lui n'aurait dû lui paraître séduisant… Et pourtant, à présent qu'elle se retrouvait seule avec lui, elle développait une conscience aiguë de l'atmosphère électrique et déstabilisante restée jusqu'ici larvée entre eux.

— Tu es bien calme, Katie, fit-il remarquer d'une voix grave qui ne véhiculait rien d'autre qu'une prévenance polie.

— Je suis désolée… La soirée a été longue.

Elle avait été tentée de ne pas sortir ce soir. Elle avait envisagé de s'excuser et de ne pas assister à la somptueuse soirée donnée par les McCord à l'occasion du Labor Day dans leur propriété de Dallas. Elle ne doutait pas qu'elle serait l'objet d'intenses spéculations après la nouvelle de la rupture de ses fiançailles avec Tate. Néanmoins, se dérober lui avait semblé lâche. Aussi avait-elle enfilé une petite robe noire, arboré son plus beau sourire, et s'était-elle présentée seule à la soirée…

En fait, elle n'était pas restée seule bien longtemps. Curieusement, Blake avait passé une grande partie de la soirée à ses côtés, se montrant très attentif, presque protecteur. Puis il l'avait entraînée à l'écart afin d'entendre sa version de sa rupture avec Tate et de s'enquérir de la façon dont elle prenait tout ça. C'était alors qu'il lui avait proposé de la raccompagner chez elle.

Il lui jeta un bref coup d'œil.

— Tu n'as pas à t'excuser. Ça n'a pas dû être évident pour toi de voir Tate en galante compagnie.

— Certes, mais pas pour les raisons que tu crois, répondit-elle avec sincérité. Ce qui est difficile, c'est de devoir expliquer à tout le monde le pourquoi de notre rupture.

— Il t'a fait du mal…

— Je t'ai déjà expliqué tout à l'heure que ce n'est pas le cas, le coupa-t-elle. Un mariage entre Tate et moi n'aurait jamais marché. Nous l'avions compris depuis un petit moment déjà. Je tiens à Tate, et il en sera toujours ainsi. Cela dit, il n'y avait pas de… De passion entre nous.

Elle ne voyait pas comment lui expliquer les choses plus clairement. Blake McCord n'était pas un homme qui suscitait les confidences. Contrairement à Tate, en qui elle lisait comme dans un livre ouvert, elle ne savait jamais vraiment ce que Blake pensait, quelles émotions se cachaient derrière la façade froide et distante qu'il présentait au monde. Et puis, le fait qu'il était le frère de Tate rendait la conversation plutôt étrange.

— Vous étiez amants.

Elle se sentit rougir et fut heureuse que l'obscurité dissimule son inconfort.

— Cela n'a rien à voir ! Nous n'avons jamais ressenti un besoin fou d'être ensemble, il n'y a jamais rien eu d'irrésistible entre nous.

— J'ai l'impression de l'entendre parler, marmonna Blake entre ses dents serrées.

— Tu parais déterminé à lui faire porter le chapeau, mais il s'agit d'une décision commune, crois-moi. Je me sens juste un peu perdue. Tate et moi sommes restés ensemble si longtemps !

Elle n'attendait pas de Blake qu'il la comprenne. Depuis qu'elle le connaissait, elle l'avait toujours vu en compagnie de femmes qu'il ne semblait pas considérer autrement que comme d'élégants accessoires. Des femmes séduisantes et bien habillées qui l'accompagnaient dans les soirées et finissaient dans son lit — du moins le supposait-elle. Comment pourrait-il comprendre l'attachement de longue durée qu'elle avait eu pour Tate, attachement cultivé depuis leur enfance par leurs deux familles ?

— Peut-être est-ce une décision commune, mais selon moi, Tate ne t'a pas traitée correctement, persista-t-il. Il ne t'a jamais témoigné la considération que tu méritais pendant toutes ces années où vous avez été ensemble. Il n'a pas su t'apprécier à ta juste valeur.

La colère qui perçait dans sa voix la prit au dépourvu. Jamais elle ne se serait imaginé que Blake prendrait ainsi sa défense ! Elle avait même l'impression que ce n'était pas la première fois qu'il exposait cette opinion à haute voix. En avait-il fait part à Tate ?

La conversation se poursuivit le long du trajet restant, jusqu'à la porte de la propriété des Salgar.

Un vague malaise s'empara d'elle tandis qu'elle cherchait les mots pour prendre congé et libérer son ex-futur beau-frère de toute obligation envers elle.

— Merci de m'avoir ramenée, lui dit-elle enfin. C'était gentil de ta part.

Blake la regarda bizarrement, avec une expression indéchiffrable.

— C'était loin d'être une corvée, répondit-il.

— Eh bien, merci tout de même, conclut-elle. Bonne nuit, Blake.

Elle s'attendait à ce qu'il lui retourne son bonsoir, mais il n'en fit rien. Au lieu de cela, il leva la main et lui effleura la joue du bout des doigts.

Ce contact inattendu coupa le souffle à Katie.

— Blake…

Il ne lui avait jamais traversé l'esprit que Blake McCord puisse un jour la toucher ainsi, et encore moins qu'il aille plus loin. Et pourtant, lorsqu'il le fit, elle ne put trouver la moindre raison de le repousser. En fait, elle n'était plus du tout en mesure de penser.

Fascinée par l'intensité de son regard, elle le laissa se rapprocher lentement jusqu'à ce que leurs corps s'effleurent, se pencher vers elle et lui frôler imperceptiblement les lèvres des siennes.

Par ce simple geste, elle eut un aperçu de la saveur du vin qu'il avait dégusté, du parfum de son eau de Cologne et de la chaleur que son corps irradiait. Elle goûta ses lèvres à son tour, testant cette sensation nouvelle de la bouche de Blake sur la sienne, aussi troublante qu'un véritable baiser.

Au bout de plusieurs secondes, Blake mit fin à ce contact et l'observa, comme s'il guettait sa réaction. Ce qu'il vit l'encouragea manifestement, car il glissa la main dans sa chevelure et, inclinant la tête, attira son visage vers le sien.

S'il s'était montré passionné, elle aurait trouvé plus aisé de lui résister. Mais ce baiser lent et sensuel, qui recelait une tendresse dont elle ne le savait pas capable, la fit littéralement fondre entre ses bras. Une poussée de désir se manifesta en elle, avec une intensité qu'elle n'avait jamais connue dans les bras de Tate.

Voyons, c'était impossible ! Il s'agissait du frère de son ex-fiancé !

Pourtant, elle s'en fichait comme d'une guigne. Elle lui rendit son baiser, s'agrippant à ses épaules tandis que la main libre de Blake progressait vers le bas de son dos et la collait contre lui.

Elle se serait sans nul doute laissée aller au désir d'expérimenter plus d'intimité que quelques baisers, mais Blake ne lui en laissa pas l'opportunité. Il mit fin à leur étreinte avec brusquerie. En découvrant son regard sidéré, elle comprit qu'il était aussi surpris qu'elle de sa propre ardeur.

Il leva la main comme pour la toucher de nouveau, avant de la laisser retomber.

— Bonne nuit, Katie, dit-il doucement en s'éloignant.

Elle resta sur le seuil de sa porte, haletante, luttant contre l'envie de le supplier de revenir.

— Katie ?

Des doigts fins s'agitaient devant le visage de Katie, la ramenant à l'instant présent.

Tessa Lansing, son assistante, se tenait devant son bureau, des dossiers plein les bras et un sourire ironique au coin des lèvres.

— J'ai les informations que tu m'avais demandées sur les demandes de subventions, mais on dirait que tu te trouves dans des contrées bien plus intéressantes qu'ici. Je ne sais pas de qui il s'agit, mais il doit être diablement séduisant !

— Je rêvassais..., répondit vivement Katie, certaine que son visage était aussi rouge que les boucles de Tessa.

— Je vois ça. Et l'expression de ton visage me pousse à te demander à qui.

Venant de n'importe qui d'autre, cette curiosité brute à l'égard de sa vie personnelle l'aurait agacée. Cependant, Tessa était une amie. Toutes deux travaillaient ensemble depuis huit ans, Tessa la secondant activement dans son rôle d'administratrice de la fondation Salgar. Il n'y avait donc pas grand-chose dans sa vie qui lui échappait.

— A personne en particulier, prétendit-elle.

Tessa la jaugea par-dessus ses verres de lunettes.

— Je ne t'ai pourtant jamais vue comme ça, même quand tu pensais à Tate !

Devant son froncement de sourcils, elle se reprit rapidement :

— Oh ! excuse-moi ! Cela doit être encore douloureux…

— Oh ! assez ! J'en ai marre que tout le monde ait l'air de supposer que Tate m'a laissée tomber pour Tanya Kimbrough ou bien que je l'ai quitté parce qu'il me traitait mal et que, dans un cas comme dans l'autre, je suis dévastée !

— Je vois, fit Tessa avec un sourire machiavélique. Ce que tu essaies de me dire, c'est que tu l'as laissé tomber pour le type qui te rend si rêveuse ?

— Pas du tout, rétorqua Katie, et je n'étais pas rêveuse ! Fais-moi voir ça…

Désireuse de changer de sujet, elle prit d'autorité les documents des mains de Tessa.

Cela dit, le type en question — à savoir Blake McCord — n'était pas aisé à chasser de ses pensées. Près d'une semaine s'était écoulée depuis ce baiser qui n'aurait jamais dû se produire, et elle n'arrivait pas à l'oublier. Pas plus qu'elle ne parvenait à étouffer ce désir indéfinissable qu'il avait éveillé en elle.

Si cela avait été possible, elle aurait évité Blake jusqu'à ce qu'elle ait remis un peu d'ordre dans ses émotions. Mais voilà, lui et elle étaient les principaux organisateurs du bal annuel donné en l'honneur de l'hôpital pédiatrique de Dallas ! A ce stade de la préparation, elle ne pouvait pas se permettre de limiter ses contacts avec lui sans mettre sérieusement en jeu la réussite de l'événement. D'ailleurs, ils devaient se retrouver dans quelques heures pour la réunion du conseil d'administration de l'hôpital.

Elle ne savait pas à quoi s'attendre de la part de Blake… Ni de la sienne. Se comporterait-il comme si rien ne s'était passé, ou chercherait-il à clore le sujet en qualifiant ce baiser de moment d'égarement ?

Incertaine de sa propre réaction, elle ignorait laquelle des deux alternatives la déstabiliserait le plus.

Les yeux rivés à l'écran de son BlackBerry, Blake McCord étudiait son agenda électronique.

Cependant, il n'y voyait pas tant ses rendez-vous du jour impeccablement planifiés que le désastre à venir.

Le temps était compté ! S'il ne menait pas à bien ce plan risqué qu'il avait conçu pour sauver McCord Jewelers, il ne resterait pas grand-chose de la fortune familiale.

Sa détermination était indiscutable, mais il craignait que toute l'affaire ne lui éclate à la figure et que tout cela ne mène à une situation encore plus désastreuse. Cela dit, chercher d'autres options n'était plus envisageable. Il s'était engagé à mener cette entreprise à son terme en dépit des risques. Il ne reviendrait donc pas en arrière.

— Cela devient une fâcheuse habitude chez toi…

Assise en bout de table, sa mère fronçait les sourcils en le toisant.

— Je ne vois pas pourquoi tu te donnes la peine de partager ma table, précisa Eleanor McCord, car il est évident que ton travail accapare toute ton attention.

— Je suis désolé, s'excusa-t-il d'un ton bref en posant le BlackBerry à côté de son assiette, le temps de terminer son café. Je suis en train de démêler pas mal de choses…

Ce matin tout particulièrement, il aurait dû éviter ce petit déjeuner en tête à tête avec sa mère et rester au calme dans son bureau. Il avait suffisamment d'ennuis en tête en ce moment pour ne pas y ajouter des querelles familiales.

Eleanor ne répondit pas tout de suite mais l'étudia attentivement.

— Tu ne partages jamais tes responsabilités, observa-t-elle au bout d'un moment.

— Parce qu'il s'agit de *mes* responsabilités, répliqua-t-il. Et puis, ce n'est pas comme si quelqu'un m'avait supplié de le faire…

— Peut-être, mais quoi qu'il en soit, je suis préoccupée par les conséquences de cette dernière crise sur toi. Je ne crois pas t'avoir déjà vu aussi irritable et distant que ces dernières semaines. J'en déduis que la situation est pire que tu ne veux bien l'admettre. A moins qu'il y ait autre chose…

— Il n'y a rien qui doive t'inquiéter.

Le mensonge était sorti assez facilement.

— Mais je me fais du souci pour toi, insista Eleanor.

— Ce serait bien la première fois, rétorqua-t-il.

Il regretta aussitôt ces dernières paroles.

Dans d'autres circonstances, il n'aurait pas laissé ses sentiments s'exprimer, mais ses relations avec sa mère étaient plus tendues que jamais depuis qu'Eleanor avait révélé avoir eu une liaison, vingt-deux ans plus tôt avec Rex Foley, le patriarche du clan rival du leur. Liaison qui avait donné naissance à Charlie, le plus jeune de ses frères. Le fait que Devon Mc Cord, son père, n'ait jamais su que Charlie n'était pas son fils avait rendu d'autant plus délicate la confession qu'Eleanor leur avait faite à eux, ses quatre autres enfants, après la mort de son mari.

Il devait l'admettre, la trahison de sa mère, ajoutée à la conscience que la survie de l'affaire familiale reposait sur ses seules épaules, le rendait passablement nerveux ces derniers temps. Cela se ressentait en particulier dans ses relations avec les membres de sa famille. Eleanor et lui n'avaient jamais été proches, mais cette révélation avait rendu les choses plus fragiles encore entre eux.

Comme il détestait par-dessus tout cette incapacité à contrôler ses émotions, il fit un effort pour se ressaisir.

— Tout va bien, ou tout au moins ira bien d'ici peu, affirma-t-il. J'ai juste besoin de quelques semaines supplémentaires pour remettre les choses d'aplomb.

Les sourcils haussés d'Eleanor révélèrent son scepticisme.

— Je ne suis pas stupide, Blake. Je sais qu'il y a des problèmes. Les dépenses faramineuses de ton père ne sont un secret pour personne. J'ai souvent du mal à comprendre qu'il ait pu dépenser de telles sommes d'argent en si peu de temps. Cela nous a été très préjudiciable, et avec l'état actuel du marché de détail, j'imagine que McCord accuse le coup.

— Si problèmes il y a, je m'en charge, persista-t-il, ignorant délibérément la critique envers son père.

Pourtant, il savait mieux que quiconque combien de millions Devon avait dilapidés pour maintenir le style de vie somptuaire auquel il s'estimait en droit de prétendre !

— Blake…

— Je dois y aller, annonça-t-il en se levant. J'ai

un emploi du temps chargé et une réunion du conseil d'administration de l'hôpital tout à l'heure.

— Katie sera-t-elle présente ? s'enquit Eleanor.

A la mention de l'ancienne fiancée de son frère, il se réfugia encore davantage derrière son armure d'indifférence.

— J'imagine que oui… Elle est membre du conseil.

— Vous travaillez ensemble pour organiser le bal de Halloween, n'est-ce pas ?

Comme il acquiesçait, Eleanor l'étudia quelques instants en silence, avant de laisser échapper un petit soupir.

— Quel dommage que Tate et Katie n'aient pas pu sauver leur relation ! déclara-t-elle. Ils allaient tellement bien ensemble ! Enfin, Tate et Tanya ont l'air très heureux tous les deux, alors j'imagine que c'est pour le mieux. Je m'interroge cependant au sujet de Katie. A-t-elle bien accepté leur rupture ? Ce doit être pénible pour elle de voir Tate aussi vite en compagnie d'une autre femme.

Blake le devinait sans peine, sa mère concevait des réserves sur la solidité de la relation entre son cadet et Tanya Kimbrough, la fille de leur gouvernante. Car quelques semaines à peine s'étaient écoulées entre le moment où Tate avait rompu ses fiançailles avec Katie et celui où il avait décrété que Tanya était l'amour de sa vie.

Blake avait des doutes lui aussi, mais il préférait les garder pour lui. Il ne souhaitait pas encourager chez sa mère un quelconque espoir que Tate et Katie renouent.

— Katie semble aller bien, fit-il avec désinvolture.

Quelques minutes plus tard, sur le chemin de son bureau, il songea qu'il aurait été préférable que sa mère ne fasse pas allusion à l'ex de son frère. Il devait focaliser son attention sur les affaires et n'avait pas besoin de distraction de ce genre. Car il se trouvait qu'il pensait beaucoup trop souvent à la seule femme qui n'aurait jamais dû hanter son esprit !

Depuis des mois maintenant — avant même la rupture de Katie avec Tate ! —, il se surprenait de plus en plus souvent à penser à elle, à la regarder, à chercher des raisons d'engager la conversation avec elle. Et le soir du Labor Day… Le souvenir de leur baiser était encore très vif, malgré ses tentatives pour l'exorciser et considérer cela comme une simple impulsion de sa part.

Sa proposition de déposer Katie chez elle n'était ni plus ni moins qu'un geste amical destiné à dissiper le malaise qu'elle avait dû éprouver à se retrouver l'objet de toutes les spéculations. Un geste amical, certes… Jusqu'au moment où il l'avait touchée puis embrassée, les doigts enfouis dans ses boucles brunes, son corps pressé contre ses courbes moelleuses.

Il savait qu'il était allé trop loin. Mais, bon sang, cela avait été tellement bon qu'il n'avait pu s'arrêter !

Auparavant, quand Katie était la petite amie de Tate puis sa fiancée, elle était pour lui hors d'atteinte. Mais aujourd'hui, bien qu'elle ne soit plus promise à son frère, il ne se sentait toujours pas le droit de la convoiter. La rupture avec Tate l'avait certainement rendue vulnérable, et il ne devait pas profiter de sa faiblesse pour satisfaire ses propres désirs. Elle avait besoin de quelqu'un qui pourrait la chérir et s'engager dans une relation durable. A cet égard, il n'était définitivement pas l'homme qu'il lui fallait !

Malgré tout, il se sentait incapable de contrôler

ses sentiments envers Katie, et ce défaut de maîtrise l'irritait au plus haut point.

Raison de plus pour agir de façon strictement professionnelle au conseil d'administration. Et il espérait bien que Katie ferait-elle de même. Oui, ils pouvaient parfaitement faire fi de ce qu'il s'était passé et redevenir des amis travaillant ensemble pour atteindre un objectif commun !

En tout cas, c'était ce dont il tentait de se convaincre en cheminant vers la salle du conseil d'administration.

Pourtant, quand il se rendit compte que Katie ne se trouvait pas dans le groupe de personnes attendant à l'intérieur, ce fut de la déception qu'il ressentit.

Il était un fichu menteur quand il prétendait pouvoir oublier…

- 2 -

Blake remonta la manche de sa chemise pour la troisième fois en dix minutes et consulta sa montre.

Où était-elle ? songea-t-il en son for intérieur. Allait-elle manquer le conseil d'administration afin de l'éviter ?

Bon sang, ce n'était qu'un baiser !

Oui, mais si ce n'était que ça, pourquoi était-il tout retourné au simple souvenir de ses lèvres consentantes ? Pourquoi ses doigts brûlaient-ils de caresser ses cheveux et ses sens réclamaient-ils son parfum fleuri ?

— Excusez-moi de vous avoir fait attendre.

La voix mélodieuse de Katie lui fit relever les yeux.

Elle se tenait en face de lui, de l'autre côté de la massive table qui occupait le centre de la salle du conseil.

Leurs regards se soutinrent un bon moment. Ce fut Katie qui, la première, détourna les yeux.

— J'ai eu un contretemps de dernière minute, expliqua-t-elle en lissant sa jupe noire contre ses cuisses minces, avant de s'asseoir à l'opposé de lui.

Elle avait une allure parfaite, comme à son habitude. Le turquoise de son chemisier de soie faisait ressortir ses yeux sombres et sa chevelure de jais. La courbe sensuelle de ses lèvres quand elle parlait retenait l'attention de tous les hommes dans la pièce — constat qui le rendit à la fois fier et jaloux… Même s'il se rendait bien compte que le fait d'avoir embrassé ces lèvres une fois ne lui donnait pas le droit de l'être.

Installé en bout de table, le président déclara la séance ouverte et annonça l'ordre du jour.

Blake renonça bien vite à l'écouter, incapable qu'il était de se concentrer sur autre chose que la beauté silencieuse qui lui faisait face.

— Blake, vous vous chargez des tableaux pour la vente aux enchères, n'est-ce pas ? Blake… Etes-vous avec nous ?

Katie le fixa avec des yeux ronds.

— Blake, murmura-t-elle, Evan te parle.

Blake se tourna brusquement vers l'homme qui présidait.

— Bien sûr, oui, je m'en occuperai. Ne vous ai-je pas dit il y a un mois que je le ferais ? fit-il remarquer d'un ton bref.

— Parfait. Désolé, je croyais que vous n'écoutiez pas.

Evan Rutherford avait répliqué sur un ton guère plus aimable.

Blake s'adressa alors à Katie.

— Ta famille et toi connaissez les Kennington mieux que moi. Peut-être se montreront-ils plus généreux si tu m'accompagnes lorsque j'irai leur parler.

Katie cilla plusieurs fois.

— Je… Bien sûr ! Je serai heureuse de leur rendre visite avec toi. Je connais bien leur collection, en effet.

— Merci.

Il l'avait mise mal à l'aise en public, et elle avait réagi promptement, avec sa grâce habituelle. Cependant, le regard qu'elle lui adressa lui laissa savoir qu'il en entendrait parler.

— Très bien, intervint Evan avec son habituelle condescendance. Je vous fais confiance pour obtenir quelques belles pièces pour la vente. En ce qui concerne les autres donations…

De nouveau, Blake décrocha.

D'une simple pression sur son écran de BlackBerry, il pouvait appeler ses contacts à travers le pays et réunir d'importantes œuvres d'art, en plus des tableaux des Kennington. Il n'avait pas besoin de Rutherford pour lui dire comment s'y prendre. Ce dont il avait besoin, en revanche, c'était de passer un peu de temps seul avec Katie. Après avoir passé tant de temps à se demander ce qu'elle avait en tête depuis cette nuit où ils s'étaient embrassés, le fait de la revoir intensifiait son désir de savoir.

Au diable, cette réunion ! Elle allait sûrement s'éterniser, comme d'habitude. Pourtant, ils avaient tous organisé des dizaines de manifestations de charité ! Pourquoi gaspillaient-ils le temps sur des détails alors qu'il aurait pu l'utiliser de façon éminemment plus productive ? Il devait absolument retourner au bureau.

Décidant de prendre le contrôle de la situation, il fit un signe à Evan.

— Est-ce que nous en avons bientôt fini ? s'enquit-il. J'ai une autre réunion…

Rutherford s'éclaircit bruyamment la gorge.

— Euh, eh bien…

— Bien.

Blake se leva et se tourna vers Katie.

— Puis-je te dire un mot, s'il te plaît ?

De nouveau, Katie s'appliqua à ne rien montrer. Lui seul décela dans ses yeux un soupçon d'agitation.

— Certainement, dit-elle. Veuillez m'excuser un

court instant. De toute évidence, Blake est très pressé, comme toujours !

Il la suivit dans le hall d'entrée de l'administration de l'hôpital. Dès qu'il eut refermé la porte derrière eux, Katie posa les poings sur la courbe de ses hanches et le fixa, les sourcils froncés.

— Si tu n'étais pas un McCord, Evan t'aurait déjà viré du conseil ! s'exclama-t-elle. Il déteste qu'on l'interrompe ou qu'on fasse fi de son autorité.

— Evan peut aller au diable, marmonna Blake.

— Eh bien, tu me sembles de bien mauvaise humeur aujourd'hui…

— Il parait. Y a-t-il une raison valable pour que tu m'évites ?

Katie détourna le regard et laissa glisser ses mains sur les plis de sa jupe.

— Je ne t'évite pas.

— Alors, comment expliques-tu que je n'aie pas entendu parler de toi depuis la fête du Labor Day ? Ne sommes-nous pas censés travailler ensemble pour cette collecte de fonds ?

— Cela ne signifie pas que nous devons être en contact permanent…

— Es-tu contrariée que je t'aie embrassée ? demanda-t-il brutalement.

Les yeux de Katie étincelèrent, et ses lèvres s'entrouvrirent pour laisser échapper un rire forcé.

— Quoi ? Oh ! ça ? Blake, vraiment, je ne suis plus une collégienne ! C'était un simple baiser pour se dire au revoir, rien de plus. Nous le savons tous les deux.

Il plissa les yeux.

— Tu mens.

— Ne sois pas si présomptueux.

— Je ne le suis pas. Je te connais depuis le collège, tu te souviens ?

Katie perdit de sa superbe. Elle poussa un profond soupir.

— Non, je ne suis pas contrariée, dit-elle doucement. C'était… Je ne sais pas… Sympa.

— Sympa ?

Comme elle acquiesçait, Blake prit un air renfrogné.

— Jamais on ne m'a dit ça !

— Ecoute, je suis navrée si cela ne flatte pas ton ego, mais je pense que celui-ci survivra sans que j'aie besoin de le caresser.

Il fit un pas en avant.

— Tu le crois vraiment ?

— Je doute que mon opinion sur toi t'importe, fit-elle d'un ton neutre.

Néanmoins, son souffle s'était accéléré et ses joues étaient écarlates.

— Si, murmura-t-il en lui caressant la joue de ses doigts, cela m'importe. Beaucoup, même.

Elle le fixait avec un mélange d'émotions dans lesquelles il se sentait prêt à plonger, quand l'alarme de son BlackBerry retentit, rompant le charme.

— Tu ferais mieux d'y aller, sinon tu vas rater ta réunion, déclara Katie après avoir sursauté.

— Je t'appelle plus tard pour la visite chez les Kennington, marmonna-t-il, frustré.

— Il n'y a pas d'urgence…

— Laisse ton téléphone allumé, lui enjoignit-il.

Puis il s'éloigna à grands pas, irrité de l'ascendant que Katie avait pris sur lui et bien déterminé à faire en sorte de remporter le prochain round contre mademoiselle la reine du sang-froid.

*
* *

Lorsque Blake McCord eut disparu au coin du couloir, Katie laissa échapper un soupir et s'appuya contre le mur.

A en juger par la réaction de son ex-futur beau-frère, elle avait réussi à dissimuler le trouble que son baiser avait fait naître en elle. Alors, pourquoi ne ressentait-elle pas plus de satisfaction de lui avoir laissé croire que ce baiser n'avait aucune signification pour elle ?

Elle jeta un coup d'œil à sa montre.

Elle serait bien retournée à son bureau elle aussi, mais elle avait dit aux autres membres du conseil qu'elle les rejoindrait.

A contrecœur, elle pénétra dans la salle et affronta bravement la dizaine de paires d'yeux curieux qui se tournèrent vers elle.

— Alors, persifla Tate lorsque Blake vint le retrouver dans la bibliothèque paternelle, on m'a raconté que tu avais quitté le conseil d'administration en pleine réunion et que tu avais agacé tout le monde, et en particulier Evan ?

Blake se servit un verre de whisky.

— Si notre société fonctionnait aussi activement que les langues de vipères de cette assemblée, elle prospérerait au lieu de couler !

Tate fronça les sourcils.

— Pas d'évolution de ce côté-là, alors ?

— Tout ce que je peux dire, c'est que la campagne de relations-presse a intérêt à faire des miracles. Et si Paige ne met pas la main sur le diamant de Santa Magdalena, nous sommes fichus !

Blake comptait sur leur jeune sœur, géologue et gemmologue de son état, pour localiser le célèbre diamant jaune et contribuer ainsi à renflouer la fortune des McCord. Ce diamant était censé se trouver dans une mine abandonnée du ranch de Travis Foley, ce qui rendait la tâche plus ardue encore. Car même si les McCord détenaient l'acte de propriété de ce ranch, il y avait fort à parier que les Foley feraient le nécessaire pour saboter ce projet dès qu'ils en auraient vent.

Il n'aimait guère devoir se reposer entièrement sur Paige, mais il s'agissait d'un élément de son plan qu'il ne pouvait pas mettre en œuvre lui-même.

Il avala son whisky cul sec.

Le liquide lui brûla la gorge, mais cette douleur fut la bienvenue pour le détourner de celle qu'il ressentait dans la tête.

— Paige est-elle dans le coin ? s'enquit-il.

— Je ne l'ai pas encore vue ce soir, répondit Tate en faisant tourner les glaçons dans son propre verre. Alors, qu'est ce que c'est que cette histoire, toi et Katie chuchotant dans le hall de l'hôpital ?

Blake se redressa un peu brusquement.

— Qu'est-ce que ça peut bien te faire ? Tu as rompu avec elle.

— Ce n'est pas vrai, et tu le sais. C'était une décision commune, et c'est Katie qui l'a proposée. Elle est libre de discuter avec qui elle veut, bien entendu, mais comprends-moi. Cela peut paraître étrange à certains que mon frère interrompe une réunion pour traîner mon ex hors de la salle et avoir un petit tête-à-tête avec elle.

— C'est ridicule, marmonna Blake. Qui t'a raconté ça ?

Bien qu'il eût préféré marcher sur des charbons ardents que d'admettre qu'il s'intéressait à Katie, la vérité était qu'il ne pouvait la chasser de ses pensées, et il se sentait en partie responsable de la situation. Lorsqu'il l'avait revue aujourd'hui, sa première réaction avait été de se languir de goûter de nouveau la saveur de ses lèvres. Et la seconde, de l'emmener quelque part pour goûter bien plus que cela. Ce n'était qu'alors qu'il s'était mentalement interdit de concevoir d'autres fantasmes à l'égard de l'ancienne fiancée de son frère.

— Personne ne m'a rien dit directement, répondit Tate, mais Evan a appelé maman juste après la réunion, et apparemment il était très contrarié.

— Evan ferait mieux de s'occuper de ses affaires plutôt que de faire tout un fromage d'un petit rien. Je devais partir, mais avant, il fallait que je m'entretienne avec Katie au sujet des tableaux qu'elle doit m'aider à obtenir auprès des Kennington. Fin de l'histoire. D'ailleurs, cela ne te regarde pas non plus.

— Qu'est-ce qui ne le regarde pas ? s'enquit Paige en entrant d'un pas vif dans la bibliothèque.

Aussi belle et blonde que sa sœur jumelle Penny, à l'image de leur mère. Paige se percha sur le bras d'un fauteuil, les yeux pétillants de malice.

— Ne commence pas toi non plus, ronchonna Blake en se servant un autre verre. On ne peut donc jamais avoir un peu d'intimité, ici !

— Allez, dites-moi, quel est ce gros secret que Tate n'est pas censé connaître ? insista-t-elle.

Il éluda la question.

— J'avais justement besoin de te parler, dit-il à sa

sœur. J'ai de nouvelles informations sur la mine. Pas grand-chose, mais peut-être cela pourra-t-il t'aider.

— Vraiment ? fit Paige, l'air intéressé. De quoi s'agit-il ?

— Cela concerne la configuration intérieure et les passages. J'ai tous les détails au bureau. Passe demain, je te les montrerai.

— D'accord. Je dois m'en aller, de toute façon. J'ai prévu d'assister à une conférence au musée de gemmologie sur une perle noire chinoise extrêmement rare.

— Comme c'est palpitant ! s'exclama Tate d'un ton taquin.

— Pas moins que les gants chirurgicaux, le sang et les aiguilles, répliqua-t-elle, faisant référence au métier de Tate, qui était chirurgien au Meridien General Hospital.

— A voir.

Page leur fit un geste d'au revoir et quitta la pièce.

Lorsque Tate eut terminé son verre, il ouvrit son portable pour composer un numéro. Son visage se fendit peu après d'un large sourire.

— Eh, ma belle, es-tu prête ? Je suis sur le départ…

Il fit une pause et écouta, puis il pressa le bouton off après avoir susurré un « Je t'aime ».

— Comment va Tanya ? demanda Blake.

Bien qu'il ne puisse s'empêcher de reprocher à Tate le fait qu'il n'avait pas traité Katie à sa juste valeur, il était heureux que son frère semble avoir trouvé une véritable âme sœur en Tanya.

— Très bien, répondit Tate. Nous allons dîner avec des amis au nouveau bistrot en ville. Je dois y aller.

— Passe-lui le bonjour de ma part.

Apparemment, son frère semblait comblé par sa

nouvelle relation. Katie, en revanche, paraissait prendre les choses de façon moins sereine…

Zut ! il avait dit à cette dernière qu'il l'appellerait avant la fin de la soirée. Déjà vingt heures… Trop tard pour appeler ?

Probablement, mais il s'en fichait. Voir Katie ce soir serait comme un antidote à cette journée de stress, stress dont elle était sans le vouloir une des principales causes.

— Désolé, j'appelle un peu tard, dit-il quand la douce voix retentit dans le combiné.

— J'ai cru que tu avais oublié.

— Non, mais la journée a été longue. Que dirais-tu d'aller boire un verre ?

Il avait lancé l'invitation de façon désinvolte. Il patienta, espérant que la longue pause qui suivit sa proposition ne signifiait pas qu'il gaspillait son temps.

Katie étudia aussi posément que possible la proposition.

Tout l'après-midi, elle avait été obnubilée par des sentiments contradictoires ayant trait à Blake. La culpabilité d'être attirée par le frère de Tate, l'excitation que cette attirance puisse être réciproque…

— D'accord, ce sera sympa, dit-elle finalement, consciente de jouer avec le feu.

Elle avait utilisé sciemment le mot « sympa », par lequel elle avait déjà qualifié le baiser qu'il lui avait prodigué, quand bien même celui-ci avait été bien plus que simplement « sympa ».

— Il va falloir que je fasse quelque chose au sujet de ce côté « sympa » que tu me trouves, plaisanta-t-il. Au bout du compte, je crains que cela ne nuise à mon image.

Elle éclata de rire, et ils convinrent de se retrouver dans un club situé en centre-ville.

Aussitôt après avoir raccroché, elle passa à la hâte une robe de cocktail, enfila des chaussures à talons hauts et rafraîchit son maquillage.

Tout en soulignant ses lèvres avec un gloss rose, elle se fit la réflexion que jamais auparavant elle n'avait cherché à se faire belle pour Blake. Il n'était qu'un ami, après tout.

L'était-il toujours, en fait ?

Une vague d'incertitude l'assaillit, et elle imagina le fantôme de Tate à côté d'elle dans le miroir.

C'était ridicule ! s'agaça-t-elle en enfouissant son tube de rouge à lèvres dans son sac à main. Après tout, Tate et elle ne s'étaient-ils pas mis d'accord pour poursuivre leur vie chacun de leur côté ?

Vingt minutes plus tard, après avoir confié les clés de sa Jaguar au voiturier, elle pénétra dans le club.

Ses yeux eurent besoin de quelques secondes pour s'adapter à l'éclairage principalement constitué des bougies posées sur les tables revêtues de nappes noires.

Elle sentit alors une main se poser au bas de son dos.

— Tu es magnifique, fit une voix grave.

Le compliment — et la main — de Blake firent courir un frisson le long de son échine.

— Oh ! Tu m'as fait peur. Je ne t'avais pas vu.

— J'ai réservé une table, annonça-t-il en montrant un coin intime loin du bar.

— J'ai l'impression que tu as eu l'embarras du choix. Il n'y a pas grand monde, ce soir.

— Nous sommes en milieu de semaine, fit-il en haussant les épaules, en l'invitant à prendre place.

Comme elle s'asseyait, elle remarqua que Blake avait déjà commandé une bouteille de son bordeaux blanc favori.

Levant le verre avec un regard appréciateur, elle lui sourit.

— Tu me connais sur le bout des doigts, on dirait.

Blake s'assit à son tour. Il s'était changé lui aussi, troquant son costume de travail contre une veste plus décontractée.

— Ah ? J'avais pourtant l'impression que je commençais tout juste à bien te connaître…

Un brin fébrile, elle but une gorgée de vin pour apaiser ses nerfs.

— Vraiment ?

— Absolument. En fait, je suis impatient de travailler en étroite collaboration avec toi pour le bal de Halloween. J'ai l'impression que cela va me permettre de découvrir des facettes de ton caractère que je ne connais pas encore.

— Tu sais, je ne suis pas aussi complexe que tu sembles le croire. Je suis toujours la même vieille Katie que tu connais depuis des années.

— Il n'y a rien de vieux chez toi. D'ailleurs, je trouve injuste que tu portes ce genre de robe alors que nous sommes censés travailler, observa-t-il, appuyé nonchalamment contre le dossier de sa chaise. Comment suis-je censé avoir les idées claires avec une aussi belle femme en face de moi ?

— Depuis quand me couvres-tu de compliments ? s'étonna-t-elle. Garde-les donc pour les top models au bras desquels tu te pavanes !

— Elles n'ont pas besoin qu'on leur en fasse, répliqua Blake d'un ton blasé.

Quoi qu'il en soit, elle ne comprenait pas ce soudain changement en lui. Blake s'était toujours montré poli envers elle, et attentionné, mais jamais charmeur ou dragueur. Jamais non plus il ne lui avait donné l'impression qu'il la considérait autrement que comme la fiancée de son frère. Ce changement d'attitude la déstabilisait, et elle ne savait comme réagir.

Décidant de prendre le contrôle de la conversation, elle aborda le sujet des dons à obtenir pour le bal de charité.

Blake répondit de bon gré à ses questions, accepta ses idées et lui en soumit quelques autres.

— A nous deux, je suis sûr que nous récupérerons plus d'œuvres d'art que tous les autres réunis, assura-t-il.

— Tu es toujours d'une assurance à toute épreuve. Je suis heureuse que tu te montres si confiant, car moi, j'éprouve quelques inquiétudes cette année. Les gens ne sont pas aussi généreux en temps de crise.

Blake se pencha vers elle.

— Katie ?

Elle croisa son regard, surprise par l'intensité de sa voix.

— Oui ?

— Pourrions-nous changer de sujet ?

— Euh… Bien sûr. Mais n'est-ce pas pour parler travail que tu m'as invitée ?

— Non.

Elle sentit son estomac se contracter. Elle n'était pas sûre d'avoir envie de poser la question qui s'imposait. Mais elle ne put cependant pas s'en empêcher.

— Pourquoi, alors ?

— La journée a été pénible pour plusieurs raisons, et je me suis dit que la seule façon pour moi de me détendre et de passer une bonne soirée, ce serait de la passer avec toi.

Non, il ne la taquinait pas !

Sa sincérité la toucha, d'autant plus que cela reflétait ses propres sentiments.

— J'en suis heureuse, dit-elle doucement, car j'avais envie de te revoir, moi aussi.

— J'aimerais que nous nous voyions plus souvent, renchérit Blake.

Elle baissa les yeux, rougissante.

Où tout cela les mènerait-il ? Il fallait s'arrêter maintenant, tant qu'il était encore temps. Elle avait rompu ses fiançailles quelques semaines plus tôt à peine, ce serait vraiment indécent qu'elle se jette aussi vite dans une relation avec le frère de Tate.

Blake interrompit son débat intérieur.

— N'y a-t-il pas une autre collecte de fonds pour ton oncle dans une semaine ? s'enquit-il.

Elle hocha la tête, un peu déstabilisée par cette question hors-sujet.

— Je ne peux pas dire que je sois enthousiaste à l'idée d'y assister, mais je ne peux pas faire autrement.

Son oncle, Peter Salgar, se présentait aux élections pour être gouverneur. Le gala dont parlait Blake n'était qu'un des multiples événements auxquels elle aurait assisté au cours de l'année pour soutenir sa campagne.

— Je sais que tu avais pris l'habitude d'y aller seule…

— Si tu veux dire par là que Tate ne m'y a jamais accompagnée, tu as raison. Cela aurait été plutôt délicat, n'est-ce pas ? L'un des plus fervents supporters de mon oncle est Rex Foley, le rival de ton père.

Les McCord, eux, ont toujours soutenu Adam Trent, l'opposant de Peter.

— Laisse-moi t'accompagner.

— Toi ? s'exclama-t-elle en secouant la tête. Non, je ne peux pas te demander de faire ça. Ta famille te renierait !

— Ce n'est pas toi qui me le demandes, je me porte volontaire. Quant à ma famille, je m'en charge.

— Je ne pense pas que ta mère appréciera, remarqua-t-elle.

— J'ai largement dépassé l'âge de chercher l'approbation de ma mère.

Il se pencha davantage et lui toucha la main.

— Dis oui.

S'il s'était agi d'une simple soirée, elle aurait surement répondu par l'affirmative. Elle appréciait chaque moment qu'ils passaient ensemble en tant qu'amis. Cependant, en raison de sa rupture avec Tate et du fait que la plupart des membres de la famille Foley seraient présents, elle hésitait.

Nombreux seraient ceux qui ne manqueraient pas de s'étonner de la voir en compagnie de Blake McCord.

— J'apprécie beaucoup ton offre, mais…

— Je comprends, dit-il avec douceur. Bon, je vais aller chercher ta voiture.

Il paraissait déçu, bien qu'il cherchât à le dissimuler par un demi-sourire.

Soudain, sans plus réfléchir aux conséquences, elle changea d'avis.

— Tout compte fait, j'aimerais beaucoup y aller avec toi. Merci, c'est très gentil de le proposer.

L'expression de Blake se détendit, et il hocha la tête d'un air satisfait.

— Crois-moi, ma seule intention est d'éloigner les importuns qui chercheraient à te poser des questions au sujet de ta rupture avec Tate.

— Merci, mais je peux prendre soin de moi toute seule. En tout cas, cela me fera plaisir de ne pas y aller seule.

Ce qui était parfaitement vrai. Elle se réjouissait à l'idée d'assister au gala au bras de Blake.

— Bien. Me laisseras-tu aller chercher ta voiture, maintenant ?

— C'est inutile, je l'ai confiée au voiturier.

Elle sortit le ticket de son sac et se pencha pour effleurer de ses lèvres la joue de Blake.

— Reste ici et termine ton verre. Merci encore pour le vin.

L'espace d'un instant, elle crut que Blake allait se lever et la suivre, mais il sembla se raviser et empoigna son verre.

— Nous nous verrons à la prochaine soirée de préparation du gala. Envoie-moi un texto quand tu seras arrivée pour me dire que tout va bien.

La tête bouillonnante d'émotions conflictuelles, elle réussit à esquisser un sourire.

— Je le ferai, assura-t-elle avant de s'échapper.

- 3 -

Ayant désespérément besoin de distraction — à moins que ce ne soit d'une confidente —, Katie avait mis ses obligations professionnelles au second plan, le temps de partager sa pause-déjeuner avec son amie Gabriella.

— Le mariage te va à ravir, dit-elle à son amie après avoir passé commande auprès du serveur. Je sais que c'est un cliché, mais tu es vraiment rayonnante !

Gabby, la splendide cousine de Blake, avait récemment épousé Rafael Balthazar, le responsable de la sécurité de McCord Jewelers. Le couple avait décidé de vivre en Italie, mais Gabby était revenue pour un court séjour à Dallas à la demande de Blake, afin de participer à la campagne de relations-presse que ce dernier avait récemment lancée pour McCord.

— C'est parce que je suis amoureuse ! roucoula Gabby.

Posant son verre de vin, elle la fixa en fronçant les sourcils.

— Toi, en revanche, ça n'a pas l'air d'aller. C'est ta rupture avec Tate qui est difficile ?

— Pas vraiment, répondit Katie. Cela a été pénible, mais pas aussi terrible que tout le monde semble le croire.

Devant le regard interrogateur de Gabby, elle reprit la parole après une hésitation.

— C'est Blake, dit-elle simplement.

— Ah… Je me demandais combien de temps cela lui prendrait.

— Combien de temps pour quoi faire ? s'enquit Katie, ébahie.

— Pour faire ce qui, manifestement, te contrarie.

Elles interrompirent leur conversation lorsque le serveur apporta les salades qu'elles avaient commandées.

— Il ne m'a pas contrarié, reprit Katie avec fermeté après le départ du serveur. Mais je ne m'attendais pas à ce que…

Elle se tut, indécise.

Devait-elle confier à son amie que Blake l'avait embrassée ? Qu'il lui témoignait une attention toute nouvelle ? Qu'il avait semé en elle la confusion ?

— J'avais remarqué depuis quelque temps, d'après des choses qu'il a dites ou à la façon dont il te regardait, qu'il y avait quelque chose entre vous, tout du moins de son côté, expliqua Gabby. Et je ne suis pas la seule à m'en être aperçue. S'il n'y avait pas eu Tate, je suis persuadée que Blake aurait tenté sa chance auprès de toi depuis bien longtemps. Ne le prends pas mal, Katie, mais j'espère que tu sais ce que tu fais en te lançant dans une liaison si vite après avoir rompu avec Tate. Et surtout avec un homme tel que Blake…

— Je n'ai pas de liaison avec lui. Mais si tel était le cas, où serait le problème ? Qu'y a-t-il de si terrible chez Blake ?

— Rien de terrible, répondit Gabby prudemment, mais Blake n'est pas facile à vivre. Il n'est ni très ouvert ni très chaleureux. A ma connaissance, il n'a jamais eu de relation sérieuse avec aucune femme — ce qui n'est pas très surprenant, car il est extrêmement exigeant. Je ne suis pas certaine que tu sois prête pour un tel challenge.

— Ce n'est pas parce qu'il est déterminé et prend ses responsabilités au sérieux qu'il est difficile ! répliqua Katie avec feu. Et je sais que je peux compter sur lui. Je tenais à Tate, et c'est toujours le cas, mais jamais il ne s'est montré particulièrement dévoué envers moi. Si je n'avais pas été élevée dans l'idée que Tate et moi étions promis, je ne serais certainement pas restée aussi longtemps avec lui.

Gabby attaqua sa salade.

— Es-tu sûre de ne pas avoir de liaison avec Blake ?

— Je t'assure que c'est la vérité. Nous sommes amis, rien de plus…

Elle se hérissa intérieurement, consciente de l'hésitation qui perçait dans sa voix et trahissait son incertitude.

Elle doutait que Blake ait été autant troublé qu'elle par leurs brèves rencontres, et elle n'était pas prête à admettre que ce qu'elle ressentait pour lui était plus compliqué qu'une faiblesse passagère. Il lui avait clairement laissé comprendre qu'il la trouvait séduisante, et il avait agi en conséquence. Elle traversait une période de vulnérabilité et avait succombé à la tentation, voilà tout. Ce n'était rien d'autre que ça !

— Que vous ayez une liaison ou pas, si l'on vous voit souvent ensemble, on ne va pas manquer de gloser sur ton faible pour les hommes de la famille McCord, la mit en garde Gabby.

Katie soupira.

Son amie avait raison. Les gens allaient parler, et les commérages ne seraient flatteurs ni pour elle ni pour

Blake, et il n'allait pas aimer ça. En y réfléchissant, elle regrettait d'avoir accepté qu'il l'accompagne à la soirée de collecte de fonds pour son oncle. Cela n'allait pas manquer de donner du grain à moudre à ceux qui pensaient qu'il y avait entre eux davantage qu'une simple amitié ou qu'une collaboration professionnelle ponctuelle.

— Je ne peux pas empêcher les gens de parler, mais pour l'instant je ne suis pas fixée sur ce que je veux, admit-elle. Je n'ai pas encore réfléchi à ce que j'attends précisément d'une relation après Tate, et en attendant je n'ai pas l'intention de m'impliquer trop étroitement, avec Blake ou qui que ce soit d'autre.

Elle sourit à Gabby, cherchant à irradier la confiance.

Ce discours semblait raisonnable et plein de bon sens. Intérieurement, pourtant, une petite voix lui disait que la raison et le bon sens n'avaient pas grand-chose à voir avec le désir et que, avec Blake McCord, elle allait avoir du mal à s'en tenir à ses bonnes résolutions !

Sa détermination à essayer tout de même avait porté Katie tout le reste de l'après-midi, ce qui lui permit d'afficher une apparence réservée quand elle accueillit Blake, un peu avant l'arrivée des autres invités du comité des fêtes de l'hôpital.

Les yeux de Blake trahirent son étonnement devant ce changement d'attitude de sa part, mais il ne fit aucun commentaire et se mit au diapason, optant à son tour pour une politesse froide.

— Je n'ai pas eu l'opportunité de t'en parler, mais j'ai reçu cet après-midi un appel du traiteur, qui a eu un problème d'agenda et n'a pu honorer sa prestation, lui apprit-elle en lui tendant un verre de vin.

Les doigts de Blake effleurèrent brièvement les siens, tout comme son regard frôla son décolleté.

Elle se détourna légèrement, sentant sa respiration s'accélérer.

— J'ai heureusement pu trouver un remplaçant, reprit-elle. Un traiteur que m'a conseillé ta mère. J'ai essayé de t'appeler avant de le contacter, mais tu n'as pas répondu.

Blake esquissa un sourire sardonique.

— Tu n'as pas besoin de ma permission pour prendre des décisions, Katie.

— Je sais que tu as l'habitude de diriger les choses, répondit-elle avec un petit sourire entendu. Je suis quasi certaine que le travail d'équipe n'est pas ta stratégie favorite !

— Mais tu es tout à fait capable de prendre toi-même les rênes. Je suis impressionné que tu aies trouvé une solution de rechange aussi vite. Je n'aurais certainement pas fait mieux à ta place.

— Oh ! ce n'était pas si difficile… Mais merci du compliment !

— Tu parais surprise, fit Blake en s'approchant d'elle sous prétexte d'observer la fresque qui décorait le mur derrière elle.

Il s'arrêta à quelques centimètres seulement d'elle.

— Il m'arrive de faire des compliments, tu sais, reprit-il, les yeux rivés à la peinture.

— Assez rarement, d'après ce que je sais, riposta-t-elle avec douceur, pour atténuer la portée de ses mots.

Elle l'avait jugé à plusieurs reprises froid et critique envers les autres, surtout dans le cadre professionnel.

Pourtant, au fil des années, elle s'était rendu compte que Blake était surtout exigeant envers lui-même, recherchant la perfection et attendant la même chose des autres.

Qu'est-ce qui pouvait bien le pousser à s'imposer autant de pression ?

Peut-être était-ce de l'arrogance : pour prouver à tous que personne ne pouvait faire mieux que lui. Pourtant, son instinct l'empêchait d'accepter cette simple explication. Il n'y avait rien de simple à propos de Blake.

— Tu ne sembles pas avoir une très haute opinion de moi, fit-il remarquer sèchement. J'imagine que c'est la raison pour laquelle nous en sommes revenus à une politesse de façade ?

— Ce n'est pas ça du tout.

Elle détourna le regard de son regard dur, s'attardant sur ses mains, crispées autour de son verre.

Comme c'était ridicule de tant se languir de la chaleur d'une caresse ! Elle, qui n'avait jamais été torturée par les affres de la passion physique, elle ne se reconnaissait plus.

— S'il est plus facile pour toi de prétendre qu'il ne s'est rien passé…, grommela Blake.

Elle leva de nouveau les yeux et se heurta à l'expression insondable de ses yeux gris acier.

— Je ne cherche pas à prétendre quoi que ce soit, mais c'est compliqué, protesta-t-elle, perturbée qu'il ne semble ni comprendre ni partager ses émotions contradictoires.

Il ne dit rien et se contenta de l'observer, comme s'il soupesait ses mots et cherchait à jauger son honnêteté.

— Oui, c'est compliqué, dit-il enfin. Mais cela n'est pas nécessairement impossible.

— J'ai besoin d'en décider moi-même, décréta-t-elle. Cela fait trop longtemps que je laisse les autres me dicter ce qui est bon pour moi. Il est temps que je fasse mes propres choix.

Elle s'attendait à ce que Blake réagisse mal, mais il sourit, à sa grande surprise.

— D'accord. Mais j'espère que de temps en temps, tu me laisseras l'opportunité de peser sur certains de ces choix.

Et, sans lui laisser le temps de répondre, il franchit la distance qui les séparait et lui effleura doucement les lèvres des siennes.

Cette caresse propagea en elle une chaleur exquise qui anéantit irrésistiblement toutes les raisons qu'elle avait listées pour qualifier leur relation de mauvaise idée.

Si un bruit de voix n'avait pas retenti dans le couloir, annonçant les premiers invités, Blake l'aurait sûrement convaincue de laisser tomber la raison pour obéir à ses désirs !

Ils accueillirent les invités côte à côte, comme s'ils formaient un vrai couple, et Blake sembla en éprouver de la satisfaction. De la fierté, même.

Elle appréciait qu'il soit à ses côtés dans les moments où elle avait besoin de ne pas être seule, mais cela la décontenançait de tant aimer ça. Et elle était encore plus décontenancée d'autant aimer qu'il la touche !

C'était insensé ! Il ne pouvait pas se passer quelque chose entre eux ! Pas si tôt après sa rupture avec Tate.

Pourtant, alors qu'elle s'appliquait à jouer l'hôtesse parfaite, elle eut la curieuse sensation que cette issue était inévitable.

*
* *

Blake n'avait jamais particulièrement apprécié ce genre de soirée, mais plus celle-ci avançait, plus son déplaisir grandissait.

La plupart des invités, les femmes en particulier, s'intéressaient plus à la vie personnelle de Katie qu'au futur de l'hôpital. Il savait que ce n'était pas la première fois qu'elle avait à supporter les chuchotements dans son dos, mais ce soir il trouvait ce cinéma extrêmement agaçant.

Après le dîner, pendant qu'il discutait avec l'un des plus généreux bienfaiteurs de l'hôpital, il s'aperçut que Katie était aux prises avec une certaine Selina Harrington. A en croire sa posture tendue et ses joues empourprées, la conversation n'était pas à son goût.

S'excusant auprès de son interlocuteur, il se dirigea vers les deux femmes et passa son bras autour de la taille de Katie.

— Désolé de vous interrompre, mesdames, mais Parker voudrait des renseignements sur l'extension de l'aile orthopédique. Je pense que tu es plus à même de lui répondre que moi, Katie.

Cette dernière le remercia d'un sourire.

— Bien sûr, acquiesça-t-elle.

Elle lança un regard à l'autre femme.

— Si tu veux bien m'excuser…

Le sourire que lui rendit Selina n'alla pas au-delà de sa bouche, peinte avec soin.

— Vous paraissez très intimes, tous les deux, commenta celle-ci après son départ. Cette camaraderie empreinte de sollicitude ne te ressemble guère, pourtant, Blake…

— De toute évidence, tu ne me connais pas aussi bien que tu le penses, répliqua-t-il avec une ironie qui sembla déplaire au plus haut point à son interlocutrice — laquelle n'avait manifestement toujours pas oublié qu'il avait repoussé ses avances l'année d'avant.

Ancien top model reconverti en épouse-trophée, Selina était séduisante, mais il lui avait fait comprendre qu'il ne sortait jamais avec une femme mariée. Elle avait néanmoins choisi de considérer ce refus comme un affront personnel.

— De toute évidence ! glapit-elle. Je croyais cependant que tu avais pour règle de ne pas « jouer les seconds rôles » dans tes relations avec les femmes ? A ce que je vois, cela ne s'applique pas aux restes de ton frère !

Piqué au vif, il se renfrogna.

— C'est donc vrai ! reprit Selina qui jubilait. Eh bien, Katie Whitcomb-Salgar n'a pas perdu de temps pour échanger un McCord contre un autre ! J'aimerais connaître son secret. Une femme qui arrive à te convaincre de remplacer ton frère doit avoir quelque chose de très spécial !

— Katie est une femme spéciale, affirma-t-il. Elle est séduisante et intelligente et, qui plus est, c'est une amie. Cela dit, je suis désolé de vous décevoir, toi et toutes les autres commères avides de scandale, mais je ne suis pas le remplaçant de Tate. Et je ne le serai jamais.

— Sincèrement, Blake, fit Selina avec un rire dur, à qui penses-tu faire croire ça ? Tu as passé toute la soirée à la regarder comme si tu pensais à ce que tu allais faire avec elle quand tu te serais débarrassé de nous tous !

Le mari de Selina venu chercher sa femme épargna

à Blake la corvée de répondre. Pourtant, en rejoignant Katie et Parker, loin de considérer les propos de Selina comme de la malveillance pure et simple, il s'interrogea avec malaise sur sa propre attitude envers Katie.

S'était-il trahi par ses gestes ? Par son comportement ?

Ce qui l'exaspérait au plus haut point, c'était qu'on puisse penser qu'il était pour Katie un second choix. Se pouvait-il qu'elle-même le considère ainsi ? Comme un substitut de l'homme qu'elle aimait mais ne pouvait avoir ?

Cette idée lui trottait toujours en tête deux heures plus tard, lorsque le dernier invité eut pris congé.

Katie s'appuya contre la porte, visiblement épuisée.

— Je n'ai jamais tellement apprécié ce genre de manifestation, avoua-t-elle. C'était laborieux pour moi.

— Pourtant, c'était une réussite, concernant l'hôpital. Parker a promis de doubler sa contribution. Tu peux être fière de toi.

— Oui, c'est satisfaisant, en effet, dit-elle avec lenteur.

Elle le fixa avec attention et fronça les sourcils.

— Qu'est-ce qui ne va pas, Blake ?

— Comme tu l'as dit toi-même, ce genre de soirée n'est pas une partie de plaisir.

Conscient de son ton un peu sec, il rajouta :

— Il est tard, et tu dois être fatiguée. Je vais y aller.

Katie ignora sa tentative d'éluder le sujet fâcheux.

— Selina t'a dit quelque chose de déplaisant, n'est-ce pas ? Sur le fait que je m'accrochais à toi pour me consoler de Tate ?

— Elle a dit quelque chose dans ce genre, admit-il. Mais ce n'est pas important, non ?

— Apparemment pas, dit calmement Katie.

Se redressant, elle se détourna.

— Tu as raison, il est tard. Merci d'être venu, Blake.

— Katie…

— Je ne peux pas empêcher les gens de parler, ajouta-t-elle avec lassitude. Je peux seulement te dire qu'ils ont tort.

Il sursauta.

— Qu'est-ce que tu sous-entends par là exactement ?

Un mélange de frustration, de doute et de colère eut soudain raison de l'indifférence de façade qu'il opposait à Katie. Il franchit la courte distance qui les séparait. Profitant de sa surprise, il recouvrit sa bouche de la sienne et l'embrassa profondément, forçant de la langue le barrage de ses lèvres afin de la posséder plus intimement.

Katie répondit à son baiser par un gémissement qui aiguillonna son désir et le poussa à se rassasier de sa bouche — ce dont il mourait d'envie depuis des mois, voire des années, même s'il avait toujours refusé de se l'avouer.

Aujourd'hui, il ne pouvait plus le nier. Cela dit, il détestait l'idée que Katie puisse le comparer à Tate… Et il détestait encore davantage le fait d'être pourtant prêt à sacrifier sa fierté pour l'avoir !

Il mit brusquement fin à leur baiser.

— Je ne serai pas un deuxième choix, lui assena-t-il, haletant. Ni maintenant ni jamais !

Puis il sortit précipitamment, laissant Katie médusée.

Il n'aurait pu dire lequel des deux était le plus secoué par le fait qu'il avait perdu son légendaire self-control.

- 4 -

Assise au côté de Blake, Katie écoutait avec résignation Pearl Kennington commenter sa rupture avec Tate et les derniers cancans dont celle-ci avait entendu parler concernant les McCord ou les Foley.

Halbert Kennington — Hal pour les intimes — était censé les rejoindre un peu plus tard. Venus dans l'objectif de solliciter la donation de plusieurs œuvres d'art dont le produit de la vente reviendrait à l'hôpital pour enfants, Blake et elle n'avaient d'autre choix que d'endurer ce déjeuner avec Pearl.

Dans l'intérêt de l'hôpital, elle faisait contre mauvaise fortune bon cœur. C'était le prix à payer. En revanche, Blake l'inquiétait. Certes, il n'était pas très chaleureux de nature, et elle le savait sous pression, mais jamais elle ne l'avait vu aussi tendu.

La façon dont il s'était comporté l'autre soir lui avait ouvert les yeux sur la pression qu'il s'imposait, mais également sur un point plus perturbant : il paraissait contrarié qu'elle puisse le comparer à Tate, et ce à son désavantage.

S'il savait combien de fois elle avait pensé le contraire !

— J'imagine aisément la déception de ta mère après toutes ces années d'espoir à penser que tu ferais ta vie avec Tate, ma chère Katie, se lamentait Pearl.

Pauvre Anna ! J'avoue ne pas avoir eu le courage de l'appeler. Que peut-on dire à une amie dans de telles circonstances…

— Tate est plus heureux ainsi, tout comme moi, répliqua Katie, essayant de contenir le tranchant dans sa voix. Quant à ma mère, elle comprend parfaitement.

C'était un mensonge éhonté mais nécessaire pour mettre un terme à cette hémorragie de commérages.

— Oh ! bien sûr, c'est ce que nous vous souhaitons à tous les deux ! affirma Pearl en portant délicatement sa tasse de café à ses lèvres.

Blake était resté pratiquement silencieux pendant l'épreuve qu'avait constituée ce repas. Là, il tambourinait impatiemment sur l'accoudoir de son fauteuil démesuré.

Car dans chaque pièce du manoir des Kennington, les meubles et la décoration étaient extravagants.

La mère de Katie, qui privilégiait la discrétion élégante aussi bien dans sa manière de se vêtir que pour la décoration de son intérieur, lui avait dit une fois que le style de vie des Kennington manifestait autant d'excès que leurs nombreux puits de pétrole débordaient d'or noir. Malgré tout, les deux couples étaient amis depuis des décennies, Anna gardant néanmoins une distance polie.

Pearl frappa dans ses mains pour appeler la bonne qui se tenait debout à l'écart.

— Juanita, nous en avons terminé, annonça-t-elle. Vous pouvez desservir.

— *Si*, madame, fit la bonne, les yeux baissés.

— Je suis impatient de découvrir votre collection, déclara Blake. J'ai beaucoup entendu parler de la sculpture très controversée de cet artiste français récemment disparu… Ledoux, c'est ça ?

— En effet. Quelle tragédie ! Si jeune… Enfin, vous connaissez les Français.

Katie vit Blake dissimuler avec peine un sourire ironique.

— Eh oui, les Français…, approuva-t-il.

Pearl se leva en faisant cliqueter ses bracelets en or, visiblement satisfaite que ses hôtes semblent sur la même longueur d'onde qu'elle.

Katie emboîta le pas à Blake qui avait galamment pris le bras de Pearl. Ils marchèrent le long d'un interminable couloir dont les murs étaient couverts de tableaux, tout comme ceux des pièces attenantes. Il y avait là de quoi rivaliser avec le musée des Beaux-Arts d'une ville de taille moyenne !

Pearl babillait à n'en plus finir, passant d'une pièce à une autre, commentant sa collection dans les moindres détails avec une fierté non dissimulée et désignant les pièces qu'elle envisageait de donner pour la vente aux enchères.

— Mais bien entendu, la décision finale reviendra à Hal, vous comprenez.

— Naturellement, approuva Blake, qui continua de poser poliment des questions tandis que Katie luttait contre l'envie de consulter sa montre.

Néanmoins, un tableau accrocha son regard. Elle l'examina avec attention et se tourna vers Blake, pour découvrir qu'il paraissait lui aussi fasciné par cette œuvre.

— Cette toile est incroyable, commenta-t-elle.

Blake se rapprocha d'elle. Ils restèrent immobiles

à l'admirer pendant un bon moment dans un silence religieux favorisant une communion des esprits.

— C'est si simple, et pourtant si profond, dit-elle enfin.

— Exactement…

La voix de Blake avait perdu son assurance habituelle, comme s'il était devenu plus humble par l'impact de cette représentation d'un petit enfant se penchant pour sauver un caneton blessé avant que l'eau ne l'emporte dans son cours.

Pearl s'approcha à son tour.

— Je n'aurais jamais cru que vous puissiez être emballés par cette croûte. Comme c'est étrange que vous l'aimiez tous les deux !

Katie détourna les yeux de la peinture pour observer Pearl. Elle découvrit son regard cerné de rides qui les transperçait.

— Pourquoi ?

Pearl haussa vaguement les épaules.

— Eh bien, cette petite scène de genre n'impressionne pas grand monde. Elle est d'un peintre russe du dix-huitième siècle très peu connu, qui est mort dans l'anonymat le plus complet.

— Et dans la pauvreté, à n'en pas douter, ajouta Blake.

— Oui. C'est injuste, n'est-ce pas ? Enfin, il peignait si peu qu'il aurait eu du mal à en vivre.

Blake décocha un coup d'œil insistant à Katie. Devinant sa pensée, elle acquiesça d'un bref hochement de tête.

Il se tourna vers Pearl.

— Pourriez-vous vous séparer de cette œuvre pour la vente aux enchères ?

Sa voix avait ce soupçon de charme, et son sourire ce côté subtilement sexy qui ne pouvaient que faire craquer une femme, quel que soit son âge.

— Eh bien, dit Pearl en les examinant d'un air interrogateur, on dirait que vous partagez certains goûts… pour la peinture, en tout cas. Car il ne s'agit de rien d'autre, n'est-ce pas ?

Katie se hérissa.

Ainsi, il n'avait pas suffi du repas ! S'ils voulaient réunir suffisamment de tableaux intéressants, il allait leur falloir fournir des informations d'ordre privé. Ce que, bien entendu, elle n'était pas disposée à faire.

— Pearl, Blake et moi sommes amis, expliqua-t-elle calmement. Je ne sais pas ce que vous avez pu entendre qui vous fasse penser autre chose, mais je puis vous dire que ce n'est pas vrai. N'est-ce pas, Blake ?

Blake acquiesça, mais elle vit qu'il avait croisé les doigts derrière son dos.

— Absolument, affirma-t-il. Katie et moi sommes des amis de longue date, comme vous le savez. C'est peut-être la raison pour laquelle nous avons tous les deux été attirés par cette peinture. Nous sommes des âmes sœurs, en quelque sorte.

— Hum…, fit Pearl avec incrédulité. Enfin, comme je vous le disais, la décision finale revient à Hal.

— En voilà une femme qui a bien appris sa leçon ! s'exclama une voix joviale.

Hal Kennington pénétra dans la bibliothèque au bruit de ses bottes en alligator cliquetant sur le plancher.

— Salut, Blake ! dit-il en ouvrant les bras pour donner l'accolade à celui-ci.

Otant son Stetson, il s'inclina ensuite devant Katie.

— De plus en plus jolie avec les années. Viens donc faire une bise au vieux Hal !

Katie obtempéra, sachant Hal inoffensif.

— Ravie de vous revoir, monsieur Kennington.

Cette déclaration lui valut un éclat de rire grivois.

— Cela fait belle lurette que nous avons dépassé le stade du « monsieur » ! protesta Hal.

Pearl toussota pour attirer l'attention de son époux.

— Hal, Blake et Katie sont intéressés par ce petit tableau de Vladislava pour leur vente aux enchères.

— Cette croûte ? Oh ! prenez-la, vous me ferez une faveur ! Je n'ai jamais aimé ce petit canard pathétique accroché au mur de ma bibliothèque. Ça me déprime quand je m'assois en fin de journée pour me détendre, un scotch dans une main et un cigare cubain dans l'autre.

Katie et Blake se forcèrent à rire. Pearl, elle, prit la mouche.

— Tu aurais pu m'en faire part, je l'aurais fait enlever depuis longtemps, s'offusqua-t-elle.

— Ça ne valait pas la peine de t'embêter pour ça. Allez, prenez-le, ainsi que deux ou trois autres. De toute façon, il y a trop de tableaux ici. Bien. Maintenant, mademoiselle Katie, ce que j'aimerais savoir, c'est quand a lieu la collecte de fonds pour ton oncle Peter. Je tiens à m'assurer personnellement qu'il sera notre prochain gouverneur !

— Il sera ravi de l'entendre. Je suis sûre qu'une invitation à votre intention vient de partir.

— Nous pourrons nous arranger pour vous avoir tous les deux à notre table, n'est-ce pas, Katie ? intervint Blake.

Ebahie, elle tourna la tête vers lui.

A quoi jouait-il ? Non seulement il donnait à Pearl

des motifs de commérage, mais il s'engageait aussi pour quelque chose qu'elle n'était pas en mesure de promettre. Etait-ce à cause des tableaux pour la vente aux enchères ? De toute évidence non, puisque Hal leur avait déjà donné carte blanche…

— Ce serait un honneur, déclara Pearl, mais j'ai du mal à croire que vous ayez l'intention d'assister à cette soirée, Blake. Les McCord n'ont-ils pas toujours soutenu Adam Trent ? Y accompagneriez-vous Katie ?

— Absolument.

La fierté qui perçait dans la voix de Blake était à la fois flatteuse et inquiétante.

Déterminée à stopper le train qui n'allait pas manquer de partir dans la tête de Pearl, Katie prit la parole.

— Nous y allons en tant qu'amis, comme nous l'avons fait pour d'autres soirées.

— Naturellement, assura Blake d'un ton où perçait une note de moquerie.

Agacée, elle décida d'accélérer la fin de la visite.

Blake et elle terminèrent leur sélection d'œuvres et prirent enfin congé de Pearl et Hal. Une fois libérés et remontés en voiture, alors qu'ils étaient en route vers un endroit pour lequel ils ne s'étaient pas encore consultés, elle se tourna vers Blake.

— Qu'est-ce qui t'a pris ? Je ne suis pas en mesure de leur promettre une place à notre table !

— Ils nous ont donné cinq tableaux, n'est-ce pas ? Y compris celui du peintre russe.

Son ton était si froid et arrogant que cela la rendit furieuse.

Elle se tourna sur son siège pour le regarder.

— Blake McCord, tu sais parfaitement ce que je veux dire. Tu as parlé délibérément à Pearl ! Pourquoi ? Tu sais qu'elle va aller raconter partout que nous sommes ensemble. Tu es masochiste, ou quoi ?

— Tu as terminé ? s'enquit-il calmement.

— Je n'en suis pas sûre…

— Laisse-moi t'expliquer. Le fait est que je ne supporte pas d'être traité comme un deuxième choix, après mon petit frère. Déduis-en que j'ai un ego surdimensionné si tu veux, mais cela m'irrite que tout le monde ait l'air de penser que Tate te mérite plus que… Que n'importe qui d'autre. Il a eu sa chance, et il l'a laissée passer.

Elle en resta abasourdie.

Ce n'était pas l'explication qu'elle attendait. Elle n'avait pas la moindre idée que Blake ressentait cela. Ce côté possessif, ces bouffées de frustration, cela s'expliquait donc par un complexe qu'elle n'avait jamais décelé chez lui auparavant ? Cependant, elle était touchée qu'il tienne suffisamment à elle pour avoir envie qu'on le considère comme quelqu'un ayant de l'importance pour elle.

— Je n'avais pas imaginé que…

— Je sais, et je suis désolé si je me suis montré présomptueux en invitant les Kennington à la table de ta famille. Simplement, il est grand temps que les gens cessent de te considérer comme la fiancée de mon frère. Tu peux sortir avec tous les hommes que tu veux, maintenant. Et si tu choisis d'aller à cette soirée ou à une autre avec moi, alors j'estimerai que j'ai de la chance et ne chercherai pas à m'en cacher, commérages ou pas.

De nouveau, il la surprenait en faisant montre d'une humilité qu'elle ne lui connaissait pas.

— Merci, dit-elle doucement en posant la main sur

son bras. Je suis heureuse d'y aller avec toi. Au diable les fouineurs !

— C'est exactement ce que je pense, commenta-t-il en souriant.

Lorsque son BlackBerry se mit à sonner, Blake y répondit après un regard d'excuse. D'après les bribes de conversation qu'elle put saisir, elle comprit qu'il parlait d'une bijouterie McCord qui fermait en Californie.

Lorsqu'il raccrocha, il paraissait las et découragé, et elle eut un élan vers lui.

— De mauvaises nouvelles ?

Il laissa échapper un soupir de frustration.

— J'ai bien peur que la situation ne s'arrange pas. Nous avons dû fermer nos boutiques de Boston et de San Diego. S'il n'y a pas d'évolution positive très prochainement, d'autres bijouteries encore seront sur la sellette.

— Oh ! Blake, j'avais bien entendu certaines rumeurs, mais j'ignorais que c'était si sérieux ! Je suis navrée.

— Merci. Mais je ne m'avoue pas encore vaincu, rassure-toi. J'ai lancé une nouvelle campagne de relations-presse, et j'ai d'autres idées en tête.

— Je suis sûre que tu vas réussir à redresser la situation.

— On verra, fit-il sombrement.

Il irradiait tellement de nervosité qu'elle chercha ce qui pourrait le distraire de ses sombres pensées.

— Ecoute, nous devons trouver une activité pour nous changer les idées.

— J'ai peut-être une idée…

— Laquelle ?

Avec un sourire provoquant, il donna un brusque tour de volant à droite.

— Fais-moi confiance.

Au bout d'un moment, ils empruntèrent une longue allée bordée de pins, et elle comprit qu'ils faisaient route vers l'un des clubs de golf les plus huppés de Dallas.

— Du golf ? fit-elle en riant.

— C'est juste un neuf trous. Tu pourras tout de même aller travailler quelques heures au bureau ensuite s'il le faut.

— Oh ! non, je travaillerai deux fois plus demain, voilà tout ! J'ignorais que tu jouais au golf.

— Je suis heureux de pouvoir te surprendre, dit Blake en garant son véhicule à l'entrée du club.

— Tu me surprends chaque jour, ces derniers temps !

— Tant mieux.

Il descendit de voiture et en fit le tour pour lui ouvrir la portière.

— Je n'aimerais pas que tu t'ennuies en ma compagnie, ajouta-t-il.

— Ça ne risque pas, assura-t-elle.

Ils marchèrent côte à côte sous les frondaisons.

— Je n'ai pas les vêtements appropriés, fit-elle remarquer en lissant sa jupe de tailleur.

— Nous pouvons arranger ça. J'ai un compte à la boutique.

En moins de temps qu'il n'en fallait pour le dire, elle se retrouva vêtue d'un short et d'un polo, sans oublier les chaussures de golf, gants et casquette assortis.

Quand elle retrouva Blake près du caddie, elle remarqua que celui-ci lui avait choisi des clubs à sa taille.

— Tu as de l'allure, la complimenta-t-il en lui lançant un coup d'œil appréciateur alors qu'elle s'installait à côté de lui.

— Merci. Mais je te préviens, ma technique de golf est à peu près aussi bonne que ma technique de ski, si tu vois ce que je veux dire.

— Nous sommes ici pour nous distraire, pas pour faire une compétition, la rassura-t-il. Si tu veux, on peut même se contenter de se balader dans cette voiturette !

Sur ces mots, il mit en marche l'engin, qui bondit en avant.

Déséquilibrée, elle manqua tomber à terre.

— Désolé, s'excusa Blake en lui prenant le bras pour la rattraper. Je conduis cet engin comme si je conduisais ma voiture. Je vais faire attention, promis !

— Je ne savais pas que cela pouvait aller aussi vite.

— Mais cela ne va pas vite ! Une fois, j'ai dû en rembourser un parce que j'avais détruit le moteur.

Elle éclata de rire.

Elle sentait la tension qui l'habitait s'apaiser. Cette légèreté était un aspect de Blake qu'elle ne connaissait pas. Elle appréciait et espérait secrètement qu'il lui en laisserait voir davantage. Le seul ennui, c'était que dans ces moments-là, il lui rappelait Tate, celui des deux qui était considéré comme un garçon marrant et facile à vivre…

— Katie ? fit Blake en arrêtant le véhicule à l'ombre d'un arbre. J'ai l'impression de te perdre. Et cette fois, ce n'est pas parce que tu es tombée de la voiture !

Elle déglutit avec nervosité.

— Non, non, j'admire juste le paysage.

Ce qui était partiellement vrai. Mais surtout, elle ne voulait pas gâcher ce moment en pensant à Tate ou en ressentant de la culpabilité d'être en compagnie de Blake.

— C'est ce que j'adore dans les terrains de golf,

reprit-elle. Le paysage est tellement lisse, vert… Cela procure un sentiment de sérénité, tu ne trouves pas ?

Il acquiesça.

— C'est aussi la raison qui me pousse à pratiquer ce jeu, avoua-t-il. Tu veux essayer ?

— Toi d'abord.

Ils descendirent de la voiturette, et Blake prit des clubs pour eux deux.

De l'endroit où elle se trouvait, elle ne put s'empêcher de remarquer le jeu des muscles de son dos et de ses bras tandis qu'il pratiquait son swing. Elle s'imagina tâtant de ses doigts ces muscles saillants…

— Bon, pas terrible pour un premier coup. C'est tout moi. A ton tour.

— Hein ? Oh ! oui, bien sûr !

— Je te sens vraiment très concentrée, railla-t-il.

Oui, elle était concentrée, mais pas sur le golf !

Tentant de se rappeler les leçons que son père lui avait données, elle planta les pieds solidement dans le sol, agrippa son club aux endroits appropriés et s'appliqua à effectuer un mouvement de balancier…

— Je suis nulle ! râla-t-elle lorsque son premier coup eut creusé un méchant trou dans la pelouse parfaite.

— Puis-je me permettre ? dit Blake en s'approchant d'elle.

— Je t'en prie. J'ai besoin de toute l'aide possible.

Il se positionna alors derrière elle et l'encercla de ses bras pour se saisir de ses mains.

— D'abord, détends-toi et laisse le mouvement venir naturellement, murmura-t-il à son oreille.

Ils se balancèrent tous les deux avec un bel ensemble, son corps à elle s'appuyant contre celui de Blake.

— Alors, comment te sens-tu ? s'enquit-il.

Elle retint un léger gémissement.

« Délicieusement bien », avait-elle envie de répondre. Mais elle s'efforça de ne pas montrer son trouble.

— Cela m'aide. Je crois que j'étais juste un peu tendue.

— Bien. Maintenant, faisons un swing ensemble. Prête ?

Elle le laissa guider son mouvement, et ils tapèrent dans la balle, qui s'envola dans les airs.

— Ouah ! Je ne la vois même plus ! s'enthousiasma-t-elle.

Toute excitée, elle se retourna et lui agrippa le bras.

— C'était génial !

Blake lui posa les mains sur les épaules en riant.

— Tu vois, tu es une joueuse de golf née !

Ses mains s'attardaient sur ses épaules, qu'il massait doucement.

— Pourquoi ai-je cette impression que nous ne devrions pas nous amuser autant ? fit Katie.

— Parce que tu écoutes les mauvaises personnes !

Posant doucement les lèvres sur son front, il fit glisser ses mains le long de ses bras pour prendre les siennes.

— Ecoute plutôt la voix qui te dit qu'il est bon pour nous d'apprécier la compagnie l'un de l'autre que celle qui prétend le contraire.

- 5 -

L'allée qui menait aux portes de l'élégant hôtel était envahie par les photographes. Une pluie de flashes crépita au moment où Blake tendit la main à Katie pour l'aider à descendre de voiture.

Elle se mordit la lèvre.

Il avait été naïf de sa part de croire qu'ils pouvaient arriver incognito, le dîner de collecte de fonds pour Peter Salgar étant l'un des événements les plus importants de la saison politique, en même temps qu'un étalage éhonté de pouvoir et de richesse.

Blake et elle étaient en règle générale des cibles privilégiées pour les paparazzis. Mais ils l'étaient tout spécialement ce soir, et la main de Blake posée au bas de son dos en un geste quelque peu possessif attisait une curiosité presque palpable.

Blake parut insensible aux réactions en chaîne que provoqua leur entrée dans la salle de réception.

— Pas de regrets ? lui murmura-t-il à l'oreille tandis qu'ils fendaient la foule des invités.

— C'est à toi que je devrais poser cette question, répondit-elle. Je pense que ce n'était pas une très bonne idée. Tu as suffisamment de problèmes à régler sans que je t'en rajoute !

— Tu n'ajoutes rien. Tu me connais suffisamment

pour savoir que je ne serais pas ici si je ne le souhaitais pas.

— Peut-être, mais je m'inquiète pour toi, insista-t-elle. Rex Foley sera là, ainsi que Zane et Jason, et…

Elle secoua la tête.

— Je n'aurais jamais dû accepter que tu m'accompagnes.

— Nous en avons décidé ainsi tous les deux. Ce n'est pas comme si j'avais été trompé. Et puis, ce n'est pas la première fois que je me retrouverai dans la même pièce que les Foley. Je survivrai, ne t'en fais pas.

Il cherchait à balayer son inquiétude, mais il y avait de la perplexité dans son regard, comme s'il n'était pas habitué à ce que quelqu'un se fasse du souci pour lui.

— De toute façon, il est trop tard pour reculer, conclut-il.

— Moi, je ne reculerai pas, mais je ne t'en voudrais pas si tu le faisais.

— C'est bien la dernière chose à laquelle je pense en ce moment.

Il lui effleura doucement la joue du dos de la main.

— Tu es si belle, Katie ! Cette robe te va à ravir.

Son admiration paraissait sincère, et elle se félicita d'avoir abandonné ses traditionnelles robes noires pour un modèle d'un rouge profond, d'un style plus audacieux.

— Tate est un idiot de t'avoir laissée partir, ajouta Blake.

Sa voix rauque eut momentanément raison de la tension qui l'habitait, et elle lui sourit.

Il était tellement séduisant dans son smoking ! Lorsqu'il laissait transparaître cet aspect chaleureux et charmeur derrière sa froideur habituelle, il était carrément irrésistible.

Leurs regards étaient soudés comme s'ils étaient seuls au monde. Celui de Blake soutenait le sien avec intensité, et elle avait l'étrange sensation de tomber. C'était une sensation totalement inédite, et que Blake en soit à l'origine la rendait encore plus troublante.

Ses parents choisirent ce moment pour les interrompre et briser l'harmonie qui les unissait.

— Te voilà, Katerina !

Bien que contrariée par ce mauvais timing, elle s'efforça d'accueillir avec le sourire Anna et Benton Salgar qui s'approchaient d'eux.

Très en beauté, parée d'une robe argentée et d'une rivière de diamants, sa mère la salua affectueusement puis se tourna vers son cavalier.

— Nous ne nous attendions pas à te voir ici, Blake, déclara-t-elle en haussant les sourcils. C'est une surprise.

— Peter sera ravi d'apprendre que tu as retourné ta veste, renchérit Benton en serrant la main de Blake. Il n'aurait certes jamais cru obtenir l'appui d'un membre de la famille McCord ! Nous supposions tous qu'Eleanor continuerait de soutenir Adam…

— Je suppute que tel est toujours le cas, répliqua Blake. Je ne représente pas ma famille, je suis ici pour Katie.

— Blake a proposé de m'accompagner ce soir, intervint Katie à la hâte devant la mine incrédule de ses parents.

Benton et Anna échangèrent un regard.

— Tu nous avais caché ça quand tu as refusé de venir avec nous, fit remarquer son père.

— Pas étonnant que les gens parlent, ajouta Anna avec un brin d'irritation.

— Les gens parlent, quoi que je fasse, argua Katie.

— Enfin, tu dois bien admettre qu'il puisse sembler étrange que vous vous montriez aussi souvent ensemble, si tôt après ta rupture avec Tate.

— Il n'y a rien d'étrange au fait d'assister à une soirée en compagnie d'un ami, rétorqua-t-elle

Se tournant vers Blake, elle posa la main sur son bras.

— J'aimerais un verre de vin. Tu viens avec moi ?

Dès qu'ils se retrouvèrent hors de portée de voix d'Anna et Benton, elle se répandit en excuses.

— Je suis vraiment navrée. Mes parents n'ont toujours pas abandonné l'idée que Tate et moi pourrions nous remettre ensemble. De toute évidence, le fait qu'il ait une nouvelle fiancée ne suffit pas à les convaincre que tout est bel et bien fini entre nous.

Le visage de Blake ne laissa rien transparaître de ses sentiments. Il attendit d'être au bar et d'avoir passé commande pour prendre la parole.

— Pourquoi ai-je l'impression que, à leurs yeux, je suis en partie responsable de ta rupture avec Tate ?

— Non, ce n'est pas ça, le contredit-elle en acceptant le verre de vin qu'il lui tendait. Comme ma mère l'a dit, « les gens parlent ». Depuis la fête du Labor Day, nous avons passé beaucoup de temps ensemble. Certes, c'était la plupart du temps pour l'hôpital, mais tu sais aussi bien que moi qu'il y a des personnes qui se jettent sur tout ce qui peut paraître scandaleux. Et après ce qu'il s'est passé avec Pearl, tu aurais dû te douter que les commérages ne feraient qu'empirer.

Blake préféra ignorer cette allusion à la bévue qu'il avait commise chez les Kennington.

— Sommes-nous « scandaleux », Katie ? dit-il d'une voix suggestive qui fit naître des frissons le long de son échine.

— Probablement… Cela t'ennuie ?

— Pas vraiment.

Se remémorant ses propos sur le fait qu'il répugnait à être considéré comme un deuxième choix après son frère, elle soupçonnait que c'était cela qui le contrariait le plus ce soir. Elle savait aussi que si elle abordait le sujet, Blake le nierait. Elle aurait pu considérer cela comme de l'arrogance de sa part et refuser de flatter son ego, pourtant il y avait chez lui une vulnérabilité qui l'interpellait.

Dire que jamais elle ne l'avait imaginé autrement que parfaitement sûr de lui !

— Peut-être vais-je les laisser le croire, déclara-t-elle, dans un élan soudain.

— Croire quoi ?

— Que c'est ta faute si je ne suis plus avec Tate. Qui sait, un petit scandale pourrait s'avérer amusant.

— Tu n'es pas sérieuse !

— Qu'est-ce que tu en sais ?

Comme il se rembrunissait, elle éclata de rire.

— Oh ! bon sang, Blake, bien entendu que je ne suis pas sérieuse ! Jamais tu ne me le pardonnerais.

— Ça dépend si tu le penses ou pas, susurra-t-il en s'approchant d'elle, franchissant la limite de la simple courtoisie pour envahir son espace intime.

Elle perdit alors le contrôle du jeu qu'elle avait initié.

Il lui demandait une chose à laquelle elle ne pouvait répondre. Pas encore… Pas alors qu'elle n'était pas prête à redéfinir ce qu'elle ressentait à son égard.

— T'est-il donc si difficile de croire que je puisse me soucier de tes sentiments ?

Abandonnant son verre de vin, elle lui posa la main sur l'épaule et se haussa pour effleurer sa joue d'un baiser.

— Merci d'être là, murmura-t-elle. Tu es le seul homme que je connaisse qui ferait ça pour moi.

— Tu n'as pas à me remercier pour quelque chose que je tenais à faire, dit Blake d'un ton bourru.

Il lui frôla de nouveau la joue de ses doigts.

— J'imagine que cela signifie que nous restons tous les deux ?

— J'imagine que oui, répondit-elle. Qui sait, peut-être allons-nous trouver matière à nous amuser.

— Ça, fit Blake en lui prenant la main, je te le promets !

Blake eut quelque mal à tenir cette promesse tout au long des discours et du dîner qui s'ensuivit.

Katie et lui étaient assis à la table d'honneur, aux côtés de Peter Salgar et de sa famille, des Kennington et des parents de Katie, un assemblage quelque peu incongru.

Benton et Anna s'efforçaient de se monter agréables, mais ils ne pouvaient pas totalement masquer leur désapprobation devant le choix qu'avait fait Katie en matière de cavalier. Quant à Peter Salgar, il profita de sa présence inattendue pour essayer d'obtenir son soutien. En outre, plusieurs fois au cours de la soirée, Blake sentit les regards insistants de Rex Foley et de ses deux fils aînés, Zane et Jason, assis à la table voisine.

S'il n'y avait pas eu Katie, il leur aurait dit à tous d'aller au diable !

— Blake ?

Son nom prononcé avec douceur le tira de ses pensées, et il s'aperçut qu'il était seul à table avec Katie qui l'observait de ses yeux sombres.

— L'espace d'un instant, j'ai cru t'avoir perdu, dit-elle avec un léger sourire.

— Excuse-moi, je me suis laissé distraire.

— Ce n'est pas très flatteur pour moi !

— Cela n'a rien à voir avec toi. Je trouve juste la soirée très longue…

— Tu n'es pas très délicat avec mon ego, fit observer Katie en jetant un coup d'œil à Zane Foley et sa magnifique petite amie qui se levaient pour rejoindre les autres couples sur la piste de danse. J'espérais te convaincre d'être mon cavalier pour au moins une danse, mais je suis certaine de pouvoir dénicher un autre partenaire. Jason Foley, peut-être ? Etant donné sa réputation de tombeur, je n'aurais sans doute aucun mal à le convaincre…

— Si ce sale type te…, commença Blake, s'interrompant aussitôt quand il vit un sourire moqueur se dessiner sur les lèvres de Katie.

Elle le faisait tourner en bourrique !

— Ce n'est pas gentil, ce que tu fais là.

— Peut-être, mais j'ai réussi à attirer ton attention.

— Tu as toute mon attention, crois-moi.

Il avança la main vers son dos et effleura des doigts la peau laissée à nu par sa robe.

— Autant d'attention que tu en désires, ajouta-t-il.

Le rouge qui colora les joues de Katie, tout comme la brusque inspiration qu'elle prit, trahirent son trouble.

— Et si j'avais besoin d'en avoir la preuve ?

— Dansons, alors.

Elle accepta son invitation en prenant la main qu'il lui offrait sans le quitter des yeux.

Pour se rendre sur la piste de danse, ils devaient passer devant la table des Foley.

Blake aurait préféré les éviter, mais Rex Foley ne leur en laissa pas le loisir. Il vint lui-même au-devant d'eux, tandis que Jason restait un peu en arrière.

— Ravi de te revoir, Katie, la salua Rex avec le sourire de quelqu'un retrouvant une connaissance de longue date. Je sais que Peter apprécie ta présence ici ce soir.

— Et il apprécie ton soutien, comme toujours, renchérit Katie. Cela signifie beaucoup pour lui.

Rex hocha la tête avant de se tourner vers Blake.

— Votre présence est surprenante, en revanche, lui dit-il.

— C'est ce que l'on m'a déjà fait savoir à quelques reprises, rétorqua Blake avec froideur.

— Je sais qu'Eleanor soutient toujours Adam Trent, ce qui vous place dans le camp ennemi, si je puis dire… Tout du moins ce soir.

— Je ne suis pas toujours en accord avec ma mère en ce qui concerne le choix de ses amis — « Ni de ses amants », ajouta-t-il en son for intérieur, ne parvenant toujours pas à digérer le fait que sa mère avait entretenu une relation avec cet homme — Quant à la raison de ma présence ici, elle ne regarde que moi.

A la façon dont Rex les considéra, lui et Katie, il était clair qu'il s'était fait sa propre idée sur le sujet. Il se contenta de hocher la tête.

— Je suis sûr qu'Eleanor comprend, déclara-t-il.

— J'ai depuis longtemps passé l'âge d'avoir besoin de l'assentiment de ma mère. Maintenant, si vous voulez bien nous excuser…

Et, sans attendre la réponse de Rex, il incita gentiment Katie à avancer.

— Cela aurait pu être pire, commenta celle-ci quelques secondes plus tard. Heureusement que Jason ne s'en est pas mêlé.

— Je sais pourquoi, rétorqua-t-il d'un ton bref. D'après ce que j'ai entendu, il sort avec Penny. Il se demande sans doute si je suis au courant et n'a de toute évidence pas envie d'entendre mon opinion sur le sujet.

— Penny ? s'exclama Katie. Ta sœur Penny sort avec Jason Foley ?

— C'est ce qu'elle prétend. Je ne sais pas comment lui définit les choses…

— J'ai du mal à les imaginer ensemble, commenta Katie.

— Moi aussi.

Penny était l'exacte opposée de sa sœur jumelle Paige. Calme et posée, elle n'était pas le genre de femme à se laisser séduire par un coureur de jupons tel que Jason Foley.

— Je ne suis pas sûr que Jason ne se sert pas de Penny pour lui soutirer des informations au sujet de mon plan de sauvetage de McCord Jewelers, ajouta-t-il à regret. Hélas ! Penny ne veut rien entendre.

— Tu n'as peut-être pas tort, fit Katie lentement. Cela dit, c'est une histoire entre elle et Jason.

Il s'arrêta au bord de la piste.

— Si tu cherches à me faire comprendre que je dois m'occuper de mes oignons, désolé, mais c'est impossible ! Pas alors que mon business est impliqué.

Katie soupira.

— Fais un peu confiance à Penny, tenta-t-elle de le convaincre. Je l'imagine mal trahir des secrets de famille. Je comprends que tu détestes l'idée qu'une de tes sœurs ait une relation avec un Foley, mais Penny doit pouvoir faire ses propres choix. Et ce, sans ton intervention.

— Et moi qui pensais que tu serais de mon côté !

— Mais il ne s'agit pas de prendre position, Blake. Je sais ce que c'est quand les familles se mêlent des relations amoureuses de leurs rejetons ! Regarde pour Tate et moi. J'ai grandi sans jamais avoir à me demander qui j'avais envie d'avoir pour petit copain ou pour mari parce que nos familles nous ont toujours rabâché que nous étions parfaits l'un pour l'autre. Maintenant, je ne sais ni ce qui serait bon pour moi ni ce que je veux. Je ne souhaite donc cela à Penny pour rien au monde !

— Même si tu savais qu'elle commet une grosse erreur ? riposta-t-il.

— Oui. Il lui appartient de faire cette erreur.

Se mordillant la lèvre inférieure, Katie parut hésiter, puis elle lui toucha le bras.

— Je sais que tu penses avoir raison, mais je t'assure que tu ne dois pas intervenir. Tu risques d'envenimer la situation.

Il n'avait pas l'intention d'admettre qu'elle avait peut-être raison. Sa méfiance envers les Foley était trop enracinée en lui. Que Penny ait une relation avec Jason Foley lui semblait une trahison aussi grave que la liaison de sa mère avec Rex.

— Je comprends ton point de vue, concéda-t-il finalement.

— Mais ?

— Mais je ne suis pas sûr d'y adhérer.

— Promets-moi au moins d'y réfléchir.

— Je te le promets, dit-il enfin, incapable de résister à son charme.

Katie lui sourit, et il oublia instantanément leur conversation.

— Tu m'as promis une danse, fit-il observer.

Il la prit dans ses bras, et elle se laissa aller contre lui, s'abandonnant au rythme du morceau lent et sensuel venait de débuter.

Il avait une conscience aiguë du contact de sa main sur son épaule, de sa chevelure noire encadrant son visage, de ses courbes épousant son corps. Elle était son plus grand fantasme personnifié ! Il lui semblait qu'au moindre geste, au moindre effleurement de leurs deux corps, la tension entre eux exploserait, suscitant un brasier qui anéantirait toutes les frustrations de la soirée.

Resserrant son étreinte autour de sa taille, il la pressa contre lui et posa la joue contre la soie de ses cheveux, tandis que son souffle lui effleurait le creux de la gorge.

La musique se termina sur une note mélancolique.

S'écartant un peu, ils se contemplèrent pendant plusieurs secondes, sonnés, tandis que les couples autour d'eux se dispersaient et que l'orchestre entamait un nouveau morceau.

Les lèvres de Katie s'entrouvrirent, mais aucun son n'en sortit.

Cependant, il savait parfaitement ce qu'elle ressentait, puisqu'il ressentait la même chose.

— Nous devrions aller retrouver les autres, suggéra-t-elle enfin.

— Tu as raison, approuva-t-il, sans bouger pour autant.

— Mes parents et oncle Peter vont se demander où je suis passée.

— Probablement.

La musique les enveloppa de nouveau.

— Tu as une mauvaise influence sur moi, susurra-t-elle en se rapprochant de lui.

— Moi ? Personne ne m'avait encore jamais accusé d'une telle chose !

Ils recommencèrent à osciller ensemble au rythme de la musique, leur attention exclusivement dédiée l'un à l'autre.

— Cette façon que tu as d'agir à ta guise et de te moquer du qu'en dira-t-on…

— Tu devrais essayer toi-même.

— Tu as peut-être raison. Qui sait ce qui pourrait arriver alors !

Ne connaissant pas la réponse à cette interrogation, il se contenta de la maintenir serrée contre lui.

Pour l'instant, c'était tout ce qu'il lui importait.

- 6 -

Les retombées de cette soirée passée parmi les supporters de Peter Salgar ne tardèrent pas à se faire sentir pour Blake.

Le lendemain matin, il avait réussi à éviter toute confrontation avec sa famille en s'éclipsant à l'aurore, mais il était bien conscient que les reproches arriveraient tôt ou tard.

Lorsqu'il pénétra dans la salle à manger pour le dîner, les visages de sa mère, de Paige et de Tate, parlaient d'eux-mêmes. Renonçant aux salutations habituelles, Eleanor lui tendit le journal du jour.

En deuxième page figurait un article sur la soirée de collecte de fonds pour Peter Salgar. Le reportage était accompagné d'une photo de Peter et de sa femme en grande conversation avec un membre du Congrès et un avocat. On apercevait également en arrière-plan Katie et Blake aux côtés du couple Salgar.

— C'est une façon très instructive de finir la journée, déclara Eleanor d'un ton sarcastique. Adam a appelé pour me demander des explications, mais j'ai été bien incapable de le renseigner. Si tu avais l'intention de soutenir Peter Salgar, j'aurais apprécié que tu m'en avertisses avant !

— On dirait plutôt qu'il soutient Katie, fit remarquer

Paige, faisant dévier la conversation de l'aspect politique vers un aspect potentiellement plus délicat encore.

Elle ne parut pas le moins du monde désarçonnée par le regard meurtrier dont Blake la fusilla.

— Qu'y a-t-il entre vous deux, à propos ? ajouta-t-elle d'un ton narquois.

— Rien de ce que tu imagines, répliqua-t-il, incapable de contenir son irritation. Nous sommes amis. Katie avait besoin d'un cavalier, je me suis proposé. Voilà tout.

— Oui, en effet, votre attitude semble très *amicale*, ironisa Paige en esquissant un geste vers la photo du journal.

Il l'admit en son for intérieur, leur attitude — lui, la main posée en bas du dos de Katie, elle, légèrement inclinée vers lui — laissait penser qu'ils étaient plus que des amis. Pire encore, son expression le trahissait. Le photographe avait réussi à le saisir dans un moment d'inattention, alors que ses yeux rivés sur Katie exprimaient le désir et ce qu'il aurait pu qualifier chez un autre homme de tendresse…

Sa mère tourna vers lui un regard attentif.

— Katie et toi avez passé beaucoup de temps ensemble, dernièrement. Penses-tu que ce soit sage, étant donné les circonstances ?

— A quelles circonstances fais-tu allusion ?

— Les événements précédents, répondit Eleanor en jetant un coup d'œil vers Tate.

— Cela n'a pas d'importance, intervint tranquillement ce dernier. Personne ne peut accuser Blake de m'avoir pris Katie.

— Ou de tromper une épouse, marmonna aigrement Paige.

Le visage d'Eleanor se contracta, mais elle ne commenta pas cette allusion peu subtile de sa fille à sa liaison passée avec Rex Foley.

— Je regrette de vous décevoir, mais vous en faites des tonnes pour rien, déclara Blake d'une voix égale. Je n'ai pas proclamé de loyauté éternelle à Peter Salgar, et Katie et moi ne sommes pas en couple.

Pas une personne autour de la table ne parut convaincue par ces propos.

Impatient de changer de sujet avant de perdre son sang-froid, il reprit la parole.

— Où est Penny ? Je pensais qu'elle serait là.

— Elle a dit qu'elle sortait, répondit sa mère d'un ton prudent en évitant son regard.

— Ce qui veut dire qu'elle voit Jason Foley, en déduisit-il.

— Je n'en suis pas certaine. Elle refuse d'en parler à quiconque, de toute façon. Inutile de nous préciser que tu désapprouves. Je n'approuve pas moi non plus, mais Penny est une adulte. Elle a le droit de faire ses propres choix.

C'était, à quelque chose près, ce que Katie lui avait déclaré.

Il n'appréciait pas davantage ce discours venant de sa mère que de Katie. Néanmoins, ayant à la mémoire le conseil de cette dernière de rester en dehors de ça, il s'abstint de faire connaître le fond de sa pensée : que Jason Foley se servait de Penny…

Une petite heure plus tard, ce fut avec soulagement qu'il s'échappa de l'atmosphère tendue qui avait régné pendant le dîner.

Il se dirigeait vers le bureau pour relever ses e-mails, lorsque Tate le prit à part.

— J'espère que tu m'as cru sincère, tout à l'heure ?

— Oui. Et je te remercie.

Ils s'étaient disputés plus d'une fois au cours des dernières semaines, souvent au sujet de Katie, aussi Blake appréciait-il à sa juste valeur le soutien de son frère.

— J'espère que tu sais ce que tu fais, ajouta Tate.

— Je sais *toujours* ce que je fais.

— En affaires, et probablement avec toutes les femmes avec lesquelles tu es sorti. Mais avec Katie, c'est différent.

Blake sentit subitement la moutarde lui monter au nez.

— Il est inutile que tu me le fasses remarquer. Je t'ai répété des centaines de fois qu'elle était spéciale ! Et je te rappelle que c'est toi qui l'as laissée partir !

Son frère ne répliqua pas tout de suite. Il se contenta de l'observer attentivement.

— Je ne crois pas que tu saches si bien que ça ce que tu fais cette fois-ci…

— Ton opinion ne m'intéresse pas.

— Peut-être. Mais je ne veux pas que Katie souffre.

— Parce que tu présumes que je vais la faire souffrir ?

Cette supposition insupportait d'autant plus Blake qu'il s'en savait capable. Jamais il ne s'était engagé dans une relation amoureuse sérieuse. Ses attentes envers les femmes étaient aussi hautes que sa certitude qu'il finirait invariablement par être déçu. Par conséquent, il ne s'était jamais laissé entraîner dans une relation durable. De façon irrationnelle, pourtant, il ne supportait pas que Tate parte automatiquement du principe qu'une relation entre Katie et lui finirait mal.

— Ce n'est pas ce que j'ai dit, protesta Tate. Je te demande juste de faire attention à elle.

— Comme tu l'as fait toi-même, c'est bien ça ?

Tate laissa échapper un soupir excédé.

— Je n'ai pas envie d'avoir de nouveau cette conversation avec toi. Nous en avons suffisamment parlé ces dernières semaines. J'ajouterai seulement une chose : si c'est ta façon de prouver encore une fois que tu es le meilleur, alors laisse tomber. Comme tu le répètes sans cesse, Katie mérite mieux.

Et, sans lui laisser le temps de répliquer, son frère fit volte-face et quitta la pièce, laissant Blake avec la désagréable sensation qu'il avait peut-être raison.

Au beau milieu de la majestueuse salle de bal, sous la voûte des lustres en cristal, Katie écoutait d'une oreille distraite la responsable qui lui décrivait les prestations de l'endroit.

La voix de son interlocutrice devint bientôt un bourdonnement de fond, tandis que l'attention de Katie était toute occupée à déterminer dans quelle humeur se trouvait Blake.

Celui-ci avait accepté avec empressement de l'accompagner jusqu'à cette salle où devait se tenir le bal de Halloween. Pourtant, depuis le début, il se montrait tendu et renfermé, presque froid... En tout cas très différent de l'homme qui, deux jours auparavant, avait dansé avec elle, l'avait serrée contre lui et l'avait regardée avec cette intensité qui avait éveillé en elle des désirs insoupçonnés.

Les mots « dégustation de vin » pénétrèrent jusqu'à son cerveau, et elle prit conscience qu'elle avait complètement manqué les dernières minutes de conversation.

— Excusez-moi, dit-elle hâtivement, fuyant le

regard ironique de Blake pour affronter celui, quelque peu offensé, de leur interlocutrice. Je me suis laissé distraire en imaginant à quel point ce cadre serait merveilleux pour notre bal. Oui, une dégustation de vin serait une excellente idée !

La femme sourit, rassérénée par ses excuses.

— Si vous voulez bien m'attendre quelques minutes, je vais arranger ça pour vous, déclara-t-elle.

— Charmant, n'est-ce pas ? fit Blake après son départ.

— En effet. Je ne peux pas en dire autant de ton humeur. Si tu ne tenais pas à m'accompagner, tu aurais dû m'en faire part. Je me serais débrouillée toute seule.

Il l'étudia brièvement avant de secouer la tête, et pour la première fois depuis une heure il parut se détendre.

— Bien sûr, tu aurais pu t'en tirer seule. Mais je tenais à être là. Ne sommes-nous pas censés former une équipe ?

— Censés ?

— O.K., nous *formons* une équipe.

— Etant donné que tu détestes l'idée de dépendre de quelqu'un d'autre, ce doit être difficile à admettre.

— Un peu, avoua-t-il, lui concédant un demi-sourire. Bon, peux-tu m'expliquer comment nous sommes censés faire tenir mille personnes, un orchestre à cordes et une multitude d'activités dans cette charmante et unique salle de bal ?

— Il y a plein de place, assura-t-elle. Regarde là-haut, nous avons toute la mezzanine à notre disposition, et il y a aussi un espace assez grand de l'autre côté du bar…

Se rendant compte que Blake ne regardait pas ce qu'elle lui montrait mais fixait son visage, elle s'interrompit. Elle retint sa respiration, et l'atmosphère lui sembla soudain beaucoup plus chaude.

Elle fit de son mieux pour ne pas paraître déstabilisée.

— Il est inutile de me demander des explications si tu ne m'écoutes pas !

Blake esquissa un pas vers elle et fit courir sa main sur son épaule et le long de sa gorge jusqu'à enfouir les doigts dans ses cheveux.

— Mezzanine et de l'autre côté du bar, répéta-t-il. J'ai compris.

Elle n'avait pas de doutes à ce sujet, mais quand il se pencha pour l'embrasser, elle oublia toute considération organisationnelle pour s'abandonner à son baiser, faisant fi de l'endroit où ils se trouvaient.

Peut-être son attitude n'était-elle pas raisonnable — comme tout le monde ne cessait de le lui répéter —, mais la raison ne pouvait rien contre l'électricité qui jaillissait entre eux chaque fois qu'ils s'effleuraient.

Blake, lui, n'avait manifestement aucun scrupule à ce sujet. Il l'attira contre lui et approfondit son baiser.

— Nous sommes prêts pour… Oh !

La voix de la responsable leur fit rompre leur baiser, mais Blake ne la relâcha pas tout à fait.

— La dégustation de vin, reprit la femme, nous sommes prêts, si vous…

Agitant sa main en direction de la porte, celle-ci évitait de les regarder en face.

Katie lut l'amusement dans les yeux de Blake et se mordit la lèvre pour ne pas laisser l'hilarité la gagner.

— Nous n'aurions pas dû faire cette dégustation avant le déjeuner, murmura-t-elle une demi-heure plus tard, alors qu'ils avaient pratiquement goûté toute la gamme des vins proposés et effectué leur sélection pour le bal.

— Tu as peur d'être un peu pompette et que je cherche à abuser de toi ? la taquina Blake en s'appuyant au dossier de sa chaise tout en faisant tourner dans son verre le bourgogne qu'il dégustait.

— Tu te conduis déjà comme ça sans avoir bu ! l'accusa-t-elle en pouffant. Et puis qui te dit que ce ne serait pas l'inverse ?

Il haussa légèrement un sourcil.

— Je promets de ne pas m'y opposer

— Je m'en souviendrai…

Embarrassée par la rougeur qui lui envahissait progressivement le visage et le cou, elle jeta un coup d'œil sur sa liste.

— Il nous reste à choisir le champagne et nous en aurons terminé, annonça-t-elle.

— Je te laisse faire, alors.

— Tu ne me feras pas croire que tu n'aimes pas le champagne, protesta-t-elle avec un air faussement choqué. C'est impossible. Le champagne est présent dans la plupart de mes fantasmes favoris.

Cette réplique capta définitivement l'attention de Blake. Il se redressa, une lueur de concupiscence dans les yeux.

— Pourrais-tu développer un peu ?

— Non, refusa-t-elle en riant. Tu devras te contenter d'imaginer.

— Cela pourrait s'avérer dangereux ! J'ai une imagination débordante.

— Vraiment ? Je ne t'ai pourtant jamais pris pour quelqu'un de créatif.

— Veux-tu une démonstration ?

Elle sélectionna sur sa liste plusieurs vins pétillants qu'elle connaissait avant de sauter sur ses pieds.

— Pas ici, décréta-t-elle. J'estime que nous avons suffisamment embarrassé le personnel pour aujourd'hui. Et puis, je meurs de faim.

— Alors, allons-y.

— Et si c'était moi qui t'emmenais quelque part ? proposa-t-elle.

Elle était heureuse de surprendre Blake avec son offre, tout comme elle était heureuse de l'humeur légère et charmeuse qui s'était installée entre eux.

— C'est samedi, le soleil brille, et j'ai une idée en tête, ajouta-t-elle.

— Alors, je te suis les yeux fermés !

— Vraiment ?

Lui passant un bras autour de la taille, Blake effleura sa tempe de ses lèvres.

— Seulement cette fois-ci, murmura-t-il.

— C'est un excellent choix, commenta Blake après avoir passé commande.

Katie l'avait emmené jusqu'à un petit café pittoresque qu'elle avait découvert un jour par hasard. L'endroit étant situé dans une ruelle tranquille, assez loin des établissements luxueux que Blake et elle fréquentaient d'habitude, il était peu probable qu'ils tombent sur une personne de connaissance.

— Tu apprécies ?

— Cela semble te surprendre, fit-il remarquer en souriant. Oui, cet endroit me plaît. C'est un peu comme un refuge.

— Je ressens exactement la même chose. Je suis toujours venue ici seule pour cette raison.

— Ah… Donc, tu n'aimes pas le partager. Qu'est-ce qui me vaut cette invitation, alors ?

— J'ai pensé que toi, contrairement à d'autres, tu saurais apprécier cet endroit…

Elle fit une pause avant de reprendre la parole.

— Tu es tellement soucieux, tu te mets tellement de pression sur les épaules ! Si quelqu'un a besoin de faire un break, c'est bien toi.

— J'ai l'impression que tu me considères comme l'une de tes « œuvres de bienfaisance », observa-t-il, sans son habituelle pointe d'ironie.

— Hum… Je suppose que je ne sais pas résister à un véritable défi.

Cela le fit rire.

Elle aimait la métamorphose qui s'opérait en Blake lorsqu'il riait. Quand il oubliait l'espace d'un instant ses responsabilités, il semblait plus jeune, plus accessible, et surtout plus attirant.

— Dis-moi, est-ce ta seule façon de t'échapper du monde ? s'enquit-il au milieu du repas, ou bien en as-tu d'autres ? Quelque chose impliquant du champagne, peut-être ?

— Laisse tomber, je ne t'en dirai pas plus. Mais oui, j'ai d'autres façons de me détendre, en effet.

— Le shopping ? Le spa ?

— Absolument pas. Tes préjugés concernant les femmes sont très dépassés.

— Alors, dis-moi ce que tu aimes, Katie.

— Je ne pense pas que ça t'intéresserait, décréta-t-elle en fuyant son regard.

— Qu'en sais-tu ? Allez, dis-moi… Juste une chose !

— Bon, d'accord, *une* chose.

Elle réfléchit quelques instants.

— Je te préviens, c'est un peu stupide.

— J'en doute, mais je te promets de ne pas rire.

— J'adore les films avec Humphrey Bogart. Parfois, je m'enferme avec du pop-corn et je passe la soirée à regarder un de mes films favoris.

Un peu gênée par cet aveu, elle secoua la tête.

— Je n'ai jamais confié ça à personne, alors je compte sur toi pour garder le secret.

Blake lui prit la main et mêla ses doigts aux siens.

— Tu peux compter sur moi, Katie. Je te le promets.

Ces paroles résonnaient comme un serment allant bien au-delà de son penchant pour les vieux films hollywoodiens.

S'il y avait une chose qu'elle savait sur Blake McCord, c'était qu'il ne faisait pas de promesse à la légère. Savoir qu'il allait garder ce secret pour lui provoquait chez elle un étrange mélange de plaisir, de doute et désir. Un sentiment qu'elle avait du mal à analyser…

Mais elle ne chercha pas davantage à l'élucider. Elle s'accorda simplement le plaisir de se sentir bien en la compagnie de Blake, dans ce havre de paix temporaire où rien ni personne ne venait les déranger.

Et elle se permit d'espérer que ce moment pouvait marquer le commencement de quelque chose qu'elle n'avait jamais osé espérer.

- 7 -

— Enfin, Katerina, ce n'est que pour le week-end ! s'impatienta Anna Salgar. Tu as besoin d'une robe pour le bal, et il est hors de question que je te laisse t'y rendre avec une tenue achetée à Dallas ! C'est bien trop risqué.

— Maman, protesta Katie avec une pointe d'agacement, ne sois pas ridicule. Il y a des dizaines de boutiques de designers ici, je trouverai bien quelque chose qu'aucune autre femme n'oserait porter. Je te le promets.

— Il ne s'agit pas de cela, et tu le sais très bien.

Anna lui tourna le dos et joua nerveusement avec la boîte à bijoux italienne qui trônait sur le bureau.

— C'est Tate qui t'a rapporté ça de Florence, n'est-ce pas ?

— Tu le sais bien…

Sa mère ouvrit la boîte et la referma avant de se retourner vers elle.

— Puisque tu t'obstines à affirmer que c'est terminé entre Tate et toi, cela signifie que tu es célibataire et disponible. Par conséquent, tu ne peux pas prendre de risques avec ta tenue. Il te faut une robe ayant *beaucoup* de style.

Excédée, Katie se mit à marcher de long en large dans sa chambre.

« Célibataire », qu'est-ce que ça voulait dire ? Du plus loin qu'elle se souvenait, elle avait toujours été promise puis fiancée à Tate…

Elle se laissa tomber au bout de son lit et enfouit son visage entre ses mains.

— Maman, je ne sais même pas ce que c'est que d'être célibataire.

— Je sais, ma chérie, la rassura Anna en s'asseyant à côté d'elle. C'est la raison pour laquelle je tiens à t'emmener faire des emplettes à New York. Je veux te montrer comment profiter de ta nouvelle liberté.

Elle écarta une mèche de cheveux de sa joue.

— Je n'avais pas imaginé que tu te retrouverais un jour dans cette situation, reprit-elle, mais puisque c'est le cas, nous devons opter pour une nouvelle stratégie.

— Une stratégie ? répéta Katie en relevant le menton.

— Enfin… Peut-être le terme est-il mal choisi, mais ce que j'essaie de te faire comprendre, c'est que tu dois adopter une nouvelle attitude à l'égard des hommes.

L'image de Blake surgit dans son esprit.

Certes, ils n'étaient pas amants, mais ils étaient devenus bien plus que des amis.

Elle se sentait désemparée, comme dans une impasse. Devait-elle suivre les conseils de sa mère ?

C'était ce qu'elle avait toujours fait concernant sa relation avec Tate. N'avait-elle pas toujours écouté sa mère prétendre qu'il était l'homme qu'il lui fallait, sans jamais se demander si c'était vraiment ce qu'elle-même souhaitait ?

Et elle en était là : la trentaine, et célibataire pour la première fois de sa vie !

— C'est ridicule, à mon âge, invoqua-t-elle. J'ai bien peur de ne pas connaître les règles et de ne pas avoir très envie de les connaître.

— Mais bien sûr que si, et je veux t'y aider ! Maintenant que tu es libre de toute attache, il est primordial de ne pas te précipiter.

Katie baissa la tête.

Le message de sa mère était clair, même si celle-ci préférait éviter toute confrontation directe, usant de sous-entendus plutôt que de lui enjoindre de garder ses distances avec Blake McCord.

— Ce n'est pas un problème, répondit-elle simplement, afin d'atténuer les soupçons de sa mère.

Et pourtant si, Blake constituait bel et bien un problème. Elle ne cessait de penser à lui, aux moments qu'ils passaient ensemble, au plaisir qu'elle avait à être en sa compagnie. Et au fait qu'elle en désirait davantage…

— Bien, dit Anna. Commençons par le début.

Elle lui tapota la cuisse avant de se lever pour entreprendre une exploration en règle de son dressing.

Elle se mit à en passer chaque vêtement en revue avec une moue désapprobatrice.

— J'aime mes vêtements, protesta Katie en la rejoignant.

— Tu as un excellent goût, ma chérie, mais nous allons peut-être devoir l'affiner un peu…

Comprenant que si elle n'y mettait pas immédiatement le holà, sa mère prendrait non seulement en charge sa garde-robe mais aussi sa vie amoureuse, Katie secoua vivement la tête.

— Ecoute, faisons un compromis, proposa-t-elle. J'accepte d'aller à New York acheter une robe pour le bal si tu promets de ne pas toucher à un seul de mes vêtements sans que nous n'en ayons discuté d'abord.

Pensive, Anna cessa de tripoter jupes, chaussures et foulards, et Katie l'observa avec inquiétude.

Sa mère semblait partie en mission, et sa volonté était plus dure que n'importe quel diamant de la collection McCord !

Puis Anna recommença à éprouver entre le pouce et l'index la qualité d'un pull en cachemire noir.

Katie retint son souffle.

Non. Cette fois, elle ne céderait pas !

Sa mère laissa finalement retomber le vêtement et se tourna vers elle avec un léger sourire.

— Commençons par New York, alors.

Les bras chargés de divers sacs et paquets, Katie dut en poser plusieurs sur le trottoir de la Cinquième Avenue pour répondre à son téléphone portable.

Anna s'arrêta à ses côtés, l'incitant à ne pas répondre.

— Laisse-le sonner. Tu écouteras le message plus tard.

— Je ne peux pas. C'est peut-être Blake.

Katie avait prononcé ces mots sans réfléchir. Mesurant sa bévue, elle se sentit obligée de fournir une explication à sa mère.

— Nous sommes sur le point de conclure la recherche d'œuvres d'art pour la vente aux enchères. Peut-être Blake a-t-il besoin d'informations.

— Hum, se contenta de répondre sa mère.

— Allô ? fit Katie, le souffle court

— On dirait que tu es à ton cours de gym plutôt que dans une boutique, lui fit remarquer une voix familière.

C'était Blake, Dieu merci !

Son départ pour New York avait été si soudain qu'elle avait à peine eu le temps de lui laisser un message d'au revoir sur son portable. Comme ils ne s'étaient pas parlé, elle avait craint qu'il ne pense qu'elle avait besoin de prendre ses distances vis-à-vis de lui.

— Katie, tu es là ? s'enquit-il à l'autre bout du fil. Tout ce que je parviens à entendre, c'est ta respiration. Ce qui, dans certaines circonstances, est un son tout à fait à mon goût…

Oh non ! Le moment était vraiment mal choisi pour les allusions de ce genre, alors que sa mère était à ses côtés, prêtant l'oreille à chacune de ses paroles.

— Euh, désolée, mais ma mère et moi sommes sur la Cinquième Avenue, les bras chargés d'emplettes.

— L'expédition est-elle fructueuse ?

— Oui, oui.

Elle jeta un coup d'œil vers Anna qui resserrait son manteau de chinchilla autour d'elle.

— Ma mère a acheté trois boutiques ! ironisa-t-elle.

— Je croyais que vous étiez à la recherche d'une robe ?

— Moi aussi.

Elle entendit le rire grave de Blake résonner à son oreille et eut l'envie soudaine de voir le visage qui accompagnait ce rire.

— Quelles sont les nouvelles ? s'enquit-elle. As-tu sollicité les derniers donateurs ?

Ce n'était pas vraiment ce dont elle avait envie de parler avec Blake, mais en l'occurrence elle n'avait pas d'autre option. Bien sûr, elle aurait préféré lui demander si elle lui manquait, s'il pensait à elle autant qu'elle pensait à lui… Enfin, ce genre de trucs un peu puérils.

Il y eut un long silence.

— Tu me manques, dit soudain Blake.

Le cœur de Katie bondit dans sa poitrine, mais les immenses verres des lunettes noires de sa mère étaient braqués sur elle.

— Oui, c'est exactement ce que je pense, moi aussi, répondit-elle.

L'amusement pointa dans la voix de Blake.

— Si je n'avais pas autant envie de te voir, je trouverais amusant de te savoir aussi mal à l'aise en plein cœur de la Grosse Pomme ! railla-t-il.

— Tu peux vraiment être un mufle, le sais-tu ?

— Oui. Mais tu me manques quand même.

— Katie, intervint sa mère en hélant un taxi, je suis frigorifiée. Allons prendre un grog au Plaza.

— Ecoute, Blake, je te rappellerai un peu plus tard. Ma mère a froid, expliqua Katie, nous allons prendre un taxi.

— Appelle-moi quand tu veux, lui répondit Blake. J'avais envie d'entendre ta voix. Ton message n'est qu'un maigre substitut à ta présence…

Elle sentit sa gorge se serrer, d'excitation aussi bien que de frustration.

— Cela m'a plu, à moi aussi.

— Appelle dès que tu peux, d'accord ?

— Ce soir… euh, après…

— Quand ta mère sera couchée, c'est ça ?

— Exactement ! fit-elle avec le rire coupable d'une écolière.

— Amuse-moi bien.

— Merci, je vais essayer.

Elle se retint d'ajouter qu'elle s'amuserait davantage s'il était à ses côtés et se contenta de prendre congé.

*
* *

Un peu plus tard, confortablement installée en compagnie de sa mère au bar du Park Plaza récemment rénové, Katie était absorbée dans la contemplation de la magnifique vue de Central Park, baigné d'une douce lumière automnale.

On apercevait des calèches tirées par des chevaux transportant des touristes. Les couples blottis sous les couvertures jouissaient du soleil couchant sur ce paysage enchanteur et profitaient de leur compagnie réciproque…

Sans doute Blake se moquerait-il d'elle si elle lui en faisait part, mais elle avait toujours trouvé immensément romantique l'idée d'une promenade en calèche dans Central Park par une nuit étoilée.

Mais Blake serait-il capable de se tenir tranquille pendant une heure ? Il était si déterminé et énergique qu'il serait capable de ne pas profiter pleinement de l'expérience.

— Si j'avais voulu profiter de ma propre compagnie, je serais venue à New York seule !

Elle leva les yeux et vit sa mère se rasseoir en face d'elle.

Elle ne s'était même pas rendu compte que celle-ci s'était absentée quelques instants pour aller aux toilettes !

— Je suis désolée, mais j'ai beaucoup de choses en tête en ce moment avec le bal et tout le reste, prétexta-t-elle.

Anna leva sa coupe en cristal remplie de Kir royal.

Manifestement, elle était passée du grog au champagne… Un autre détail qui avait échappé à Katie !

— Tu mens, déclara-t-elle.

Katie la regarda avec des yeux ronds.

— Je te demande pardon ?

— Tu es distraite depuis le coup de fil de Blake.

Avalant le reste de son grog tiède, Katie fit la grimace.

— Tu tires des conclusions hâtives, se défendit-elle.

— Tu espères me faire croire que tu n'as pas pensé à lui tout le temps depuis que tu as raccroché ?

Comme elle secouait la tête avec exaspération, Anna lui adressa un sourire aussi faux que ses dénégations.

— Bien. Alors, si je me trompe, tu ne verras aucun inconvénient à passer un peu de temps avec l'un des plus illustres habitants de New York !

Katie soupira.

Elle soupçonnait depuis le début que sa mère mijotait quelque chose. Ayant compté intérieurement jusqu'à dix pour contenir la colère qui couvait en elle, elle affronta Anna.

— De quoi parles-tu ? s'enquit-elle. Je croyais qu'il s'agissait d'un week-end mère-fille.

— Oh ! mais c'est le cas, ma chérie ! J'ai seulement pensé qu'il pourrait être agréable de partager un verre et peut-être un dîner avec le fils d'une vieille amie.

— Je n'y crois pas ! Ne me dis pas que tu m'as fait venir ici pour essayer de me caser ?

— Comme tu es méfiante ! Ah ! le voilà !

Anna secoua sa main aux ongles parfaitement manucurés à l'intention du nouvel arrivant.

— Sois aimable, ajouta-t-elle.

Serrant les dents, Katie vit s'avancer vers elles un homme grand et séduisant vêtu d'un costume fait sur mesure mettant en valeur son imposante stature.

Il évoluait avec l'aisance d'un homme qui avait passé toute sa vie au Park Plaza. Un serveur se précipita vers lui, et l'homme se pencha pour lui donner un ordre. Avant qu'elle ait pu esquisser le moindre geste pour s'esquiver, il était devant leur table, un large sourire aux lèvres.

— Bonjour, Anna. Vous êtes rayonnante, comme toujours, dit-il d'un ton onctueux en se baissant pour déposer un baiser sur la joue de sa mère. Vous devez être Katerina…

Il s'inclina tout en la balayant d'un regard subtil.

— Katie, rectifia-t-elle, s'efforçant à un minimum de politesse.

— Katie, je te présente Girard, le fils de Ruth, intervint Anna. Tu sais, Ruth était l'une de mes meilleures amies à Wellesley. Nous étions dans la même association d'étudiantes et sommes restées d'excellentes amies.

— Il est dommage que vous habitiez si loin l'une de l'autre et que ma mère ne soit pas en état de se déplacer en ce moment, commenta Girard.

— Quel dommage, en effet ! J'aurais tant aimé la voir. Je viendrai lui rendre visite cet été. Dallas est épouvantablement chaud en juillet. Oh ! je suis désolée, Girard, assieds-toi…

Katie s'éloigna non sans réticence de la fenêtre afin de permettre au nouvel arrivé d'accéder à la chaise à côté d'elle.

Sa mère avait pensé à tout, y compris au cadre de la rencontre. C'était tout elle ! Mais celle-ci avait beau souhaiter ce qu'il y avait de mieux pour elle, elle n'appréciait pas qu'elle se mêle de nouveau de ses choix en matière d'homme.

Elle fit néanmoins de son mieux pour ne pas laisser transparaître son irritation devant Girard.

Celui-ci donnait à Anna des nouvelles de la santé

de sa mère lorsque le serveur apporta une bouteille de vin français et un plateau d'amuse-bouche.

Girard se tourna alors vers Katie.

— J'espère que vous apprécierez. J'ai eu une journée difficile à Wall Street, et j'avais très envie d'un peu de vin et de quelque chose à me mettre sous la dent. Si ce vin ne vous plaît pas, nous en commanderons un autre.

— Cela me semble parfait, répondit-elle, en évitant de laisser percer le sarcasme dans sa voix.

Le vin était bon, tout comme les amuse-gueules, et Girard s'avérait plutôt agréable. Pourtant, Katie n'avait pas du tout envie d'être agréable. Elle se sentait même d'humeur ingrate, car tout ce qu'elle rêvait de faire, c'était de s'échapper pour retrouver Blake.

— J'ai comme l'impression que votre expédition a été concluante, fit remarquer Girard en lorgnant d'un air amusé la dizaine de sacs entassés dans un coin.

— Absolument ! s'enthousiasma Anna. Nous avons trouvé une robe parfaite pour le bal de charité que Katie organise. On dirait qu'elle a été conçue pour elle. Montre-lui, chérie…

— Non, maman, je ne crois pas, répliqua Katie. L'endroit est mal choisi.

Girard posa gentiment la main sur son bras.

— Je crois votre mère sur parole ! De quelle couleur est-elle ?

— Bleu nuit, souffla-t-elle, réussissant à ne pas broncher à ce contact, bien que la sensation soit étrangement déconcertante.

Elle n'avait pas envie qu'un autre homme que Blake la touche !

C'était étrange. Pendant toute sa relation avec Tate, elle avait dansé avec d'autres hommes, leur permettant de passer leurs bras autour d'elle, de lui tenir la main ou parfois même de l'embrasser. Cela n'avait alors eu aucune signification… Or, aujourd'hui, elle avait l'impression de trahir Blake.

C'était irrationnel et ridicule, mais d'une certaine façon, il était bon de savoir qu'elle tenait suffisamment à un homme pour ne pas accepter d'attentions d'un autre.

— Elle doit très bien vous aller, disait Girard.

Elle acquiesça poliment et changea de sujet.

Ils discutèrent agréablement, et le temps qu'ils terminent le vin, Girard les avait convaincues de le suivre jusqu'à un restaurant italien élégant, où ils dégustèrent pas moins de quatre plats et firent honneur à deux bouteilles de vin italien.

Girard les raccompagna ensuite, sa mère et elle, jusqu'à leur hôtel. En arrivant dans le hall, Anna s'excusa et les laissa seuls.

— Puis-je vous revoir ? s'enquit Girard en accompagnant Katie jusqu'à l'ascenseur.

Les portes s'ouvrirent et le portier attendit patiemment à l'intérieur.

— Merci, mais je…

« Je fréquente le frère de mon ex-fiancé », termina-t-elle amèrement en son for intérieur.

— Je comprends, dit Girard en lui effleurant les lèvres de son index. Je n'ai pas besoin d'explication.

Il lui tendit la main aimablement.

— C'était un plaisir de faire votre rencontre. Je vous souhaite une excellente fin de séjour. Si vous avez besoin de quoi que ce soit, votre mère sait comment me joindre…

Après avoir donné un pourboire au portier et l'avoir

saluée d'un dernier signe de tête, Girard tourna les talons et s'éloigna dans le hall pavé de marbre.

Elle le regarda s'éloigner, s'interrogeant pour la première fois sur le bien-fondé des paroles de sa mère.

Ne se fourvoyait-elle pas en se lançant aussi vite dans une aventure avec Blake McCord ? Devait-elle attendre un peu et profiter du fait d'être célibataire pour sortir avec d'autres hommes avant de prendre une décision ?

Sa raison répondait positivement à cette question. Son cœur, en revanche, y était hostile. Car le nom de Blake résonnait à chacun de ses battements.

- 8 -

Katie se frotta les tempes dans l'espoir de dissiper un début de mal de tête.

— Est-il vraiment nécessaire que ces demandes de subvention fassent cinquante pages ? grommela-t-elle.

Levant le nez de ses notes, Tessa sourit.

— Tout le monde en passe par là, fit-elle remarquer.

— Peut-être, mais j'ai l'impression que ça fait des semaines que nous travaillons sur cette paperasse.

Elle poussa un gros soupir, mit sa frustration de côté, et elle commençait à examiner le document suivant, quand la sonnerie de son portable interrompit ses efforts.

Tentée de ne pas répondre, elle changea aussitôt d'avis en découvrant le nom de Blake sur l'écran.

Elle ne l'avait pas encore vu depuis son retour de New York, et leurs conversations téléphoniques l'avaient laissée pour le moins insatisfaite.

— Je dois prendre cet appel, dit-elle à Tessa, qui acquiesça distraitement.

— Quelque chose ne va pas ? s'enquit-elle auprès de Blake après les salutations d'usage.

— Pas à ma connaissance, répondit-il. Pourquoi devrait-il y avoir un problème pour que je t'appelle ?

— Non, non, ce n'est pas ce que je voulais dire. Tu m'as surprise, c'est tout.

— En bien, j'espère !

— Cela dépend de la raison de ton appel, répliqua-t-elle en riant.

— Je me demandais si tu avais prévu quelque chose ce soir. J'avais pensé m'arrêter chez toi. C'est la première fois que je peux te voir depuis ton retour.

— Je n'ai aucun projet pour ce soir. Mes parents dînent dehors avec oncle Peter, mais je n'ai aucune envie de me joindre à eux. Veux-tu que nous parlions du bal ?

Blake éluda totalement sa question.

— A 18 heures, alors ? J'apporte le dîner.

— D'accord. Mais, Blake…

— A tout à l'heure, l'interrompit-il avant de couper la communication, lui ôtant toute opportunité de l'interroger davantage.

Elle resta immobile à observer son téléphone, au comble de la confusion.

— C'est donc vrai !

Elle leva la tête et découvrit le visage avide de curiosité de son assistante.

— De quoi parles-tu ?

— Toi et Blake McCord ! Jamais je n'aurais pensé que tu t'intéresserais à lui, surtout après Tate !

Comme elle fronçait les sourcils, Tessa hocha la tête.

— Certes, il est riche et très séduisant, et je suis certaine que des tas de femmes aimeraient le mettre dans leur lit… Mais je suis étonnée que tu sois attirée par un homme aussi froid.

— Tu ne connais pas Blake, répliqua Katie, prenant ardemment la défense de celui-ci. Il y a d'autres aspects de sa personnalité que les gens ne voient pas forcément. Et puis, il n'y a rien d'ambigu entre nous. C'est un ami, nous nous apprécions, voilà tout.

— Pourtant, tu projettes apparemment de passer la soirée en sa seule compagnie…

— Il s'agit juste d'un dîner, Blake veut que nous réglions certains détails au sujet du bal.

— C'est ça, ironisa Tessa. Allez, dis-moi depuis combien de temps ça dure. Attends, est-ce lui, l'homme dont tu rêvasses à longueur de journée depuis que tu as rompu avec Tate ?

— Tessa…

— Et c'est pour ça que Tate et toi avez rompu vos fiançailles, insista Tessa, hystérique. Parce que toi et le frère de Tate…

— Mais absolument pas ! s'insurgea Katie. Je te l'ai dit, Blake et moi sommes amis. Nous travaillons à l'organisation du bal de Halloween. C'est tout !

C'était un mensonge éhonté, mais elle n'était pas actuellement en mesure de définir la relation qu'elle entretenait avec Blake McCord.

— Et puis, même si nous nous voyions pour d'autres raisons, reprit-elle, Blake n'est pour rien dans ce qu'il s'est passé entre Tate et moi. C'était déjà fini entre nous depuis quelque temps. Nous n'avons rendu les choses officielles que tardivement.

— Donc, Blake et toi, vous vous voyez…, persista Tessa.

Exaspérée par la détermination de son assistante à lui faire admettre ce qu'elle n'avait pas encore décidé elle-même, Katie s'emporta.

— Oh ! écoute, ça suffit ! Je n'ai pas l'intention de discuter davantage de ce sujet. Nous avons du travail.

Elle se replongea dans ses papiers, mais Blake et son appel sibyllin lui trottaient sans cesse dans la tête, et elle ne pouvait s'empêcher de spéculer sur ce qu'il mijotait pour la soirée qu'ils allaient passer ensemble.

Blake reposa le téléphone, le sourire aux lèvres.

Il était content d'avoir pu convaincre Katie de passer la soirée avec lui sans avoir à prétendre que c'était pour le bien de l'hôpital. Certes, il ne lui avait pas menti directement, mais il n'avait eu aucun scrupule à filtrer les informations qu'il lui avait données. Car s'il lui avait expliqué exactement quels étaient ses projets pour la soirée, Katie aurait sûrement refusé. Il n'avait donc voulu prendre aucun risque…

Un coup hésitant frappé à la porte de son bureau interrompit ses pensées, et la tête de Penny apparut dans l'entrebâillement de la porte.

— As-tu une minute à me consacrer ? s'enquit-elle.

— Bien sûr, entre, répondit-il, faisant signe à sa sœur de s'asseoir.

Celle-ci lui tendit un porte-documents par-dessus le bureau.

— Voici quelques-uns des nouveaux projets sur lesquels j'ai travaillé pour les diamants jaunes. J'espère que tu les aimeras…

— Ton travail est toujours excellent, dit-il gentiment.

Il examina néanmoins les dessins d'un œil critique.

Assise sur le rebord de sa chaise, les doigts nerveusement entremêlés, Penny le regarda jauger le fruit de ses efforts.

Elle avait serti les diamants jaunes et blancs dans des montures en or blanc, en argent et en platine afin de leur donner une touche romantique et opulente. C'était comme si les bijoux eux-mêmes étaient vieux de plusieurs siècles, tout en étant intemporels par leur beauté et leur attrait.

Il avait presque terminé son inspection lorsqu'une bague attira tout particulièrement son attention. Il s'agissait d'un solitaire classique, taillé en carré et serti dans du platine.

— Celui-ci est très spécial, commenta-t-il tandis que l'image de Katie surgissait dans son esprit.

Il était certain qu'elle l'aimerait. Un bijou unique, magnifique, bien que non-ostentatoire.

Un peu comme Katie elle-même, en fait.

— Qu'en penses-tu ? s'enquit Penny d'un ton où perçait l'anxiété.

— Je trouve que tu as fait du très bon travail, en particulier avec ceux-ci, jugea-t-il en extrayant les dessins qu'il préférait. Je suis moins fan des autres, mais je suppose qu'il est possible de les inclure.

Rassérénée par les louanges de son frère, Penny se leva et commença à rassembler ses dessins.

— Pas nécessairement. Si tu envisages de lier cette collection au diamant de Santa Magdalena, étant donné l'histoire qui s'y rattache, peut-être vaut-il mieux s'en tenir aux pièces qui paraissent les plus traditionnelles. Moi aussi, je préfère ceux que tu as choisis. Je vais donc me concentrer sur ceux-là.

— Pas celui-ci, dit-il en s'emparant du dessin du solitaire. Je ne veux pas qu'il soit inclus dans la collection.

Penny ouvrit des yeux étonnés.

— Mais… Je croyais t'avoir entendu le qualifier de « spécial » ?

— Il l'est. C'est pour cette raison que je n'en veux qu'un.

— Tu le veux ?

— Oui. Tu y vois un inconvénient ?

— Non…

Penny laissa traîner la dernière syllabe en l'observant d'un œil soupçonneux.

Apparemment, sa sœur brûlait envie d'approfondir la question, mais comme il n'était pas dans sa nature de se montrer pressante, elle se contenta de hocher la tête.

— D'accord, si c'est ce que tu veux, dit-elle simplement.

Elle termina de ranger ses documents puis se leva, s'apprêtant à partir.

N'ayant pas eu l'occasion de discuter avec sa sœur ces derniers temps et souhaitant lui faire connaître son opinion sur un sujet qui n'avait rien à voir avec la création de bijoux, il lui fit signe de se rasseoir.

— Tu vois toujours Jason Foley ? lui demanda-t-il abruptement.

Penny parut d'abord interloquée, mais elle se ressaisit rapidement. Une défiance inhabituelle chez elle envahit son visage.

— Je n'ai pas l'intention de parler de ça avec toi. Je sais déjà que tu n'approuves pas, alors il est inutile que nous en discutions.

Cette toute nouvelle obstination le prit au dépourvu.

— Penny…

— Je pensais que tu comprendrais, du moins un peu, grâce à Katie, argua-t-elle. Tu devrais savoir ce que ça fait lorsque les gens se mêlent de ce qui ne concerne que deux personnes.

— Ça n'a rien à voir, la contredit-il. Katie n'est pas une Foley.

Penny bondit brusquement sur ses pieds.

— Ça revient au même ! s'égosilla-t-elle. Seulement, tu ne veux pas l'admettre, à cause de cette querelle stupide avec les Foley qui ne signifie plus rien pour personne !

Sur ces mots, elle pivota sur ses talons et sortit de la pièce comme une furie.

Sidéré, Blake resta figé, se demandant si Jason Foley devait être tenu responsable de cette toute nouvelle facette chez sa petite sœur.

Il comprenait toutefois ce que Penny devait ressentir en entendant autrui analyser sa relation et prétendre qu'elle se fourvoyait. Lui-même n'était pas sûr de ce qu'il y avait entre Katie et lui, mais il répugnait à ce que leur famille et leurs amis cherchent à influencer leurs sentiments.

Quoi qu'il en soit, il ne faisait pas la moindre confiance à Jason Foley. Il était certain que la seule raison pour laquelle celui-ci poursuivait Penny de ses assiduités était de lui soutirer des informations sur le diamant. Cela dit, s'il s'obstinait à critiquer cette relation, cela ne ferait qu'inciter Penny à rester avec Jason pour lui prouver qu'il avait tort…

Bon sang, que devait-il faire ?

Katie l'avait plus ou moins accusé d'être inflexible, et dans certains domaines elle avait sûrement raison. En ce qui concernait les Foley, cependant, il ne pouvait pas se permettre de douter. Pas alors qu'il devait redoubler d'efforts pour remettre à flot McCord Jewelers !

Comme il ne pouvait rien faire de plus pour l'instant,

il décida d'oublier momentanément ses craintes pour se concentrer sur la soirée à venir.

Bien que Blake lui ait fait savoir qu'il était le seul maître à bord pour le déroulement de la soirée, Katie décida que ce serait elle qui donnerait le ton.

Blake avait besoin d'apprendre à se détendre de temps en temps, et elle aimait l'idée d'être celle qui l'y inciterait.

Elle s'habilla donc de façon délibérément décontractée, en jean et chemisier blanc, et laissa ses cheveux détachés.

Elle apprécia le regard approbateur dont Blake la gratifia lorsque, à 18 heures piles, elle lui ouvrit la porte.

— Vas-tu enfin me dire ce que tu mijotes ? demanda-t-elle en le guidant jusqu'à la cuisine pour qu'il puisse déposer le panier de pique-nique qu'il avait apporté

En pantalon de toile et chemise aux manches retroussées, il avait semblait-il eu la même pensée qu'elle. En tout cas, jamais elle ne l'avait vu aussi décontracté.

— Ce soir, il s'agit de s'évader, répondit-il. Tu m'as dit toi-même qu'il fallait que je le fasse plus souvent.

— Et tu m'as écoutée ? s'étonna-t-elle. J'ignorais avoir une telle influence sur toi. Attention, cela pourrait te porter préjudice !

— Sois gentille avec moi, j'ai amené du champagne.

— Toi, tu as une idée derrière la tête…

— Et ceci ! fit-il en fouillant dans le panier pour en sortir un DVD.

Il s'agissait de *In a lonely place*, l'un des rares films avec Humphrey Bogart qu'elle n'avait pas vu.

— Si je ne te connaissais pas, je dirais que tu as des espions !

L'expression un brin gênée que Blake arbora lui mit la puce à l'oreille.

— Comment t'y es-tu pris ?

— Pendant ton séjour à New York, j'ai demandé à ta femme de ménage de jeter un coup d'œil à ta collection.

Ça, c'était vraiment du Blake tout craché ! Il ne lui suffisait pas d'organiser quelque chose, il fallait que cela atteigne la perfection. Pourtant, cela la touchait qu'il ait à cœur de lui faire plaisir.

— Merci, dit-elle doucement.

Elle posa la main sur sa poitrine et l'embrassa légèrement.

— Merci pour tout. Je ne vois pas de meilleure façon de passer la soirée.

Son regard la balaya de la tête aux pieds.

— Ah bon ? Tu veux que je te fasse des suggestions ?

— Je ne crois pas, dit-elle en soulevant le couvercle du panier pour détourner la conversation vers un sujet moins dangereux. Qu'y a-t-il pour le dîner ?

— Des lasagnes et du cheese-cake au chocolat. C'est peut-être une association étrange, mais…

— Je vois, tu as aussi parlé à la cuisinière, et elle t'a dévoilé mes passions secrètes.

Blake éclata de rire.

— Juste ton dîner préféré !

Ils déballèrent les provisions et s'attablèrent pour un dîner détendu. A la fin du repas, Blake insista pour qu'ils aillent déguster le cheese-cake et le champagne dans le salon tout en regardant le film.

Au bout d'un moment, il sembla à Katie tout naturel de s'installer plus près de lui sur le sofa, jusqu'à ce qu'il finisse par glisser son bras autour d'elle et qu'elle se love contre lui.

Lorsque le mot « fin » apparut sur l'écran, elle s'étira, attrapa la télécommande et éteignit l'écran.

— Bien mieux qu'une soirée de débats politiques, commenta-t-elle en se rasseyant.

— Ou qu'une soirée de boulot, renchérit Blake.

Il se mit à promener paresseusement ses doigts dans ses cheveux, lui effleurant parfois le cou.

— Blake…

Elle avait prononcé son nom comme une prière, mais elle ne savait pas exactement si elle cherchait à lui rappeler que ses parents rentreraient bientôt ou si elle réclamait davantage que le subtil contact de ses doigts sur sa nuque.

Blake releva la tête, leurs regards se croisèrent, et elle se retrouva sans savoir comment dans ses bras, en train de partager un baiser qui avait commencé comme une caresse et qui se poursuivait en une étreinte frénétique.

La pensée de s'y soustraire ne lui traversa même pas l'esprit.

Les mains de Blake vagabondaient sur ses épaules, dans son dos, la rendant avide de chaque sensation qu'il lui procurait. Pendant qu'il butinait sa gorge de baisers et qu'elle s'arquait pour lui faciliter la tâche, elle tâtonna pour trouver les boutons de sa chemise. Ayant réussi à les déboutonner, elle écarta les pans du vêtement et, totalement oublieuse de l'endroit où ils se trouvaient, posa les mains à plat sur son torse. Comme il l'incitait à s'allonger sur le sofa, elle l'entraîna à sa suite.

Un ronronnement s'échappa de la gorge de Blake contre son oreille. Il s'empara de nouveau de sa bouche tout en déboutonnant son chemisier. Il en fit glisser les manches le long de ses bras, emmenant dans le même mouvement les bretelles de son soutien-gorge.

L'intensité de son excitation empêchait presque Katie de respirer. C'était comme dévaler la pente d'une montagne à toute vitesse !

Pendant toutes ces années où elle avait couché avec Tate, elle avait cru connaître la passion. Mais elle le comprenait aujourd'hui, ce qu'elle avait ressenti jusqu'à maintenant n'était qu'un aperçu de ce qu'elle était en mesure de ressentir, de ce que Blake pouvait déchaîner en elle. Et à la façon dont il la touchait et l'embrassait, elle était consciente qu'il éprouvait la même chose. C'était comme si, ayant réprimé son désir pendant longtemps, il se laissait soudain aller sans aucune retenue.

Tous ses doutes et inhibitions s'étaient envolés. C'était fou, excitant et probablement répréhensible pour des centaines de raison, mais elle n'en avait cure !

— N'arrête pas, murmura-t-elle entre deux baisers.

Le son de sa voix sembla perturber Blake. Essoufflé, il plongea son regard dans le sien, et elle y lut de la vulnérabilité, de l'étonnement.

— Es-tu… Est-ce ce que tu veux… Ici ?

— Oui, répliqua-t-elle en l'embrassant. Oui !

— Tes parents…

— Ils ne sont pas là.

— Mais bientôt ils seront de retour, marmonna-t-il pendant que sa main soupesait son sein. Je ne veux pas que nous faisions ça à la va-vite.

— S'il te plaît, Blake…, gémit-elle, suppliante.

Soudain, comme s'il venait de prendre une décision et que celle-ci le dégrisait, Blake se redressa.

— J'ai envie de toi, gronda-t-il en l'aidant à en faire de même, mais tu mérites mieux que ça !

L'espace d'un instant, elle ne sut pas s'il parlait de lui-même ou des circonstances. La pensée qu'il puisse s'agir des deux étouffa sa frustration.

Elle leva la main pour lui caresser le visage.

— Peut-être méritons-nous mieux tous les deux, mais c'est tellement fort maintenant !

— Tu ne rends pas les choses faciles, se plaignit Blake en fermant les yeux sous sa caresse.

— Désolée…

Elle pressa les lèvres contre les siennes puis le laissa prendre le contrôle.

Blake l'embrassa, d'abord lentement, puis sa bouche se fit plus vorace, et en quelques secondes leurs respirations redevinrent haletantes.

De ses lèvres, elle cherchait passionnément à le persuader d'abandonner toute précaution.

Ce furent des claquements de portières et des bruits de voix au-dehors qui mirent fin à ce moment de pur délice. D'un même élan, ils remirent leurs vêtements en place. Malgré tous leurs efforts, ils ne parvinrent pas à effacer totalement les traces de leur étreinte, comme en témoignaient les cheveux ébouriffés de Blake, même après qu'il eut tenté de les discipliner.

— Peut-être ferais-je mieux de partir, dit-il sans conviction.

— Je pense que oui… Il est tard.

Il glissa la main derrière sa nuque, l'attira contre lui et l'embrassa langoureusement.

— La prochaine fois, lui promit-il.

Elle le raccompagna jusqu'à la porte de derrière et le regarda s'éloigner.

Ouf ! Ils avaient échappé au pire !

Hélas ! elle comprit qu'elle s'était trompée au moment où elle se retourna pour rejoindre sa chambre.

— J'ai vu la voiture de Blake, attaqua sa mère sans autre préambule. Je croyais que tu ne le voyais pas en dehors de l'organisation du bal ?

— C'est toi qui m'as conseillé de ne pas le voir ! la contredit Katie. Et, je te le répète, tu tires des conclusions trop hâtives.

— Oh ! mon Dieu, Katie, je ne suis ni aveugle ni stupide ! Il est presque minuit, et on n'embrasse pas un homme comme tu viens de le faire pour finaliser l'organisation d'un bal !

Ecarlate, elle n'en démordit pas moins.

— En effet, mais il est grand temps que je commence à faire mes propres choix.

Elle s'attendait à ce que sa mère lui rabâche toutes les raisons qui lui laissaient croire que Blake McCord n'était pas un homme pour elle, mais Anna se contenta de hocher la tête.

— Peut-être… Mais es-tu vraiment sûre de savoir ce que tu veux ?

Jusqu'aux petites heures du matin, Katie se tortura l'esprit à se demander si ce qu'elle voulait de Blake et ce dont elle avait besoin étaient ou non la même chose.

Il n'y avait pas de réponse certaine à cette question.

- 9 -

Blake rejoignit Eleanor dans la serre où celle-ci s'occupait de ses orchidées.

Il lui avait fallu prendre son courage à deux mains pour aller retrouver sa mère dans son sanctuaire, comme elle le lui avait demandé dans le message qu'elle lui avait laissé. Après la journée qu'il avait passée, et notamment après avoir découvert les derniers chiffres de vente de McCord's, plus que jamais en chute libre, il n'avait vraiment pas besoin d'une confrontation avec sa mère !

Eleanor leva les yeux du pot qu'elle remplissait de l'engrais spécial qu'elle utilisait pour les plantes qui lui tenaient le plus à cœur.

— Tu as l'air fatigué, fit-elle remarquer, plus comme un simple constat que comme une marque de sympathie.

Prenant garde de ne pas se prendre les pieds dans les pots de fleurs, il s'approcha d'elle.

— Je vais bien, prétendit-il. Tu souhaitais me voir ?

Eleanor tassa la terre de ses mains gantées avant de remettre le pot à son emplacement attitré sur les étagères méticuleusement agencées, puis elle retira ses gants et fit un geste vers un banc de jardin en granit.

— Allons nous asseoir, proposa-t-elle. Tu n'as sans doute pas arrêté de la journée ?

— En effet. Mais pour être franc, je préférerais me détendre dans la bibliothèque avec un verre de whisky plutôt qu'ici.

— Tu n'as jamais aimé mes fleurs…

Il leva les yeux au ciel.

— Ce n'est pas vrai, et tu le sais. Je t'ai toujours fait des compliments à ce sujet. J'aimerais simplement aller me changer et me mettre au frais à l'intérieur.

— Je comprends, mais je voulais te retrouver ici, car c'est à peu près le seul endroit de cette propriété où les murs n'ont pas d'oreilles.

Il se tendit intérieurement. Il sentait venir les remontrances et était prêt à parier le diamant de Santa Magdalena que sa mère allait lui parler de Katie.

— Ça semble sérieux, fit-il.

— Cela pourrait l'être…

Eleanor secoua ses gants de jardinier et les posa sur l'établi à côté de la truelle.

— Et j'ai bien l'intention de déterminer si ça l'est ou pas, ajouta-t-elle.

— Je ne suis pas sûr de pouvoir t'aider, mais je t'écoute.

— J'ai reçu un coup de téléphone d'Anna Salgar.

Elle attendit en l'observant, comme si tout était dit.

— Et alors ? Vous êtes amies, non ?

— Cela n'a rien à voir avec moi. Il s'agit de toi. Et de Katie.

— Je répète ma question : et alors ?

— Je n'apprécie pas ce ton sarcastique, Blake ! Tu sais parfaitement ce que je veux dire !

Il n'était pas d'humeur à supporter l'interrogatoire qu'il pressentait.

— Soyons honnêtes, lâcha-t-il. Tu n'apprécies pas grand-chose chez moi, maman.

— C'est une remarque totalement déplacée.

Il savait qu'il aurait dû se contenir, mais la fatigue et le ressentiment eurent raison de sa patience.

— Tu as toujours été intolérante envers moi, reprocha-t-il à sa mère. Alors que Charlie, bien au contraire, ne fait jamais rien de mal à tes yeux !

Eleanor se hérissa.

— Je ne vois pas ce que Charlie vient faire dans cette discussion.

— Si Charlie sortait avec une femme n'ayant pas ton approbation, tu le soutiendrais quand même.

— Nous parlons de toi et de Katie. Cela n'a rien à voir avec ton frère !

Sa mère avait en partie raison, et il en convenait. Cependant, elle avait involontairement ravivé en lui une vieille blessure, et cette fois il n'allait pas la laisser se dérober sans l'affronter. Katie revêtait énormément d'importance à ses yeux, il n'était pas disposé à la laisser saboter ce qu'il espérait être le début d'une relation durable.

— En quelque sorte, si, s'obstina-t-il. Tu vas sans doute me reprocher de sortir avec Katie, alors que s'il s'agissait de Charlie, tu ferais exactement le contraire. Il est à moitié Foley, et il a toujours été ton fils préféré.

— C'est mon plus jeune enfant, se défendit Eleanor. Il est normal pour une mère de chouchouter davantage son petit dernier.

— Je remarque quand même que les seules fois où tu daignes me parler, c'est pour me faire part de ta désapprobation à l'égard de l'une de mes actions.

Parfaitement stoïque, sa mère éluda l'accusation.

— Cela ne te ressemble pas d'être aussi vindicatif.

— Comme je te l'ai dit, la journée a été longue.

— J'apprécie ce que tu fais pour notre famille, dit-elle en se radoucissant. Quant à Charlie… Cela a été très difficile pour lui aussi. Il n'a rien demandé de tout cela.

— Moi non plus ! Mais je n'avais pas vraiment le choix, n'est-ce pas ?

Evitant son regard, Eleanor se mit à tripoter une plante à côté d'elle.

— Blake, je suis terriblement désolée que tu aies à subir autant de stress en ce moment, déclara-t-elle sans le regarder. Ne penses-tu pas que ta relation avec Katie ne fait que rajouter à ton anxiété ?

— Ecoute, je ne sais pas ce qu'Anna t'a raconté exactement et je préfère ne pas le savoir, mais pour ton information et la sienne, Katie me fait du bien ! C'est une femme séduisante, intelligente, drôle, et j'apprécie énormément sa compagnie. Contrairement à de nombreuses personnes, elle m'aide à me détendre, elle sait comment me distraire du boulot…

— Oh ! Vraiment ?

— Ce n'est pas ce que je voulais dire, répliqua-t-il en serrant les poings, réprimant son agressivité latente. Ce que j'entends par là, c'est qu'elle m'écoute et se soucie de moi. Quel mal y a-t-il à cela ?

— Rien, bien sûr, si c'est tout ce qu'il y a entre vous. Anna et moi sommes préoccupées par le bonheur de nos enfants, voilà tout.

— Si tel est cas, pourquoi ne restez-vous pas à l'écart et ne nous laissez-vous pas vivre notre vie ? Ni Katie ni moi n'avons besoin que l'on nous dicte notre conduite.

— Bien. Je vois que tu n'es pas d'humeur à

m'écouter, comme d'habitude, alors laissons tomber cette conversation.

Le mélange de colère et de frustration qu'il avait contenu pendant des années, encaissant sans broncher les remarques et les critiques de sa mère, se dilata en lui au point qu'il faillit exploser et se lancer dans une tirade vindicative.

Pourquoi l'intrusion de sa mère dans sa vie privée lui semblait-elle maintenant plus insupportable qu'elle ne l'avait jamais été ?

Une seule explication lui venait à l'esprit : Katie. Avec elle, tout était différent. Ce qu'il ressentait, le besoin qu'il avait de la protéger, elle, mais aussi leur intimité et leur avenir. Jamais il n'avait tenu à une femme au point d'être sur la défensive. Maintenant que sa relation avec Katie avait évolué, il n'avait qu'une envie : que sa mère, celle de Katie et toute la ville de Dallas leur fichent la paix !

Non sans peine, il ravala sa colère et s'efforça de reprendre le fil de la conversation.

— Cela n'a rien à voir avec mon humeur, mais plutôt avec le fait que les seules fois où tu t'intéresses à moi, c'est quand mes décisions peuvent d'une façon ou d'une autre affecter tes projets. A contrario, depuis la naissance de Charlie, tu as toujours été uniquement préoccupée par son bien-être.

Pour la première fois, Eleanor accusa le coup.

— C'est horrible pour une mère d'entendre ça !

— Mon intention n'est pas de te blesser. Je crois simplement qu'il est temps pour nous d'être honnêtes l'un envers l'autre.

— Bon, fit Eleanor, mal à l'aise, j'avais promis à Anna que j'essaierais de te parler, et j'ai tenté de le faire. C'est toi qui as emmené cette conversation bien plus loin que mon intention initiale.

— Justement ! Si je ne l'avais pas fait, jamais nous ne l'aurions eue. Bon… Je vais boire ce whisky, maintenant.

Et sur ces mots, il s'éloigna, laissant sa mère pensive.

Hélas ! il savait pertinemment que cela ne changerait rien à leurs relations. Mais malgré tout, il se sentait plus léger d'avoir exprimé le fond de sa pensée.

Ce courage, il le devait à Katie : c'était elle qui lui avait donné la motivation nécessaire.

Ce fut alors qu'il prit conscience qu'il n'avait aucune envie de whisky ni de toute autre boisson sans Katie pour trinquer avec lui !

Katie était heureuse que Blake l'ait appelée, mais elle ne pouvait s'empêcher de s'interroger sur la note de lassitude qu'elle avait décelée dans son ton.

Cela lui ressemblait si peu… Pas plus d'ailleurs que lui demander de l'accompagner pour une promenade dans un parc !

Néanmoins, elle avait accepté sa proposition.

Ils se retrouvèrent à l'endroit prévu, à l'entrée nord d'un petit parc verdoyant joliment niché au cœur d'un quartier chic de la banlieue de Dallas.

— Tu arrives à temps pour assister au coucher du soleil, lui annonça Blake, confortablement installé sur un des bancs en fer forgé.

— Hum, quel look décontracté… Si l'on fait abstraction de la cravate à rayures !

Blake jeta un coup d'œil à son costume de ville.

— J'ai oublié de me changer. Il fallait absolument que je m'échappe de chez moi.

Depuis qu'elle le connaissait, jamais elle ne l'avait vu aussi sombre, et cela l'inquiétait.

Elle prit place à côté de lui sur le banc et posa instinctivement la main sur sa cuisse.

— Que se passe-t-il ? Tu n'es pas toi-même aujourd'hui.

Blake avait le regard fixe, comme hypnotisé par le mouvement de l'eau de la fontaine toute proche. Au bout d'un moment, enfin, il se tourna vers elle comme s'il venait de redécouvrir sa présence.

— Tu es belle, murmura-t-il.

— En survêtement et en baskets ?

— Particulièrement, oui.

Elle éclata de rire.

— Tu m'as prise de court. Je sortais tout juste de mon bain quand tu as appelé.

— Oh ! Katie, ne me dis pas ça ! Je ne vais plus pouvoir m'ôter cette image de la tête.

— J'ai enfilé ces vêtements à la hâte parce que je ne savais pas vraiment ce que tu entendais par « aller faire une promenade ».

— Désolé, j'avais envie de marcher en ta compagnie, mais quand je suis arrivé ici et ai commencé à admirer le coucher du soleil, j'ai oublié mes velléités de marche à pied.

Elle fronça les sourcils, sidérée.

— Blake, que s'est-il passé aujourd'hui ?

— Ta mère a appelé la mienne, lui apprit-il avec un petit rire amer.

Elle se raidit.

— Que dis-tu ?

— Si un peu de tragédie te tente, nous pourrions être les nouveaux Roméo et Juliette. Sauf que nous avons deux fois leur âge et que nous n'appartenons pas à des familles ennemies ! Cela dit, la trahison a bel et bien eu lieu.

Elle savait qu'il faisait allusion à la liaison de sa mère avec Rex Foley. Et elle le soupçonnait aussi de penser au flirt entre Penny et Jason Foley.

— Heureusement, nous ne sommes pas concernés ! dit-elle, essayant d'être légère.

Comme il continuait de fixer les couleurs changeantes du ciel, elle se décida à se montrer plus directe.

— Ta mère et toi avez parlé de nous ?

Il haussa les épaules.

— De nous plus particulièrement, mais d'autres choses aussi…

Il se redressa pour lui faire face, lui prit les mains et, de son pouce, dessina des formes abstraites dans ses paumes.

— Elle m'a énervé, ce qui n'est pas nouveau. J'avais besoin de prendre l'air. Et d'être avec toi.

Le cœur de Katie se gonfla de bonheur.

Que Blake pense à elle et cherche sa compagnie quand son cœur était troublé la touchait plus que jamais.

Elle sourit et se pencha pour effleurer ses lèvres des siennes.

— Merci, murmura-t-elle.

— Pour quoi ?

— Merci d'être là. Moi aussi, j'avais besoin d'être avec toi.

*
* *

Après le coucher du soleil, ils marchèrent tranquillement dans les allées faiblement éclairées en se tenant la main, comme de vieux amoureux.

Blake était surpris de se sentir aussi détendu et d'apprécier autant une simple promenade dans un parc. Etonnamment, il éprouvait du soulagement à révéler à Katie ses états d'âme au sujet de sa mère, de la liaison de celle-ci avec Rex, du futur incertain de McCord Jewelers et de la lourde responsabilité qui pesait sur ses épaules à cet égard.

Katie se contentait d'écouter. Elle ne faisait pas de remarques acerbes, pas plus qu'elle ne se permettait de donner de conseils. Parfois, elle posait une question pour éclairer certain point, prononçait un mot d'encouragement et restait patiemment concentrée sur lui.

Enfin, il se rendit compte avec gêne qu'à aucun moment il ne s'était enquis de son moral à elle.

— Je suis désolé, s'excusa-t-il. Je ne parle que de mes problèmes.

Katie lui sourit.

— Ne sois pas désolé. J'apprécie quand tu te livres comme maintenant.

La douceur dans ses yeux indiquait qu'elle était sincère.

S'arrêtant, il l'attira contre lui et enfouit son visage dans sa chevelure au parfum de jasmin.

— Merci d'écouter, souffla-t-il en l'embrassant dans le cou.

— Nous nous connaissons depuis des années, et j'ai pourtant l'impression de seulement commencer à bien te connaître.

— Cela pourrait s'avérer dangereux…

— Peut-être, admit-elle doucement, mais ça ne me fait pas peur.

Prenant son visage en coupe entre ses mains, elle l'embrassa lentement, avec une tendresse qui fit fondre l'iceberg qui s'était logé dans le cœur de Blake tellement longtemps auparavant qu'il ne se souvenait pas quand.

Il enlaça Katie et lui rendit passionnément son baiser sous le clair de lune. Comme elle se lovait contre lui, l'invitant à la toucher, il fit descendre ses mains le long de son dos, la colla contre lui.

L'urgence ne tarda pas à se faire sentir, leurs mains se firent plus nerveuses, leurs battements de cœur s'accélérèrent. Oublieux de l'endroit où ils se trouvaient, ils se cherchèrent frénétiquement.

Qui sait jusqu'où ils se seraient aventurés si, soudain, des rires adolescents ne s'étaient pas fait entendre !

Aussitôt, Katie se dégagea.

— On a failli se faire surprendre ! s'exclama-t-elle avec un petit rire. Crois-tu qu'ils ont vu quelque chose ?

— J'en doute. Il fait trop sombre.

Il la relâcha à regret, et ils reprirent leur marche.

Tout en s'efforçant de reprendre son souffle, il essaya de s'expliquer l'intensité de ce qu'il ressentait.

Katie était une femme incroyablement belle et sensuelle. Néanmoins, il savait qu'il n'était pas honnête avec lui-même. Ce qu'il ressentait pour elle allait bien au-delà d'un désir pur et simple, dans des sphères où il ne s'était jamais autorisé à aller.

Ils arrivèrent au parking, mais il ne souhaitait pas que ce moment comme suspendu hors du temps prenne fin. Il avait encore des choses à raconter à Katie, et il mourait d'envie de la prendre de nouveau dans ses bras.

— Je suis garée là, dit-elle. J'ai passé un excellent

moment à marcher et à discuter. C'était reposant, n'est-ce pas ?

Après l'avoir pressée contre lui, il ne se sentait pas du tout le corps au repos. Quant à son esprit, il n'était pas plus paisible…

— Nous recommencerons, n'est-ce pas ? répondit-il cependant, désireux de ne pas effrayer Katie. Il est encore tôt. Que dirais-tu d'aller manger un morceau ?

— J'aimerais beaucoup, mais c'est impossible. J'ai un tas de tâches administratives à boucler pour le bal. J'ai pris un retard énorme, et pourtant l'échéance approche.

Sa réponse le heurta comme s'il s'agissait d'un rejet personnel et pas d'un simple contretemps, une réaction irrationnelle due en partie, il en était sûr, à la confrontation déstabilisante qu'il avait eue avec sa mère.

Habitué à se montrer stoïque et à dissimuler ses émotions, il haussa les épaules.

— Une autre fois, alors…

— Oui, bien sûr, souffla-t-elle en déposant un baiser sur sa joue. Merci encore pour cette agréable soirée.

Son geste d'au revoir et ses paroles le laissèrent plus qu'insatisfait. Dans le creux de son estomac, il ressentit soudain du vide et du froid.

Katie détenait la clé d'une intimité qu'il n'avait jamais connue, et il n'était pas certain de souhaiter approfondir ce sentiment. Car il s'enroulait autour de son cœur comme sa montre de platine autour de son poignet : quelque chose de beau et d'essentiel sans quoi il était complètement perdu.

- 10 -

— Es-tu sûre que je ne peux pas te convaincre de changer d'avis ?

Blake posait la question en sachant pertinemment la réponse que Katie lui opposerait. Pourtant, il était peu enthousiaste à l'idée de partir sans elle.

Tous deux se tenaient à la porte d'embarquement d'où il devait rejoindre son jet privé. Katie l'avait conduit à l'aéroport, mais sa présence ne suffisait pas à dissiper les réticences qu'il éprouvait à cette nouvelle séparation.

Depuis qu'il avait décidé, deux jours plus tôt, de s'envoler pour Toronto afin de conclure lui-même la vente de plusieurs diamants jaunes, il avait été en proie au désagréable pressentiment qu'il en viendrait à regretter de s'éloigner de Katie à ce stade de leur relation, ne serait-ce que brièvement.

Celle-ci secoua la tête avec un sourire de regret.

— Tu sais que je ne le peux pas. J'ai vraiment trop de travail. J'aimerais, pourtant…

— Vraiment ?

Prenant doucement sa joue dans sa main, il ne lui laissa pas le loisir de répondre.

— Katie…, reprit-il.

Cette fois, il hésita, incertain de ce qu'il souhaitait lui dire de ses propres sentiments.

— C'est seulement pour deux jours, argua-t-elle. Nous serons tous les deux très occupés, et tu seras de retour pour le week-end.

— Qui essaies-tu de convaincre que cela n'a pas d'importance ?

— Nous deux, je suppose. Ai-je réussi ?

— Pas en ce qui me concerne.

— Pourquoi n'as-tu pas eu la même réaction quand je suis partie à New York ? chercha-t-elle à savoir.

— Je n'en ai pas la moindre idée. Peut-être parce que les choses ont évolué depuis que tu es revenue.

— Je ne sais pas comment définir ce qu'il se passe entre nous… Et toi ?

— Non, mais j'aimerais avoir une chance de le découvrir. Et j'aimerais croire que tu le veux aussi.

L'hésitation de Katie le perturba, renforçant la sensation désagréable que quelque chose avait changé entre eux en négatif.

— Je prends ça pour un non, fit-il d'un ton bref.

— Ce n'est pas ça…

Elle se mordilla la lèvre avant de lui poser la main sur l'épaule.

— Quand je suis avec toi, je ne peux pas réfléchir de façon rationnelle.

— C'est réciproque.

Et avant qu'elle ait pu se soustraire, il l'attira à lui et prit sa bouche.

Incapables de tiédeur, ils s'embrassèrent fougueusement tandis que Katie lui jetait ses bras autour du cou et se pressait contre lui.

Au bout d'un moment qui parut bien trop court, elle recula.

— Voilà ce que je veux dire ! s'exclama-t-elle.

Comment pourrions-nous décider ce que nous attendons l'un de l'autre si chacune de nos conversations se termine ainsi ?

— Pas chacune de nos conversations, la reprit-il. N'exagère pas.

— Blake…

— Qu'attends-tu de moi, Katie ? demanda-t-il, au comble de la frustration, tout en sachant que son irritation dérivait plus de ses propres incertitudes que des hésitations de Katie.

— Je pourrais te demander la même chose.

Il faillit lui faire une réponse désinvolte, celle qu'elle attendait probablement : qu'il la voulait dans son lit. Rien de plus, pas de sentiments, pas de drame…

Oui, mais voilà, les mots qu'il avait dits tant de fois à d'autres femmes ne lui venaient pas aussi facilement avec elle. Ils ne lui venaient pas du tout, même !

— Je crois que ni toi ni moi n'avons de réponse pour l'instant, déclara Katie avec calme. Cela attendra. Nous en reparlerons à ton retour de Toronto.

Il voulut protester, mais il s'en abstint par manque de temps. Et puis, en réfléchissant de façon rationnelle, il se rendait compte qu'ils ne pourraient rien résoudre, ici et maintenant.

Le problème, c'était qu'il avait bien du mal à se montrer rationnel avec une certaine Katerina Whitcomb-Salgar.

Il prit une profonde inspiration, réfréna son envie d'annuler son voyage et se pencha pour embrasser Katie sur la joue comme l'aurait fait un simple ami.

— Je t'appelle ce soir s'il n'est pas trop tard.

Elle hocha la tête et esquissa l'ombre d'un sourire avant de reculer pour le laisser passer.

Il se retourna dans l'intention de s'engager dans

le tunnel d'embarquement, mais il ne termina pas son mouvement. Il refit brusquement volte-face et se précipita vers Katie pour lui donner le baiser qui lui brûlait les lèvres.

Un baiser qui n'avait rien de chaste.

Enfin, il s'éloigna en évitant de jeter un regard en arrière.

Le matin suivant, quand son téléphone portable sonna, Katie se précipita pour y répondre, supposant qu'il s'agissait de Blake.

Mais un numéro inconnu s'affichait sur le cadran.

— Bonjour Katie, c'est Marcus Brent.

— Oh ! bonjour Marcus… C'est une surprise ! dit-elle au directeur de campagne de son oncle Peter.

A vrai dire, elle connaissait à peine Marcus Brent, l'ayant seulement croisé à l'occasion de soirées de bienfaisance.

C'était un homme dans la quarantaine, brillant et séduisant, très raffiné sous tous rapports. Elle n'avait pas réellement d'opinion à son sujet, le considérant tout au plus comme un élément-clé de la campagne de son oncle, et n'avait jamais eu avec lui que des conversations superficielles.

D'où son étonnement devant cet appel inattendu.

— M'appelez-vous au sujet d'une autre soirée de collecte de fonds ? s'enquit-elle. Vous savez, j'ai eu ma dose !

Marcus s'esclaffa.

— Non, c'est personnel. Si vous êtes libre ce soir, je souhaiterais vous emmener dîner.

Prise de court, elle ne répondit pas immédiatement.

— Je sais que je vous préviens au dernier moment, reprit Marcus Brent, mais à l'approche des élections, mon agenda est de plus en plus chargé. En ce moment, je fais tout à la dernière minute !

La pensée de Blake traversa l'esprit de Katie, s'entrechoquant aussitôt avec les conseils que lui donnaient sa mère et ses amis de ne pas se limiter à un seul homme. Les mots de Blake résonnèrent dans sa tête.

« Qu'attends-tu de moi, Katie ? ».

Au lieu de lui répondre, et parce qu'elle en était incapable, elle lui avait retourné la question. C'était un problème.

Ce fut ce qui la poussa à se décider sur une impulsion.

— Merci, j'accepte votre invitation. A quelle heure nous retrouvons-nous ?

Ce ne fut qu'après s'être organisée avec Marcus et avoir raccroché qu'elle commença à se dire qu'elle avait commis une énorme erreur.

Son malaise persista, y compris quand elle tenta de se convaincre qu'elle avait raison de ne pas se limiter au premier homme pour lequel elle ressentait une forte attirance.

D'une certaine façon, Blake et elle manquaient d'expérience pour espérer entretenir une relation autre qu'une aventure passionnée et de courte durée. Bien que cela soit tentant, elle savait que son besoin de relation durable ne serait pas satisfait avec lui…

Son monologue intérieur l'accompagna jusqu'à ce qu'elle retrouve Marcus.

Le dîner se passa agréablement, mais elle y mit un terme assez tôt, prétextant un rendez-vous matinal le lendemain. En outre, elle resta vague sur l'éventualité d'un prochain rendez-vous. Marcus l'embrassa sur la joue pour lui souhaiter bonne nuit, et elle lui fut reconnaissante de ne pas se montrer plus empressé.

Ce fut avec la gorge serrée par un fort sentiment de culpabilité qu'elle se rendit à l'aéroport le lendemain en fin d'après-midi.

Dès que Blake apparut et qu'il se précipita vers elle pour lui prodiguer un baiser fougueux, elle comprit que toute comparaison était vaine. Elle oublia Marcus dès l'instant où la bouche de Blake couvrit la sienne et embrassa ce dernier avec une passion renouvelée.

— Si c'est ce qui m'attend chaque fois que je quitte la ville, alors je vais m'absenter plus souvent ! lui fit remarquer Blake avec un sourire ravi.

— Tu m'as manqué, c'est tout…

— C'est vrai ?

— Pourquoi est-ce si difficile à croire ?

— Je ne sais pas.

Elle détourna les yeux, gênée par son regard scrutateur.

— Il s'est passé quelque chose en mon absence ? insista-t-il.

— Oh ! beaucoup de choses se sont passées ! plaisanta-t-elle. Mais rien de très important, juste la routine. Es-tu prêt à y aller ? Je te dépose chez toi ou à ton bureau ?

Blake sembla hésiter tout en continuant à l'observer. Puis, il saisit le sac de voyage et la mallette qu'il avait déposés à ses pieds pour pouvoir la prendre dans ses bras.

— Emmène-moi chez moi, je pourrai y déposer ceci.

Il lui indiqua du menton la mallette qui, le comprit-elle, contenait les diamants.

— Ils seront en sécurité, ajouta-t-il.

Quelques minutes plus tard, alors qu'ils roulaient vers

la propriété des McCord, Blake rompit brusquement le silence, ce qui la fit sursauter.

— Est-ce que tout va bien ?

— Oui, bien sûr. Tout va bien.

— En es-tu certaine ? Tu me parais tendue.

L'inquiétude qui perçait dans sa voix faillit la pousser à lui faire part de ses pensées embrouillées.

Elle l'avait trompé. Du moins, c'était l'impression que ça lui donnait. Pourtant, on ne pouvait pas parler de tromperie puisqu'ils ne s'étaient jamais rien promis, et il serait ridicule de considérer un dîner avec un autre homme comme une trahison…

— J'ai beaucoup de choses à l'esprit en ce moment, dit-elle à la place, ce qui n'était pas non plus un mensonge. J'ai du travail par-dessus la tête, et le bal approche à grands pas.

— Tu es sûre que c'est tout ? insista Blake.

— N'est-ce pas suffisant ? répliqua-t-elle sans oser le regarder.

— J'imagine que si…

Il se tut et ne reprit la parole que cinq minutes avant d'arriver en vue de la propriété des McCord.

— Veux-tu dîner avec moi ce soir ? On m'a parlé d'un tout nouveau restaurant français…

— Non !

Comme Blake haussait les sourcils devant sa réponse catégorique, elle se reprit rapidement.

— Si, si, je veux bien dîner avec toi, mais pas dans un restaurant français. Je préférerais un endroit plus décontracté.

Marcus l'avait justement invitée dans un restaurant français, et elle ne tenait surtout pas à être hantée par cette soirée quand elle se retrouverait en compagnie de Blake.

— Je t'inviterais bien à la maison, mais bon…

Il fit une grimace narquoise.

— Cela me paraît peu approprié, en effet, acquiesça-t-elle en souriant. Je ne crois pas être prête pour un dîner intime avec ta famille.

Devant la maison, elle arrêta son véhicule et se tourna pour lui faire face, s'attendant à ce que Blake esquisse un geste vers elle.

Elle fut surprise et même déçue qu'il n'en fasse rien et n'écoute pas le désir flagrant qu'elle lisait sur son visage.

— Et que dirais-tu d'une soirée intime avec moi ? dit-il.

Le timbre grave de sa voix envoya un frisson le long de son échine.

— Parlons-nous toujours de dîner ?

— Je ne sais pas, qu'en penses-tu ? fit Blake.

La caresse de ses yeux était presque aussi puissante qu'un véritable contact.

— Je croyais que nous allions parler…

— Qui a dit cela ?

— Nous. Avant que tu ne partes pour Toronto.

— C'est toi qui l'as dit.

— Blake…

— D'accord, se rendit-il. Nous parlerons. Je passe te prendre à 18 heures.

Il descendit de voiture et sortit ses bagages du coffre.

Avant de la laisser partir, il se pencha et ajouta avec un demi-sourire plein d'assurance :

— Rappelle-toi, en revanche, que tu n'as pas défini le sujet de notre discussion.

*
* *

Au moment où Blake s'engageait dans l'allée menant à la propriété des Salgar, il s'interrogea de nouveau sur la teneur de la conversation que Katie tenait à avoir avec lui.

Il avait fini par accepter ses explications, mettant son étrange nervosité sur le compte du stress professionnel. Elle avait paru heureuse de le revoir et aussi impatiente que lui de reprendre là où ils s'étaient arrêtés. Pourtant, il lui paraissait assez clairement que quelque chose avait changé et qu'elle attendait davantage de lui.

Sachant cela, il se sentait obligé de reconsidérer la question qu'elle lui avait posée et à laquelle il n'avait pas répondu.

Qu'attendait-il d'elle ? La réponse était incroyablement complexe : de l'affection, de la chaleur, du désir. Des choses dont il avait appris à se passer mais qu'il redécouvrait au contact de Katie.

Il y réfléchissait toujours pendant le dîner, lorsque Katie lui effleura la main de ses doigts graciles.

— Est-ce moi ou bien l'effet de l'avion ? lui demanda-t-elle avec un sourire taquin.

— Ni l'un ni l'autre. Je suis désolé, je me laisse distraire à la pensée de tout ce qui m'attend.

Katie se rembrunit.

— Tu es censé te détendre et tout oublier jusqu'à demain !

— Je pourrais en dire autant à ton encontre, riposta-t-il.

Il lui prit la main et dessina des motifs dans sa paume.

— Que se passe-t-il, Katie ? murmura-t-il. Parle-moi. As-tu des remords par rapport à nous ?

— Pouvons-nous vraiment parler de « nous » ?

— Le veux-tu ?

— Ce n'est pas une réponse, soupira-t-elle en triturant sa serviette de table. Moi, j'aimerais dire que oui, mais je ne suis pas sûre que ce soit sage…

Il lui lâcha la main et recula.

— Est-ce à cause de Tate ?

— Tate ?

Elle détourna les yeux, mais il aurait juré y avait lu une lueur de culpabilité.

— Pas du tout, reprit-elle, Tate n'est pas en cause.

Sa ferme dénégation était en totale contradiction avec l'expression incertaine de son visage.

— Mais alors, de quoi s'agit-il ? Ou de qui, devrais-je peut-être dire.

— De moi, tout simplement. Je n'ai jamais réfléchi à ce que j'attendais d'une relation, et il me semble que toi non plus. J'ai l'impression que nous nous sommes lancés à l'aveugle là-dedans juste parce que nous sommes attirés.

— « Attirés » ? répéta-t-il en haussant les sourcils. Je ne crois pas qu'un mot aussi tiède convienne.

— Comme je l'ai dit tout à l'heure, cela complique les choses, rétorqua Katie en s'empourprant.

Elle prit une profonde inspiration, expira lentement et affronta son regard.

— Tu m'as demandé ce que j'attendais de toi. Je n'en suis pas encore sûre, mais j'ai bien peur que ce soit davantage que ce que tu es prêt à me donner.

Comme elle avait été honnête avec lui, il fit de même.

— Je ne peux te faire aucune promesse car, tu as raison, je ne sais pas plus que toi comment faire durer une relation. Je peux simplement dire que je suis prêt à essayer. Si tu es prête aussi.

Après l'avoir étudié un long moment, Katie le surprit en se penchant pour l'embrasser.

— Tu dois être sérieux, dit-elle avec douceur, car je suis à peu près sûre que c'est la première fois que je t'entends admettre que tu ne sais pas comment t'y prendre.

— N'en parle à personne, railla-t-il, ma réputation pourrait en prendre un coup !

Ils se sourirent, et l'humeur s'allégea pour le restant de la soirée.

Ce ne fut que bien plus tard, lorsqu'il laissa Katie devant la porte de chez elle après une étreinte passionnée, qu'il se rendit compte qu'elle n'avait pas répondu à sa proposition de relation durable.

- 11 -

Pourquoi diable avait-elle accepté ça ? songea Katie avec humeur.

8 heures, un samedi matin, et au lieu d'être enfouie sous les couvertures pour une grasse matinée bien méritée, elle se retrouvait sur un court de tennis pour disputer un double mixte contre son ex-fiancé et le nouvel amour de celui-ci !

— Rappelle-moi pourquoi j'ai accepté ton offre farfelue ? dit-elle à Blake qui tripotait nerveusement sa raquette.

— C'est pourtant toi qui as décrété qu'être vus en compagnie de Tate et Tanya serait un bon moyen de faire taire les mauvaises langues, non ? Ma seule contribution a été de proposer cette partie de tennis…

— Nous étions deux à le « décréter », comme tu dis.

Comme il haussait les épaules et se renfrognait, elle ressentit une pointe de malaise.

— Si tu ne voulais pas venir, tu aurais pu m'en faire part !

— Cela semblait important pour toi, alors je n'ai rien dit.

Leur explication fut interrompue par l'arrivée de leurs adversaires.

— Bonjour !

Raquette en main, Tanya et Tate firent leur entrée en sautillant sur le court. Tanya était fraîche et rayonnante, quant à Tate, il était beau comme un dieu, comme toujours.

Ils échangèrent des salutations un peu tendues avant que Blake ne prenne la situation en main.

— Allons-y, nous avons pris du retard.

— Je vous préviens, cela fait des mois que je n'ai pas joué, annonça Katie. Soyez indulgents.

— Toujours aussi modeste, fit remarquer Tate, ce qui lui valut un regard étonné de sa partenaire.

Lorsqu'il fut décidé quelle équipe servirait en premier et que Blake s'apprêta à servir, Katie vit une lueur de compétition s'allumer dans les yeux de Tanya.

Elle se rembrunit.

Elle n'avait jamais été une compétitrice en sport, devoir jouer contre son ex et la nouvelle copine de celui-ci la mettait d'autant plus mal à l'aise.

— Joli travail ! la félicita Blake lorsque, à sa grande surprise, elle monta au filet et frappa une volée gagnante sans laisser à Tanya la moindre chance de la renvoyer.

Avec une amabilité un peu forcée, Tanya fit écho à ce compliment.

— Si c'est comme ça que Katie joue lorsqu'elle est rouillée, nous sommes mal partis, Tate !

Katie se détendit peu à peu en rendant compte que leurs adversaires faisaient de réels efforts pour que l'ambiance soit aussi détendue que possible. Au fil des jeux, Blake et elle trouvèrent leur complémentarité, et elle profita pleinement de la partie, prenant plaisir à former une équipe avec Blake.

— Match ! annonça Tate après la balle de match

remportée par Blake et elle. L'affaire est entendue. On s'arrête là ?

Blake essuya la transpiration sur son front, un simple geste qui fascina Katie. Elle le trouvait encore plus sexy avec ses cheveux en bataille et les muscles de ses bras luisants de sueur.

Tanya surprit son regard et lui lança un sourire complice. Puis, elle lui serra chaleureusement la main pour la féliciter du gain du match.

— Joli spectacle, n'est-ce pas ?

Katie ne put s'empêcher d'émettre un petit rire.

— C'est de famille, on dirait.

Tate et Blake se serrèrent la main à leur tour, puis Blake passa son bras autour de la taille de Katie.

L'espace d'un bref instant, elle trouva déplacée cette démonstration d'affection devant Tate, mais elle fut rassurée en voyant celui-ci sourire.

— Laissez-moi vous offrir quelque chose à boire, proposa Blake. Avez-vous le temps de prendre un jus de fruits ?

Tate se tourna vers Tanya.

— Je pense que oui, n'est-ce pas ? Nous ne retrouvons Charlie que dans deux heures.

— D'accord, fit Tanya en hochant la tête.

— Vous avez des projets avec Charlie ? s'enquit Blake un peu sèchement.

Tate et Tanya échangèrent un regard gêné.

Katie se sentit gênée aussi. Elle savait que depuis qu'Eleanor avait révélé que Charlie était le fils de Rex Foley, les relations entre Blake et son plus jeune frère s'étaient considérablement rafraîchies.

— Il nous a proposé de le retrouver pour le déjeuner, répondit Tate.

— J'ignorais que Charlie et toi aviez des relations aussi cordiales.

Le tranchant dans la voix de Blake était éloquent.

— Ce n'est pas ça, se défendit Tate. Il est très occupé par ses études, et avec mon emploi du temps, nous ne nous voyons presque jamais. Il veut me parler… Il a dit que cela concernait maman et Rex.

— Je vois, fit Blake. Bonne chance alors !

Il se tourna vers elle.

— Alors, on va le boire ce jus de fruits ?

Une tension nouvelle crépitant entre eux quatre, ils marchèrent vers le club-house.

Le bar à jus de fruits proposait toutes sortes de cocktails de fruits, du plus basique au plus exotique, ainsi qu'une bonne dizaine d'additifs pour stimuler l'énergie, soulager le stress ou réfréner la faim. Installés confortablement, des habitués sirotaient ces étranges concoctions dans de hauts verres colorés.

Comme Katie consultait la carte, elle se rendit à peine compte qu'un homme non loin d'elle tentait d'attirer son attention, jusqu'à ce que quelqu'un lui touche soudain l'épaule.

Elle leva les yeux, et son estomac se contracta.

Marcus Brent !

Elle sentit tous les regards se tourner vers elle et sut sans l'ombre d'un doute que son visage passait par toutes les nuances de rouge.

— Je ne savais pas que vous étiez membre du club, observa aimablement Marcus.

Puis, il se tourna vers le reste du groupe.

— Bonjour, Blake, dit-il en tendant la main.

Comme ce dernier le jaugeait d'un regard interrogateur, Marcus le renseigna.

— Nous nous sommes rencontrés à la soirée de levée de fonds pour Peter Salgar. Je suis son directeur de campagne. C'était une bonne surprise de vous y voir, d'ailleurs. Tout comme c'est une excellente surprise de te rencontrer ici aujourd'hui, Katie.

Elle vit que Blake cherchait à comprendre le sens de la familiarité que Marcus lui témoignait.

— Oh ! Oui, bonjour, dit-il finalement. Je me souviens de vous maintenant.

Marcus se tourna ensuite vers Tate et Tanya.

— Vous devez être Tate McCord et sa jolie fiancée... Je vous ai souvent vue dans les colonnes mondaines, mademoiselle, mais vous êtes encore plus séduisante en personne.

Sensible au compliment, Tanya remercia Marcus avec grâce.

— Vous avez fait un excellent travail pour la campagne de Peter. Remarquable, vraiment !

— Merci, mais il s'agit d'un travail d'équipe.

Blake tira une chaise vide à côté de lui.

— Joignez-vous à nous. Nous allions prendre quelques rafraîchissements après un match exténuant !

Marcus lança à Katie un regard ironique.

La situation l'amusait, constata-t-elle, bouillant intérieurement et priant pour qu'il prenne ses cliques et ses claques.

— Avec plaisir, fit-il en s'asseyant. Je ne reste que cinq minutes, car je ne veux pas m'imposer. Et puis, j'ai un match dans dix minutes.

— Dites-moi, commença Blake en jetant un coup d'œil à Katie, connaissez-vous la famille Salgar depuis longtemps ?

Prenant sur elle pour ne pas se tortiller d'embarras, Katie se concentra sur son smoothie mangue-framboise.

— Pas vraiment. Peter Salgar m'a engagé après avoir remarqué mon travail pour des campagnes à San Diego et Austin. Il m'a fait une offre que je ne pouvais pas refuser. Alors je me suis installé ici.

— Et que comptez-vous faire après la campagne de Peter ?

— Eh bien… J'imagine que cela dépendra de la façon dont les choses évoluent ici. Je dois avouer que je me suis beaucoup attaché aux Salgar, poursuivit-il en fixant Katie. Il me sera difficile de les quitter.

Non sans réticence, elle leva les yeux du contenu de son verre.

— Mes parents et oncle Peter parlent de vous dans les meilleurs termes, déclara-t-elle. Je suis certaine que mon oncle vous donnera d'excellentes références, quelle que soit l'issue de la campagne.

— Ne parlez pas de ça ! plaisanta Marcus. Il y a une seule issue pour cette campagne : la victoire ! Mais assez parlé politique. D'après ce que je sais, McCord Jewelers est un sujet bien plus brûlant ces jours-ci…

— J'en doute, dit Blake.

Une note d'avertissement perçait dans sa voix, mais Marcus ne la détecta pas ou choisit de l'ignorer.

— J'ai lu récemment dans la presse que quelques-unes de vos boutiques avaient fermé. J'espère que les choses vont s'arranger.

— Nous sommes en pleine réorganisation. Il faut en passer par là de temps en temps pour améliorer l'efficacité. C'est la routine…

Marcus consulta sa montre et se leva.

— Je suis heureux d'apprendre que la situation

n'est pas si grave, dit-il en s'adressant à Blake et Tate. Même les plus grands empires traversent des périodes difficiles.

Avec un large sourire, il serra la main de Tanya et posa sa main sur l'épaule de Katie.

— Appellez-moi quand vous voulez, d'accord ? Nous pourrions dîner de nouveau ensemble. Italien cette fois…

S'il n'avait pas fait aussitôt volte-face pour s'éloigner, elle aurait été tentée de jeter le contenu de son verre sur son T-shirt blanc immaculé !

Sans doute par solidarité féminine, Tanya tira la manche de Tate.

— Si nous ne partons pas maintenant, nous allons manquer notre rendez-vous avec Charlie. Et puis, il faut que je me change. Hors de question que je me montre en public dans cet état !

Tate saisit la balle au bond et donna une tape dans le dos de son frère.

— Merci pour la partie. Nous prendrons notre revanche la prochaine fois !

Blake acquiesça, le visage dur comme de la pierre.

— Passez le bonjour à Charlie, railla-t-il.

Une fois Tate et Tanya partis, Katie n'eut d'autre choix que d'affronter Blake.

Mais que lui dire ? Comment pouvait-elle se défendre pour quelque chose d'aussi insignifiant pour elle, mais qui aux yeux de Blake, devait être assimilé à une énorme tromperie ?

— Blake, à propos de Marcus…

Blake se leva et d'un geste, l'empêcha de parler.

— Laisse tomber. Je vais faire chercher ta voiture.

A la tension de son visage, une vague de culpabilité

monta à la gorge de Katie. Puis, ce fut le sentiment d'injustice qui prit le dessus.

Elle n'avait rien fait de mal, après tout ! Blake et elle ne formaient pas officiellement un couple. De plus, elle était officiellement célibataire et pouvait, par conséquent, faire ce que bon lui semblait. Elle s'était juste accordé du temps pour découvrir ce qu'elle attendait vraiment d'une relation avec un homme…

Cependant, la pensée d'avoir blessé Blake étouffait son instinct de rébellion. C'était lui qui avait proposé d'essayer de construire quelque chose de durable. Et elle était celle qui avait hésité et accepté de sortir avec Marcus.

— C'était seulement un dîner pendant que tu étais à Toronto, dit-elle finalement.

— Je n'ai aucune envie d'entendre les détails, merci.

— Je n'en ai pas tant à te raconter. J'ai passé quelques heures en sa compagnie, c'est tout.

— Tu es libre de voir qui bon te semble.

Cela faisait écho à ce qu'elle pensait, mais l'entendre de sa voix froide et sans expression ne fit qu'entretenir son malaise.

— Je dois y aller, annonça-t-il. Il faut que je m'arrête au bureau.

— Blake…, fit-elle en posant sa main sur son bras pour le dissuader de partir. Pourrions-nous au moins parler ?

— Parler ? Mais de quoi ? Tu as décidé de sortir avec un autre homme, un point c'est tout.

— C'est faux. Mais tu es visiblement contrarié à ce sujet.

— Je ne pense pas que ma réaction ait une quelconque importance. Tu as choisi de ne pas t'en soucier quand tu as accepté de sortir avec Marcus Brent.

Elle soutint son regard pendant plusieurs secondes avant que Blake n'expire bruyamment en passant sa main dans ses cheveux.

— Ça ne sert à rien…

— Je ne veux pas que nous en restions là, insista-t-elle.

— Que veux-tu, Katie ? Ma bénédiction ?

Il dégagea son bras.

— Désolé, mais je ne peux pas te la donner. Cela dit, tu n'as pas besoin de mon approbation. Comme tu te plais à le répéter, nous ne sommes que des amis, non ?

Et sans lui laisser le temps de répliquer, il se précipita hors du club-house, la laissant rongée par le remords.

Invitée à la dernière minute à un défilé de mode dans le centre de Dallas, Katie envisageait cette perspective sans enthousiasme. Cependant, étant donné que c'était son amie Gabby qui l'avait invitée, et que toutes deux cherchaient à se voir sans succès depuis plusieurs semaines, elle n'avait pu refuser l'invitation.

Son appréhension était d'autant plus grande qu'Anna et Eleanor seraient également présentes. Elle redoutait donc trois interrogatoires en règle : ceux que Gabby, Eleanor et sa mère ne manqueraient pas de lui faire subir !

Tandis que Gabby et elle prenaient place au premier rang du public, juste sous le podium, elle regrettait fort de n'avoir pas cherché une excuse pour rester chez elle.

— J'ai hâte de découvrir la nouvelle collection de printemps de Milan ! s'exclama son amie, tout excitée.

Nous avons beaucoup de chance d'avoir pu entrer ici. C'est un petit défilé privé, mais la cousine du créateur est une de mes connaissances.

Elle posa son regard sur elle et fronça les sourcils.

— Tout va bien, Katie ? Je sais que je ne t'ai prévenue qu'à la dernière minute… Ai-je interrompu quelque chose ?

Prenant conscience qu'elle avait probablement l'air maussade, Katie fit un effort pour paraître plus enjouée.

— Non, pas du tout. Je suis juste un peu fatiguée. Nous avons fait une partie de tennis ce matin, je n'avais pas joué depuis des mois…

— Nous ? Tu veux dire Blake et toi ?

— Oui. Contre Tate et Tanya…

— Ai-je bien entendu les noms de Tate et Blake dans la même phrase ? s'enquit une voix féminine bien connue derrière elle.

Entendant les prénoms de ses fils, Eleanor se penchait pour se joindre à la conversation.

Katie sentit son estomac se contracter.

— Oui, nous avons joué ensemble au tennis ce matin.

— Oh ! je vois… Cela a dû être intéressant !

— C'était divertissant, plutôt.

— Attention, le défilé commence, intervint Anna alors qu'apparaissait au bout du podium une femme séduisante qui tenait un micro.

Gabby eut un sourire satisfait.

— C'est Margo Herrera. La nouvelle créatrice espagnole. Je t'avais bien dit, Katie, que cela valait la peine de changer tes projets !

Katie n'avait jamais entendu parler de Margo Herrera, pas plus qu'elle n'était intéressée par la mode, mais elle sourit aimablement à son amie.

Toutes les têtes se tournèrent vers la scène, et l'excitation croissante lui permit de profiter d'un répit momentané. Tout en faisant mine de prêter attention au spectacle, elle se propulsa en pensée à mille lieues de la manifestation où elle se trouvait.

Elle regrettait de ne pas avoir insisté davantage pour convaincre Blake de discuter avec elle. Elle détestait qu'ils se soient quittés ainsi et se demandait si le lien qui existait entre eux n'était pas définitivement brisé.

Au bout d'un moment, Eleanor se pencha vers elles.

— C'est pratiquement terminé, souffla-t-elle. Je propose que nous nous éclipsions discrètement pour aller prendre un Martini et grignoter quelque chose.

On ne refusait pas une invitation d'Eleanor McCord.

Toutes quatre montèrent donc dans la Mercedes d'Anna et rejoignirent un petit restaurant branché non loin de là. Elles s'installèrent à une table près de la fenêtre, d'où elles pouvaient regarder les passants et commenter la mode de Dallas — ou plutôt l'absence totale de classe des habitants de la ville.

— Tu n'as vraiment pas l'air dans ton assiette, Katie, fit remarquer Eleanor tandis que la serveuse apportait les boissons. Trop de tennis, peut-être ?

— Non, non. Tanya est vraiment très sympathique. Tate et elle paraissent bien ensemble. Je suis heureuse pour eux.

— Et Tate ? intervint Anna en remuant son Martini avec l'olive plantée sur sa pique.

— Que veux-tu dire ?

— Eh bien, cela doit être difficile pour lui de te voir sortir avec Blake.

— Pourquoi ? Il aime une autre femme qu'il projette d'épouser. Et puis, de toute façon, Blake et moi ne…

Katie s'arrêta au beau milieu de sa phrase. Quatre paires d'yeux étaient braquées sur elle, exprimant tous les doutes du monde.

— Bon, oui, nous nous voyons beaucoup ces derniers temps, mais…

— Mais quoi ? dit Gabby avec douceur.

Katie hésita puis, craignant que Marcus ne se montre bavard, décida de prendre les devants.

— Je ne sais pas si Blake et moi allons beaucoup nous voir désormais. Il a découvert que j'avais dîné avec Marcus Brent pendant qu'il était à Toronto…

— Oh ! Katie, c'est merveilleux ! s'exclama sa mère en posant la main sur la sienne.

Comme Katie la considérait avec incrédulité, celle-ci s'empressa d'ajouter :

— Enfin, ce n'est pas tout à fait ce que je voulais dire… Mais sortir avec plusieurs hommes est une sage idée. N'est-ce pas, Eleanor ?

— Absolument ! Tate et toi avez été ensemble si longtemps, Katie. Tu ne devrais pas te focaliser sur un seul homme aussi vite.

Gabby, qui était restée silencieuse jusque-là, interrompit poliment les deux femmes.

— Veuillez m'excuser, mais aucune d'entre vous n'a demandé à Katie si elle était contente de sortir avec d'autres hommes ! Es-tu contente, Katie ?

D'instinct, Katie faillit avouer qu'elle considérait cela comme une énorme erreur et qu'elle mourait de peur que Blake ne le lui pardonne pas. Cependant, elle garda ses émotions pour elle et éluda la question de Gabby en lui en posant une elle-même.

— Es-tu sortie avec d'autres hommes après Rafael ?

— J'ai eu du mal à regarder d'autres hommes que Rafael, admit son amie. J'étais folle amoureuse de lui…

Etait-ce ce qu'elle-même ressentait pour Blake ? Cela lui semblait être une description bien tiède pour le mélange de désir et de communion qu'elle ressentait quand ils étaient ensemble.

Elle se tourna vers Eleanor et Anna.

— Et vous ? Avez-vous déjà ressenti ça ?

Elle regretta ses paroles aussitôt qu'elle les eut prononcées.

Bien sûr qu'Eleanor avait été follement amoureuse, mais de Rex Foley, pas de Devon McCord !

Volant au secours de son amie, Anna répondit la première.

— D'une certaine façon, oui. J'ai été attirée par ton père dès le premier coup d'œil. Mais il a fallu du temps pour que je tombe vraiment amoureuse de lui.

— Je mentirais en disant que Devon et moi avons vraiment été amoureux l'un de l'autre, même si nous avons vécu toutes ces années ensemble, déclara calmement Eleanor après un long silence. Vous savez toutes la vérité. Mais Rex… Je crois que je suis tombée amoureuse de lui au premier coup d'œil. Aujourd'hui, le problème, c'est que mes enfants m'en veulent. Blake, en particulier.

Katie ne savait que dire. Il était vrai que Blake avait un côté rigide et dur que personne ne pouvait amadouer.

— Je pense qu'il se fera à cette idée, déclara-t-elle. Il y travaille. Mais avec Charlie qui est un rappel constant de ce qu'il s'est passé, cela risque de prendre du temps.

— J'espère qu'il y parviendra, dit Eleanor avec tristesse. Blake est tellement en colère contre moi que cela a creusé un fossé entre Charlie et lui.

Gabby tendit le bras pour prendre la main d'Eleanor.

— Cela a été un choc pour lui, c'est compréhensible. Ils sont frères, ils surmonteront cette épreuve.

— J'espère que tu as raison. Bon, assez parlé de mes problèmes familiaux ! Ce que nous voulons savoir, Katie, c'est comment s'est passé ton rendez-vous avec Marcus ?

De nouveau sous le feu des regards, Katie soupira.

— Bien… Mais ce n'était pas Blake.

— Tout cela me semble très clair !

Le sourire de Gabby ne la réconforta pas.

— Peut-être, mais cela n'a vraisemblablement plus d'importance maintenant. Nous sommes tombés sur Marcus au club-house ce matin, et celui-ci s'est fait un plaisir de laisser entendre à Blake que lui et moi avions dîné ensemble. Autant vous dire que Blake ne l'a pas bien pris…

— Oh ! fit Eleanor avec un geste vague de la main. Son ego en a pris un coup, c'est tout. Tu sais combien mon fils est fier. Il digèrera ça. Et je suis certaine que, maintenant qu'il sait qu'il a de la concurrence, il te poursuivra de ses assiduités avec plus d'entrain encore, histoire de te prouver qu'il est le meilleur !

Sur ces mots, toutes quatre trinquèrent.

Tout en sirotant son Martini, Katie pria pour qu'Eleanor ait raison. Néanmoins, la fureur noire qu'elle avait lue dans les yeux de Blake ne lui laissait guère d'espoir.

- 12 -

Encore deux pages…

Blake commençait à se demander comment Katie et lui avaient pu passer la dernière heure à peaufiner les derniers détails du bal sans prononcer plus que quelques phrases.

Depuis qu'il avait découvert qu'elle était sortie avec Marcus, ils ne s'étaient adressé la parole que de façon impersonnelle, toujours pour le business. Aussi avait-il été surpris que Katie accepte de le retrouver en fin d'après-midi dans son bureau afin d'examiner la liste des donations pour la vente aux enchères.

Un silence tendu régnait entre eux, lourd de non-dits.

Il haïssait la distance qui s'était immiscée entre eux. Elle lui paraissait énorme, en dépit du fait qu'ils étaient assis côte à côte sur le canapé de son bureau, des papiers éparpillés un peu partout autour d'eux.

Cela dit, il ne savait pas comment gérer sa jalousie, ni l'idée persistante que Katie n'accordait que peu de valeur à leur relation. Ce serait plus simple s'il pouvait faire fi de ces sentiments et aller de l'avant, mais en l'occurrence il ne réussissait pas à dompter ses émotions aussi facilement que d'habitude.

— Je ne crois pas que nous ayons récupéré ce

tableau-là, dit Katie en pointant une des annotations sur sa liste.

Elle se pencha pour se saisir d'une feuille sur la table basse, au moment où il faisait de même, et leurs mains s'effleurèrent.

Ce contact imprévu les figea sur place. Leurs yeux se rencontrèrent, et il lut dans ceux de Katie le même désir que celui qui le tourmentait.

— Blake…

La façon dont elle prononça son nom, teintée de désir et d'incertitude, eut raison de sa retenue. Toutes les tensions qu'il avait réprimées ces derniers jours se relâchèrent d'un coup. Il attira Katie contre lui, celle-ci ayant déjà fait la moitié du chemin. Elle lui rendit son baiser avec une intensité qui oblitéra en lui toute pensée, en dehors de celle de la vouloir contre lui.

Il glissa ses mains sous son pull et les promena sur sa peau douce et chaude. Pendant ce temps, elle le caressait aussi, lui faisant perdre la tête.

A bout de patience, il fut soudain tenté de lui arracher ses vêtements pour lui donner ce que tous deux attendaient tant.

Après tout, ce serait peut-être tout ce qu'il aurait jamais avec elle !

Mais si c'était tout ce qu'ils étaient censés partager, pouvait-il prétendre que cela lui suffisait ?

— Sortons d'ici, murmura-t-il, le nez dans son cou.

Les doigts de Katie se débattaient avec les boutons de la chemise de Blake.

— Pour aller où ?

— N'importe où. Là où il y aura un lit et où nous ne risquerons pas d'être interrompus. Nous pourrions prendre le jet, nous évader quelque part le temps du week-end et en finir une bonne fois pour toutes.

— « En finir une bonne fois pour toutes » ? répéta-t-elle avec une note de circonspection. Que veux-tu dire ?

Il se redressa sans se décoller d'elle.

— Eh bien, de toute évidence, tu ne te sens pas le moins du monde engagée envers moi…

— Parce que toi, tu l'es ?

— Ce n'est pas moi qui ai décidé de voir une autre femme à la minute où tu as quitté la ville.

— Mais c'était juste un rendez-vous ! s'emporta-t-elle. J'avais besoin de…

— De réfléchir à ce dont tu avais envie, je sais. Mais tu m'as dit aussi que le fait que nous ayons tant envie l'un de l'autre compliquait les choses. Alors, si nous passions deux jours ensemble, nous pourrions satisfaire ce désir et reprendre notre route.

— Laisse-moi comprendre, articula-t-elle avec lenteur. Tu crois que deux jours de sexe vont régler le problème ?

Honnêtement, il n'en croyait rien. Mais il ne croyait pas non plus que Katie avait envie d'autre chose.

— Ne me dis pas que ce n'est pas ce que tu veux toi aussi…

Pendant un instant, elle l'observa en silence.

Il s'attendait à ce qu'elle lui dise qu'il avait raison, qu'il n'y aurait jamais rien d'autre entre eux qu'une somptueuse alchimie sexuelle et qu'un week-end au lit les aiderait à aller de l'avant et à renouer leur amitié… Néanmoins, la réaction de Katie fut tout autre.

Elle se dégagea brusquement de son étreinte et sauta sur ses pieds.

— Non ! cria-t-elle.

— Non ?

Il se leva et marcha vers elle, mais s'arrêta lorsqu'elle leva les mains pour l'empêcher d'avancer.

— Katie…

— Non, Blake. Je suis sûre que tu n'as pas l'habitude de t'entendre dire ce mot, mais la réponse est non !

Katie pressa sa main contre son visage et ferma brièvement les yeux. Elle tremblait, comme si elle était sur le point de pleurer.

— Je n'arrive pas à croire que tu puisses te montrer aussi froid, après tout ce qu'il s'est passé !

Ce fut alors qu'il comprit qu'il avait fait une énorme erreur.

Il enfouit les mains dans ses cheveux, luttant contre l'envie de la prendre de nouveau dans ses bras et de lui parler avec son corps… C'est-à-dire de la seule façon qui leur permettait de communiquer clairement.

— Que suis-je censé penser, Katie ? Tu ne cesses de répéter que tu ne sais pas ce que tu veux. Et pourtant, chaque fois que je te touche…

Un coup frappé à la porte du bureau l'empêcha de terminer sa phrase.

Il faillit crier à l'importun d'aller au diable, mais quand il regarda Katie pour voir si elle partageait son avis, celle-ci se contenta d'esquisser un geste vague et de se détourner.

Etouffant un juron, il marcha vers la porte et l'ouvrit brutalement.

Quelle ne fut pas surprise de trouver son frère Charlie sur le seuil !

Les mains dans les poches de son jean, se dandinant d'un pied sur l'autre, le jeune homme paraissait mal à l'aise.

— Que fais-tu ici ? s'enquit Blake d'un ton cassant, laissant éclater sa mauvaise humeur. Ne devrais-tu pas être en cours ? Il s'est passé quelque chose ?

Bien qu'il ne lui fasse pas signe d'entrer, Charlie ne paraissait pas le moins du monde disposé à décamper.

— Non… Enfin, rien de ce que tu crois. Mais je dois te parler seul à seul, c'est important.

Blake fut tenté de refuser, mais la détermination qu'il lisait sur le visage de son frère lui indiqua que celui-ci n'accepterait pas de se voir signifier un refus.

Laissant échapper un soupir irrité, il finit par reculer.

— Entre.

Charlie parut hésiter en découvrant Katie debout au milieu du bureau.

— Quoi que tu aies à me dire, tu peux le dire devant Katie, ajouta Blake.

— Je ferais mieux d'y aller, protesta celle-ci.

— Reste ! lui enjoignit-il. Nous n'avons aucun secret envers toi.

Leurs regards se heurtèrent, et après une bataille silencieuse Katie hocha finalement la tête. Elle se rassit avec raideur sur le canapé.

Refusant de s'asseoir comme Blake le lui proposait, Charlie resta debout, lui faisant face, la tension irradiant de sa personne.

Apparemment, son frère s'apprêtait à lui apprendre quelque chose qui n'allait pas lui plaire…

— Je vais faire la connaissance de mon père demain.

*
* *

Katie regrettait amèrement de ne pas s'être enfuie quand elle en avait encore l'opportunité. Quoi qu'en disait Blake, elle n'avait rien à faire dans cette discussion privée et estimait sa présence incongrue.

Charlie avait lancé la nouvelle sans aucune précaution et un silence tendu accueillit sa déclaration, tandis que Blake et lui se jaugeaient comme des adversaires prêts à se battre.

Au visage crispé de Blake, elle voyait que celui-ci prenait très mal l'annonce de son frère.

Elle observa ensuite Charlie, découvrant chez lui la même détermination inébranlable qu'elle remarquait si souvent chez Blake. Tout comme elle nota aussi pour la première fois à quel point il ressemblait à son père.

Certes, Charlie avait la même stature que Blake et Tate, mais ses traits étaient incontestablement ceux des Foley. C'était étonnant que personne, elle y compris, n'ait jamais remarqué à quel point Charlie McCord était différent des membres de sa famille !

Blake reprit enfin la parole.

— Je suppose que tu parles de Rex Foley, fit-il sèchement. Comment peux-tu être sûr qu'il veuille te voir ? Sait-il même que tu es son fils ?

— Il le sait, répondit Charlie. Maman le lui a dit.

Cette révélation déconcerta Katie.

Eleanor avait-elle imaginé ce qu'elle provoquerait chez les deux familles en révélant un secret vieux de vingt et un ans ? Si elle avait cru un instant que cela permettrait une réconciliation, elle avait énormément sous-estimé la haine tenace qui régnait entre les Foley et les McCord.

— Elle le lui a dit…, répéta Blake.

Il secoua la tête avec incrédulité.

— Je ne sais même pas pourquoi cela me surprend.

— Elle aurait dû le lui dire, ainsi qu'à moi, il y a bien longtemps, intervint Charlie.

— Elle aurait plutôt dû garder ses distances avec Rex Foley, cracha Blake.

Cette condamnation sans appel eut raison du calme apparent de Charlie.

— Et toi, ne devrais-tu pas rester à l'écart de la copine de Tate ? Ça ne semble pas être le cas !

La colère froide qui se peignit sur les traits de Blake incita Katie à sauter sur ses pieds et à venir à ses côtés. Sous la main apaisante qu'elle posa sur son bras, elle sentit ses muscles durs comme de la pierre.

— Moi, je n'ai pas couché avec l'ennemi, asséna Blake. Et toi, tu as manifestement décidé de changer de camp aussi.

— Je suis un Foley, que cela te plaise ou non, riposta Charlie, manifestement peu impressionné par la fureur de son frère. On ne peut pas changer le passé. Nous allons juste devoir trouver un moyen de vivre avec.

— Qu'espères-tu gagner dans tout cela ?

— Il n'est pas question de gagner quoi que ce soit. Je veux simplement connaître mon père. Tu ne peux pas comprendre ça ?

Charlie marcha de long en large dans la pièce avant de s'adresser de nouveau à son frère.

— Je ne suis pas qui je pensais être pendant toutes ces années. C'est très déstabilisant. J'ai besoin de rencontrer mon vrai père.

— Oui… Comme d'habitude, tu cherches à obtenir ce que tu veux sans te soucier des conséquences pour les autres, c'est ça ?

Elle vit Charlie lutter pour contenir sa révolte.

— Je n'ai rien demandé de tout cela, argua-t-il.

— Tu ne me sembles pas si dévasté, pourtant, répliqua Blake. Et pourquoi as-tu pris la peine de venir me l'annoncer ? Tu n'imaginais tout de même pas que je te donnerais ma bénédiction !

— Non, mais je croyais que tu pourrais comprendre. De toute évidence, j'avais tort. Salut.

Sans attendre la réponse de Blake, Charlie tourna les talons et quitta le bureau, laissant la porte grande ouverte.

— Fils de… !

Blake écrasa son poing sur son bureau, faisant sursauter tout ce qui se trouvait dessus.

Impressionnée par cet accès de violence, Katie s'approcha prudemment de lui.

— Je suis désolée, dit-elle, ce doit être difficile.

— Mais que cherche-t-il à faire ? s'exclama-t-il. Il sait bien ce que notre famille ressent à l'égard des Foley.

— Il veut connaître son père…

Elle se figea sous le regard noir que Blake lui lança.

— Charlie a raison, reprit-elle courageusement. Il ne peut pas être blâmé pour ce qu'il s'est passé entre votre mère et Rex Foley. Tu ne peux pas lui reprocher de chercher à savoir qui il est.

— Je suis persuadé que ma mère l'y encourage, dit Blake entre ses dents serrées, ignorant ses paroles. Elle n'a jamais rien pu refuser à Charlie.

L'amertume qui perçait dans sa voix prit Katie au dépourvu.

Elle ne comprenait pas exactement pourquoi, mais elle suspectait que la réaction démesurée de Blake avait plus à voir avec ses relations avec sa mère qu'avec sa haine pour les Foley. Pour la seconde fois, elle mesurait quelque chose qu'elle n'avait pas saisi auparavant : Blake était jaloux de Charlie.

Derrière cette réaction orageuse, elle devinait tant de souffrance… Malgré son humeur peu engageante, elle eut envie de le réconforter.

Elle s'approcha de lui et posa la main sur son épaule, qu'elle pressa gentiment.

— J'imagine ce que tu ressens, murmura-t-elle.

— Non, tu n'imagines rien ! répliqua-t-il en se dégageant. Et ne prétends pas que ça t'intéresse.

Elle accusa le coup.

— Ce n'est pas juste, et tu le sais !

— Vraiment ?

Le regard de Blake se perdit un moment dans le crépuscule.

— Il faut que je sorte d'ici, souffla-t-il.

Sur le moment, elle faillit croire qu'il l'invitait à l'accompagner. Néanmoins, quand il se pencha sur la table basse pour rassembler ses papiers et les ranger dans des dossiers, elle comprit qu'il la mettait à la porte.

— Je t'appellerai demain pour finir notre travail, déclara-t-elle alors sans montrer sa déception.

N'obtenant qu'un bref signe de tête en réponse, elle prit son sac à main et ses propres dossiers et le quitta.

Sur le chemin du retour, elle repassa dans son esprit la scène qu'elle venait de vivre.

Elle aurait dû être furieuse que Blake la chasse ainsi de son bureau sans aucune explication ou excuse pour justifier son comportement. Et pourtant, elle se sentait davantage inquiète que contrariée. Elle connaissait assez Blake pour savoir que jamais il ne l'aurait traitée ainsi s'il n'avait pas éprouvé un profond désarroi. Rétrospectivement, elle regrettait de s'être montrée aussi catégorique dans son refus de passer un week-end avec lui.

Elle avait cru qu'il y avait entre eux davantage qu'une forte attirance physique, elle avait cru qu'ils étaient de vrais amis, avec le potentiel pour bien plus…

Ce qu'ils étaient maintenant, elle n'en savait plus rien.

Blake termina son whisky d'un trait et s'en servit un autre.

Certes, ce n'était pas le remède idéal pour oblitérer les souvenirs et les émotions, cela les émoussait à peine. Cependant, après avoir passé son existence à réprimer ses émotions plutôt qu'à les reconnaître, il ne savait pas comment s'y prendre autrement.

Il regrettait cependant de ne pas avoir choisi un endroit plus intime que son bureau pour se complaire dans son malheur, ou de ne pas avoir tout au moins fermé la porte, car au moment où il entamait son deuxième verre, Tate apparut dans l'entrebâillement.

— Charlie a dû te trouver, devina-t-il en entrant sans y être invité.

Pour toute réponse, Blake avala le contenu de son verre et s'empara de nouveau de la bouteille de whisky.

— Tu ne peux pas blâmer Charlie de vouloir rencontrer son père, reprit Tate.

Reposant son verre sans y avoir touché, Blake marcha jusqu'à un fauteuil dans lequel il se laissa tomber.

— En effet. Je suis censé me montrer compréhensif, accepter le fait qu'il soit un Foley et soutenir sa décision de changer de camp. C'est bien ça ?

Il détestait ce sentiment de perdre le contrôle de sa vie !

— Cela ne concerne pas seulement Charlie, n'est-ce pas ? murmura Tate en venant s'asseoir près de lui. Est-ce que quelque chose s'est passé avec Katie ?

— Ça n'a plus d'importance.

— Tu laisses tomber ? Cela ne te ressemble pas.

— C'est pourtant toi qui m'as affirmé que j'avais tort de la fréquenter. Tu dois être ravi d'avoir eu raison.

— Quand tu auras fini de t'apitoyer sur toi-même, peut-être voudras-tu bien accepter un conseil ?

Comme la réponse de Blake ne venait pas, Tate secoua la tête.

— Parle-lui. Admets tes sentiments, reprit-il. Je connais ta propension à tout garder pour toi… Katie n'a probablement pas la moindre idée de ce que tu ressens.

— Et que suis-je censé admettre, selon toi ? rétorqua Blake.

— Je te laisse déterminer cela toi-même, fit Tate en se levant. Cela m'a pris du temps, mais j'ai maintenant compris qu'il y a quelque chose entre vous depuis bien longtemps.

Sur ce commentaire sibyllin, son frère sortit en refermant doucement la porte derrière lui.

Pendant un long moment, Blake resta assis, le regard dans le vide.

Etait-il honnête envers lui-même et envers Katie ?

Et était-il encore temps de réparer ce qu'il avait mis en pièces ?

- 13 -

— Tessa ! appela Katie en voyant son assistante passer devant son bureau. Peux-tu m'apporter la sortie définitive du menu du bal ?

Tessa stoppa net et revint sur ses pas.

— Bien sûr. J'allais l'emmener chez l'imprimeur ce matin… Dois-je toujours le faire ?

— Je veux le vérifier encore une fois pour m'assurer que toutes les modifications ont bien été apportées. La dernière fois que je l'ai relu, tous les accents sur les mots en français étaient à l'envers, et l'un des desserts avait été oublié !

Le grand bal approchant, Katie avait été heureuse de se jeter à corps perdu dans le travail. Cela l'aidait à ne pas passer son temps à se lamenter sur l'état de sa relation avec Blake.

Tessa fit irruption dans son bureau, le menu à la main.

— Le voilà. Tu es au courant du dernier changement, n'est-ce pas ?

Katie leva les yeux de son écran d'ordinateur.

— Quel changement ? s'enquit-elle.

— Celui de dernière minute que Blake a fait…

— Quand cela ? Il m'a fallu des semaines pour tout mettre en place et faire les dégustations avec le chef !

A son ton contrarié, Tessa haussa les épaules en un geste d'impuissance.

— Je suis désolée. Blake m'a dit que cela ne te dérangerait pas, alors j'ai fait comme il me demandait.

— Je vois, dit Katie sèchement.

« Tu parles d'un travail d'équipe ! » ironisait-elle intérieurement.

— A partir de maintenant, dis-lui que tu dois d'abord passer par moi, d'accord ?

— D'accord. Je pensais juste que comme vous vous voyez beaucoup tous les deux, vous en auriez déjà discuté ensemble.

Katie se leva et se tourna pour regarder par la fenêtre.

— Non, dit-elle avec lassitude, nous n'en avions pas discuté.

Elle ne s'étendit pas davantage. Se confier à Tessa sur le désastre de sa relation avec Blake n'était pas une bonne idée.

— Je vais l'appeler de toute façon, annonça-t-elle en étudiant le menu. Je ne comprends vraiment pas pourquoi il souhaite remplacer les scampi par de l'agneau !

— Es-tu sûre de vouloir lui parler ? s'enquit son assistante en l'observant d'un air soupçonneux. Si tu veux, je peux l'appeler à ta place.

Katie poussa un gros soupir.

— Non, merci, je préfère lui parler en direct.

Même si Blake était toujours en colère après elle, elle avait envie d'entendre sa voix.

Après le départ de Tessa, elle repoussa l'appel à plusieurs reprises, hantée par le souvenir de leur dernière entrevue.

La scène qui s'était déroulée dans le bureau de Blake avait été douloureuse par bien des aspects. La proposition purement sexuelle qu'il lui avait faite l'avait humiliée. Elle avait eu l'impression d'être comme toutes les autres femmes avec qui il avait eu de brèves aventures. Mais aujourd'hui, en dépit de tout et avec du recul, elle regrettait leur ancienne intimité.

Si seulement ils pouvaient revenir au moment où leur amitié était en passe de devenir bien plus…

Chassant cette songerie inutile, elle prit son téléphone et composa le numéro de Blake.

— Bonjour, Katie, dit-il d'un ton poli mais glacial.

L'espace d'un instant, elle perdit le fil de sa pensée. L'entendre si distant après l'intimité et la passion qu'ils avaient connues lui brisait le cœur. Mais un coup d'œil au menu posé devant elle lui permit de reprendre ses esprits.

— Je t'appelle à propos du changement que tu as demandé pour le menu. Je ne comprends pas pourquoi tu remplaces les scampi par de l'agneau. J'avais tout méticuleusement préparé avec le chef-cuisinier.

— J'ai fait procéder à ce changement car plusieurs personnes de ma famille sont allergiques aux fruits de mer, expliqua Blake. Et elles ne sont pas les seules.

— Oh ! je n'avais pas pensé à ça…

— Tu peux faire d'autres changements si tu veux, dit-il d'un ton conciliant, presque las.

— Non, non, ça ira. J'en ai assez de passer ce menu au peigne fin. Cela fera l'affaire.

Un long silence déstabilisant s'ensuivit. Ce fut Blake qui le rompit.

— Katie, je ne veux pas que nous nous disputions. L'autre jour… C'était dur.

Elle sentit sa gorge se serrer.

Elle avait ressassé tellement de pensées et d'émotions depuis leur dernière rencontre qu'elle n'osait les exprimer maintenant, de peur de fondre en larmes.

— Je sais, souffla-t-elle. Débarrassons-nous de ce bal, et ensuite nous essaierons d'y voir plus clair tous les deux, d'accord ?

— Je suis d'accord, si tu l'es.

— Mais bien entendu que je le suis ! Je pense seulement qu'il faut attendre que le bal soit passé pour pouvoir nous concentrer sur nous.

— Nous en aurons bientôt fini. Je suis débordé par les problèmes de McCord Jewelers, bien entendu, mais n'hésite pas à faire appel à moi si tu as besoin d'aide.

Elle mourait d'envie de lui dire qu'elle avait besoin d'aide maintenant. Pas à cause du bal, mais à cause de lui. D'elle. D'eux. Elle se contenta néanmoins de le remercier et d'attendre avec un terrible sentiment de désarroi le « clic » mettant fin à leur appel.

Repoussant dans un coin de son esprit le malaise provoqué par l'échange téléphonique qu'il avait eu avec Katie, Blake s'efforça de concentrer son attention sur ce qui pressait le plus, à savoir la localisation de ce satané diamant de Santa Magdalena.

Il n'avait pas eu Paige au téléphone récemment et ignorait comment progressaient ses recherches. D'ailleurs, en y réfléchissant bien, qu'il n'avait pas non plus vu Penny depuis plusieurs jours…

Pris d'une impulsion, il appela Paige depuis son portable.

— Je n'ai pas beaucoup entendu parler de toi ces derniers temps. Quelles nouvelles ?

— Je ne voulais pas te déranger, lui répondit sa

sœur. Le bal approche à grands pas, j'ai supposé que tu étais débordé.

— C'est le cas, mais notre affaire est bien plus importante. Est-ce que tu peux parler ?

— Oui. Je suis en route pour le Café Zozo où je dois déjeuner avec une amie.

Il s'appuya au dossier de son fauteuil et le fit pivoter pour contempler le paysage urbain de Dallas.

— Désolé de te déranger, reprit-il, mais je ne t'ai pas beaucoup vue dernièrement.

Il y eut un bref silence.

— Tu n'es pas non très disponible, fit remarquer Paige. Tu es souvent avec Katie.

— Tu te trompes, rétorqua-t-il d'un ton bourru. J'ai à peine vu Katie ces deux dernières semaines.

Il se sentait soudain sur la défensive et peu désireux d'aborder le sujet de Katie, de peur que sa frustration ne transparaisse dans sa voix.

— Je te demanderais bien ce qui ne va pas, mais je sais que tu ne m'en diras rien, déclara Paige. Alors, parlons du diamant si tu veux.

— Tu as du nouveau ?

— Eh bien oui ! s'exclama Paige. J'ai réussi à accéder à la mine. C'est la bonne nouvelle du jour.

— Il y en a une mauvaise ?

— J'en ai peur. La mine est très ancienne et instable. Il va s'avérer dangereux de s'aventurer à l'intérieur pour l'explorer. Je vais devoir préparer ça très minutieusement si je ne veux pas y rester enterrée vivante !

Inquiet à l'idée que sa sœur puisse rester prisonnière d'une vieille mine délabrée, il resta silencieux.

Fallait-il prendre tous ces risques ?

— Je n'aime pas ça, dit-il finalement.

— Ne t'inquiète pas, ça ira, le rassura Paige. Je prendrai toutes les précautions nécessaires. J'ai parlé avec de vieux mineurs qui m'ont donné des tonnes d'informations utiles.

— Oui, mais…

— Je tiens absolument à le faire, Blake, assena-t-elle. Je *dois* le faire ! Pour la famille.

Il admirait le courage de sa sœur et ne se sentait pas peu fier d'elle. Néanmoins, il ne cesserait de s'inquiéter tant qu'elle ne serait pas rentrée saine et sauve à la maison.

— Nous sommes dans une situation désespérée, admit-il, je ne vais pas te mentir. Si nous voulons que McCord's survive, il nous faut ce diamant.

— Je le sais. C'est pourquoi je suis prête à prendre tout risque qui s'avérera nécessaire.

— Promets-moi une seule chose.

— Laquelle ?

— Que tu ne t'embarqueras pas dans quoi que ce soit sans m'en avoir parlé. J'exige de connaître le moindre détail de tes projets et ferai tout ce qui est en mon pouvoir pour assurer ta sécurité. Compris ?

— Ah, tu ne peux pas t'empêcher de jouer au grand frère ! ironisa Paige.

Après avoir pris congé de sa sœur, il envoya un texto à Penny pour lui proposer de la retrouver quelque part.

> « J'aimerais bien, mais j'ai prévu d'aller à la salle de gym », répondit-elle.

> « D'accord. Je t'y retrouve. Je réserve un terrain pour une partie de squash », envoya-t-il en retour.

Penny ne répondit pas pendant plusieurs minutes.

« J'avais prévu de suivre un cours de Pilates, mais j'imagine que je peux remettre ça », envoya-t-elle enfin.

Satisfait d'avoir réussi à la convaincre, il arriva au gymnase en avance et commença à s'échauffer, frappant avec énergie la balle en caoutchouc contre le mur. Il avait grand besoin d'évacuer les frustrations diverses qui le travaillaient.

Katie, l'affaire familiale, ses inquiétudes au sujet de Penny et de Paige, la quête du diamant de Santa Magdalena, Charlie et sa mère…

Il s'en donnait à cœur joie quand Penny pénétra sur le court. Il rattrapa la balle juste avant que celle-ci ne ricoche sur le mur arrière et n'atteigne sa sœur.

— Ouah, quel dynamisme ! s'exclama Penny en se baissant pour éviter le projectile.

— Tu es en retard.

— J'ai même failli ne pas venir.

— Pourquoi ?

— Parce que j'ai comme l'impression que la raison pour laquelle tu m'as demandé de venir n'a rien à voir avec le squash.

Elle prit position sur le court, sautillant d'un pied sur l'autre dans l'attente du service.

— Ma petite sœur me manque. N'ai-je pas le droit d'avoir envie de te voir ?

— Si telle est bien la raison de ton invitation, alors si, bien sûr. Cela ne te ressemble pas, c'est tout.

Ignorant cette dernière remarque, il remit la balle en jeu, et ils frappèrent plusieurs coups pour s'échauffer avant de compter les points.

Sachant que sa sœur n'avait aucune chance de le battre, il économisa ses coups.

— Tu me laisses gagner, lui reprocha-t-elle après avoir remporté trois points d'affilée.

— Tu préfères que je tape comme un fou dans la balle ?

A bout de souffle, Penny haussa les épaules.

— Non, c'est déjà suffisamment éprouvant comme ça.

Ils continuèrent de se dépenser avec énergie, au point qu'il fallut un coup frappé à la porte de la salle pour leur rappeler qu'ils avaient dépassé le temps imparti.

Ils attrapèrent leur serviette, et il félicita Penny.

— Merci d'être venue, ajouta-t-il. Nous ne faisons pas assez souvent de choses ensemble, n'est-ce pas ?

— Ah bon, deux fois par an, ça ne te semble pas suffisant ? railla Penny.

Comme elle faisait mine de se diriger vers les vestiaires des dames, il la retint par le bras.

— Viens t'asseoir avec moi au bar quelques minutes…

Un nuage d'appréhension assombrit le visage de sa sœur, mais elle accepta néanmoins de le suivre.

— Je n'ai que quelques minutes, le prévint-elle. J'ai un emploi du temps particulièrement serré aujourd'hui

Ils se dirigèrent vers le bar du club-house où de nombreux habitués se désaltéraient en regardant un match à la télévision.

— Ton emploi du temps semble également très serré pendant les week-ends, lui fit-il remarquer. Tu ne dors plus à la maison…

Penny évita son regard.

— Je suis une adulte, ce que je fais de mon temps me regarde.

Lui prenant le coude, il la força à le regarder.

— Penny, tu commets une erreur en fréquentant Jason Foley. Tu es jeune, sans expérience, et je ne veux pas que tu souffres.

— Je te remercie, mais je peux parfaitement m'occuper de moi-même. Si j'en crois les rumeurs, tu ferais mieux de t'occuper de ton propre cœur plutôt que du mien.

Ces mots l'atteignirent, mais il prit garde de ne pas révéler la moindre émotion au sujet de Katie.

— Ecoute, Blake, je suis navrée, mais je vais être en retard, dit Penny. J'ai rendez-vous avec Jason ce soir, alors je dois me dépêcher d'aller me préparer. Nous remettrons ça une autre fois. Merci pour ce moment !

Et elle le planta là, au beau milieu du club-house.

De retour chez lui, Blake prit une bonne douche chaude et descendit dans la cuisine afin de manger un morceau.

L'heure du dîner officiel en famille était passée et le personnel parti, mais il ne voyait pas d'inconvénient à fouiller dans le frigo à la recherche de quelque chose à se mettre sous la dent. Il préférait même dîner tranquillement dans la cuisine plutôt que dans la salle à manger, avec une compagnie qui se complaisait à ressasser les drames familiaux.

Il mit la main sur des restes de rôti de porc et de polenta, se prépara une assiette et s'installa à la table de la cuisine après avoir sorti une bouteille de bordeaux.

A peine avait-il attaqué sa première bouchée qu'Eleanor entra dans la cuisine, drapée dans un peignoir.

— Pourquoi manges-tu tout seul dans l'obscurité ? s'étonna celle-ci en mettant la bouilloire à chauffer.

Il jura intérieurement.

Il était décidément impossible d'avoir une soirée de tranquillité dans cette maison ?

— Cela m'avait paru être une bonne idée, répondit-il d'une voix terne.

— Il n'est pas bon de manger seul. Je vais te tenir compagnie en buvant mon thé.

La tension remonta immédiatement le long de la colonne vertébrale de Blake et jusqu'à sa tête, faisant bourdonner le sang dans ses oreilles. Soudain, le rôti de porc avait perdu toute sa saveur.

Il repoussa son assiette et se servit un nouveau verre de vin.

— Si tu veux.

Eleanor prépara son thé selon un rituel méticuleux et porta délicatement ses tasse et soucoupe en porcelaine jusqu'à la table avant de s'installer en face de Blake.

Elle se pencha pour humer l'arôme de son breuvage.

— Hum… Ces thés asiatiques sont tellement parfumés, s'extasia-t-elle.

— Tout comme les vins français !

Lorsque Eleanor examina l'étiquette de la bouteille, son visage exprima soudain une indicible souffrance. Ses traits se durcirent, la faisant paraître beaucoup plus âgée.

— Je me souviens de ce millésime. C'est l'année où ton père et moi nous sommes séparés.

Blake sentit son cœur se serrer.

Il s'en rendait compte à présent, pour pardonner un jour à sa mère sa liaison avec Rex Foley, il lui fallait découvrir comment ils en étaient arrivés là.

— Je crois qu'il est temps que tu sois honnête avec moi, déclara-t-il. Toute cette tension, cette colère, ce n'est bon pour aucun de nous. Je dois comprendre ce qu'il s'est passé entre Rex Foley et toi. Sinon, je ne pourrai jamais te pardonner.

Eleanor prit sa tasse de thé entre ses mains et fixa le liquide fumant. Quand elle releva le visage, ses yeux étaient brillants de larmes.

— Je suis tombée amoureuse de Rex quand j'avais seize ans…

Elle déglutit et prit une profonde inspiration avant de continuer.

— Nous envisagions de nous marier, dit-elle d'une voix tremblante. Nous avions été inséparables pendant trois ans, tout semblait tellement parfait…

— Et que s'est-il passé ? s'enquit-il d'un ton prudent. Si tu étais aussi amoureuse, pourquoi ne l'as-tu pas épousé ?

— Cela a mal tourné. Tous nos projets…

Eleanor s'interrompit et but une gorgée de thé avant de reprendre la parole.

— Un soir, après une dispute ridicule avec Rex, j'étais tellement contrariée que j'ai voulu le punir de m'avoir offensée.

— Cela semble assez commun chez une fille de cet âge.

— Peut-être, mais cela a été la plus grosse erreur de ma vie, expliqua Eleanor d'un ton grave. Ce soir-là, j'ai accepté un rendez-vous avec Devon.

Blake se redressa, la pensée que ce rendez-vous avait changé le cours de la vie de sa mère s'installant sur lui comme un linceul.

— Devon me poursuivait de ses assiduités depuis des mois, espérant me prendre à Rex. Il avait vu que j'étais vulnérable. Il a saisi sa chance… Et il a réussi.

Les pensées de Blake se tournèrent vers Katie et le rendez-vous qu'elle avait eu avec un autre homme. Quelque chose de similaire était-il arrivé ? Cet autre homme avait-il tenté sa chance avec Katie ?

Bien que turlupiné par cette question, il la repoussa dans un coin de son esprit, car sa mère était sur le point de lui révéler les clés du passé, des clés qu'il attendait d'avoir en sa possession depuis très longtemps.

— Ce soir-là, reprit cette dernière, j'étais très nerveuse et déterminée à montrer à Rex qu'il ne fallait pas qu'il me croie acquise. Et une chose en amenant une autre…

Elle détourna les yeux.

— Devon et moi sommes devenus intimes.

Elle releva aussitôt le menton, mais ses yeux exprimaient une immense honte.

— Je l'ai regretté dès l'instant où je lui ai cédé. Je ne le voulais pas. Mais cela paraissait trop tard. Je n'ai pas su prendre mon courage à deux mains et dire que j'avais changé d'avis. J'étais alors davantage une jeune fille qu'une femme…

Blake tendit le bras et lui effleura la main.

— Tout le monde fait des erreurs, dit-il. Tu devrais te pardonner, au bout de tant d'années.

Les larmes se mirent à couler librement sur les joues pâles d'Eleanor.

— Blake, cette erreur, comme tu dis, m'avait rendue enceinte…

Elle s'interrompit, lui laissant prendre la mesure de la pénible vérité.

— Dans ma famille, être enceinte sans être mariée n'était pas une option possible. Mes parents ont demandé à Devon de m'épouser, et il a accepté de bonne grâce, car à ses yeux c'était une nouvelle victoire des McCord sur les Foley. Je n'en avais pas envie, mais je ne voyais pas comment m'en sortir.

Soudain, il prit pleinement conscience de ce que la révélation de sa mère impliquait, et il sentit un froid intense le pénétrer.

— Je suis le résultat de cette erreur, n'est-ce pas ? dit-il d'une voix blanche. Je suis une erreur ?

— Oh ! non, Blake !

Eleanor se saisit de sa main, mais il la lui arracha.

— Je suis le résultat d'un moment de faiblesse de ta part avec un homme que tu n'aimais pas. Charlie, en revanche, est le fruit de l'amour.

Il secoua la tête désespérément.

— Comment ai-je pu être aussi aveugle toutes ces années ! dit-il avec amertume. Tout s'explique aujourd'hui.

— Mais je t'aime, Blake ! s'exclama sa mère. Bien sûr, cela a été difficile et douloureux. J'étais rongée par la culpabilité d'avoir épousé un homme que je n'aimais pas, de savoir qu'en une seule nuit j'avais gâché ma chance d'être véritablement heureuse avec Rex.

Elle s'était mise à sangloter et ne semblait plus pouvoir s'arrêter de parler.

— Chaque fois que je te regardais, je…

— Tu m'en voulais, la coupa-t-il sombrement. Je suis la raison pour laquelle toi et Rex avez été séparés.

A l'intérieur de lui, ce n'était plus tant de la colère qu'une grande sensation de vide.

— Blake, je t'en prie ! Je me suis efforcée de ne rien montrer, mais c'était dur pour moi d'établir un lien avec toi. Tu ressembles tellement à Devon ! Encore maintenant, tu me le rappelles, et parfois… Oh ! Blake peux-tu essayer de comprendre ? De te mettre à ma place et me pardonner ?

Il se leva, incapable d'en supporter davantage.

C'était comme si on l'avait abattu de sang-froid mais qu'il ne pouvait pas mourir. Un sentiment de vive solitude s'était insinué en lui, et la seule personne qui pouvait l'aider maintenant, le réconforter, la seule personne à laquelle il pouvait s'ouvrir s'était peut-être donnée à un autre homme, comme sa mère l'avait fait.

Il ne pouvait pas appeler Katie. Il ne pouvait pas parler à sa mère ou à ses frères et sœurs. Il pouvait juste enfermer son cœur dans une cage d'acier et jeter la clé au loin.

— Ne me demande pas de te pardonner ! cracha-t-il. Ni maintenant ni jamais.

- 14 -

Un peu à l'écart, Katie observait l'élégante foule des invités.

Après tous ces mois de préparation, cette attention au moindre détail, le bal de Halloween était un succès retentissant. Tous les tickets avaient été écoulés, et la vente aux enchères avait dépassé toutes leurs espérances. Sans l'ombre d'un doute, ses efforts et ceux de Blake allaient rapporter à l'hôpital pour enfants davantage de financements que les années précédentes.

Elle aurait dû par conséquent jouir de la douce ivresse du succès…

Pourtant, alors que, un sourire collé aux lèvres, elle prêtait une oreille distraite aux conversations environnantes, l'émotion qui prédominait en elle était l'inquiétude.

— Que fais-tu là toute seule dans ton coin ?

La voix de sa mère la tira de ses réflexions.

— Après avoir joué l'hôtesse pendant deux heures, j'ai besoin de faire une pause, répondit-elle avec désinvolture. Je crois avoir réussi à m'entretenir au moins une fois avec chaque personne présente !

Anna étudia brièvement son visage avant de suivre la direction de son regard et de froncer les sourcils.

Blake se tenait au milieu d'un groupe dont faisaient également partie Tate et Tanya.

— Ah, je vois, dit-elle en lui touchant le bras. J'imagine que ce doit être difficile pour toi de voir Tate en compagnie d'une autre femme.

— Mais pas du tout ! protesta Katie. Pourquoi le serait-ce ? Cela fait des semaines que je te répète que tu te trompes à ce sujet.

— Oh ! Katie, tu as paru distraite toute la soirée ! insista Anna. Et je ne suis pas la seule à m'en être aperçue. J'en ai déduit que c'était à cause de Tate, et franchement, c'est ce que tout le monde a pensé aussi !

D'un mouvement de tête impatient, Katie écarta cette idée.

— C'est ridicule. Je suis heureuse que Tate ait trouvé le bonheur. J'aimerais que tu cesses de croire que je me morfonds parce que ces fiançailles ont été rompues.

Tandis qu'elle parlait, son regard fut de nouveau attiré vers le groupe.

Contrairement à son ex-fiancé qui, tout comme sa nouvelle compagne, rayonnait, Blake paraissait plus que taciturne. Elle l'avait observé une bonne partie de la soirée, et c'était lui, l'objet de son inquiétude.

En surface, il avait joué son rôle d'hôte avec une froide efficacité. Quand il avait été à ses côtés devant les autres, il l'avait ouvertement louangée, lui attribuant en grande partie le succès de cette soirée et la traitant avec courtoisie, sans toutefois lui témoigner la tendresse à laquelle il l'avait habituée. Il avait en revanche fait en sorte d'éviter de rester seul en sa compagnie.

Cependant, dès qu'elle l'avait vu, elle avait été persuadée que quelque chose n'allait pas — quelque chose qui n'avait rien à voir avec elle.

C'était comme s'il accomplissait les choses mécaniquement mais que son esprit et son cœur étaient ailleurs.

— Blake et toi faites la paire, ce soir ! commenta Anna avec un brin d'irritation. Après tout le travail que vous avez fourni pour cette soirée, vous donnez l'étrange impression d'avoir envie d'être à des kilomètres d'ici ! Je suppose qu'il est préoccupé par ses affaires, si l'on en croit toutes ces rumeurs au sujet de McCord's…

— Tu devrais éviter de prêter attention aux ragots, répliqua Katie.

Quelque chose préoccupait Blake, mais elle était prête à parier que McCord's n'était pas non plus en cause.

Soudain, elle décida de le savoir coûte que coûte.

— Je te laisse, je vais retrouver les invités, annonça-t-elle.

Et après avoir déposé un baiser sur la joue de sa mère, elle se dirigea droit sur le groupe en question.

Blake le quittait justement pour en rejoindre un autre.

Elle pressa le pas et s'interposa devant lui pour l'obliger à s'arrêter.

Une lueur de surprise passa dans les yeux de Blake lorsqu'elle posa la main sur son bras.

— Tu n'as pas dansé avec moi, dit-elle sans préambule, faisant fi des regards curieux des gens qui les entouraient.

— Je ne pensais pas avoir eu d'invitation, dit-il d'une voix sans émotion.

— Tu en as une maintenant.

Son absence d'objections et le fait qu'il la suive sans broncher parmi la foule des danseurs accentua le malaise de Katie. Elle ne dit pourtant rien jusqu'à ce qu'ils se retrouvent face à face sur la piste, évoluant au rythme de la musique.

— Qu'est-ce qui ne va pas, Blake ? s'enquit-elle finalement avec douceur.

Les yeux fixés sur un point loin derrière elle, il ne croisa pas son regard.

— Pourquoi cette inquiétude soudaine ?

— Elle n'est pas soudaine, et tu le sais parfaitement. Peu importe ce qu'il s'est passé entre nous, je tiens à toi. Je vois bien que tu es préoccupé par quelque chose. Est-ce à cause de McCord's ?

— J'aimerais que ce le soit, dit-il, si bas qu'elle parvint difficilement à saisir ses paroles.

— De quoi s'agit-il alors ?

Elle n'obtint pas de réponse, tout du moins pas avec des mots, mais Blake la regarda et, l'espace d'une seconde, son masque tomba.

Elle retint son souffle, bouleversée par la douleur qui marquait son visage. Jamais elle ne l'avait vu comme ça, aussi vulnérable, comme s'il avait subi un terrible choc émotionnel.

Il se reprit vite, mais elle resta secouée, incapable de comprendre ce qui avait le pouvoir de le blesser aussi profondément.

Fuyant son regard scrutateur, Blake la serra contre lui et posa la joue contre ses cheveux. Ils terminèrent la danse en silence.

Quand il la relâcha, son masque de froideur était de nouveau en place.

— Je dois y retourner…

— Non, répondit-elle fermement. Il faut que nous parlions.

— Ce n'est pas le bon endroit.

— Alors, trouvons-en un autre.

Voyant l'ébauche d'un refus dans son regard, elle ajouta à voix basse :

— Sinon, je te fais une scène.

Blake parut sur le point de l'y mettre au défi, sa bouche se tordant en un sourire sardonique, mais il céda finalement et lui fit signe de lui ouvrir le chemin.

Elle le guida vers une petite annexe de la salle de bal. Là, la musique et les bruits de voix se transformèrent en un vague bourdonnement, les laissant dans une atmosphère presque intime.

Blake poussa un long soupir en se frottant la nuque.

— Pourquoi sommes-nous ici ?

— Pour que tu me dises ce qui ne va pas, lui enjoignit-elle. Et ne prétends pas qu'il n'y a rien, car je ne te croirais pas !

— Je ne peux pas te parler de ça maintenant.

— Tu ne peux pas, ou tu ne veux pas ?

Blake parut soudain désemparé.

— Je ne peux pas. Je ne veux même pas y penser…

Sans plus réfléchir, elle passa ses bras autour de lui et le serra contre elle.

Il se raidit au départ mais ne put finalement s'empêcher de la presser étroitement contre lui.

La tête sur son épaule, elle réfléchit à son refus de partir avec lui pour un week-end.

Les motifs de son refus n'avaient pas changé, mais Blake avait vraiment besoin d'une amie, qu'il l'admette ou non. Il n'avait personne d'autre dans sa vie pour lui apporter soutien et réconfort. En tout cas, personne à qui il pouvait se confier. Or, elle voulait être cette personne.

— J'ai changé d'avis, lui dit-elle en s'écartant très doucement de lui. Partons, juste toi et moi.

Le regard de Blake exprima à la fois de la confusion et des soupçons.

— Katie… Tu as pourtant été très claire l'autre soir. Pourquoi ce changement soudain ?

— Parce que nous en avons besoin tous les deux. Nous réglerons le reste plus tard. Nous ne dirons rien à personne. S'il te plaît, Blake !

Se hissant sur la pointe des pieds, elle posa ses lèvres sur les siennes pour l'empêcher de se poser davantage de questions.

Le raisonnement de Katie ne convainquait pas Blake entièrement.

A cause du trouble dans lequel il se trouvait, il se demandait si les rumeurs qu'il avait entendues n'étaient pas fondées : Katie n'était-elle pas toujours amoureuse de Tate ? Son brusque revirement n'était-il pas une réaction au spectacle de son frère avec sa nouvelle fiancée ?

— Tu m'as manqué, murmura-t-elle en lui caressant la nuque de ses doigts. Nous avons tous les deux mérité un break.

Un break qui ne résoudrait rien, pensa-t-il. Un rêve de courte durée avant le dur retour à la réalité.

Pourtant, étant donné son moral au plus bas, l'attrait d'une escapade en sa compagnie était plus fort que ses réserves.

— Le week-end prochain, dit-il précipitamment avant de changer d'avis. La famille de Gabby possède une villa sur l'île de San Vincentia. C'est une île privée.

Nous serons seuls avec la Méditerranée autour de nous et des kilomètres de plage pour nous tout seuls.

— Cela me semble parfait. J'aimerais tant que nous puissions partir ce soir. L'idée de retourner dans cette salle…

— Je sais.

Il prit Katie dans ses bras.

Il la tenait contre lui, mais c'était comme s'il s'accrochait à elle, à la recherche d'une ancre dans le tourbillon d'émotions qui l'avait emporté depuis la confession de sa mère.

Au bout d'un moment, conscient que leur absence allait faire jaser, il se dégagea doucement.

— Allons-y, dit-il. Nous avons sans doute déjà donné matière à suffisamment de ragots.

— Probablement, mais je dois avouer que j'ai du mal à m'en soucier pour le moment.

Katie leva la main lentement et la posa contre sa joue.

— Est-ce que ça va aller ?

— Oui, bien sûr.

Ils retournèrent vers la salle de bal dans laquelle, d'un accord tacite, ils entrèrent séparément.

Blake se sentait perturbé.

Exposer, même très brièvement, sa vulnérabilité devant Katie l'avait déstabilisé. Jamais auparavant il n'avait montré ses faiblesses à qui que ce soit, de peur qu'on ne profite de lui. Or, elle n'avait pas utilisé ses faiblesses contre lui. Elle l'avait écouté et soutenu puis, de façon inexplicable, elle avait changé d'avis et accepté de l'accompagner pour un week-end en tête à tête.

Rien de tout cela n'avait de sens pour lui. Cela dit, il ne souhaitait pas analyser davantage les choses, de peur que les conclusions qu'il en tirerait ne le déstabilisent plus encore.

De retour dans le brouhaha de la salle de bal, Katie fit de son mieux pour éviter sa famille et ses amis.

Il était plus aisé de prétendre que tout allait bien devant de simples connaissances quand tel n'était pas le cas !

— Ah, te voilà !

Une main parfaitement manucurée attrapa la sienne. Elle fit volte-face et se retrouva nez à nez avec Gabby, rayonnante dans une robe rouge sombre.

— Enfin de retour ! ajouta celle-ci.

— As-tu perdu ton mari ? l'interrogea Katie, espérant distraire Gabby des questions que celle-ci grillait sans doute d'envie de lui poser.

— Oh ! je ne l'ai que très temporairement abandonné ! dit Gabby avec légèreté. Comme je n'avais pas encore eu la possibilité de discuter avec toi, quand je t'ai vue toute seule comme ça… Mais d'ailleurs, pourquoi es-tu toute seule ?

— Je ne crois pas qu'on puisse être considérée comme seule lorsqu'on est entourée de plusieurs centaines de personnes…

— Où est Blake ? demanda à brûle-pourpoint son amie sans s'attarder à cette dérobade.

— Il discute, j'imagine, répondit Katie tout en cherchant désespérément un sujet plus neutre.

Intérieurement, elle commençait à remettre en question sa décision impulsive de s'échapper avec Blake. Elle était obnubilée par la pensée qu'elle l'avait fait non par inquiétude ou par amitié, mais parce qu'elle était tombée amoureuse de lui. Parce qu'elle *l'aimait* !

Gabby lui sourit d'un air entendu.

— C'est vrai, alors ? Vous êtes ensemble, tous les deux ?

— Ce n'est pas ce que tu penses.

— Oh ! je crois que c'est exactement ce que je pense !

— Crois-tu honnêtement que je sortirais avec Blake après ce que j'ai vécu avec Tate ?

— Peu importe ce que je crois et ce que croient les autres. Cela ne regarde que Blake et toi.

— Encore faudrait-il savoir ce que l'on entend par « cela »…

— Je t'avais prévenue qu'une relation avec Blake n'aurait rien d'aisé.

— Peut-être ne serait-ce pas aussi difficile si j'avais la moindre idée de ce que je fais ! laissa échapper Katie en se pressant le front du bout des doigts. Oh ! mon Dieu, j'ai l'impression d'avoir dix-sept ans !

Gabby éclata de rire.

— Mais non, tu es juste troublée ! L'amour fait ça, parfois. Si ça peut te consoler, Blake n'a pas la moindre idée de ce qu'il fait lui non plus. Veux-tu un conseil ? Partez tous les deux loin d'ici et essayez d'y voir plus clair.

Katie esquissa un sourire.

C'était exactement ce que Blake et elle avaient prévu de faire !

— Bon, fit Gabby, il est temps que je retrouve mon cher et tendre et te laisse rejoindre le tien.

Katie laissa son amie partir sans la corriger.

Blake n'était pas à elle et ne le serait probablement pas de sitôt. Cependant, elle ne pouvait nier qu'elle le désirait. En fait, c'était comme si elle l'avait toujours désiré.

Elle ne pouvait toutefois s'empêcher de redouter ce week-end loin de tout et de tous. Elle aimait Blake, et ça pouvait mal tourner… Cela dit, elle n'était pas prête à renoncer à ces moments que Blake et elle allaient passer ensemble. Cela faisait trop longtemps qu'elle bridait ses émotions. Au diable les conséquences !

Elle ne laisserait pas passer cette opportunité. Pas alors qu'il y avait un infime espoir pour leur couple !

Il était presque 2 heures du matin quand Blake se glissa dans la demeure des McCord, exténué par le bal et tant de nuits sans sommeil.

Il répugnait à devoir continuer de vivre sous le même toit que sa mère, même s'ils avaient assez bien réussi à ne pas se croiser pendant la semaine qui venait de s'écouler.

Heureusement, il y avait un point positif à l'horizon : son escapade programmée avec Katie !

Otant sa veste et desserrant sa cravate, il se dirigea vers sa chambre.

— Te voilà enfin rentré, fit la voix d'Eleanor depuis le seuil du salon.

— Je ne pouvais pas m'en aller avant les invités, répondit-il. Que fais-tu encore debout ?

— Je souhaiterais te parler.

Il se passa la main sur le visage avec lassitude.

— Ce soir ? Cela ne peut pas attendre ?

— Si nous attendons, nous trouverons toujours des raisons pour nous éviter.

Eleanor esquissa un geste vers le salon.

Trop usé physiquement et émotionnellement pour s'opposer, il la suivit. Il lança sa veste et sa cravate sur une chaise et déboutonna le haut de sa chemise. Il resta néanmoins debout tandis que sa mère prenait un siège.

— Je n'ai pas besoin de te demander de quoi tu veux me parler…

— Tu n'imagines pas le nombre de personnes qui sont venues me trouver ce soir pour s'enquérir de ta santé, déclara Eleanor, faisant fi de sa remarque.

— Suis-je censé m'excuser pour ça ? Tu n'as qu'à dire que les affaires me tourmentent, ce qui est en partie vrai.

— Le sujet n'est pas là, Blake. Je ne veux pas que nous en restions là, toi et moi. En dépit de ce que tu penses de moi, je me fais du souci pour toi, et je déteste te voir souffrir, sachant que j'en suis la cause.

— Franchement, je ne vois pas comment nous pourrions régler ça, répliqua-t-il d'un ton bref. D'ailleurs, sache que je vais m'absenter pendant un ou deux jours.

— Pour ton travail ? s'enquit Eleanor en haussant les sourcils.

— Non, pas pour le travail.

— Je vois, répondit-elle avec incrédulité, mais sans requérir davantage d'explications. Cela ne te ressemble pas, je ne t'ai jamais vu prendre de vacances.

— J'ai besoin de m'éloigner.

Il y eut un long silence, qu'il rompit par un profond soupir.

— Nous n'allons pas résoudre notre problème ce soir, déclara-t-il. Quand je rentrerai, nous parlerons. Peut-être…

Il avait bien tenté de trouver un compromis, une

façon d'apprendre à vivre en faisant fi de la réalité : que sa mère avait souhaité qu'il ne soit jamais né. Pour l'instant, il n'y était pas encore parvenu.

— Peut-être ces quelques jours me permettront-ils d'y voir plus clair, se contenta-t-il d'ajouter.

— J'espère que tu y arriveras, renchérit sa mère.

Elle se leva et, après une légère hésitation, s'approcha de lui et lui toucha le bras.

— Blake…

Quand il la regarda, l'inquiétude qu'il lut sur son visage lui serra la poitrine.

Sa mère était-elle sincère, ou cette attitude lui était-elle dictée par la culpabilité ?

— Pas maintenant, s'obstina-t-il. Nous parlerons dans quelques jours.

Sur ces mots, il tourna les talons et quitta précipitamment la pièce.

- 15 -

Debout sur la terrasse de l'élégante villa, le parfum des bougainvilliers lui chatouillant les narines, Blake contemplait l'étendue bleue sur laquelle scintillaient les rayons du soleil.

Pourtant, il restait totalement insensible à ce petit paradis sur terre. Se retrouver seul avec Katie dans ce havre de paix sensuel qu'était San Vincentia aurait dû satisfaire son fantasme… Or, il se sentait complètement détaché de tout et incapable de se libérer des tracas de Dallas.

Il entendit des pas légers dans son dos, et Katie vint s'accouder à la balustrade à côté de lui pour admirer la mer.

Pieds nus, elle portait une robe blanche à bretelles dont le fin tissu collait à ses courbes sous l'effet de la brise. Quand elle s'étira et offrit son visage au soleil, il se dit que le paradis était très surestimé. Rien ne pouvait rivaliser avec le spectacle qu'offrait Katie !

— N'est-ce pas magnifique ? lui demanda-t-elle d'un ton paresseux. Tu as vraiment eu une idée de génie.

— Veux-tu boire quelque chose ? proposa-t-il brusquement.

Et, sans attendre sa réponse, il se dirigea vers l'intérieur.

Katie lui jeta un coup d'œil, les sourcils légèrement froncés, et secoua la tête.

— Non merci, pas maintenant.

Il était parfaitement conscient de se conduire comme un mufle.

Il était comme ça depuis qu'ils avaient quitté le Texas, pendant le vol pour l'Italie, le voyage en bateau en direction de l'île, et jusqu'à ce moment précis. Katie avait supporté sa mauvaise humeur sans broncher, sans lui demander aucune explication.

Il se versa une généreuse rasade de whisky qu'il avala aussitôt, avant de se resservir un deuxième verre avec lequel il retourna sur la terrasse.

Katie ne fit pas de commentaire, mais le regard qu'elle lui lança lui indiqua qu'elle se contenait tout juste. Puis elle s'approcha de lui et glissa sa main à la jonction de son cou et de son épaule pour masser ses muscles tendus.

— C'est bon d'être loin de tout, murmura-t-elle.

— Ouais, tant que ça dure…

— Blake !

Il tourna le regard vers elle et lut la détermination dans ses yeux. Il comprit alors qu'elle n'accepterait plus ses rebuffades et ses réponses sibyllines.

— Sois honnête avec moi, lui enjoignit-elle. Je sais que quelque chose ne va pas et que cela ne concerne pas notre relation. J'aimerais t'aider, mais je ne le peux pas si tu restes muet. Que s'est-il passé avant le bal ?

Il ne dit rien pendant de longues secondes puis finit par pousser un long soupir.

— Je suis désolé de m'être conduit ainsi, éluda-t-il. Ce n'est pas juste envers toi. Mais je te jure que cela n'a rien à voir avec toi.

— Avec quoi, alors ?

Il faillit l'envoyer balader. Il ne voulait pas ressasser de nouveau ces révélations trop récentes pour ne pas être douloureuses. Mais l'encouragement dans la voix de Katie eut finalement raison de sa résolution à garder tout cela pour lui.

— Sais-tu qui je suis ? lui demanda-t-il en s'agrippant à la balustrade au point que ses jointures blanchirent. Je suis la raison pour laquelle ma mère et Rex Foley ont été séparés pendant toutes ces années. Jamais je n'aurais dû être un McCord… Jamais je n'aurais dû naître non plus, d'ailleurs !

Katie accentua la pression de sa main sur son épaule.

— Je ne comprends pas.

— Je ne comprenais pas, moi non plus, jusqu'à récemment.

Et il lui raconta tout, de manière crue et directe, sans faire mention cependant de ses sentiments ni des excuses de sa mère.

Quand il eut terminé, il attendit, s'attendant à ce que Katie exprime de la surprise ou, pire encore, de la pitié.

Ce à quoi il ne s'attendait pas, en revanche, ce fut l'éclair de colère qui brilla dans ses yeux.

— Comment Eleanor a-t-elle pu te dire ces choses ?

— Je suppose qu'elle s'est sentie obligée d'expliquer, ou peut-être de justifier son attitude. Je ne sais pas.

— Il n'y a rien qui justifie qu'on puisse dire à son enfant qu'il n'était pas désiré ! s'enflamma Katie.

— En tout cas, je comprends mieux pourquoi je n'ai jamais été son favori. Cela explique beaucoup de choses.

— Cela ne rend pas les choses plus faciles à accepter, dit-elle d'une voix plus calme.

Elle voulut l'enlacer, mais il se déroba.

— C'était une erreur, déclara-t-il, je n'aurais jamais dû t'amener ici. Non pas parce que je ne veux pas être avec toi… Si tu savais à quel point j'en ai envie !

— Pourquoi, alors ?

— Je ressemble beaucoup trop à mon père. J'avais envie de toi, et je n'ai pas pris en compte ce que tu ressentais quand je t'ai proposé de t'enfuir avec moi la première fois. Je partais du principe que tu dirais oui. Je m'étais convaincu que c'était tout ce que nous aurions ensemble et que… Que tu ne valais pas mieux que les autres femmes que j'ai connues.

Il n'avait pas encore tout dit, mais exposer à Katie sa vulnérabilité était presque plus douloureux que raconter sa confrontation avec sa mère.

— J'ai toujours pensé que tu étais trop bien pour Tate, reprit-il. Mais tu es trop bien pour moi aussi ! Je n'arrive pas à croire que je puisse être le genre d'homme que tu mérites.

Les yeux de Katie s'étaient emplis de larmes.

— Mais toi, que crois-tu mériter ? répliqua-t-elle. Le succès et l'ambition ne remplacent pas l'amour et l'affection. Tu es beaucoup trop exigeant envers toi-même !

Elle s'avança prudemment vers lui, comme si elle redoutait qu'il détale à son approche.

— Je n'ai pas besoin de perfection, Blake, déclara-t-elle. Et tu n'es pas ton père. Tu ne le seras jamais.

— J'en fais une assez bonne imitation, railla-t-il.

— Moi, je ne trouve pas, murmura Katie en posant la main sur son visage. Tu es tellement plus que ça…

Il retint son souffle.

Il était tellement tenté de l'attirer contre lui et de

satisfaire ce désir qui le tenaillait, à défaut de satisfaire un besoin émotionnel plus profond ! Katie serait consentante… Pourtant, il ne voulait pas qu'elle s'offre comme un lot de consolation. Etre son amant l'espace de quelques jours ne serait jamais suffisant pour lui.

D'une légère pression des doigts, Katie ramena son attention à elle.

— Blake, que faisons-nous ici ? Je croyais le savoir, mais maintenant je n'en suis plus si sûre.

— Je crois que ni l'un ni l'autre n'avons jamais su ce que nous faisions.

— Peut-être. Mais à présent, j'ai besoin de savoir.

Il se sentait incapable de lui mentir.

— Quand j'ai découvert que tu étais sortie avec Marcus, déclara-t-il, je me suis senti trahi. Or, je n'avais pas le droit d'être jaloux de lui… Ni de Tate.

— Tate ? s'étonna-t-elle.

Il lui prit la main, l'écarta de son visage et entremêla ses doigts aux siens.

— J'ai vécu l'enfer quand tu étais en couple avec Tate, avoua-t-il. J'aurais tellement souhaité être à sa place !

— Mais tu n'as jamais…

Elle secoua la tête comme si ce qu'il disait n'avait aucun sens.

— Pourquoi n'as-tu jamais rien dit ?

— Qu'étais-je censé dire ? Que j'étais tombé amoureux de la fiancée de mon frère ? Que pendant toutes ces nuits que tu passais avec lui, je rêvais d'être à sa place dans ton lit ?

— Si j'avais su…

— Alors quoi ? Tu faisais des projets de mariage

avec lui, Katie ! Tu affirmais que tu aimais Tate et que tu étais heureuse !

Lui lâchant la main, il s'agrippa de nouveau nerveusement à la balustrade.

— Tu ne cesses de me dire que tu n'es pas certaine de ce que tu ressens et de ce que tu veux. Si j'avais parlé, à l'époque, cela aurait engendré des complications auxquelles nous n'aurions pas su faire face.

— Peut-être était-ce vrai alors, mais ce n'est plus le cas.

— Vraiment ? C'est toujours compliqué, pourtant.

— Pourtant, en cet instant, ça ne me le semble pas.

L'aveu implicite qui découlait de ses paroles l'incita à tourner la tête vers elle.

— Je t'aime, Blake, déclara Katie. Je n'ai jamais été aussi certaine de quelque chose.

Il voulut parler, mais elle ne lui en laissa pas le loisir. Elle avança et pressa ses lèvres sur les siennes.

En cet instant, tous les doutes de Blake s'envolèrent.

Enfin, son fantasme devenait réalité ! Katie était là où il avait voulu qu'elle soit depuis des années : dans ses bras, et amoureuse de lui.

Submergée par l'émotion de leur double aveu, Katie se cramponna à Blake.

C'était comme si, après avoir été aveugle pendant des années, elle recouvrait soudainement la vue et voyait tout ce qu'ils avaient tous deux nié si longtemps.

Depuis ce baiser volé après la fête du Labor Day, elle avait compris, sans jamais réellement l'admettre, que Blake n'était pas seulement un ami. Il était l'homme qui avait toujours été là pour elle, à l'attendre, bien que pendant tout ce temps elle ne l'ait jamais considéré autrement que comme le frère aîné de Tate. Aujourd'hui, elle ne voulait plus qu'ils perdent davantage de temps à nier leurs sentiments et à se disputer.

De ses lèvres, elle témoigna à Blake à quel point elle avait besoin de lui.

Il l'enlaça et lui rendit son baiser, d'une façon plus tendre que passionnée, comme un témoignage d'amour plutôt que de désir.

Habituée à ce qu'il prenne les devants, elle fut étonnée de ses hésitations, de son manque de confiance. Cette attitude la toucha, mais elle sentit qu'il se retenait délibérément.

Puis elle comprit : il avait peur de reproduire les erreurs de son père en tirant profit de ses faiblesses.

Elle était bien déterminée à le convaincre que l'amour qu'il y avait entre eux faisait toute la différence !

— Vas-tu m'obliger à te supplier ? murmura-t-elle en effleurant son oreille de son souffle.

Troublé, Blake recula quelque peu.

— Nous ne sommes pas obligés d'aller plus loin si tu n'es pas certaine de le vouloir.

— Que dois-je faire pour te convaincre ?

— Katie…

Prenant son visage entre ses mains, Blake ancra son regard au sien, ses yeux exprimant une émotion bouleversante.

— Je t'aime, souffla-t-il, et cela fait très longtemps que j'aurais dû te le dire.

— Prouve-le-moi, l'incita-t-elle, s'il te plaît…

Encouragée par le désir qui tendait le visage de Blake, elle commença à lui déboutonner sa chemise.

Convaincu à son tour par sa hardiesse, Blake resserra son étreinte autour d'elle.

Elle s'agita entre ses bras, cherchant à lui communiquer l'intensité de son désir.

Blake se mit alors à explorer les courbes et les creux de son cou, de ses épaules, sa bouche remplaçant ses mains quand celles-ci firent glisser les bretelles de sa robe.

Un désir impérieux, qu'elle n'avait jamais connu avec Tate ou avec un autre homme, la dévorait. Soudain impatiente de sentir le corps dur de Blake contre le sien, elle écarta les pans de sa chemise et posa ses mains à plat sur son torse.

Répondant à ses souhaits, Blake reprit possession de sa bouche, glissant sa langue contre la sienne tandis que ses mains descendaient dans son dos puis remontaient s'emparer de ses seins. Du bout de ses pouces, il titilla ses tétons érigés à travers le fin coton de sa robe.

Elle retint son souffle, puis expira en murmurant son nom. Elle devina plus qu'elle ne vit son sourire tandis qu'il continuait de la caresser.

— Rentrons, lui murmura-t-il à l'oreille

Il passa un bras autour de sa taille et chercha à l'entraîner en direction de la villa, mais elle lui résista.

De la terrasse surplombant la mer partait un escalier dont les marches descendaient jusqu'à la piscine pavée de mosaïques.

Un sourire sensuel lui retroussa les lèvres.

— J'ai une meilleure idée, dit-elle en lui prenant la main.

— Est-ce l'un de tes fantasmes ? s'enquit Blake en descendant les marches à sa suite. Ça me plaît…

— Cela dit, il y a un problème, dit-elle, feignant de s'assombrir.

— Et quel est-il ?

— Je n'ai pas mon maillot de bain.

— Nous nous en passerons, déclara-t-il en la dévorant des yeux. Je n'en ai pas non plus, d'ailleurs.

Lorsqu'ils arrivèrent au bord de la piscine, il lui prodigua un baiser langoureux tout en descendant la fermeture Eclair de sa robe.

Le vêtement tomba en boule aux pieds de Katie, qui se retrouva seulement parée d'un string en dentelle blanche.

L'expression interloquée qu'il arbora à ce spectacle la fit sourire.

— Je ne sais pas si tu as déjà entendu ces mots, dit-il d'une voix étouffée, mais en ce qui me concerne, jamais de ma vie je n'ai vu une femme aussi belle que toi !

La buvant des yeux, il traça de ses doigts un chemin, depuis ses lèvres en passant par sa gorge, jusqu'à la vallée entre ses seins. Perdant alors patience, il tomba à genoux et dévora son ventre de baisers tout en la débarrassant de son string. Puis il se saisit de l'arrière de ses cuisses, et la caresse de sa bouche se fit plus intime. Avec le soin qu'il mettait dans tout ce qui était important pour lui, il chercha et découvrit sans peine ce qu'elle aimait et ce dont elle avait besoin.

Le plaisir monta en elle par vagues tandis qu'elle haletait sous le flot des sensations étourdissantes que Blake provoquait en elle. Elle tremblait, brûlait, oubliant qu'il y avait jamais eu quelqu'un d'autre avant lui. Les jambes tremblantes, prête à vaciller, elle lui releva le menton et recula d'un pas en direction de la piscine.

Répondant à son invitation silencieuse, Blake se

releva et ôta sa chemise. Entre deux baisers, il parvint à se défaire du reste de ses vêtements, mais ne lui laissa pas le temps d'apprécier le galbe de ses muscles. La prenant d'autorité dans ses bras, il la porta jusqu'au bassin dans lequel il descendit, marche après marche. Une fois immergé à mi-corps, il la saisit par les hanches et la souleva de manière à ce qu'elle enroule ses jambes autour de sa taille.

Le contact avec l'eau tiédie par le soleil était un délice pour le corps au supplice de Katie. Le regard soudé à celui de Blake, elle se hissa de manière à se positionner sur son sexe érigé et s'y empala d'un mouvement déterminé.

Elle cria.

Pour la première fois, elle ressentait l'incroyable sensation d'être entière. C'était ce qui lui avait toujours manqué : un mélange irrésistible de plaisir et de pureté qu'elle avait toujours considéré comme un idéal romantique inaccessible.

Avec Blake, tout cela était incroyablement réel !

Celui-ci imprima d'abord un rythme lent à leurs ébats, l'aimant avec une passion tellement mêlée d'émotion qu'elle en eut les larmes aux yeux. Puis il la laissa prendre le contrôle, et elle tenta de lui rendre la pareille, de réchauffer tout ce qu'il y avait de froid et de douloureux en lui. De tout son cœur, elle lui fit don de son corps et son âme.

Lorsqu'elle atteignit le pic du plaisir, elle s'effondra en criant son prénom. Et, comme toujours, Blake fut là pour la rattraper.

*
* *

Une jambe mince se glissa sur celle de Blake, et des doigts fins se promenèrent dans la toison de son torse et repoussèrent le drap qui les couvrait.

Sans ouvrir les yeux, il tourna la tête pour embrasser la tempe de Katie.

— As-tu prévu de manger et de dormir, ce week-end ? murmura-t-il, ou bien faire l'amour est la seule activité à ton agenda ?

Ils avaient fait l'amour deux fois dans la piscine avant de rentrer, prévoyant une douche et un dîner. Plusieurs heures s'étaient écoulées depuis, et ils n'avaient toujours pas mis les pieds dans la cuisine !

— T'en plaindrais-tu ?

— Non, la rassura-t-il. Je m'interroge juste sur mes chances de survie…

Katie éclata de rire.

— Je suis sûre que tu es capable de relever ce challenge. Nous avons tellement de temps perdu à rattraper !

Il partageait ce sentiment. D'ailleurs, il s'étonnait encore d'avoir Katie dans ses bras. Faire l'amour avec elle avait été tellement plus puissant qu'il ne l'avait imaginé ! Et le fait qu'elle l'aime en retour était tellement incroyable !

Incroyable et intimidant…

Elle était la première personne à qui il s'était livré, et maintenant qu'elle s'était logée dans son cœur, il n'osait pas se demander ce que ce serait sans elle.

— Je ne veux pas perdre ça, dit-il, sans prendre garde au fait qu'il s'exprimait à haute voix.

Katie s'appuya sur son coude et lui lança un regard interrogateur.

— Ça ? fit-elle en faisant glisser sa main le long de son ventre. Ou ça…

— Toi. Je ne veux pas te perdre, toi.

D'un geste soudain, il roula sur lui-même pour lui faire face.

— Je n'arrive pas à croire que j'ai failli tout gâcher. Ce qui m'effraie, c'est que je suis conscient que je pourrais de nouveau tout foutre en l'air.

— J'ai peur de faire la même chose, avoua-t-elle. Je crois qu'il n'y a pas de garantie… Mais je t'aime, Blake et je suis prête à prendre le risque.

— Moi aussi, souffla-t-il.

Très doucement, il lui caressa sa joue.

— Ce qui m'étonne le plus, c'est que je t'ai montré le pire de moi-même et que tu es toujours là.

— Tu oublies quelque chose…

— Quoi ?

Katie repoussa totalement le drap et le chevaucha.

— Tu m'as également montré le meilleur.

Incapable de résister, il se soumit à son désir, et son monde se réduisit à cet instant de paradis.

Leur retraite de quatre jours s'était prolongée sur six jours, puis sur dix…

Au bout de douze jours, Blake daigna enfin songer à consulter ses e-mails et à retrouver ses responsabilités. A contrecœur, il se prépara à revenir à la réalité.

Katie et lui étaient assis tous les deux sur la plage, contemplant le soleil couchant.

Il posa le front contre la soie des cheveux de Katie, humant le mélange des embruns et de son parfum musqué.

— Ta famille et la mienne doivent penser que nous

avons disparu pour de bon, observa-t-il. Nous aurions peut-être dû appeler au moins une fois.

— J'aimerais tant rester…, soupira Katie.

— C'est tentant, en effet.

— Mais nous ne pouvons pas.

Posant la tête sur son épaule, elle l'embrassa délicatement dans le cou avant de fixer son regard sur l'horizon où le soleil couchant déversait des teintes de rose et d'orange.

— Je ne veux pas que les choses changent, ajouta-t-elle.

— Elles ne changeront pas, fit-il, d'un ton qui laissait pourtant percer ses propres inquiétudes.

Une fois de retour à Dallas, l'amour qu'elle disait avoir pour lui serait-il assez fort pour affronter la réalité ? Leur bulle de bonheur n'éclaterait-elle pas définitivement ?

— Et que dirais-tu de faire l'école buissonnière encore quelques jours ? proposa-t-il soudain.

— Ici ?

— A Paris. Il y a là-bas un collectionneur qui possède plusieurs diamants jaunes que j'envisage d'acheter. Nous pourrions passer quelques jours en France…

Il suivit de ses doigts le bord de son petit caraco abricot et fut récompensé en la voyant piquer un fard.

— Nous pourrions allier travail et plaisir.

— Si je ne te connaissais pas si bien, je penserais que tu inventes cette histoire de diamants uniquement pour me pousser à dire oui.

— Et ça marche ?

— Oh oui ! murmura-t-elle en lui jetant ses bras autour du cou pour l'embrasser.

- 16 -

Katie regardait impatiemment par le hublot du jet, cherchant à apercevoir la tour Eiffel. Elle serra brièvement la main de Blake dont les doigts étaient entrelacés aux siens,

— C'est curieux, malgré tous mes voyages en Europe, je ne suis jamais allée à Paris, fit-elle remarquer.

— C'est parce que ta première fois devait se faire en ma compagnie, affirma Blake.

— Ah oui ? fit-elle en se tournant vers lui, consciente de la double signification de ces paroles.

— N'en doute pas.

— Parlons-nous toujours de Paris ?

— Je ne sais pas, plaisanta Blake en se penchant pour enfouir le nez dans son cou. Qu'en penses-tu ?

— Es-tu en train de me dire que Blake McCord, l'homme qui pense pouvoir tout contrôler, croit au destin ?

— Seulement en ce qui te concerne. Mais n'en parle à personne, cela nuirait à mon image !

Ce nouvel aspect que lui montrait Blake — drôle, joyeux, détendu — le rendait encore plus irrésistible à ses yeux. Malgré tout, elle se demandait si elle se leurrait en s'imaginant que leur relation se poursuivrait une fois qu'ils seraient de retour à Dallas. Ils n'avaient pas parlé d'avenir au-delà de Paris. Blake l'aimait et lui avait promis que les choses ne changeraient pas, mais cela signifiait-il vraiment qu'il souhaite qu'elle fasse partie de sa vie de façon permanente ?

Elle écarta ces pensées angoissantes.

Autant profiter du temps qu'ils passaient ensemble, quelle qu'en soit la durée, et faire face à la réalité au moment voulu.

— Où es-tu ? s'enquit Blake, cherchant à attirer son attention.

— Ici ! répondit-elle avec légèreté. Je pensais à tout ce que nous pourrions faire à Paris. Merci pour ce séjour, Blake. Je n'aurais pas pu imaginer de meilleure façon de prolonger notre escapade.

— Le plaisir est pour moi. Regarde, nous approchons.

Mais elle ignora le spectacle à l'extérieur, tant elle était subjuguée par celui que Blake lui offrait par sa simple présence.

— La ville la plus romantique du monde, murmura-t-elle.

— Il paraît, commenta-t-il en l'attirant dans ses bras. Nous allons la mettre à l'épreuve.

Il l'entraîna dans un baiser torride, et elle avait oublié à la fois Paris et tous ses doutes quand l'hôtesse s'approcha pour vérifier que leurs ceintures étaient bien attachées.

— Nous atterrirons à l'aéroport Charles de Gaulle dans quelques minutes, leur annonça-t-elle. Votre voiture vous attend à l'endroit habituel, monsieur McCord.

— Merci, c'est parfait.

Katie regarda de nouveau par le hublot.

— J'aurais aimé apercevoir Notre-Dame d'en haut. Je rêve de la voir depuis que je suis toute petite.

— Sois un peu patiente, tu la découvriras bientôt. Notre hôtel se trouve dans le Quartier latin, tout près de la cathédrale. J'ai choisi un petit hôtel typiquement parisien.

— Ça me semble merveilleux, murmura-t-elle, la tête sur son épaule.

Après l'atterrissage, ils rejoignirent la limousine. Sur le chemin de l'hôtel, Blake la tint contre lui, lui montrant entre deux baisers les monuments et curiosités qu'ils longeaient.

— Les Parisiens conduisent comme à Rome, fit-elle remarquer lorsque, dans un rond-point, un virage pris un peu brusquement par leur chauffeur la projeta pratiquement sur les genoux de Blake.

— On peut y trouver certains avantages, plaisanta celui-ci tandis que sa main s'égarait sur sa cuisse.

— J'ai comme l'impression que je ne vais pas voir grand-chose de la ville, répondit-elle sur le même ton. En tout cas, c'est un vrai labyrinthe, jamais je n'arriverais à retrouver mon chemin ici !

— Tant mieux ! Parce que si je décidais de te garder ici pour toujours, tu ne parviendrais pas à t'échapper.

Elle hocha la tête en souriant.

« Pour toujours », c'était une notion sur laquelle elle ne souhaitait pas s'attarder pour le moment.

— Nous sommes arrivés, indiqua Blake en désignant un bâtiment en pierre de taille. L'hôtel Saint-Jacques est l'un de mes préférés.

Ils furent accueillis par un homme en livrée.

— Nous sommes à votre service, mademoiselle, dit celui-ci à Katie. Il vous suffit de sonner, et nous nous emploierons à satisfaire vos désirs.

— Merci, monsieur, répondit-elle.

Puis, elle le complimenta en français sur l'hôtel.

— J'ignorais que tu parlais français, lui fit remarquer Blake tandis qu'ils suivaient le portier vers l'ascenseur.

— C'est une matière qui, selon ma mère, fait partie de l'éducation d'une jeune femme convenable…

— J'aimerais être ton professeur pour une éducation un peu moins convenable, lui murmura-t-il à l'oreille.

Les lèvres de Katie se recourbèrent en un sourire séducteur.

— Qui dit que ce ne serait pas moi le professeur ?

— Si cela m'amène à en savoir un peu plus sur tes fantasmes liés au champagne, commenta-t-il, alors tu as toute mon attention pour une leçon particulière !

Dans l'esprit de Katie surgirent aussitôt des images très explicites où elle tentait par toutes sortes de moyens créatifs de lui faire changer d'avis au sujet du champagne.

La température entre eux monta en flèche, tandis qu'ils s'entassaient avec leurs bagages dans le minuscule ascenseur.

— Oh ! Blake, c'est magnifique ! s'extasia-t-elle en découvrant la jolie suite meublée de meubles anciens. Et regarde la Seine ! Je ne peux pas imaginer une plus belle vue !

— Moi, je peux.

Blake s'était glissé à ses côtés. Il la prit dans ses bras et promena ses mains sur son corps comme un affamé.

— On dirait que cela fait des semaines qu'on attend ça, fit-elle remarquer en s'abandonnant à ses caresses.

— En effet. J'ai l'impression que je ne pourrai jamais me rassasier de toi.

Il la souleva sans effort apparent, et elle noua les

jambes autour de sa taille, la jupe retroussée sur les cuisses.

Tout en l'embrassant fiévreusement, Blake la porta jusqu'à la chambre et la posa délicatement sur le lit.

— Tu es tellement belle, murmura-t-il, avec dans les yeux une adoration presque religieuse.

Elle voulut se redresser pour le toucher, mais Blake s'empara de ses poignets et l'immobilisa sur l'édredon.

— Laisse-moi faire.

Et il se mit à défaire avec une lenteur exaspérante les boutons de son chemisier et à embrasser chaque nouvelle parcelle de peau ainsi révélée.

Instinctivement, elle voulut lui ôter sa chemise, mais de nouveau Blake l'en empêcha.

— Pas encore…

L'excitation grandissait en elle, exacerbée par le fait d'être soumise à ses explorations sans pouvoir y répondre. C'était une frustration délicieuse, qui culmina lorsque Blake ouvrit son chemisier pour exposer ses seins.

De la langue et de ses dents, il écarta leur nid de dentelle afin d'accéder à sa chair tendre.

Elle se mit à haleter tandis qu'il prodiguait alternativement à ses deux seins la même attention.

Oh ! Pourquoi demeurait-il penché au-dessus d'elle, hors de portée, alors qu'elle mourait d'envie qu'il s'étende de tout son long sur elle ?

Cependant, il semblait bien déterminé à poursuivre son entreprise de séduction cruellement graduelle, traçant un chemin de baisers de ses seins jusqu'à son ventre, où il s'attarda.

Elle gémit, anticipant ce qui allait venir.

— Essaierais-tu de me tuer ? souffla-t-elle.

— Ne t'inquiète pas, je ne te laisserai pas mourir insatisfaite !

Se redressant, il lui lâcha enfin les mains pour la débarrasser de son chemisier et de son soutien-gorge, puis lui ôter ses chaussures. Enfin, avec une lenteur exagérée, il fit glisser tout à la fois sa jupe, son collant et sa culotte, qu'il jeta au sol.

Elle éclata de rire et tendit les bras pour l'attirer contre elle, mais il l'en empêcha, l'obligeant à se rallonger.

— Ne t'a-t-on jamais enseigné que la patience est une grande vertu ?

Mais elle n'en pouvait plus de frémir à chaque mouvement, chaque effleurement de sa main ou de ses lèvres.

— Il n'y a rien de vertueux dans ton attitude, tu ne joues pas franc jeu ! se plaignit-elle.

Sans répondre, Blake la surplomba, une expression affamée dans les yeux. Avec une lenteur abominable, il déboutonna sa propre chemise et l'enleva.

Elle s'accouda pour mieux l'admirer, mourant d'envie de l'agripper pour l'attirer sur elle.

Mais cette fois encore, Blake en avait décidé autrement.

Cela dit, le voir ôter ses vêtements un à un était un régal !

Quand il eut fini, il la surprit de nouveau en lui emprisonnant les cuisses entre ses genoux et en reprenant l'exploration de ses seins et de son ventre avec sa bouche.

— Je vais mourir, tu le sais…, gémit-elle en se tortillant de désir.

Elle essaya encore de l'attirer vers elle, mais Blake lui prit les mains et, d'un geste inattendu, lui ouvrit les cuisses d'une poussée du genou. Puis il resta immobile au-dessus d'elle, inaccessible, se délectant manifestement de cette torture qu'il lui infligeait.

Enfin, il se rapprocha de manière à effleurer son intimité de la sienne.

— Maintenant, Blake, s'il te plaît ! le supplia-t-elle.

Il ignora ses paroles et la titilla du bout de son sexe sans pour autant entrer en elle.

— Tu vas me payer ça !

— C'est une promesse ou une menace ?

Levant les jambes, elle les noua autour de la taille de Blake et l'attira vers elle de toutes ses forces.

— A toi de voir !

— Touché, dit-il avec un rire sexy.

Enfin, il leur donna ce que tous deux attendaient. Il l'aima avec toute la passion qui n'avait cessé de grandir en lui aussi, et la tension sensuelle portée jusqu'au point de non-retour par les petits jeux de Blake trouva sa libération dans leurs cris de jouissance.

Elle retomba dans ses bras en appelant son nom, les yeux clos.

Non, une éternité dans les bras de Blake McCord ne serait pas assez !

Lorsque Blake s'éveilla dans l'obscurité de leur chambre d'hôtel, il dut faire un effort pour se souvenir du lieu où ils se trouvaient.

— Paris, murmura-t-il à l'oreille de Katie, toujours endormie. La ville de l'amour…

Après l'avoir embrassée tendrement sur la joue, il écarta une mèche de cheveux de son beau visage et l'observa, s'émerveillant du changement qu'elle avait opéré en lui.

Elle l'avait sauvé de lui-même. L'aimer ne lui suffisait plus. Il la voulait toujours auprès de lui. Pas juste quelques semaines volées, non. Toujours !

Jamais de toute son existence il n'avait été plus déterminé à réussir quelque chose ! Ils étaient à Paris et amoureux, des circonstances idéales pour convaincre Katie qu'ils étaient faits l'un pour l'autre.

Celle-ci s'étira et ouvrit les yeux. Ses lèvres se retroussèrent en un sourire de contentement lorsqu'elle découvrit qu'il l'observait.

— Bonjour, murmura-t-elle.

— Tu ferais mieux de dire « bonsoir »…

— J'ai perdu la notion du temps.

— Moi aussi, mais pas mon estomac. Je suis affamé. Pas toi ? Que dirais-tu d'enfiler des vêtements et d'aller manger quelque chose pendant qu'il en est encore temps ?

— Eh bien, objecta-t-elle en s'étirant langoureusement. Ça voudrait dire sortir de ce lit…

— Et alors ?

D'un mouvement rapide qui contredisait son apparent manque de motivation, Katie s'assit et passa sa jambe par-dessus lui de manière à le chevaucher.

— Alors, j'ai décidé que j'avais faim… Si tu sers toujours, bien entendu.

— Pour toi, toujours !

Le lendemain matin, Blake se promit que rien ni personne — y compris Katie — ne le distrairait de ses projets. Il tenait à ce que tout soit parfait pour elle.

Il appela le service de chambre et commanda un copieux petit déjeuner.

— J'ai pensé que nous pourrions visiter un peu la ville, annonça-t-il tandis qu'ils faisaient honneur aux croissants tout frais. Notre-Dame en particulier, puisque c'est l'un de tes souhaits.

— Ne sommes-nous pas censés être à Paris pour tes affaires ? lui rappela Katie, les yeux brillant de malice.

— Je m'en occuperai demain. Je veux te consacrer entièrement cette journée.

Il se pencha par-dessus la table pour l'embrasser.

— Tout ce que j'aimerais te montrer est assez proche. Tu auras un meilleur aperçu de la ville si nous y allons à pied.

— Tu sais que tu m'inquiètes…

— Ah bon ? Pourquoi ?

— Parce que je crois avoir laissé le vrai Blake McCord à Dallas. Cela fait deux semaines que tu ne t'es pas préoccupé de ton travail, et peut-être même que si je te demandais de rester ici définitivement, tu serais d'accord. Je ne comprends pas ce qui t'arrive…

— Je t'aime, tout simplement.

Toute trace amusement disparut du visage de Katie. Elle le regarda droit dans les yeux.

— Je t'aime moi aussi, murmura-t-elle avec douceur

Il se leva pour la prendre dans ses bras et la maintint un long moment contre lui, jusqu'à ce qu'elle relève la tête de son épaule en souriant.

— Je vais prendre une douche.

Comme il faisait mine de la suivre, elle l'en dissuada d'un geste.

— Si tu m'accompagnes, nous ne sortirons jamais d'ici !

— Je prends le risque.

Tout en riant, elle se libéra de son étreinte.

— Plus tard, lui promit-elle.

Et elle disparut dans la salle de bains, le laissant seul à regretter d'avoir fait des projets impliquant de quitter la chambre !

Paris…

Les petits cafés typiques, les architectures inoubliables, les odeurs délicieuses de pain frais, les marchés aux fleurs, et la Seine qui serpentait à travers la ville… Tout était à la hauteur des attentes de Katie.

Mais ce n'était rien, comparé au bonheur qu'elle éprouvait de découvrir tout cela en compagnie de Blake. Elle avait l'impression de vivre un rêve, si merveilleux qu'elle ne voulait pas trop réfléchir de peur de se réveiller pour découvrir que tout cela était irréel.

Au bout de plusieurs heures de promenade, Blake s'arrêta à une intersection particulièrement animée qui débouchait sur la Seine.

— La voici, annonça-t-il en pointant du doigt de l'autre côté du pont la plus imposante cathédrale qu'elle ait jamais vue. Notre-Dame.

— Oh ! je ne m'y attendais pas… C'est incroyable !

— Il faudra aussi l'admirer tout à l'heure, au coucher du soleil.

Blake s'engagea sur le pont, l'entraînant vers l'entrée de l'édifice, d'où sortait justement une élégante noce.

Ils se mirent de côté pour admirer le spectacle, tandis que le photographe s'évertuait à rassembler la dizaine de garçons et demoiselles d'honneur autour du couple de mariés.

En regardant les mariés échanger un baiser, Katie ne put s'empêcher de se demander si elle serait un jour à la place de cette femme en robe blanche, mariée à l'homme de ses rêves…

— Elle est magnifique, murmura-t-elle, captivée par la jolie mariée vêtue d'une robe vaporeuse couleur d'albâtre.

Blake lui passa le bras autour des épaules et l'attira contre lui.

— Pas aussi magnifique que toi, répondit-il en lui relevant le menton pour plonger ses yeux dans les siens et l'embrasser tendrement à son tour.

Un petit soupir échappa à Katie, et elle congédia ses songeries romantiques.

Elle était précisément avec l'homme de ses rêves, elle devait donc savourer chaque seconde de ces moments plutôt que de se focaliser sur un avenir incertain !

Ils restèrent jusqu'à ce que les membres du cortège gagnent les limousines qui les attendaient.

Le soleil avait bien entamé sa courbe descendante. Blake s'était placé derrière elle, les bras autour de sa taille.

— Tu comprends pourquoi je voulais assister au coucher du soleil ? chuchota-t-il dans son cou.

— Oh oui, c'est magnifique ! murmura-t-elle, hypnotisée par le spectacle du prestigieux monument que les derniers rayons de soleil nimbaient d'or.

Les cloches de Notre-Dame se mirent alors à carillonner, ajoutant à la féerie du moment.

Blake incita Katie à se retourner dans ses bras.

— Je n'ai jamais été aussi heureux que ces derniers jours, avoua-t-il en prenant sa main dans la sienne. Je ne veux pas que cela se termine une fois que nous serons rentrés à Dallas.

Et, contre toute attente, il mit un genou à terre devant elle.

Elle frémit d'excitation.

C'était impossible ! Il ne pensait pas sérieusement à…

— Katie, je t'aime, et je veux que tu deviennes ma femme, annonça Blake d'une voix un peu tremblante. Veux-tu m'épouser ?

- 17 -

Evidemment, Katie rêvait d'entendre ces mots depuis des semaines, mais elle ne s'était pas attendue à les entendre en cet instant précis.

— Oh ! Blake ! Je ne pensais pas… Oui !

Elle le regarda dans les yeux et répéta, savourant le mot et tout ce qui allait avec :

— Oui, oui, oui !

Blake se releva pour la serrer dans ses bras et l'embrasser à perdre haleine, se moquant des regards curieux des passants autour d'eux. Puis il lui effleura le visage de ses doigts.

— Lorsque nous serons rentrés à Dallas, tu choisiras une bague de fiançailles, déclara-t-il. J'ai bien une idée en tête, quelque chose que Penny a dessiné, mais je tiens à ce que ce soit toi qui choisisses.

— Je suis sûre qu'elle me plaira. Je t'aime…

— Allons fêter ça ! Une réservation nous attend chez Maxim's…

— Pourquoi ai-je l'impression que tu as organisé tout ça dès notre descente d'avion ? le taquina-t-elle tandis que, main dans la main, ils s'éloignaient de la cathédrale.

Blake lui adressa un sourire éclatant.

— Tu me connais, je ne laisse rien au hasard ! Je

voulais faire en sorte qu'il te soit impossible de dire non…

— Je n'aurais pas dit non, quelles que soient les circonstances.

Le reste du séjour parisien avait passé en un éclair. Katie avait eu peu de loisir de réfléchir aux implications de l'engagement que Blake et elle avaient pris l'un envers l'autre. Le bonheur total qui l'habitait rendait toute réflexion impossible. Y compris pendant le vol du retour vers Dallas, la pensée de ce qui les attendait ne parvint pas à assombrir sa joie.

En arrivant, Blake ne lui laissa pas plus l'opportunité de se plonger dans ses pensées. Dès qu'ils eurent quitté l'aéroport, il l'emmena directement dans la principale boutique de McCord Jewelers pour lui montrer la bague qu'il lui destinait.

— Elle est parfaite, jugea-t-elle en effleurant le diamant taillé en carré et serti dans une monture en platine.

— Alors, elle est à toi !

Blake prit la bague et l'entraîna dans le bureau pour échapper aux regards curieux du personnel de la boutique. Là, il lui passa la bague au doigt.

— Je promets que quoi qu'il arrive, je t'aimerai toujours, jura-t-il.

Les yeux de Katie s'emplirent de larmes.

— Pourquoi est-ce que je pleure bêtement ? se réprimanda-t-elle. Je n'ai jamais été aussi heureuse de toute ma vie !

— Toutes les femmes ne pleurent-elles pas quand elles sont heureuses ?

— Ne commence pas à faire des comparaisons !

— Pas du tout. Et même si je te comparais à d'autres femmes, ce serait à ton avantage.

Il l'enlaça et déposa un baiser sur sa tempe.

— Je ne me sens pas encore prêt à affronter la vraie vie, avoua-t-il. Pourquoi ne pas attendre demain pour annoncer notre retour ? Nous passerions la soirée tranquilles tous les deux.

— C'est une excellente idée. Affronter mes parents ne va pas être chose facile.

— Pourquoi ? s'enquit Blake en fronçant les sourcils. Tu n'es plus en âge de leur demander leur permission !

— Bien sûr que non, mais c'est un peu bizarre, si tôt après…

— Après Tate, c'est ça ? termina-t-il.

— Oui, mais pas seulement.

Posant les mains à plat sur son torse, elle effleura ses lèvres des siennes.

— Ne nous préoccupons pas de ça pour l'instant, chuchota-t-elle. Comme tu l'as dit, nous aviserons demain matin.

— Que dirais-tu d'un bon dîner ?

Ils jetèrent leur dévolu sur un petit restaurant japonais.

Au cours de la soirée, elle se demanda si le décalage horaire était la cause du sentiment grandissant d'irréalité qui la submergeait. Tout s'était passé tellement vite qu'elle commençait à craindre de s'être laissé emporter dans le tourbillon romantique qu'avait constitué leur escapade à San Vincentia puis à Paris.

— Laisse-moi te ramener chez toi et te mettre au lit, déclara Blake en faisant signe au serveur pour l'addition. Tu as l'air épuisée.

— Je suis désolée. C'est le décalage horaire, sans doute.

— Inutile de t'excuser, il est normal que tu sois fatiguée après l'excitation des derniers jours.

Il lui prit la main et caressa de ses doigts la bague qu'il lui avait offerte.

— Ne t'inquiète pas, ajouta-t-il. Les autres se feront à l'idée. Et si tel n'est pas le cas, alors tant pis pour eux. Ce qui importe, c'est nous deux !

— Tu as raison, répondit-elle avec douceur. C'est tout ce qui compte.

L'amour qu'elle ressentait pour Blake et celui qu'elle lisait dans ses yeux l'aidaient à y croire.

Le matin suivant, cependant, quand elle se réveilla avec pour seule preuve tangible des jours passés la bague autour de son doigt, Katie sentit de nouveau les doutes l'envahir.

Ne s'était-elle pas précipitée tête baissée dans cette relation avec Blake, sans prendre en considération les éventuelles conséquences ?

N'ayant pas de réponse pour l'instant, elle repoussa la question dans un coin de son esprit, espérant que le travail lui changerait les idées.

Ce ne fut pas le cas, hélas !

Alors qu'elle lui tendait une pile de dossiers, Tessa se figea, les yeux ronds.

— Oh ! mon Dieu ! Est-ce bien ce que je crois voir ?

— Oui, déclara Katie, ne cherchant pas à nier l'évidence même si elle aurait aimé que sa famille soit au courant d'abord. Blake et moi sommes fiancés.

— Je ne t'ai jamais crue quand tu niais le fait que

vous sortiez ensemble, mais je ne pensais pas que… Enfin, félicitations ! On dirait que tu vas finalement devenir Mme McCord malgré tout.

Katie s'empourpra.

Tessa sous-entendait-elle qu'elle avait échangé sans arrière-pensée un McCord contre un autre ?

La sonnerie de son portable ne lui laissa pas l'opportunité de chercher à se justifier. Elle reconnut le numéro de Blake sur l'écran tandis que Tessa s'éclipsait discrètement.

— J'aimerais que nous nous retrouvions chez moi à 16 heures, lui dit Blake. Nous pourrions ainsi décider de la meilleure façon d'annoncer notre grande nouvelle à nos familles.

Elle sentit l'appréhension lui nouer la gorge.

— D'accord, répondit-elle néanmoins.

— Est-ce que tout va bien ?

— La matinée a été longue, mentit-elle. Si tu voyais toute la paperasse sur mon bureau !

— Si ce n'est que cela…

Blake lui laissa un moment pour répondre, mais comme elle ne pipait mot, il ajouta de cette voix grave et sensuelle qu'elle connaissait si bien :

— Tu me manques. J'avais pris l'habitude d'être sans cesse avec toi…

— Je ressens la même chose, souffla-t-elle.

— Bon sang, j'ai un double appel, marmonna Blake. A tout à l'heure. Je t'aime.

— Je t'aime, moi aussi, murmura-t-elle.

La facilité avec laquelle Blake lui avait fait part de ses sentiments avait eu momentanément raison des doutes de Katie. Ceux-ci réapparurent cependant sur le chemin de la demeure des McCord.

Plus elle approchait, plus elle craignait que son cœur ne puisse gagner cette bataille…

Quand Blake retrouva Katie devant la porte d'entrée de chez lui, il lui vola un baiser avant de l'entraîner aussitôt vers le grand salon, dont il referma soigneusement derrière lui les lourdes portes coulissantes.

— Excuse-moi pour cet accueil digne d'un film d'espionnage, mais je voulais que nous nous voyions seuls. Personne n'utilise jamais cette pièce.

Se dégageant doucement de son étreinte, Katie marcha jusqu'à la fenêtre, d'où elle admira la campagne dans la lumière déclinante de fin d'après-midi.

— Tu voulais que nous parlions ?

Quelque chose dans son ton et dans la raideur de sa posture interpella Blake. Il la rejoignit et posa les mains sur ses épaules pour l'inciter à se retourner.

— Qu'est-ce qui ne va pas, Katie ? Je sais que cela n'a rien à voir avec le décalage horaire…

— Tessa est au courant que nous sommes fiancés.

— Et alors ? Dans un jour ou deux, tout le monde sera au courant.

— Ce n'est pas tant le fait qu'elle le sache, expliqua Katie en fuyant son regard, mais plutôt sa réaction. Elle a dit que j'allais malgré tout devenir Mme McCord !

— Je ne vois pas…

— Il y a quelques mois, j'étais fiancée à ton frère ! s'écria-t-elle. Alors, c'est ce que tout le monde va penser : que comme je n'ai pas pu avoir Tate, je me suis rabattue sur toi.

Il sentit un nœud se former dans sa gorge.

— C'est que tu as fait, Katie ? Tu t'es rabattue sur moi ?

— Tu sais bien que ce n'est pas vrai !

— Vraiment ? Je n'en suis plus si sûr…

— Cela n'a rien à voir avec Tate. Je ne l'ai jamais aimé de la façon dont je t'aime.

— De quoi s'agit-il, alors ? dit-il, essayant avec peine de réprimer sa frustration.

Katie le contempla pendant plusieurs secondes, et il lut clairement en elle la bataille qu'elle livrait pour réussir à formuler ses sentiments.

— Ces jours passés à San Vincentia, puis à Paris… C'était comme un rêve ! Je suis partie avec toi sans m'attendre à ce que ça dure, et puis… Tout s'est passé si rapidement ! Je n'ai pas eu le temps de réfléchir à ce que nous faisions.

S'éloignant de quelques pas, elle fixa la bague à son doigt.

— Jamais je n'avais aimé quelqu'un comme ça. C'est tellement déstabilisant que, parfois, j'ai l'impression que ce n'est pas réel.

Elle releva les yeux vers lui, quêtant sa compréhension.

— Je ne me suis jamais réellement engagée envers Tate, reprit-elle, j'ai seulement été élevée dans l'idée que nous étions faits l'un pour l'autre. Quant à toi, tu n'as jamais eu de relation durable. Je ne peux donc pas m'empêcher de me demander si nous savons ce que nous faisons. J'ai peur que nous précipitions les choses sans savoir si ce que nous éprouvons durera toute la vie…

— Tu veux dire que nous… Que tu as fait une erreur ? demanda-t-il d'une voix blanche en s'agrippant au dossier d'une chaise.

Jamais il n'aurait cru que cela lui ferait aussi mal d'entendre de nouveau quelqu'un — Katie de surcroît — lui dire qu'il était la cause d'une erreur.

— Blake, non, ce n'est pas ça ! Je t'en prie, je n'ai pas voulu te blesser. Ne crois surtout pas que je regrette de t'aimer. C'est juste que…

D'un mouvement brusque, elle retira sa bague de fiançailles et, s'avançant vers lui, posa la bague dans sa paume avant de lui refermer les doigts dessus.

— Je ne peux pas être la femme de ta vie. Tu mérites tellement mieux.

Puis elle fit volte-face et se précipita vers la porte.

Il se jeta à sa poursuite et lui attrapa le poignet pour l'empêcher de s'enfuir de sa vie.

— Blake…, gémit-elle, les yeux remplis de larmes.

L'espace d'un instant, il se demanda s'il ne valait pas mieux la laisser partir et s'épargner davantage de souffrances en mettant tout de suite un terme à leur histoire. Mais il n'en fut pas capable.

— Que veux-tu, Katie ? lui dit-il doucement. Je ne peux pas te promettre la perfection, ni que nous n'aurons jamais d'obstacles à surmonter. Je ne peux pas non plus empêcher les gens de parler. La seule chose qui est en mon pouvoir, c'est de te promettre que je t'aimerai toujours. Si tu ressens la même chose, alors nous serons plus forts que tout…

Rouvrant sa main, il lui tendit la bague.

— Il t'appartient de choisir, désormais. Moi, j'ai fait mon choix.

Il retint son souffle pendant que Katie le fixait comme si elle cherchait à lire dans son cœur et dans son âme.

Au bout d'une minute qui lui parut une éternité, alors

qu'il s'était presque résigné à la perdre, elle sourit et lui tendit la main gauche.

— Veux-tu me la repasser ? dit-elle avec douceur.

Il n'hésita pas une seule seconde. Il glissa le diamant à son doigt avant de l'attirer contre lui et de sceller leur avenir d'un baiser au goût d'éternité.

Deux jours plus tard, Blake rentrait chez lui après avoir passé les deux nuits précédentes avec Katie.

Les parents de celle-ci se trouvaient à Austin, où ils fêtaient l'élection de Peter Salgar en tant que gouverneur. Par conséquent, Katie et lui avaient eu la propriété des Salgar pour eux tout seuls. Aujourd'hui, ils projetaient d'annoncer leurs fiançailles au déjeuner familial des McCord.

Mais avant cela, il avait quelque chose à tirer au clair avec Charlie.

La clairvoyance de Katie l'avait aidé à comprendre qu'il luttait toujours contre de vieux démons et que s'il voulait à son tour fonder une famille avec elle, il fallait qu'il règle une bonne fois pour toutes son différend avec son jeune frère et sa mère. C'était la raison pour laquelle il avait demandé à Charlie de le rejoindre afin de discuter.

Lorsque, en entrant dans le salon, il vit la méfiance peinte sur le visage de Charlie, il ressentit une pointe de culpabilité.

— Bonjour, le salua-t-il d'un ton enjoué, espérant dissiper la tension. J'espère que tu as passé une bonne nuit.

— Ouais, fit Charlie en haussant les épaules. Tu

n'étais pas au dîner, hier soir… Maman trouve que tu es bien souvent absent, ces temps-ci.

— Je t'expliquerai pourquoi tout à l'heure. Mais avant, j'aimerais te parler d'autre chose. Sortons, veux-tu ?

Dans un silence glacial, ils enfilèrent leur manteau et sortirent dans le jardin.

— Que se passe-t-il ? s'enquit Charlie, manifestement décontenancé par son attitude.

— Je vais essayer de faire simple, soupira Blake. Je tenais à te présenter mes excuses.

— Pour quelle raison ? demanda Charlie, le regard fixé devant lui.

— Pour la façon dont j'ai réagi quand tu m'as informé que tu allais rencontrer Rex. Et pour t'en avoir voulu pendant toutes ces années. Il était injuste de ma part de te faire porter le chapeau pour ce qui s'est passé entre maman, Rex et mon père, il y a si longtemps.

— Maman ne t'a pas traité correctement non plus, déclara Charlie. Je me suis toujours senti coupable d'être son favori. Et comme je ne savais pas pourquoi, c'était encore pire…

— Ce n'était pas ta faute, rétorqua Blake. Je crois qu'il est temps pour nous de surpasser tout ça.

Il posa la main sur l'épaule de son benjamin.

— Tu es un type super, reprit-il, et tu mérites l'amour de tes deux parents. Ton père et toi devez avoir une chance de rattraper le temps perdu.

— Merci, Blake. Vraiment… Cela signifie beaucoup pour moi. Rex et moi apprenons à nous connaître. C'est un peu déstabilisant, mais ça se passe plutôt bien.

— Tu seras toujours un McCord aussi. Rappelle-t'en !

Tendant les bras, Blake donna l'accolade à Charlie pour la première fois depuis que celui-ci était gosse !

— Alors, vas-tu me révéler quel est ce si grand secret ? l'interrogea Charlie comme ils rebroussaient chemin.

— Quel secret ?

— Allons, Blake… Tu disparais pendant plusieurs semaines, et quand tu rentres à la maison, personne ne parvient à te mettre la main dessus. Et, pure coïncidence, Katie disparait exactement en même temps que toi !

Blake sourit.

— J'ai comme l'impression que tu vas être le premier au courant ! Katie et moi sommes fiancés.

— Fiancés ? Vraiment ? C'est génial !

— Tu le penses réellement ?

— Pourquoi ne le penserais-je pas ? J'ai toujours trouvé que Tate et Katie n'étaient pas bien assortis. Tu as peur de la réaction de maman ?

— Peu importe ce qu'elle dira. Katie et moi nous nous aimons, et cela n'y changera rien. Alors, te joindras-tu à nous pour le déjeuner, afin de prendre notre défense lorsque nous ferons notre annonce ?

Charlie lui adressa un sourire amusé.

— Je ne manquerais ça pour rien au monde !

Assise à côté de Blake, Katie faisait de son mieux pour dissimuler la jubilation qui l'habitait.

Quand Eleanor, Tate, Tanya et Charlie les avaient rejoints, elle avait immédiatement détecté la lueur complice dans le regard du plus jeune frère de Blake.

Ce dernier lui prit la main sous la table et la caressa.

Elle avait beau s'attendre à ce que les réactions soient mitigées, elle n'en avait cure. Tout ce qui lui importait, c'était que son fiancé soit assis à côté d'elle, sa main dans la sienne, et qu'elle porte cette bague, symbole de leur amour et de l'engagement qu'ils avaient pris l'un envers l'autre. Pour la première fois de sa vie, elle avait fait un choix, et celui-ci se portait sur Blake.

Ils avaient presque terminé le repas lorsque Eleanor reposa son verre et tourna son regard vers eux deux.

— C'était très agréable, mais cela ne te ressemble pas, Blake, d'organiser une réunion familiale sans raison. As-tu quelque chose à nous dire ?

Katie le laissa porter à la vue de tous leurs mains enlacées et le diamant étincelant qu'arborait son annulaire.

— Katie et moi allons nous marier, annonça-t-il simplement.

Il y eut un bref silence.

Eleanor ne bougeait pas, Tate fronçait les sourcils, pendant que Tanya et Charlie souriaient de toutes leurs dents.

— Nous nous aimons, intervint Katie avec douceur, en regardant Eleanor droit dans les yeux. Je sais que vous pouvez comprendre cela…

Pendant un moment, Eleanor sembla évaluer sa sincérité, puis elle hocha lentement la tête.

— Je comprends, dit-elle enfin.

— Est-ce ce que tu veux ? s'enquit Tate.

Sentant Blake se raidir, Katie lui pressa la main.

— C'est tout ce que je veux, affirma-t-elle en souriant à Tate.

— Alors, je crois que des félicitations sont de rigueur ! déclara Tate avec bienveillance.

Il leva son verre, imité par tous les autres autour de la table, y compris Eleanor.

— Je vous souhaite d'être aussi heureux que Tanya et moi le sommes, ajouta Tate.

— Nous le serons, affirma Blake en regardant Katie droit dans les yeux.

Cette fois, ce fut elle qui l'attira vers elle pour l'embrasser, sachant sans l'ombre d'un doute qu'elle avait trouvé avec Blake l'homme qui l'accompagnerait jusqu'à la fin de ses jours.

Retrouvez la saga des Foley et des McCord
dès le mois prochain dans votre collection Passions.

HEIDI RICE

La passion en souvenir

éditions Harlequin

Titre original : UNFINISHED BUSINESS WITH THE DUKE

Traduction française de PATRICIA RADISSON

83-85, boulevard Vincent-Auriol, 75646 PARIS CEDEX 13.
Service Lectrices — Tél. : 01 45 82 47 47
www.harlequin.fr

- 1 -

Issy Helligan écoutait claquer les talons aiguilles de ses cuissardes sur le sol en marbre du Club londonien où elle était attendue, avec la désagréable impression qu'elle produisait un bruit en tout point semblable à celui d'une mitraillette. On aurait dit une escouade effectuant un exercice de tir. Voilà où elle en était arrivée ! songea-t-elle, accablée.

Arrivée au bout du couloir, elle s'arrêta un instant devant la porte et reprit son souffle. Malgré cela, son cœur continua à battre à vive allure dans sa poitrine. Elle avait le trac, une fois de plus. La main sur l'estomac, elle prit une profonde inspiration et tenta de se raisonner. Pourquoi n'y parviendrait-elle pas, après tout ? N'était-elle pas une artiste professionnelle, forte d'une expérience de sept ans ?

De l'autre côté de la porte, elle entendait des éclats de rire. Des rires exclusivement masculins. Serrant les dents, elle rassembla son courage. Si elle se trouvait ici, c'était pour une bonne cause, se répéta-t-elle. L'avenir de gens auxquels elle tenait dépendait de la mission qu'elle allait accomplir dans quelques instants. En effet, sa démarche contribuerait à la sauvegarde de leur emploi. Dans ces conditions, quelle importance si elle se faisait reluquer par un groupe de vieux fossiles obsédés ? Ce n'était tout de même pas insurmontable !

Mais rien n'y faisait ; elle avait beau invoquer tous les arguments possibles, elle ne parvenait pas à venir à bout de son appréhension.

Avec un soupir, elle ôta son imperméable et le suspendit à une patère près de la porte. Elle devait bien se décider à y aller. Elle jeta un dernier coup d'œil à sa tenue et secoua la tête, consternée. Quel pitre elle faisait ! Ses formes voluptueuses étaient moulées dans un tissu de satin rouge sang qui faisait pigeonner ses seins de façon exagérée et soulignait trop ses hanches. Elle devait ressembler à une horloge dans cette tenue ! ironisa-t-elle. Comme elle prenait une profonde inspiration, l'armature de son bustier s'enfonça dans ses côtes, lui arrachant une grimace.

Irritée, elle ôta d'un mouvement brusque le bandeau qu'elle portait autour de la tête, libérant une chevelure rousse luxuriante qui tomba sur ses épaules nues en cascade bouclée.

Inutile de se voiler la face, son costume manquait de la plus élémentaire des subtilités. Mais elle avait été contactée au dernier moment, et n'avait pas eu beaucoup de choix. Elle avait pris à l'aveugle un vêtement qui avait servi dans le dernier vaudeville joué par sa troupe. De toute façon, l'homme qui avait loué ses services le matin même n'aspirait pas à la subtilité…

— De l'impertinence, du croustillant, mon chou, voilà ce qu'il nous faut, avait-il déclaré avec son parfait accent d'Eton. Rodders s'installe à Dubaï, et nous voulons lui faire regretter ce qu'il laisse derrière lui en quittant l'Angleterre ! Donc, ne vous montrez pas bégueule et évitez le style bon chic bon genre ! Ce n'est pas ce que nous recherchons !

Elle avait été tentée de refuser et de lui conseiller plutôt les services d'une strip-teaseuse. Mais quand il avait annoncé la somme astronomique qu'il était prêt à débourser pour « un spectacle digne de ce nom », cela lui avait cloué le bec et elle avait ravalé ses sarcasmes.

Voilà six mois que le théâtre faisait des économies de bouts de chandelle et qu'elle-même déployait des efforts surhumains pour trouver un sponsor. En vain. A présent, elle était à court d'idées pour trouver les quelques millions nécessaires pour pouvoir maintenir le café-théâtre Crown and Feathers la saison prochaine.

Dernièrement, en désespoir de cause, elle avait eu l'idée de créer l'Agence du Télégramme Chanté pour diversifier le type de spectacles proposés et trouver de nouvelles sources de revenus. Hélas ! jusqu'à présent, elle avait été peu sollicitée, et surtout par des amis bien intentionnés. Au cours des sept dernières années, elle avait assumé des responsabilités de plus en plus étendues dans la gestion du théâtre, jusqu'à sa récente nomination au poste de directrice. De sorte qu'en ce moment, tous les membres de la troupe tournaient les yeux vers elle, dans l'attente de la solution miracle qui les sauverait de la fermeture redoutée.

Elle soupira. Le poids des responsabilités pesait sur elle, les baleines de son corset lui martyrisaient les côtes, la banque menaçait de l'obliger à rembourser à tout moment le prêt qui la liait au théâtre. Dans ces conditions, elle pouvait s'asseoir sur tous ses beaux principes féministes. Les scrupules étaient un luxe qu'elle ne pouvait plus s'offrir.

Ce matin, lorsque ce client avait fait appel à l'Agence

du Télégramme Chanté, elle avait accepté la proposition en s'efforçant de la considérer comme une affaire inespérée à ne manquer sous aucun prétexte. Puisqu'il le fallait, elle offrirait aux membres de ce club masculin l'interprétation la plus suggestive possible de *Life is a cabaret*, en restant tout de même dans les limites de la décence. Elle raconterait quelques blagues un peu grivoises, et se retirerait le plus vite possible, avec en poche une somme rondelette à verser sur le compte en banque pour permettre au théâtre de survivre quelque temps encore. Mieux encore, peut-être le bouche à oreille lui apporterait-il de nouveaux clients ? Après tout, elle se trouvait dans le club le plus sélect du monde, qui comptait parmi ses membres des princes, des ducs et des lords du Royaume-Uni, sans parler des hommes d'affaires les plus importants d'Europe.

En fait, sa prestation serait un jeu d'enfant. Elle avait bien spécifié à son client ce qu'on pouvait attendre d'un télégramme chanté, et ce qu'il n'impliquait en aucun cas. Quant à Roderick Carstairs et ses collègues, pourquoi les redouter ? Ils ne pouvaient être plus insupportables que les vingt-deux gamins de cinq ans devant lesquels elle avait chanté « joyeux anniversaire » la semaine précédente !

Mais tandis qu'elle poussait la porte de la grande salle de réception, les éclats de voix, les rires rugissants de tous ces hommes réunis lui ôtèrent tout espoir. D'un simple coup d'œil, elle put constater que son public était chauffé à blanc et qu'il semblait à point pour lui réserver un accueil digne d'une garnison. En outre, ils paraissaient bien moins âgés qu'elle ne l'avait imaginé. Le spectacle « digne de ce nom » ne serait pas un jeu d'enfant, en fin de compte.

Comme il était trop tard pour faire machine arrière, elle rassembla son courage. D'un coup d'œil circulaire, elle prit la mesure de son auditoire et avisa qu'il y avait même un balcon à l'étage, occupé par une seule personne. Elle fut traversée aussitôt par un étrange frisson. L'homme, de haute stature, était en pleine conversation, un téléphone portable à l'oreille. Elle ne distinguait pas ses traits, mais elle eut une curieuse impression de déjà-vu. Tout en essayant de le reconnaître, elle se sentait incapable de détacher ses yeux de lui, comme hypnotisée par son impressionnante carrure et son allure de prédateur arpentant l'espace étroit du balcon.

Mais elle se reprit bien vite. Une professionnelle comme elle savait puiser dans ses ressources pour trouver la concentration nécessaire à une prestation artistique. Mais un dernier coup d'œil en direction de la terrasse la tétanisa. L'inconnu ne bougeait plus et l'image d'un tigre aux aguets s'imposa à elle. Et tout à coup, elle se souvint.

— Gio, murmura-t-elle.

Stupéfaite, elle ne fut plus capable de penser à quoi que ce soit. Les joues rouges et les mains moites, elle chercha fébrilement à se reprendre.

« Ne t'occupe pas de lui », s'enjoignit-elle.

Mais rien n'y fit.

Mortifiée, elle dut reconnaître les faits : la simple pensée de Giovanni Hamilton suffisait encore à lui faire perdre la tête.

Pour tout dire, elle ne parvenait pas à y croire. Ce type ne pouvait être Gio ! Le sort ne pouvait lui avoir joué un tour aussi cruel. Se retrouver face au pire désastre de sa vie à un pareil moment ! Peut-être que sous l'effet du stress, elle était victime d'une hallucination. Elle ne voyait pas d'autre explication.

Elle redressa les épaules et respira aussi profondément que son corset le lui permettait. Le moment était mal choisi pour craquer. L'heure du spectacle approchait. Affectant une démarche outrageusement chaloupée, elle pénétra dans la grande salle aux meubles anciens polis par le temps. La vue de Rodders et de ses compagnons lui donna la chair de poule. Tous ces jeunes hommes éméchés et bruyants, exsudant une sexualité débridée, ressemblaient à une meute de loups à laquelle on la donnait en pâture.

L'image d'un peloton d'exécution lui traversa l'esprit. En fait, elle aurait mille fois préféré affronter sa dernière heure que de poursuivre la mascarade.

« Allez-y, les gars ! songea-t-elle. Tirez, et qu'on n'en parle plus ! »

Issy Helligan, strip-teaseuse ? Abasourdi, Gio Hamilton se tenait dans l'ombre du balcon. Il suivait des yeux la jeune femme qui traversait la pièce avec l'assurance d'une courtisane. La silhouette pulpeuse, les longues jambes fines, assurément c'était bien elle. Mais pourquoi cette invraisemblable tenue parsemée de paillettes, à faire rougir une prostituée ?

— Gio ? cria la voix de son associé à l'autre bout du fil, à Florence.

Son portable collé à l'oreille, il essaya de se concentrer :

— Je te rappelle pour le projet de Venise, d'accord ? Ça va marcher, ne t'inquiète pas.

Puis il raccrocha et observa la jeune femme. S'agissait-il bien de l'adolescente charmante, impulsive et incroyablement naïve avec qui il avait grandi ? Etait-ce possible ?

Mais les quelques taches de rousseur sur la peau de ses épaules ne permettaient aucun doute. Il se sentit profondément remué au souvenir d'Issy telle qu'il l'avait vue lors de leur dernière rencontre. Sa jolie peau nacrée encore rosie par l'amour qu'ils venaient de faire, ses cheveux auburn tombant en cascade sur ses épaules nues…

A présent, elle s'était mise à chanter. Les premières notes riches et voilées d'une vieille chanson, à peine audible dans le brouhaha des sifflets et des plaisanteries, lui parvinrent, interrompant le fil de ses pensées vagabondes. Malgré le vacarme, sa voix veloutée le fit frissonner. Puis la chanson fut couverte par les hurlements de Carstairs et ses copains. « Déshabille-toi ! », rugissaient-ils de leurs voix pâteuses.

Il méprisait ce type arrogant et tous ses copains. Et face au désarroi d'Issy, qui s'était arrêtée de chanter, tétanisée de peur, il fut incapable de se contrôler. Il ne voyait plus la tentatrice inexpérimentée qui l'avait fait craquer par une étouffante nuit d'été, mais la fille maladroite et touchante qui avait accompagné toute son adolescence, ses yeux bleus éperdus d'adoration.

Mû par la colère, le désir, et quelque chose de plus subtil qu'il préféra mettre de côté pour l'instant, il fourra son portable dans la poche de son pantalon et s'avança vers la rambarde du balcon.

En contrebas, dans la salle, il vit Carstairs, complètement éméché, qui passait à l'action. Le bras autour de la taille d'Issy, il essaya de l'embrasser mais elle détourna la tête pour éviter le baiser aviné.

Il serra les poings.

C'en était trop. Son instinct de protection se manifesta avec une force incroyable. Il s'exclama à voix haute :

— Ôte tes mains de cette personne, Carstairs !

Tous les regards se tournèrent dans sa direction.

Il vit qu'Issy écarquillait les yeux, d'abord surprise, puis sidérée comme si elle l'avait reconnu et qu'elle n'arrivait pas à croire que ce fût lui son chevalier qui venait la sauver. Sans plus attendre, il dévala l'escalier qui menait au rez-de-chaussée et se dirigea vers elle.

Carstairs, le visage rougi par un trop-plein de champagne, l'affronta du regard.

— Qui se permet de…, fit-il plus hautain que jamais.

Il ne put aller plus loin : un uppercut bien placé venait de le frapper en pleine mâchoire.

Sous le choc, une onde de douleur se propagea dans le bras de Gio. Il frotta les jointures de ses doigts tout en regardant son adversaire rouler à terre.

Issy poussa un petit cri et s'affaissa, évanouie. Il eut juste le temps de la rattraper avant qu'elle se retrouve à terre. Il la souleva dans ses bras et affronta sans sourciller les protestations des camarades de Carstairs. Aucun n'était assez sobre ni assez costaud pour lui causer le moindre problème.

Au majordome qui accourait, en provenance de la salle de billard, il lança :

— Sortez-moi cette ordure d'ici, quand il reviendra à lui.

— Très bien, Votre Grâce, répondit l'homme en hochant la tête. La jeune personne va bien ?

— Je m'en occupe. Une fois que vous aurez mis Carstairs dehors, apportez-moi de l'eau glacée et du brandy dans ma suite, je vous prie.

Issy toujours évanouie entre ses bras, il prit l'ascenseur. Déstabilisé par le parfum de rose qui se dégageait de sa chevelure, il se permit pour la première fois de détailler son visage et son corps, à la lumière fluorescente de la cabine. Les taches de rousseur si attirantes sur son nez. Les lèvres légèrement gonflées. Malgré le lourd maquillage de scène, son visage en forme de cœur exprimait toujours ce mélange d'innocence et de sensualité qui lui avait valu tant de nuits sans sommeil, dans le passé.

Puis il laissa son regard s'égarer dans le sillon entre ses seins, à peine recouverts par le bout de satin rouge foncé. Le vieil ascenseur s'arrêta en tremblant à son étage, et il sentit son sang battre dans ses veines.

Il s'engagea dans le corridor qui menait à la suite qu'il louait en permanence au club. Même à dix-sept ans, se souvint-il, Issy Helligan avait toujours fait montre d'une incroyable force vitale, impossible à ignorer, impossible à contrôler. Lui-même était homme à prendre des risques, mais il devait reconnaître qu'elle était souvent capable de le choquer.

De toute évidence, elle n'avait pas changé sur ce chapitre…

Il poussa de l'épaule la porte de la suite, traversa le salon et déposa son précieux fardeau sur le lit de sa chambre. Puis il recula d'un pas et contempla son corps à demi dévêtu dans la lumière tamisée.

Que faire d'elle, maintenant ?

Et d'où lui venait l'instinct qui l'avait poussé à la défendre ? Il n'en avait pas la moindre idée. Mais il savait une chose : sa responsabilité se limitait à administrer une bonne leçon à Carstairs et à mettre hors d'état de nuire cet idiot aviné. En aucun cas il ne se considérait comme un chevalier servant en armure étincelante qui aurait volé au secours d'une femme molestée.

Il fronça les sourcils. Son irritation n'avait d'égale que le plaisir qu'il éprouvait à la revoir. Il l'observa attentivement car le vêtement qu'elle portait l'intriguait. Qu'est-ce qui pouvait bien lui enserrer autant la poitrine ? Elle donnait l'impression de devoir lutter pour chacune de ses respirations. Pas étonnant qu'elle se soit évanouie !

Jurant entre ses dents, il s'assit au bord du lit, et dénoua le nœud de satin qui faisait office de ceinture. Aussitôt, Issy gémit doucement, comme si elle soupirait d'aise. Les yeux rivés sur la délicate chair de ses seins, il défit les lacets et le corset s'entrouvrit tout à fait.

Elle était encore plus exquise que dans son souvenir.

Il ne pouvait s'empêcher d'admirer le spectacle qui s'offrait à sa vue mais résista à l'envie d'écarter davantage les pans du vêtement. C'est alors qu'il remarqua les marques rouges, aux endroits où les baleines de son corset s'étaient enfoncées dans sa chair.

— Bon sang, Issy ! murmura-t-il en passant son pouce dessus.

Pourquoi avoir revêtu pareil attirail ? se demanda-t-il. Et surtout, pourquoi se pavaner devant un ivrogne tel que Carstairs ?

Décidément, elle n'avait pas changé sur ce point : elle avait toujours autant besoin d'un ange gardien pour veiller sur elle. Dès qu'elle serait revenue à elle, il se promit de lui passer un bon savon.

Pensif, il se dirigea vers la fenêtre pour tirer les rideaux afin de laisser entrer la lumière. Puis il s'assit dans un fauteuil près du lit et prit enfin le temps de réfléchir à la situation. La raison du spectacle affligeant et désastreux qu'Issy avait donné devait être d'ordre financier. Forte tête et fonceuse comme elle l'était, Issy n'était ni cupide ni aguicheuse. Elle devait donc avoir de sérieuses difficultés. Quand elle reviendrait à elle, il lui offrirait de l'argent pour parer à ses difficultés financières de manière plus digne.

Jamais plus elle ne serait dans l'obligation de se comporter de manière aussi imprudente. Et de son côté, il se sentirait libre de l'oublier.

Son regard s'attarda sur un mamelon rose qui s'échappait du corset.

Et si elle savait juger ce qui était bon pour elle, elle accepterait cet argent sans rechigner, décida-t-il.

Issy battit des paupières et respira l'odeur fraîche des draps propres.

— Bonjour, Isadora, fit une chaude voix masculine.

Elle mit un certain temps à reprendre ses esprits, mais la première sensation qu'elle éprouvait était tout à fait agréable. Elle prit une profonde inspiration et soupira de soulagement. Enfin, elle pouvait respirer, songea-t-elle avec un plaisir sans mélange.

— Mmm ? Quoi ? ronronna-t-elle.

Elle se sentait flotter sur un nuage cotonneux semblable à de la barbe à papa.

— J'ai desserré ton accoutrement de torture. Pas étonnant que tu te sois évanouie, tu pouvais à peine respirer.

De nouveau cette voix magnifique, ces belles voyelles aux intonations britanniques, avec une pointe d'accent méditerranéen. Et un ton plein de reproche. Elle fronça les sourcils. Elle connaissait cette voix.

Elle ouvrit les yeux et tourna la tête en direction de la voix. L'homme à côté d'elle offrait un contraste saisissant avec le fauteuil doré dans lequel il était assis. « Beaucoup trop viril pour un tel siège », fut la première pensée qui lui traversa l'esprit. Au second coup d'œil, elle eut l'impression de tomber d'un coup du petit nuage rose et floconneux sur lequel elle flottait. Lui ! Quelle poisse !

Un bras replié sur les yeux, elle laissa sa tête rouler sur l'oreiller.

— Va-t'en ! gémit-elle. Tu n'es qu'une hallucination.

Mais il était trop tard. Un simple coup d'œil avait suffi. Elle avait enregistré les beaux traits durs du visage de l'homme, et son cœur battait déjà la chamade. Les pommettes sculptées, la mâchoire carrée avec une fossette au menton, les cheveux châtains ondulés, coiffés en arrière. Et surtout les yeux chocolat, bordés d'épais cils bruns, plus tentants que le diable. Elle fut transpercée par le souvenir douloureux de leur dernière rencontre, lorsque ces yeux s'étaient posés sur elle, chargés d'agacement et de regret.

Puis toute la scène qu'elle venait de vivre lui revint à la mémoire, et elle gémit encore plus fort.

Les mains moites de Carstairs autour de sa taille, son haleine chargée de relents de whisky et de cigare. Les battements frénétiques de son cœur sous les doigts de cet homme éméché. Le choc de voir Carstairs rouler à terre, et Gio penché sur elle. Le bruit assourdissant autour d'elle.

Impossible ! pensa-t-elle. Cela n'était pas la réalité. Ça ne pouvait être qu'une hallucination. Un mirage.

— Laisse-moi mourir tranquille, gémit-elle.

— Quand on est tragédienne, c'est pour la vie, n'est-ce pas, Isadora ? fit-il remarquer en riant.

Elle laissa retomber son bras, et darda son regard sur lui. Ces biceps bronzés, ce polo noir, ces yeux malicieux, ce n'était pas une hallucination, conclut-elle. Certes, elle ne se souvenait pas lui avoir vu ces petites rides d'expression autour des yeux lorsqu'il avait vingt et un ans. Mais avec dix ans de plus, il n'en demeurait pas moins très beau. Il avait même quelque chose en plus. Quelque chose d'incroyablement séduisant. N'aurait-il pas pu se transformer en un homme bedonnant, moche et chauve, comme tant d'autres ? Il l'aurait pourtant mérité.

— Ne m'appelle pas Isadora. Je déteste ce prénom.

— Ah ? Depuis quand ? demanda-t-il d'un ton moqueur.

« Depuis que tu es parti ! » avait-elle envie de hurler, le cœur serré. Autrefois, lorsqu'ils étaient adolescents, elle adorait qu'il l'appelle par son vrai prénom. Cela prouvait qu'il l'avait remarquée, croyait-elle alors.

Ridicule !

Heureusement, elle n'avait plus rien de l'adolescente en quête d'affection qu'elle avait été, désireuse de plaire à tout prix.

— Depuis que j'ai grandi et décidé que ce prénom ne m'allait pas du tout.

Il lui sourit.

Elle fit semblant de ne pas remarquer la sensation de chaleur qui se répandit malgré elle dans tout son corps.

— Je vois bien que tu as grandi, rétorqua-t-il de sa voix suave en laissant son regard s'attarder sur le sillon entre ses seins. Après ce que j'ai vu cet après-midi, il serait difficile de ne pas le remarquer !

Elle se redressa, soudain consciente de sa nudité sous le corset entrebâillé. Elle rapprocha ses genoux de sa poitrine et les enserra de ses bras, rouge de confusion.

— C'était un travail, rétorqua-t-elle sur la défensive.

— Un travail ? fit-il d'un ton sec. Tu appelles ça comme ça ? Quel genre de travail exige de toi que tu te fasses agresser par un type comme Carstairs ? Que serait-il arrivé, à ton avis, si je n'étais pas intervenu ?

Devant l'injustice de l'accusation, elle eut envie de hurler.

Bien entendu, jamais elle n'aurait dû accepter ce job. De plus, elle n'aurait sans doute pas dû pénétrer dans la pièce après avoir constaté que son public était ivre. Mais depuis des mois, elle subissait une telle pression, au théâtre… Son gagne-pain, et celui des gens qu'elle aimait, étaient en jeu.

Elle avait donc pris ce risque, stupide et désespéré, sans penser que les conséquences en seraient aussi graves. Mais à quoi servirait de le regretter ? Et surtout, elle n'était pas prête à accepter les critiques d'un homme qui ne s'était jamais intéressé qu'à lui-même dans l'existence. Que savait-il des difficultés de la vie ?

— Ne te permets pas d'insinuer que je suis responsable de l'attitude inqualifiable de Carstairs ! siffla-t-elle.

L'expression de surprise dans les yeux chocolat ne lui échappa pas. Bien ! songea-t-elle, satisfaite. Elle ne devait pas le laisser imaginer qu'elle était toujours la groupie d'autrefois, idolâtre et écervelée. Qu'il le comprenne une fois pour toutes !

— Ce type était ivre mort, poursuivit-elle en se levant du lit d'un bond. Je n'y pouvais rien. D'ailleurs, personne ne t'a demandé d'intervenir. Tu l'as fait de ta propre initiative, et je me serais très bien débrouillée sans toi.

Les deux mains posées sur son corset défait, elle traversa la luxueuse chambre. En cet instant, elle aurait tout donné pour porter un simple T-shirt et son jean favori. Vêtue de cet attirail digne du Moulin Rouge, elle se sentait humiliée, et son discours n'avait aucun effet.

— Où vas-tu ? demanda-t-il d'une voix dangereusement basse.

— Je pars, rétorqua-t-elle en arrivant à hauteur de la porte.

Au moment où elle s'apprêtait à faire une sortie théâtrale, une grande main bronzée s'abattit sur la porte et la referma d'un coup sec.

Elle se retourna d'un bloc, et comprit aussitôt son erreur. Il se tenait si près d'elle qu'elle voyait les taches dorées dans ses yeux, respirait l'odeur épicée de son after-shave, sentait la chaleur que dégageait son corps d'athlète.

Tout son corps réagit violemment à sa proximité et elle dut serrer ses bras contre sa poitrine dans un geste de protection.

Prise au piège, elle lâcha d'un ton sec :

— Qu'est-ce qui te prend ?

— Tu n'as aucune raison de t'enfuir de la sorte.

Il laissa retomber son bras musclé le long de son corps et elle poussa un soupir de soulagement.

— Tu m'as très bien compris, dit-il d'un ton impatient.

— A quel sujet ?

Elle releva le menton dans un mouvement plein de défi, et tenta de le regarder bien en face, pour l'intimider. Peine perdue. Elle l'avait connu grand et très mince, mais elle ignorait où il avait pu acquérir cet air si…

solide ? En désespoir de cause, elle prit un air agacé. Pas facile non plus, car son cœur battait la chamade. Comme autrefois, comme si tout recommençait.

Sous son regard couleur chocolat qui la détaillait sans vergogne, elle essaya d'ironiser. Ces yeux, qu'elle jugeait énigmatiques dans le temps, n'étaient en fait que durs et froids, se dit-elle.

— Carstairs méritait amplement la leçon que je lui ai donnée, rétorqua-t-il. Quant à toi, je ne te blâme pas. C'est la situation qui me dérange.

Leurs regards se croisèrent, et elle lut dans ses yeux quelque chose qui la stupéfia. Se faisait-il du souci pour elle ?

— Si tu avais besoin d'argent, il fallait venir me voir, déclara-t-il d'un ton autoritaire.

Non, rectifia-t-elle aussitôt. Il ne se faisait pas du souci pour elle. Il la méprisait.

— Plutôt que devenir strip-teaseuse, acheva-t-il.

Elle sentit son cœur s'arrêter de battre. Le rouge lui monta au front. Venait-il vraiment de prononcer le mot « strip-teaseuse » ?

Il lui caressa la joue, un geste inattendu, léger et tendre. Du coup, elle dut ravaler la réplique outrée qui lui venait aux lèvres.

— Certes, les choses ont mal fini entre nous, reprit-il. Mais autrefois nous étions amis. Je peux t'aider, tu sais. Et de toute façon, tu vas tout de suite changer d'emploi.

Il avait beau s'exprimer sur un ton solennel, elle percevait parfaitement le désir qui assombrissait ses yeux.

— Tu changes d'emploi, reprit-il d'une voix rauque, parce qu'en dehors de toute autre considération, tu es une très mauvaise strip-teaseuse.

- 2 -

Peu de situations avaient le pouvoir de désarçonner Issy. En règle générale, elle s'exprimait avec précision, et n'hésitait jamais à faire valoir son point de vue. Mais en cette minute précise, aucun mot ne parvenait à franchir ses lèvres. Qu'est-ce qui la mettait le plus dans cet état de colère froide ? se demanda-t-elle. Que Gio pense qu'elle était strip-teaseuse ? Qu'il la trouve nulle dans ce rôle ? Qu'il ait le culot de lui parler d'amitié ?

— Nous ne sommes plus amis, rétorqua-t-elle enfin. J'ai mis une croix sur cette notion il y a bien longtemps. Tu te souviens peut-être ?

Comme il lui caressait la nuque avec douceur, elle eut du mal à se concentrer davantage.

— Amis n'est peut-être pas le mot juste, concéda-t-il.

Ils s'affrontèrent du regard. Médusée, elle vit les pupilles de Gio se dilater et exprimer le désir le plus cru. Mais une chose la choqua davantage encore : son propre désir qu'elle sentit pulser en réponse entre ses cuisses.

— Si nous nous embrassions pour nous réconcilier ? proposa-t-il d'une voix rauque.

Comme s'il avait anticipé son refus, il lui effleura la bouche de ses lèvres, sans attendre la réponse. Puis il pencha la tête et embrassa le renflement de son sein gauche.

Elle sentit le monde vaciller autour d'elle. Mue par un désir à l'état brut, elle rejeta la tête en arrière, se cognant dans le mouvement contre la porte. Le choc puis la panique se mêlèrent à la délicieuse sensation de fondre, et de devenir cotonneuse. Des injonctions contradictoires s'entrechoquaient dans son esprit. Il fallait sur-le-champ mettre un terme à cette situation dangereuse. Mais rien ne faisait contre le plaisir animal de sentir la bouche de Gio sur son sein. Elle avait écarté les doigts, jusqu'ici crispés sur son corset, révélant un mamelon rose.

Il s'en empara de ses lèvres, lécha le téton dressé, le titilla de ses dents, le suça avec volupté.

Elle laissa échapper un sanglot. Des souvenirs vivaces s'entrechoquaient aux sensations présentes, l'emportant dans un tourbillon de sensualité. Plaquant son corps contre celui de Gio, elle s'abandonna tout à fait.

Il écarta le corset, prit son autre sein à pleine main et le titilla entre le pouce et l'index.

Elle ne pouvait plus résister à l'incendie qui se propageait dans ses veines. Etourdie de plaisir, en appui contre la porte, elle prit la tête de son compagnon entre ses mains et fourragea dans la soie de ses cheveux ondulés.

— Bon sang, dix ans, ce n'est pas encore assez, murmura-t-il, le regard lourd de désir.

Soudain, elle se dégagea, terrassée par un sentiment de honte. Le souffle court, elle resserra son corset, cachant de nouveau sa peau nue sous le satin rigide.

C'est alors qu'on frappa à la porte.

Elle revint aussitôt à la réalité, complètement paniquée par ce qui venait de produire. Qu'avait-elle fait ? Comment Gio pouvait-il encore lui faire un effet aussi dévastateur, après la fin douloureuse de leur histoire, après toutes ces années ?

— Excusez-moi, Votre Grâce, dit une voix étouffée derrière la porte. Voulez-vous que je laisse le plateau sur le seuil ?

Sans la lâcher du regard, il répondit :

— Une minute, je vous prie.

Dans le même temps, il désigna un endroit derrière la porte et lui souffla :

— Cache-toi là.

Si elle n'apprécia pas qu'il lui donne un ordre, elle l'exécuta néanmoins.

— Voici votre brandy, Votre Grâce. Et l'imperméable de la jeune personne… il était pendu à une patère dans le hall.

Gio glissa un pourboire généreux à l'homme et referma la porte derrière lui. Lorsqu'il lui tendit l'imperméable, elle l'enfila aussitôt et rajusta sa tenue. Elle n'avait pas de trop d'un écran supplémentaire pour se protéger de lui.

Elle n'avait qu'une envie : fuir au plus vite mais, de toute évidence, Gio ne l'entendait pas de cette oreille car il déposa le plateau sur une table basse puis, se tournant vers elle, déclara :

— Asseyons-nous et parlons.

Butée, elle tendit la main vers la poignée de la porte pour sortir. A son grand soulagement, elle ne tremblait plus. C'était déjà ça.

— Ne fais pas l'enfant, dit-il. Après dix ans, tu as sûrement surmonté cette fameuse nuit, non ?

L'impatience qu'elle percevait dans sa voix lui serra

le cœur en même temps qu'elle provoqua une réaction bénéfique. Sa façon désinvolte d'évoquer la nuit la plus horrible de sa vie la contraignit enfin à se comporter avec dignité. Mieux valait tard que jamais, songea-t-elle avec ironie.

— Bien entendu, je l'ai surmontée ! lâcha-t-elle. Je ne suis plus une enfant. Ni une idiote.

Plutôt subir les tortures de l'enfer que d'avouer la vérité. Elle avait pleuré pendant un mois, après son départ. Sans parler du reste, cet espoir fou pendant des mois, chaque fois que le téléphone sonnait. Tout cela était ridicule. Et bel et bien dépassé.

La situation présente le lui prouvait, elle avait encore du mal à contrôler les réactions instinctives de son corps dès qu'il s'agissait de Gio. En revanche, son cœur ne souffrait plus. Elle n'était plus l'adolescente romantique qui confondait amour et toquade, et avait été plongée dans une torpeur morbide.

Mais elle ne lui pardonnait rien pour autant.

— J'ai été jeune et naïve, grinça-t-elle, mais heureusement pour moi, j'apprends vite.

Assez vite pour être sûre de ne pas retomber dans le même panneau. Et surtout pas pour un homme comme Gio, qui ne connaissait rien à l'amour et en ignorait la valeur.

— Dans ce cas, quel est le problème ? demanda-t-il. Nous sommes toujours attirés l'un par l'autre. Ta façon de répondre à mon baiser, il y a un instant, en est la preuve. Alors, pourquoi te mettre dans tous tes états ?

— Je ne suis pas dans tous mes états ! s'écria-t-elle.

Puis, baissant le ton, elle poursuivit :

— Pour être dans tous mes états, il faudrait que ça m'intéresse.

Elle lui tourna de dos pour sortir, mais il fut plus rapide : il abattit sa main sur la porte pour la bloquer.

— Laisse-moi partir ! exigea-t-elle avec impatience.

— Tu ne quitteras pas cette pièce avant que nous ayons résolu ta situation, rétorqua-t-il avec une patience têtue.

— Quelle situation ?

— Tu le sais très bien.

Elle serra les lèvres. De quoi diable parlait-il ?

— Au cas où tu ne l'aurais pas remarqué, Votre Grâce, nous sommes dans un pays libre. Tu ne peux me retenir contre mon gré.

Il la détailla de la tête aux pieds d'un œil sévère et ajouta :

— Libre ? Ecoute-moi plutôt. Je séjourne en ce moment au Royaume-Uni pour restaurer Hamilton Hall. Ce qui veut dire que je peux transférer aujourd'hui même sur ton compte la somme dont tu as besoin.

Elle en resta bouche bée.

Sans paraître remarquer sa colère croissante, il enfonça le clou :

— Et ne me dis pas que tu aimes ton job de strip-teaseuse. Tu avais l'air pétrifié, quand Carstairs a posé sa sale main sur toi. J'imagine que c'était ta première prestation, et je vais faire en sorte que ce soit la dernière.

— Je ne suis pas strip-teaseuse ! explosa-t-elle, rouge de rage. Tu es décidément trop arrogant pour comprendre ! Et puis qui te permet de me donner des leçons ? Sache que même si j'étais strip-teaseuse et désespérée, jamais je ne m'adresserais à toi pour obtenir de l'aide.

Elle s'était toujours tenue droite dans l'adversité, elle avait travaillé dur pour gagner son indépendance, et était fière du résultat. Même si tout ce qu'elle avait bâti allait finir dans l'escarcelle de la banque.

Sceptique, il poursuivait son idée :

— Si tu n'étais pas venue pour faire un strip-tease, que faisais-tu en bas ?

— Je venais chanter un télégramme, figure-toi.

— Pardon ?

Elle éluda la question d'un geste vague de la main. Pourquoi se justifierait-elle auprès de lui, après tout ? Elle était libre de ses choix et de ses actes.

— La seule chose qui compte, c'est que je ne veux pas de ton aide, martela-t-elle de nouveau prête à sortir.

Il la retint une nouvelle fois par le bras.

— Ne sois pas stupide, poursuivit-il. Tu es dans une situation désespérée, ça saute aux yeux. Je t'offre une solution, sans contrepartie. Tu serais folle de refuser.

— Je serais encore plus folle d'accepter quoi que ce soit de ta part, siffla-t-elle en essayant de se dégager.

En vain.

Elle écumait de rage et d'humiliation. Dans son esprit et dans sa bouche, elle retrouvait le goût amer de la défaite et de l'impuissance, qui l'avait rendue si malheureuse quand il était parti, autrefois.

— Tu ne comprends pas ? dit-elle avec une aigreur qu'elle ne se connaissait pas. Je ferais vingt strip-teases devant Carstairs et ses compères, plutôt que d'accepter un centime de toi ! Il se trouve que j'ai des principes, et jamais je n'accepterais un sou d'une personne que je déteste.

Ses mots firent mouche et il la lâcha.

Elle sortit en trombe, déterminée à ne pas tenir compte de son expression choquée.

— Tu as peut-être un corps d'adulte, Isadora, lança-t-il dans son dos. Mais à part ça, il te reste encore beaucoup à apprendre.

Puis elle entendit la porte claquer et ce fut tout. Les joues en feu, elle redressa les épaules, plongea ses poings dans les poches de son manteau, et courut le long du corridor.

Si seulement elle le détestait pour de bon ! Ce serait tellement plus simple…

Une fois la porte refermée, Gio se jeta dans un fauteuil et se débarrassa de ses chaussures. Pour la première fois depuis bien longtemps, il eut envie d'une cigarette.

Pour compenser, il but d'un trait un verre de cognac. La brûlure dans sa gorge ne calma pas la frustration qui lui vrillait les reins et provoquait un début de migraine. S'il ne se calmait pas bien vite, il serait contraint de prendre une douche. Il renversa la tête en arrière. Depuis quand ne s'était-il pas retrouvé avec une érection aussi persistante ?

Un souvenir vivace le frappa alors en pleine poitrine. Le ravissant petit corps souple d'Issy, lové contre le sien à l'arrière de la moto, tandis qu'il fonçait vers Hamilton Hall, autrefois.

Le sang se mit à battre de plus belle dans ses veines. Incroyable. Il se souvenait encore de chacune des vingt minutes du trajet. Comme si la scène avait eu lieu cinq minutes plus tôt, et non dix ans auparavant. Tout lui revenait. Les seins ronds contre son dos. Les cuisses souples autour de ses reins. Les bras qui enserraient sa taille. Et surtout, le choc qu'il avait éprouvé un peu avant tandis qu'elle sortait de cours et se dirigeait vers sa Harley.

Il s'était attendu à retrouver une adolescente un peu garçon manqué, ronde et charmante. Certainement pas cette jeune fille au visage et à l'allure de déesse.

A vingt et un ans, il avait beaucoup plus d'expérience que la plupart des jeunes hommes de son âge, et un sens moral plus aiguisé. Et il réprouvait le fait de séduire une jeune fille de dix-sept ans, une jeune fille qui avait été sa seule amie. Pourtant, comme aujourd'hui, il n'avait pas su résister à l'attraction qu'elle exerçait sur lui.

Affalé dans son fauteuil, il jura entre ses dents. Sans l'intervention inopinée du majordome, tout à l'heure, les choses seraient sans doute allées beaucoup plus loin entre eux. A la seconde où ses lèvres avaient goûté la chair chaude et délicate d'Issy, où elle avait répondu à sa caresse, il s'était senti l'esclave de ses instincts. Comme de toute éternité en sa présence. Il avait refermé sa bouche sur son sein et s'était repu du téton qui pointait sous sa langue.

Il soupira et tenta de calmer son corps. Elle avait changé, songea-t-il. Elle n'avait plus rien de l'adolescente douce et passionnée qui l'adorait. Elle était devenue une adulte vibrante, une femme superbe. Et qui avait déclaré qu'elle le détestait.

Quelque chose se serra dans sa poitrine, et il en fut ulcéré. Ce qu'elle pensait de lui aurait dû le laisser de marbre. Pourquoi s'en préoccuperait-il ?

La plupart des femmes mettaient beaucoup trop de sentiments dans la sexualité. Pour sa part, il avait toujours été très clair à ce sujet : seules l'intéressaient les relations sexuelles sans affect, les rapports légers et sans lendemain. Il avait beau le déclarer d'entrée de jeu, les femmes ne le croyaient jamais. En tout cas, elles pensaient pouvoir le changer. Sa brillante carrière d'architecte ainsi que son titre de duc leur tournaient la tête, et décuplaient leur volonté de le séduire pour pouvoir le garder entre leurs griffes.

Jusqu'ici, les scènes de rage auxquelles il avait eu droit de la part des femmes qu'il quittait ne l'avaient jamais ébranlé. Alors, pourquoi les paroles d'Issy le troublaient-elles à ce point ? Il fourragea nerveusement dans ses cheveux. La réponse s'imposait d'elle-même : la simple présence d'Issy dans les parages lui ôtait toute faculté de penser.

Il se versa un verre d'eau glacée et l'avala d'un trait. Puis, les coudes posés sur ses genoux, il se remit à réfléchir. La conclusion ne tarda pas à se faire jour. Cet après-midi, il s'était conduit comme un idiot. Dès l'adolescence, il avait décidé de ne jamais se laisser mener ni par ses désirs sexuels ni par ses émotions. Or, tout à l'heure, à l'apparition d'Issy, il avait cédé aux deux, tête baissée.

Ce n'était pas la première fois qu'elle le poussait à malmener ses principes. Des images d'elle à l'âge de dix-sept ans se mirent à tournoyer dans sa tête. Son regard admiratif. Son corps souple et doré à la lueur de la lune. Le parfum de terre fraîche et de désir qui flottait dans l'air, ce soir-là.

C'était dix ans plus tôt, elle l'avait surpris dans un moment de faiblesse. Mais pourquoi avait-il cédé à ses tentatives innocentes et maladroites pour le séduire ? Il ne le comprenait toujours pas. Rien de tout cela n'aurait dû avoir lieu. Lui seul en était responsable.

Il posa le verre glacé sur son front douloureux, et jura entre ses dents. Sacrée Issy Helligan ! A dix-sept ans, elle était irrésistible. Par quelle magie se débrouillait-elle pour l'être encore davantage aujourd'hui ?

Il se leva d'un bond et observa par la fenêtre la foule qui se bousculait sur le trottoir. Pourquoi se tracassait-il, en fait ? Jamais plus il ne la reverrait. Il lui avait offert de l'argent pour la dépanner. Elle l'avait refusé. Point final.

Dans la cohue, son regard tomba sur une chevelure rousse familière. Issy. Avec ses bottes ridicules qui lui montaient à mi-cuisses, on ne voyait qu'elle dans la rue. Il la regarda s'éloigner, dans sa tenue de prostituée de haut vol, quand une image d'elle s'imposa à lui : la jeune fille de dix-sept ans, les yeux bleu pervenche pleins d'innocence et d'espoir levés vers lui. Il entendit l'écho de sa voix, lui jurant amour éternel.

De nouveau, sa poitrine se serra.

Maxi, l'assistante d'Issy, reposa le combiné du téléphone et la regarda par-dessus la pile de papiers entassés sur le bureau. Pâle comme la mort, elle annonça :

— Les nouvelles ne sont pas bonnes.

— Quoi encore ? demanda Issy, le cœur gros.

Quelle catastrophe en vue ? Un acteur s'était-il cassé la jambe ? Pire encore ? De toute façon, elle était blindée : comment les choses pourraient-elles aller plus mal ? Ils avaient tous touché le fond.

Depuis l'échec du télégramme chanté de la semaine précédente, les commandes étaient en chute libre. Les trois subventions que le théâtre sollicitait avaient été attribuées à d'autres. Quant aux généreux sponsors auxquels elle avait écrit, ils avaient tous répondu par la négative. Quand ils avaient répondu.

Ses soucis s'accumulaient. D'un côté, elle cherchait des financements, avec l'énergie du désespoir. En même temps, elle organisait la prochaine saison théâtrale, qui ne verrait sans doute jamais le jour. Pour couronner le tout, la chaudière rendait l'âme, nouvelle dépense à affronter dès l'automne. Mais le théâtre existerait-il encore à l'automne ?

Maxi distribuait les informations au compte-gouttes.

— C'était le directeur de la banque, marmonna-t-elle.

Les épaules d'Issy s'affaissèrent. Oui, ils atteignaient le fond, songea-t-elle.

L'assistante poursuivit avec calme :

— Il exige le remboursement des intérêts sous dix jours. Si nous ne trouvons pas les trente mille livres pour couvrir les paiements que nous n'avons pas honorés, il appelle l'huissier.

Pour ne pas troubler davantage son assistante et amie, elle réprima le hurlement de colère qui lui montait aux lèvres.

— Quel rat ! lâcha-t-elle, les doigts crispés sur son stylo. Nous en avons payé une partie. C'est déjà quelque chose, non ? Il ne peut pas nous faire ça !

— Oh que si…

— Rappelle-moi de ne plus lui envoyer d'invitations gratuites à nos spectacles ! lança-t-elle d'un ton qu'elle voulait léger.

Mais le cœur n'y était pas. Sa colère dégonflait comme un ballon. Rien de ce qui arrivait n'était la faute du banquier, devait-elle reconnaitre. Le théâtre était au bord du gouffre depuis des mois. Lui ne faisait que donner le dernier coup de pouce pour le plonger dans l'abîme.

Elle se dirigea vers l'unique fenêtre de son bureau et contempla l'impasse sous ses yeux. Elle avait échoué, songea-t-elle, le cœur pris dans un étau. Comment l'annoncer à toute l'équipe ? A Dave, le directeur principal. A Terri et Steve et le reste de la troupe d'acteurs permanents, aux techniciens, sans parler des ouvreuses et du personnel des guichets. Ils travaillaient tous si dur, depuis des années. Beaucoup d'entre eux offraient leur temps et leur talent sans contrepartie, pour que le théâtre vive.

Cet échec les obligerait aussi à renoncer à toutes les activités annexes : les ateliers théâtre dans les écoles, les spectacles dans les maisons de retraite. Ulcérée, elle se mordit la lèvre inférieure pour l'empêcher de trembler.

— C'est la fin ? demanda Maxi. Il faut l'annoncer ? Ils vont être effondrés. Nous avons tous tant travaillé…

Elle se tourna vers son assistante, et découvrit ses yeux embués de larmes.

— Pas encore, répondit-elle.

Elle se passa sur le visage une main lasse. Le Crown and Feathers ne fermerait pas ses portes. C'était impossible. Tant qu'il lui resterait un souffle de vie, elle se battrait pour sa survie.

— Gardons le silence encore un moment, poursuivit-elle. Il doit exister une solution que nous n'avons pas encore explorée.

Elle annoncerait la défaite quand les huissiers se présenteraient pour confisquer des éléments indispensables au fonctionnement du théâtre. D'ici là…

Il leur restait deux semaines, estimait-elle.

— Que pouvons-nous faire d'autre ? demanda Maxi d'une voix triste. Voilà des mois que nous nous escrimons en vain. J'ai même fait un rêve, avant-hier, ajouta-t-elle avec un rire creux. Je suppliais le prince Charles de nous sponsoriser !

— Qu'a-t-il répondu ? s'enquit Issy d'un air absent, la tête bourdonnante d'un mal de tête tenace.

— Je me suis réveillée avant sa réponse… Si seulement on connaissait quelqu'un de riche et qui s'intéresse à l'art dramatique. Tous nos problèmes seraient résolus.

Issy déglutit avec difficulté. Les mots de son amie rappelaient à son bon souvenir une personne qu'elle cherchait à oublier depuis une semaine. « Pas ça ! », songea-t-elle en se laissant tomber sur sa chaise.

Tout, mais pas ça.

— Qu'est-ce qu'il y a ? demanda son amie. Tu es blanche comme un linge.

— Je connais quelqu'un… Un duc.

— Un duc ! s'exclama l'assistante, les yeux soudain brillants d'espoir. Tu as un ami duc, et nous ne l'avons pas encore contacté pour qu'il nous finance ? Il aime le théâtre ?

— Je n'en sais rien.

Et le terme « ami » ne convenait pas non plus, songea-t-elle.

A l'évocation de l'homme qu'elle cherchait à rayer de sa mémoire depuis sept jours, elle s'empourpra et frémit de désir au souvenir de ses lèvres avides sur ses tétons.

Non, décidément, Gio et elle n'étaient pas « amis ».

— Mais de l'argent, il en a, dit-elle, soucieuse de ne pas refroidir l'enthousiasme de Maxi.

En tout cas, elle le croyait riche. De quoi vivait-il ? Elle n'en avait pas la moindre idée. Mais il était duc, et il bénéficiait d'une suite permanente dans ce club infect. En plus, il avait parlé de rénover Hamilton Hall. Tout cela prouvait un certain niveau de fortune.

Pour se contenir, elle croisa les bras sur sa poitrine. Au fil des jours, des images érotiques avaient envahi son esprit, de plus en plus insistantes et précises. Non seulement elle souhaitait les lèvres chaudes de Gio sur ses seins, mais elle rêvait aussi de sa bouche, ses mains, ses dents, sa langue, sur tout son corps.

— Quand le revois-tu ? demanda Maxi. Tu peux le contacter aujourd'hui ?

Sous le feu des questions de son amie, elle se raidit.

— Qu'y a-t-il ? Tu n'as pas l'air emballée, fit Maxi.

— Tout cela est très aléatoire.

Aléatoire ? Bien pire encore ! Comme une enfant gâtée, elle avait dit à Gio qu'elle le détestait. Sur le moment, elle en avait éprouvé une grande satisfaction d'amour-propre. Mais à présent, elle s'en mordait les doigts. Après cette sortie intempestive, la perspective d'aller mendier de l'argent auprès de lui était encore plus insupportable.

Elle croisa le regard inquiet de Maxi qui l'observait attentivement.

— A quel point connais-tu ce duc ? demanda-t-elle. Tu viens de rougir comme une pivoine…

— Je le connais bien. Trop bien, peut-être…

Elle réfléchissait à toute allure. Comment mettre au point une stratégie imparable avant de revoir Gio ? Obtenir de lui des fonds pour le théâtre, tout en conservant un tant soit peu de dignité. Pour réussir, elle devrait faire étalage de qualités d'équilibriste virtuose. Les possédait-elle ?

*
* *

Sur le quai de la petite gare de Hamilton's Cross, dans le Hampshire, Issy eut l'impression de remonter le temps. Elle avait fait ce trajet des douzaines de fois au cours de son enfance et de son adolescence. C'était l'époque où sa mère Edie, devenue veuve, travaillait comme intendante au château.

Elle se félicita du chemin parcouru depuis ce lointain passé. Grâce au ciel, elle n'avait plus rien de la gamine rondelette aux cheveux rouge vif ! Aujourd'hui, elle portait une robe de soie émeraude, des chaussures assorties, un collier fantaisie de prix et des lunettes de créateur. Le tout à cent lieues de ses uniformes scolaires étriqués. Quant à ses cheveux, ils demeuraient roux, mais elle les domestiquait à présent, ils avaient perdu leur aspect de tignasse incontrôlable.

Forte de cette certitude, elle retrouva un peu de confiance en elle, franchit le portail de la gare et se dirigea vers l'unique taxi. De l'assurance, il lui en fallait, après la nuit dernière, passée à mettre au point sa rencontre avec Gio.

Elle regrettait amèrement de lui avoir lancé à la figure qu'elle le détestait… Au petit matin, après des heures à retourner toutes les possibilités dans sa tête, elle avait opté pour une attitude de femme d'affaires, efficace et calme. Malheureusement, ce n'était qu'une fragile façade. En réalité, l'angoisse la tenaillait à l'approche du moment de vérité.

Elle repoussa une mèche de cheveux derrière son oreille et serra contre sa poitrine la sacoche bourrée de toute la paperasserie du théâtre. Tout y était : emprunts, projections financières, critiques de journaux très élogieuses de la saison passée, ainsi que ses projets pour la saison à venir. Cette sacoche mettait la touche finale à l'allure de femme affairée qu'elle souhaitait se donner.

Bien entendu, ce n'était pas seulement une apparence, elle était bien cette femme-là. Mais elle était aussi une femme nerveuse, affaiblie par une nuit sans sommeil, et des heures passées à imaginer le pire, pour elle-même et pour le théâtre.

Par crainte d'essuyer un refus de la part de Gio, elle n'avait pas annoncé sa visite. Elle misait tout sur l'effet de surprise, son seul atout. Depuis les recherches effectuées sur internet, elle jugeait très minces ses chances de le rallier à sa cause. Elle avait éprouvé un choc en découvrant la brillante carrière internationale de Gio. Ses idées novatrices, ses plans audacieux, en faisaient apparemment l'un des architectes les plus en vue d'Europe. Cette découverte avait achevé de la démoraliser.

Point positif, il était riche. Très riche, même. Etant donné l'objet de sa visite, cela comptait beaucoup. Pourtant, la médaille avait un revers. En effet, que le garçon impétueux qu'elle idolâtrait dans sa jeunesse soit devenu une sommité internationale augurait mal de leur rencontre.

A cela, il fallait ajouter un autre inconvénient majeur : les réactions irrépressibles et imprévisibles de son corps au contact de Gio, la semaine dernière.

Ces émois, elle devait les oublier coûte que coûte. Elle venait à Hamilton pour une raison bien précise. Le théâtre, point final. Rien d'autre n'importait. Sans cela, le dernier espoir de sauver le théâtre serait balayé à jamais.

Elle avait un plan et devait s'y tenir : présenter le théâtre de façon positive aux yeux du duc. Le convaincre que devenir mécène et investir dans sa troupe renforcerait son image de marque sur le marché britannique. Si cela échouait, il lui resterait en main une dernière carte : lui rappeler sa proposition d'aide financière.

Sous aucun prétexte elle ne laisserait leur histoire passée, ni son désir présent, la faire dévier de son but. Quelles que soient les provocations de Gio. Quelle que soit la tentation.

— Mon Dieu ! Est-ce bien toi, Issy Helligan ? Comme tu as grandi !

Ravie de rencontrer un visage connu, elle adressa un sourire éclatant au petit homme chauve au volant de son taxi.

— Frank ! Vous êtes toujours là ? s'exclama-t-elle.

— Ma foi, oui ! Et comment va ta mère ? Elle vit toujours en Cornouailles ?

— Bien sûr ! Elle adore la vie là-bas.

Le sourire de Frank se dissipa, et il poursuivit :

— Tu as appris la mort du duc, l'été passé ? Son fils est de retour au château, ces temps-ci. Il restaure les lieux, même s'il n'a pas jugé nécessaire de venir aux funérailles de son père. Je suppose que ta mère t'a raconté tout ça ?

Non, Edie ne lui avait rien dit, songea-t-elle. Depuis ce qui s'était passé ce lointain été, elle ne se risquait jamais à lui parler de Gio. Mais l'absence de son amour de jeunesse à l'enterrement de son propre père ne la surprenait pas. Les deux hommes ne s'entendaient pas. Les séjours de Gio l'été étaient toujours émaillés de querelles vives et de silences glacés, auxquelles sa mère et elle assistaient en toute discrétion.

Pendant longtemps, elle avait romancé l'adolescence troublée de Gio. Pour elle, son caractère renfermé était à mettre sur le compte de ses parents, tellement occupés à se détester et à se déchirer, qu'ils n'avaient jamais pris la peine de comprendre leur unique enfant. Ils s'en servaient comme d'une arme pour nuire à l'autre.

Mais elle avait cessé de romancer l'attitude de Gio, dix ans auparavant. Et maintenant, elle ne voulait pas se souvenir du garçon malheureux qu'il avait été. En s'apitoyant sur son sort, elle risquait de sous-estimer l'homme qu'il était devenu.

— Savez-vous s'il est au château aujourd'hui ? demanda-t-elle. Je suis venue lui rendre visite.

D'après ce qu'elle avait lu dans la presse, il vivait en Italie. Mais quand elle avait contacté son bureau de Florence, on lui avait répondu qu'il se trouvait en Angleterre. Peut-être au château ? en avait-elle conclu. En tout cas, il fallait tenter la visite.

La réponse de Frank la fit frissonner :

— Il est arrivé hier soir en hélicoptère. Je viens de conduire au château le maire et ses conseillers immobiliers, il y a une heure.

— Vous pouvez m'y conduire aussi ? demanda-t-elle d'une voix mal assurée.

— Bien sûr ! C'est mon job ! dit-il gaiement en mettant le contact. Et je t'offre la course, en souvenir du bon vieux temps.

Tendue, elle s'installa à l'arrière. Pas question de penser au bon vieux temps. Surtout pas au bon vieux temps avec Gio.

Décidée à effacer jusqu'au plus petit souvenir de cette époque, elle boucla résolument sa ceinture de sécurité.

Mais tout au long des vingt minutes de trajet, tandis que défilaient sous ses yeux les haies odorantes et les vertes prairies, le passé l'assaillit sans merci.

- 3 -

Dix ans plus tôt…

— Je ne peux croire que tu vas faire ça ce soir. Et si ta mère l'apprend ?

— Chut ! souffla Issy.

Elle se tortilla sur le siège du fond dans l'autobus scolaire.

Pour rien au monde elle ne souhaitait ébruiter sa décision. En fait, elle ne tenait même pas du tout à avoir cette conversation.

Deux ans plus tôt, quand elle s'était ouverte auprès de Mélanie, sa meilleure amie, de son intention de perdre sa virginité avec Giovanni Hamilton, la chose lui paraissait excitante. C'était un sujet interdit, dont elles discutaient longuement, en chuchotant tout le long du trajet en bus scolaire. Mais c'était un projet qui avait infiniment peu de chances de se réaliser.

A cette époque-là, Gio paraissait en effet tout à fait inaccessible. Il avait dix-neuf ans, elle quinze. Les quatre années qui les séparaient ressemblaient à une éternité. Un gouffre infranchissable existait entre eux.

Pourtant, il n'en avait pas toujours été ainsi.

Quand Issy et sa mère étaient venues vivre au château, et que Gio y passait ses vacances d'été, tous les deux étaient devenus amis, complices de mille bêtises. Pour le garçon manqué de neuf ans qu'elle était alors, habituée à passer la plupart de son temps toute seule, il représentait une aubaine inespérée. Un garçon de treize ans, ténébreux et intense, dont les magnifiques yeux marrons l'avaient bouleversée. Ils avaient très vite échangé des serments en italien et en anglais et s'étaient lancés dans des aventures interdites en faisant preuve d'une créativité sans égale.

A l'époque, Gio avait autant besoin d'elle qu'elle de lui. Elle lisait de la tristesse dans son regard quand son père l'avait réprimandé en hurlant. Cela lui brisait le cœur. Mais elle savait parler avec lui, le faire rire, effacer de son regard son insondable mélancolie.

A quinze ans, la franche amitié de l'enfance s'était, pour elle tout du moins, muée en désir adolescent et maladroit. C'était à ce moment-là qu'elle avait formulé son désir de faire avec lui sa première expérience.

En ce temps-là, l'image qu'elle avait d'elle-même était celle d'une jeune fille maladroite, sans poitrine et acnéique. Au contraire, Gio, grand et bronzé, lui paraissait superbe. Héros romantique des temps modernes, il avait une allure de dieu grec et une sauvagerie romanesque. L'ensemble attirait les filles comme un aimant.

A dix-neuf ans, il jouissait déjà d'une sacrée réputation de séducteur auprès des femmes. Une nuit de cet été-là, elle en avait eu la preuve éclatante. Elle venait de se glisser dans la cuisine, en quête d'un verre d'eau, quand elle avait entendu des gémissements. Ils provenaient de la salle à manger plongée dans le noir. Avançant à pas de loup, elle avait surpris un couple dans la pénombre. Hypnotisée, elle avait contemplé le corps mince, presque tout habillé de Gio, allongé sur une femme à moitié nue sur la table de chêne. Elle avait mis un peu de temps avant de reconnaître Maya Carrington, une divorcée d'une trentaine d'années, venue au château assister à une garden-party dans l'après-midi.

Incapable de détourner le regard, elle avait regardé les longs doigts de Gio défaire le soutien-gorge de dentelle noire de Maya, puis pétrir ses seins ronds. Au moment où la belle mondaine éclatait en doux sanglots de plaisir, Issy rougit jusqu'à la racine des cheveux. Elle avait ensuite couru vers sa chambre, le souffle court, avec entre les cuisses une étrange brûlure.

Nuit après nuit, elle avait rêvé que Gio lui faisait la même chose. Chaque fois, elle se réveillait en sueur, les seins gonflés et tendus, leurs pointes durcies. Et toujours cette même cruelle brûlure entre les cuisses.

Mais Gio continuait à la traiter comme une enfant. Au cours de sa dernière visite, le fameux été où il s'intéressait de si près à Maya, il lui avait à peine parlé.

Puis, la veille, quelque chose de magique s'était produit. Il était apparu à la grille du lycée, bourru et tendu sur sa moto. Le bus scolaire était annulé, lui avait-il annoncé d'une voix rogue, et sa mère lui avait demandé de venir la chercher à la sortie des cours.

Elle ne l'avait pas vu depuis deux longues années. La sensation de son dos musclé contre ses seins l'avait bouleversée au plus profond d'elle-même. Elle avait passé toute la journée à revivre l'expérience dans ses moindres détails.

Et ce matin, au cours du petit déjeuner à trois en présence de sa mère, elle avait surpris le regard du jeune homme posé sur elle. L'espace de quelques secondes, elle avait lu dans son regard sombre la même turbulence que celle qui agitait son cœur depuis longtemps.

Ce qu'elle éprouvait pour lui n'avait rien à voir avec une amourette. Elle l'aimait profondément et de toute son âme. Pas seulement à cause de sa beauté latine et de son succès auprès des femmes. Mais surtout parce qu'elle le connaissait mieux que quiconque. Hélas ! ce matin-là, ses tentatives de flirt avec lui étaient demeurées vaines.

Il était temps de prendre les choses en main ! avait-elle alors décidé avec la fougue de sa jeunesse. Gio reviendrait-il au château, aux vacances prochaines ? Rien n'était moins sûr. Quand il reviendrait, elle serait vieille. Dix-neuf ans peut-être, ou même plus. Et lui ? Entre-temps, ne se serait-il pas marié ? Ce soir, avait-elle résolu, elle l'obligerait à la remarquer. Elle se rendrait dans sa chambre, l'amènerait à lui faire la même chose qu'à Maya Carrington deux ans plus tôt. Avec une différence de taille : entre eux, tout serait bien plus intense, pour la bonne raison que, contrairement à Maya, elle aimait vraiment Gio.

Mais à ce moment précis, elle détestait parler de son plan avec Mélanie. Cela lui donnait le sentiment d'être sournoise, enfantine et malhonnête. Comme si elle jouait un sale tour à Gio. Alors que ce n'était pas du tout cela.

Jamais elle n'aurait dû mentionner le trajet à moto. Mélanie s'était accrochée à cette information, elle avait analysé les faits et tiré ses conclusions. Et maintenant, elle ne voulait pas laisser tomber le sujet.

— Que dira ta mère ? demanda-t-elle dans un murmure.

— Rien. Elle ne le saura pas, répliqua Issy en réprimant un sentiment de culpabilité.

Jusqu'à maintenant, elle avait toujours tout dit à sa mère. Elles vivaient seules depuis si longtemps… Edie était une confidente et une amie, en même temps qu'une maman aimante. Mais quand elle avait abordé avec précaution le sujet de Gio, ce matin-là, sa mère s'était montrée étonnamment sévère.

— Ne le dérange pas, avait-elle rétorqué. Il a assez de problèmes comme ça. Je t'ai vue flirter avec lui. Je comprends qu'il puisse t'attirer, avec ses allures de mauvais garçon, mais je ne veux pas te voir souffrir le jour où il te rejettera.

Elle avait été froissée par le commentaire, qui lui donnait le désagréable sentiment d'avoir de nouveau dix ans, d'être protégée du monde adulte, exclue de toutes les conversations qui comptaient, toujours sur les talons de Gio, tel un chiot éperdu d'amour.

Et pour commencer, quels problèmes affrontait-il, au juste ? Pourquoi tout le monde refusait-il de la mettre au courant ? En quel honneur sa mère se montrait-elle si sûre que Gio la rejetterait ? N'était-il pas légitime de vouloir aider son ami d'enfance ? Et puis, elle mourait d'envie d'être embrassée par un jeune homme qui savait embrasser. Elle était lasse des quelques baisers maladroits que des garçons lourdauds lui avaient volés jusqu'à maintenant.

Autour d'elle, on la traitait comme si elle était trop jeune, incapable de savoir ce qu'elle voulait. Or, ce qu'elle voulait, elle le savait parfaitement.

Pendant un court instant, elle avait été tentée de tout dire à sa mère. Mais en fin de compte, elle s'en était abstenue. La veille, Edie avait eu l'air si bouleversée en entendant la querelle entre Gio et son père en provenance du salon… Elle refusait de la tracasser davantage.

— Tu as une protection ? demanda Mélanie du même ton de conspiratrice.

— Oui.

Elle avait acheté les préservatifs des mois auparavant, en prévision de l'arrivée éventuelle de Gio pendant l'été. Pour les acheter, elle avait fait tout le trajet jusqu'à Middleton, afin que la pharmacienne de Hamilton ne soit pas tentée d'en parler à sa mère.

— Tu n'as pas peur que ça fasse mal ? Jenny Merrin dit qu'elle a beaucoup souffert quand elle l'a fait avec Johnny Baxter. Et… Gio est deux fois plus grand que Johnny… si tu vois ce que je veux dire…

— Bien sûr que non, répliqua-t-elle d'un ton agacé.

Peut-être cela faisait-il un peu mal ? songea-t-elle. Mais elle n'était pas froussarde. Et quand on aime quelqu'un, on ne pense pas à ces choses-là. Et puis, la semaine dernière, elle avait lu dans *Cosmo* que la taille n'avait aucune importance. Alors…

Le bus s'engagea dans l'allée du château. Elle poussa un soupir soulagé. Elle avait envie de se retrouver chez elle. Il y avait tant à faire avant le dîner. Prendre un bain, se laver les cheveux, se faire les ongles, se décider pour une des trois tenues qu'elle avait sélectionnées. Elle s'apprêtait à vivre la nuit la plus importante de sa vie et voulait la réussir. Elle prouverait à Gio qu'elle n'avait plus rien du garçon manqué d'autrefois, ni de l'adolescente maladroite et un peu ronde de ses quinze ans.

La brûlure constante entre ses cuisses, la boule

d'émotion dans sa gorge, tout lui prouvait qu'elle avait pris la bonne décision.

Le bus s'arrêta et elle bondit de son siège. Mélanie l'attrapa par le bras.

— Je t'envie, tu ne peux pas savoir ! lui dit-elle, les yeux brillants de sincérité. J'espère que ça ne te fera pas trop mal.

— Ne t'en fais pas.

Gio ne lui ferait pas mal, pas volontairement en tout cas. De cela, elle était sûre et certaine.

Beaucoup de choses avaient changé, ces dernières années, mais pas ça. Avant qu'elle ne tombe amoureuse de lui, il avait été comme un grand frère pour elle. Il la taquinait, lui permettait le suivre partout où il allait. Souvent, elle s'épanchait auprès de lui, lui parlait de son papa, dont elle se souvenait à peine. Pour la consoler de cette douloureuse absence, il lui affirmait que les pères étaient souvent un poids insupportable, de toute façon.

En grandissant, la situation s'était un peu tendue entre eux. Ils n'étaient plus des enfants. Et surtout, Gio avait adopté une attitude distante. Sa relation avec son père s'était détériorée au point que ses visites au château se faisaient de plus en plus rares. Et quand elle le rencontrait, il se barricadait derrière son masque d'humeur maussade. Tout dans son attitude signifiait qu'il voulait qu'on le laisse tranquille. Même elle.

Mais ce soir, elle allait le reconquérir. Ce garçon magnétique et lunatique redeviendrait son ami. Encore mieux, il deviendrait son amoureux, et il pourrait lui confier tous ses tracas.

Entre eux, tout serait merveilleux.

*
* *

Issy avançait dans la pénombre. Elle poussa la grille du verger, qui grinça faiblement sur ses gonds. Elle respira à pleins poumons l'air chargé de l'odeur délicieuse des pommes, mêlée à un léger parfum de tabac, et enleva ses chaussures pour ne pas les abîmer en heurtant une racine. Comme elle avait attendu pendant près de trois heures le retour de Gio, elle se sentait déjà assez nerveuse. Pas question de gâcher la soirée en s'étalant sur la pelouse.

La main appuyée contre sa poitrine, elle sentit son estomac se nouer. Scrutant l'obscurité, elle perçut la lueur rouge d'une cigarette près d'un gros arbre chargé de fruits. Son cœur s'accéléra. Elle exultait : il se réfugiait toujours dans le verger, après ses disputes avec son père. Elle savait qu'il serait là.

— Gio ? appela-t-elle doucement en se dirigeant vers lui sur la pointe des pieds.

— Qu'est-ce que tu veux ? dit-il d'une voix tendue et dédaigneuse.

Elle ne se découragea pas pour autant. Certes, quelque chose n'allait pas avec lui, songea-t-elle, mais il n'avait pas pour autant l'intention d'être cruel envers elle. Quel avait été le sujet de dispute avec son père, ce soir ? Elle l'ignorait, mais les éclats de voix avaient été pires que la veille.

— Tout va bien ? demanda-t-elle. Je vous ai entendus, le duc et toi…

— Tout va bien, coupa-t-il. Va-t'en.

Comme elle parvenait sous la masse feuillue de l'arbre, elle entrevit les traits de son visage. Les pommettes ciselées recouvertes d'une barbe naissante, les sourcils noirs, le menton énergique, la mâchoire volontaire. Le dos appuyé au tronc de l'arbre, bras croisés, tête basse, il exsudait la tension.

Surprise par le ton ferme de sa propre voix, elle rétorqua :

— Non, je ne partirai pas. Tout ne va pas aussi bien que tu le dis.

Il leva la tête. Elle eut soudain la chair de poule. Elle sentait le regard de Gio posé sur elle, même si elle n'en discernait pas l'expression.

— Je suis sérieux, Issy, répéta-t-il d'un ton cassant. Je ne suis pas d'humeur.

Elle s'approcha avec précaution, comme elle aurait fait avec un animal sauvage.

— Je reste, affirma-t-elle d'une voix qui tremblait un peu. Qu'a dit ton père, Gio ? Pourquoi es-tu dans cet état ?

Elle tendit la main pour lui caresser la joue, mais il bondit en arrière.

— Ne me touche pas !

Les mots étaient durs, mais derrière eux affleurait une sorte de panique.

— Pourquoi pas ? demanda-t-elle. J'ai envie de te toucher.

— Ah oui ? grogna-t-il.

Avant même qu'elle n'anticipe le geste, il l'avait prise à la taille et plaquée brusquement contre lui.

Le souffle court, elle sentit une chaleur intense l'envahir. Le corps de Gio épousait le sien à la perfection. Un renflement étrange au niveau de son entrejambe la fit se tortiller instinctivement.

Il jura entre ses dents, puis écrasa ses lèvres contre les siennes. La légère odeur de tabac de son haleine, jointe à son désir lancinant, l'enivrèrent et elle laissa échapper un soupir.

Il prit alors son visage entre ses mains et approfondit son baiser.

Le souffle court, elle s'agrippa à sa chemise et offrit davantage sa bouche, succombant à un désir si neuf, si excitant qu'il lui donnait le vertige.

Gio vacilla soudain sur ses jambes. Il la repoussa, et la tenant à bout de bras, bougonna :

— Bon sang, qu'est-ce que tu fais ?

— Je te rends ton baiser, répondit-elle, ébranlée par son ton accusateur.

Pourquoi s'arrêtait-il juste au moment où elle éprouvait de si délicieuses sensations ?

— Ne fais pas ça ! dit-il d'un ton tranchant, en croisant ses bras contre son torse.

— Pourquoi pas ? cria-t-elle.

Qu'il continue à l'embrasser, elle n'avait envie que de cela.

— Issy, va-t'en, répéta-t-il, en colère. Tu ne sais pas ce que tu fais. Je ne prends pas les petites filles dans mon lit.

— Je suis une femme, avec des désirs de femme, répliqua-t-elle, utilisant une phrase tirée d'un magazine féminin.

— Quel âge as-tu ?

— Presque dix-huit, lança-t-elle avec bravade. Et je sais parfaitement ce que je fais.

En tout cas, elle essayait de toutes ses forces de s'en persuader. Et ne lui apprendrait-il pas le reste, tout ce qu'elle ne savait pas ?

Un silence s'instaura entre eux, seulement troublé par le bruit de leur respiration.

Etendant la main, il lui caressa la joue de son pouce.

— Je t'en prie, ne me tente pas, murmura-t-il. Sauf si tu es sûre de toi.

— Je suis sûre depuis longtemps…

Il avait besoin d'elle ! jubila-t-elle. Ses jambes faillirent se dérober sous elle sous l'effet d'une telle découverte.

— Je te veux, Gio, souffla-t-elle. Et toi, tu ne me veux pas ?

C'était la question la plus difficile qu'elle ait jamais posée. S'il refusait, cela l'anéantirait. Dans l'attente de sa réponse, elle sentit sa gorge se nouer d'angoisse.

Il enfouit ses doigts dans ses cheveux.

— Si, je te veux, Isadora. Trop, même.

Elle reprit son souffle. Il l'attira contre lui et lui effleura les lèvres. Un baiser sensuel, cette fois, plus langoureux, d'une tendresse qui la fit frissonner.

Puis il la scruta en tenant son visage entre ses mains, et demanda :

— Tu es sûre de savoir ce que tu fais ? Je ne veux pas te faire de mal.

— Tu ne me feras aucun mal. Tu en es incapable.

Il entrelaça ses doigts aux siens.

— Viens, dit-il à voix basse. Rentrons.

Un désir insoutenable l'étreignit tandis qu'elle suivait Gio qui l'entraînait d'un pas décidé à travers les jardins baignés dans la lumière de la lune, en direction de l'escalier à l'arrière de la maison. Toujours derrière lui, elle grimpa deux à deux les marches. Une fois sur le palier, un doute s'immisça en elle pour la première fois. Ses jambes se mirent à trembler. Quand il ouvrit la porte de sa chambre, son cœur battait si fort qu'elle craignait qu'il ne l'entende.

Il fit un geste pour allumer la lumière, mais elle lui prit le poignet pour l'en empêcher.

— N'allume pas, balbutia-t-elle en essayant de dissimuler son trouble.

— Pourquoi ?

Elle se creusa la tête pour trouver la bonne réponse. Que se passerait-il, s'il découvrait son inexpérience ? Il s'arrêterait peut-être en chemin ? Cette perspective lui parut odieuse.

— C'est… c'est plus romantique, lâcha-t-elle.

L'espace d'un instant qui dura une éternité, il l'étudia dans les ténèbres. Puis il détourna la tête, se dirigea vers la fenêtre et ouvrit les rideaux, pour laisser la clarté de la lune pénétrer dans la pièce.

— Issy, je ne fais rien de permanent, tu comprends ça ? dit-il en lui effleurant le front d'un baiser.

Incapable de parler, elle hocha la tête. Au fond d'elle-même, elle était sûre que tout cela changerait quand il comprendrait à quel point elle l'aimait. Elle lui entoura les épaules de ses bras et, faisant appel à ses talents d'actrice, elle le rassura du mieux qu'elle put.

— Je sais, dit-elle en lui caressant la nuque.

Il la plaqua contre la porte et s'empara de ses hanches avec des mains brûlantes.

Elle huma son parfum avec délices.

— Parfait, marmonna-t-il en posant les lèvres au creux de son cou.

Elle frémit sous ses baisers. Son cœur battait, une douce brûlure palpitait tout au fond d'elle-même. Quand il fit descendre la fermeture à glissière de sa robe, elle eut du mal à respirer. Et quand il la souleva pour la transporter jusqu'au lit, elle s'accrocha à son cou, prise de vertige.

Enfin ! Après des années de rêveries, ses rêves devenaient réalité.

Il enleva sa propre chemise. La lueur de la lune dorait la peau de son torse. Au moment où il défaisait le ceinturon de son pantalon, elle détourna le regard, soudain dépassée par les événements. Il avait l'air si fort, si puissant, si masculin ! Le matelas se creusa sous le poids de leurs deux corps. Elle sentait autour d'elle la chaleur de ses membres, et un étonnant renflement contre sa cuisse.

Le visage tendu dans la pénombre, il dégrafa le soutien-gorge de dentelle qui enfermait ses seins.

— Tu es belle, Issy, souffla-t-il d'un ton rauque. Je veux te voir, allumons la lumière.

Rendue muette par l'attente et la panique, elle secoua la tête.

— S'il te plaît… j'aime faire l'amour dans le noir, protesta-t-elle en se donnant l'assurance de la femme qui sait de quoi elle parle.

— D'accord… mais la prochaine fois, nous ferons l'amour à ma manière.

La prochaine fois ? A cette idée, elle crut défaillir de bonheur. Ainsi, il y aurait une prochaine fois…

Il pencha la tête vers ses seins. Emprisonnant un de ses mamelons dans sa bouche, il le lécha.

Elle laissa échapper un sanglot. Elle se livra tout entière à la sensation brutale et intense qui la traversait jusqu'en son centre et elle arqua son corps sous lui.

Elle s'agrippait au drap, essayait de se maîtriser, de peur d'éclater en mille morceaux.

— Ouvre-moi tes jambes, *bella*, murmura-t-il.

Dans un brouillard cotonneux, elle sentit l'urgence de la demande. Elle relâcha ses genoux et permit à la paume chaude de Gio d'atteindre le centre de son intimité.

De ses doigts fermes et habiles, il l'effleurait doucement, la caressait, se retirait pour revenir de plus belle.

Elle gémissait, le suppliait, le guidant sans le savoir vers le moment de son extase. La vague s'éleva en elle, vertigineuse, violente comme un tsunami. Quand la volupté retomba, elle essaya de retrouver sa lucidité, mais les mains chaudes de Gio lui enserraient les hanches.

— Je ne peux plus attendre, souffla-t-il.

Sans comprendre la portée de ses mots, elle acquiesça de la tête. Il fouilla d'une main impatiente dans le tiroir de la table de chevet. Puis elle le sentit contre elle. Long, fort, à la fois dur et doux comme du velours, il se fraya un chemin en elle. Aussitôt, elle ressentit une douleur aiguë. Surprise, elle se tordit sous lui, étouffa un cri.

Il s'arrêta net et bredouilla :

— Mais… Issy, que se…

— Je t'en prie, n'arrête pas, supplia-t-elle, agrippée à ses épaules. Ça ne fait pas mal.

Et c'était vrai, ça ne faisait plus mal. A la pression insoutenable, à l'impression de déchirure, succédait une attente palpitante qui exigeait d'être comblée.

Il jura mais ne put résister à la force de son désir, et s'enfonça plus avant en elle, doucement, avec précaution. Elle fit glisser ses mains sur sa peau moirée de sueur et ses muscles tendus. Elle haletait au rythme des grands coups de boutoir de ce corps magnifique qui bougeait sur elle, en elle. Elle entendit ses grognements de plaisir, et y mêla ses sanglots extatiques au moment où, pour la seconde fois, un plaisir beaucoup plus profond explosait en elle.

— Bon sang… tu étais vierge !

Elle battit frénétiquement des paupières au moment où il alluma la lampe, l'aveuglant de façon désagréable après ce moment de pur bonheur.

— Oui…

Consciente qu'il était en colère, elle dissimula son regard sous son bras replié. Qu'avait-elle fait ? Un tremblement incoercible s'empara de son corps, au fur et à mesure qu'elle saisissait l'ampleur de ce qui venait de se passer.

— Calme-toi, dit-il doucement.

Son cœur battait à grands coups. Il lui cala la tête sur son épaule, la serra contre lui en lui caressant les cheveux.

— Je suis désolé, Issy. Arrête de trembler comme ça. Je t'ai fait très mal ?

Elle ouvrit les yeux et le contempla. La douce lumière de la lampe auréolait son beau visage anxieux. Elle sentit un immense amour l'envahir. Plus fort encore, plus réel qu'auparavant.

Un sourire euphorique aux lèvres, elle se lova contre lui et le rassura :

— Je vais très bien. Je n'aurais jamais pensé que ce serait aussi extraordinaire.

Mis à part la légère brûlure entre ses cuisses, jamais elle ne s'était sentie aussi complète. Comblée.

Mais il ne l'entendait pas ainsi. D'un doigt, il l'obligea à lever la tête.

— Attends un peu, dit-il, les yeux étrécis. Pourquoi ne m'as-tu pas dit la vérité, quand je t'ai demandé ?

— Je… je ne comprends pas, bégaya-t-elle.

Il se redressa d'un coup, puis, rejetant les draps, il lui tourna le dos et se leva. Comme il arpentait la pièce, nu, elle ressentit de nouveau entre ses cuisses un brûlant désir. Jusqu'à ce qu'elle remarque l'air irrité avec lequel il enfilait ses vêtements. Une sueur glacée l'envahit alors.

— Quelque chose ne va pas ? demanda-t-elle, le cœur battant.

Tout à coup, plus rien ne correspondait à ce qu'elle avait imaginé. Ne vivaient-ils pas le meilleur moment, celui où ils auraient dû se déclarer leur amour éternel ?

Il se retourna brusquement vers elle, et lui adressa un regard chargé de reproche qui la fit rougir.

— Je t'ai demandé si tu étais vierge, lança-t-il d'un ton dur. Pourquoi m'as-tu menti ?

— Je…

Le lui avait-il demandé ? Elle ne se souvenait plus. Elle ne put que secouer la tête et protester :

— Je ne… je ne voulais pas te mentir.

— Mais c'est ce que tu as fait !

Ouvrant la porte d'une armoire, il en sortit un sac de voyage. Il y versa les quelques objets personnels qui traînaient sur la commode et y ajouta pêle-mêle quelques vêtements. Ses gestes nerveux trahissaient une colère à peine rentrée.

Les larmes aux yeux, elle sentit sa gorge se serrer.

— S'il te plaît, Gio. Je ne comprends pas. Que fais-tu ?

— Ça ne se voit pas ? Je pars, rétorqua-t-il en faisant glisser la fermeture Eclair du sac.

Enfin il la regarda en face, son sac jeté sur l'épaule.

— Je suis désolé si je te fais de la peine, dit-il. J'aurais dû m'arrêter quand je me suis aperçu de… de ton état. Je n'ai pas pu, je le reconnais. Mais quel que soit le petit jeu que tu joues avec moi, il est terminé.

— Ce n'est pas un jeu ! cria-t-elle en s'agenouillant sur le lit, le drap remonté contre sa poitrine.

Elle s'accrochait désespérément à son rêve. Tout cela n'était qu'un malentendu. Il l'aimait. Il avait besoin d'elle. Elle avait besoin de lui. Ne venaient-ils pas de se le prouver l'un à l'autre ?

— Je t'aime, Gio. Depuis toujours. Pour toujours. Nous sommes faits l'un pour l'autre.

Il s'immobilisa un instant. Puis il leva les sourcils d'un air cynique.

— Tu es devenue folle ? demanda-t-il. Grandis un peu, pour l'amour du ciel !

Ses mots cruels l'atteignirent en plein cœur. Elle se recroquevilla sur elle-même, et se mit à trembler de tous ses membres. Bouche bée, elle le regarda gagner la porte de la chambre. Non ! C'était impossible ! Il ne pouvait pas partir. Pas maintenant, pas comme ça. Pas après ce qu'ils venaient de vivre ensemble.

— Ne pars pas, Gio, balbutia-t-elle.

La main sur la poignée de la porte, il se retourna. Elle se prépara à ce qu'il lui lance d'éventuelles méchancetés. Mais au lieu de la colère, elle lut du regret dans ses yeux.

— Il n'y a rien pour moi, ici, dit-il d'une voix creuse. Et il n'y a jamais rien eu.

Le ton amer de sa voix lui fit encore plus mal. Un

sanglot s'étrangla au fond de sa gorge, les larmes ruisselèrent le long de ses joues.

— Ne pleure pas, Issy, dit-il doucement. Crois-moi, ça n'en vaut pas la peine. Quand tu comprendras, tu me remercieras.

- 4 -

Retour au présent.

Issy desserra l'emprise de ses mains sur sa sacoche. Elle était éberluée. Comment chaque détail de cette nuit lointaine pouvait-il être à ce point gravé dans sa mémoire ?

Elle ne se souvenait pas seulement de l'angoisse et de la douleur, mais aussi de l'euphorie, de l'espoir et même du plaisir intense de leur corps-à-corps. Combien de fois s'était-elle repassé le film de cette soirée inoubliable, au cours des semaines et des années qui avaient suivi ? Des centaines ? Des milliers ? Beaucoup trop souvent, en tout cas.

Elle s'efforça de minimiser la douleur qu'elle avait ressentie au souvenir des mots durs qu'il avait prononcés au moment de la séparation. Ces mots ne pouvaient plus la blesser. Plus maintenant. Ses larmes s'étaient taries depuis bien longtemps.

Sur un point, un seul, il avait eu raison. Il lui avait enseigné une leçon capitale : ne jamais ouvrir son cœur à qui que ce soit avant d'être sûre de ne pas se tromper. Ne pas se laisser prendre aux apparences, aussi attirantes soient-elles.

— On arrive ! annonça Frank. Attends de voir ce

que ce garçon a fait du château. C'est étonnant ! Ça a dû coûter une fortune !

Elle prit une profonde inspiration. Qu'on cesse de lui parler du passé ! pria-t-elle en son for intérieur. Elle avait assez à faire avec les soucis insurmontables du présent.

Mais en regardant par la vitre du taxi, elle eut un véritable choc. Etonnant n'était pas le mot, songea-t-elle en s'extirpant de la voiture. Elle contempla la magnifique façade géorgienne de la demeure où elle avait passé son enfance et son adolescence. Il ne s'était pas contenté de restaurer le château, il l'avait grandement amélioré. Les pierres ravalées brillaient au soleil. Les colonnes de la façade lui avaient toujours paru intimidantes. Mais il y avait adjoint une terrasse qui adoucissait l'ensemble et lui donnait un aspect méditerranéen accueillant.

Frank refusa qu'elle paie sa course, et elle lui dit au revoir avec effusion. Comme le taxi s'éloignait, elle contempla le château. Pourquoi ces transformations la rendaient-elles encore plus nerveuse ? se demanda-t-elle en ajustant la bandoulière de son sac à main.

« Ne sois pas idiote ! » maugréa-t-elle. Elle ne devait se souvenir que d'une chose : sa présence ici n'avait rien à voir avec elle, ni avec l'amour, et encore moins avec le château. Elle était ici pour le théâtre, et pour amadouer les banques jusqu'à la saison théâtrale prochaine. Point à la ligne. Désormais, il n'était plus question de se permettre la moindre intrusion dans le passé. Le passé était mort et devait le demeurer.

— Puis-je vous aider ?

Levant les yeux, elle aperçut un jeune homme qui s'avançait vers elle.

« Le rideau se lève, songea-t-elle. La pièce commence. »

— Bonjour, je m'appelle Isadora Helligan, annonça-t-elle en tendant la main. Je viens rencontrer Giovanni Hamilton.

— Jack Bradshaw, répondit-il, l'air intrigué. Je suis l'assistant de Giovanni et m'occupe de son agenda, mais je… vous avez un rendez-vous ?

— Oui, mentit-elle. Gio me l'a donné lui-même la semaine dernière. Il a dû oublier de vous en parler.

Si Gio voulait la mettre dehors, il devrait le faire lui-même, songea-t-elle avec défi.

— Aucun problème, répliqua Jack. Ça arrive souvent. Les artistes prêtent rarement attention aux petits détails de l'existence. Il est en entretien avec les architectes paysagistes, pour la piscine et son environnement. Voulez-vous me suivre ?

Jack ouvrit la voie et elle le suivit, tout absorbée par les changements apportés au bâtiment.

Comment Gio s'était-il débrouillé pour apporter tant de lumière à l'intérieur du château ? D'où venait cette impression d'ouverture et d'espace, alors qu'elle avait le souvenir d'une glaciale austérité ?

Son angoisse resurgit d'un coup en reconnaissant la silhouette de Gio, sur la terrasse de la piscine. Grand et beau, il en imposait dans son pantalon de lin gris et sa chemise ouverte. Debout de l'autre côté de la piscine vide, il s'entretenait avec deux hommes plus petits que lui. Comme s'il avait pressenti sa présence derrière lui, il tourna la tête vers elle. Tandis qu'il la toisait des pieds à la tête, elle crut lire une étrange chaleur au fond de ses yeux.

Son estomac se serra, une chaleur diffuse envahit ses joues. Elle le regarda serrer la main de ses interlocuteurs, puis traverser la pelouse fraîchement tondue dans sa direction. Elle se retrouva immédiatement projetée dans le passé, à l'époque où elle passait de longs moments à l'observer.

Elle avait toujours adoré sa façon de bouger, sa démarche détendue et confiante, comme s'il était parfaitement bien dans sa peau. Même à l'adolescence, il faisait tourner la tête des femmes. Mais l'âge ajoutait à son sex appeal une note de domination naturelle. Qu'il était attirant, avec sa peau bronzée, ses épaules larges et musclées, ses hanches étroites, son visage aux traits bien dessinés, ses cheveux ondulés coiffés en arrière ! Rien de surprenant à ce qu'elle l'ait idolâtré dans sa jeunesse ! A l'époque, elle le confondait avec le prince Charmant. Heureusement, entre-temps, elle avait compris. Le temps de l'idolâtrie était révolu.

Elle fut soudain parcourue d'un frisson qui démentait cette assertion. Son cœur battait la chamade, l'adrénaline courait dans ses veines, tandis qu'il avançait vers elle avec nonchalance. Bon sang ! Que lui arrivait-il ? s'alarma-t-elle. L'extrême stress qu'elle avait vécu ces derniers mois la transformait-il en nymphomane ?

Un sourire entendu et sensuel aux lèvres, il s'arrêta devant elle.

Elle sentit ses genoux se dérober sous elle.

— En voilà une surprise, Isadora, dit-il avec une très légère intonation italienne. Tu es beaucoup plus… sophistiquée, aujourd'hui. Félicitations.

— Bonjour, Gio, répliqua-t-elle d'un ton aussi professionnel que possible, tandis que le bout de ses seins pointait sous son chemisier.

Elle enrageait intérieurement. C'était bien de lui, de lui rappeler leur rencontre vexante au club ! De toute évidence, il ne cherchait pas du tout à lui simplifier la tâche. Mais qu'importe ! Elle ne s'attendait pas à ce que ça soit facile.

— Je suis désolée de ne pas m'être annoncée, commença-t-elle. Mais je veux m'entretenir avec toi de quelque chose d'important.

Il fit glisser son regard sur son chemisier, l'air moqueur.

— Vraiment ? dit-il après un long moment de silence.

Elle croisa ses bras contre sa poitrine et répliqua un peu trop sèchement :

— Ça te dérange si nous en discutons en privé ?

S'il devait l'humilier, autant éviter les témoins. Plusieurs employés regardaient déjà dans leur direction, de l'autre côté de la piscine.

— Il y a des ouvriers dans toute la maison, répondit-il, une lueur de défi dans le regard. Le seul endroit tranquille et sans témoin, c'est ma chambre.

Elle crut ne pas avoir bien entendu. Il était hors de question qu'elle accepte de le suivre dans sa chambre. Cette simple évocation suffisait à faire resurgir des souvenirs sensuels trop longtemps écartés, la mettant à rude épreuve. Mais le sourire narquois de Gio la piqua au vif, et elle se rebella. Que croyait-il ? Qu'elle n'était pas capable d'affronter le passé et le présent ? Qu'elle refuserait la proposition ?

« Sois un peu plus malin, mon gars ! » songea-t-elle.

La gorge sèche, elle répondit sans flancher :

— Très bien, dans ce cas. Allons-y… si tu es sûr que ça ne te dérange pas, ajouta-t-elle, une once de défi dans le regard.

— Au contraire, répliqua-t-il sans sourciller. Je crois que tu connais le chemin…

Elle rougit. Le parfait homme du monde…

Ils gravirent l'escalier sans un mot. Elle n'en revenait pas. Comment pouvait-il se montrer aussi détendu, sans manifester le moindre signe d'émotion ? Cette scène devait pourtant bien lui en rappeler une autre.

Elle coupa court à ses pensées. Pourquoi s'étonner de son manque d'émotion ? Ce qui s'était passé dans sa chambre, dix ans plus tôt, n'avait pour lui aucune signification. Elle repoussa la douleur trop bien connue qu'elle sentait renaître en elle, décidée à s'en tenir à son rôle de femme d'affaire. S'il pouvait agir de la sorte, pourquoi pas elle ?

Cependant, quand il ouvrit la porte de sa chambre, elle frémit au souvenir douloureux qui resurgit en elle. Comme il s'effaçait pour la laisser entrer, elle huma son odeur, mélange de savon et de masculinité, qu'aucune odeur de tabac ne masquait plus.

Le rouge lui monta aux joues en pénétrant dans la pièce où il lui avait autrefois volé son innocence, et avait détruit ses rêves.

Les murs étaient blancs, à présent, le large lit à baldaquin tout neuf drapé d'une belle étoffe bleue. Mais les souvenirs demeuraient, aussi vifs et dérangeants. Elle se revoyait agenouillée sur le lit, suppliante, le drap contre ses seins, le cœur en miettes.

— Qu'as-tu de si important à me dire au juste ? demanda-t-il.

Elle pivota sur ses talons et lui fit face. Appuyé au chambranle de la porte, bras croisés, il affichait un air indifférent. Sa sacoche serrée contre sa poitrine, elle essaya de contrôler le flot d'émotions qui l'envahissait. Pas question de se laisser impressionner.

— Tu m'as proposé de l'argent, il y a une semaine, lâcha-t-elle.

Il leva les sourcils. Enfin surpris, songea-t-elle.

— Je voulais savoir si l'offre tenait toujours.

— Tu es venue ici pour me demander de l'argent ?

Satisfaite de le perturber à son tour, elle répliqua :

— C'est bien ça.

Il fit quelques pas vers elle et s'enquit :

— Qu'est-il donc arrivé à la femme si fière de la dernière fois ? Celle qui avait ses principes et ne s'abaisserait jamais à accepter quoi que ce soit de moi ?

Il s'arrêta devant elle, si près qu'elle ressentit la chaleur de son corps.

— Je m'en excuse, dit-elle en le regardant bien en face.

Elle refusa de reculer, même d'un pas. Il cherchait à l'intimider, mais elle ne flancherait pas. Jamais elle n'aurait dû faire ces déclarations idiotes, l'autre fois. Mais il l'avait provoquée, poussée à bout.

— Je pensais que tu te moquais pas mal de ce que je disais, reprit-elle.

Il eut un geste inattendu, et lui caressa la joue d'un doigt.

Tous ses membres soudain engourdis de désir, elle tenta de se raidir.

— Tu serais surprise de savoir ce qui m'intéresse, murmura-t-il.

Elle recula. Contrainte à la retraite, en fin de compte. D'où tenait-il le pouvoir de raviver si vite et si fort des braises éteintes depuis longtemps ?

— Il faut que je parte, dit-elle d'un ton précipité, soudain sans courage.

A présent, elle se reprochait amèrement d'être venue

jusqu'ici. Jamais cet homme ne lui donnerait l'argent dont elle avait besoin. Elle n'avait fait que s'humilier sans raison.

Elle fit mine de s'enfuir, mais il la rattrapa par le bras.

— Alors… ce n'était pas si important que ça, finalement ? s'enquit-il, une lueur de défi dans le regard.

Poussée par le désespoir et une panique déraisonnable, elle perdit son sang-froid et s'écria :

— Si, c'était très important ! Mais c'est inutile, tu ne comprendrais pas.

Elle avait toujours été prête à se battre pour ses idées, pour ce en quoi elle croyait, enrageait-elle. Pas lui ! Pour la bonne raison qu'il n'avait jamais cru en rien.

Il se mit à rire, un rire dur.

— Si tu veux tellement cet argent, que donnerais-tu en échange ? demanda-t-il en l'attirant à lui.

— Qu'est-ce que tu attends de moi ? grinça-t-elle, en colère, bouleversée et excitée malgré elle.

La mâchoire serrée, il resserra son emprise autour de ses bras et dit entre ses dents :

— Tu sais très bien ce que je veux. Et tu le veux aussi. Sauf que tu as toujours eu besoin de prétextes. Du prétexte d'un prétendu amour, par exemple.

La flèche l'atteignit en plein cœur, sans pour autant refroidir l'ardeur qui brûlait en elle, à sa grande consternation.

— Tu parles de sexualité ? dit-elle avec un rire méprisant qui lui coûta beaucoup. Il n'y a que ça qui t'intéresse ?

Provocante, elle se pressa contre lui. L'effleurant de ses hanches, elle laissa de côté toute fierté, toute maturité, tout scrupule. Elle n'était plus mue que par la seule colère et le désir qui flambait en elle.

Ah ! songeait-elle avec rage, il la prenait toujours pour la naïve vierge d'autrefois ? Eh bien, elle avait changé, et allait lui en donner la preuve.

— Si c'est ce que tu veux, qu'est-ce que tu attends pour le prendre ? le défia-t-elle.

Elle vit son regard s'assombrir de désir, et jubila du pouvoir qu'elle exerçait sur lui.

— Ne t'inquiète pas, poursuivit-elle. Cette fois-ci, je ne confondrai pas avec l'amour.

A ces mots, il abandonna toute retenue. Il écrasa ses lèvres sur sa bouche, un baiser plein de fougue, de frustration et d'exigence.

Elle s'accrocha à ses épaules et lui rendit son baiser. Toute idée de vengeance l'avait quittée, balayée par le désir qui lui vrillait les sens.

Il interrompit leur baiser le premier, le temps de la soulever et de la déposer sur le lit.

A la fois terrifiée et ravie, elle n'écoutait plus que son corps tremblant d'envie.

De ses mains impatientes, il lui arracha sa robe sans ménagement. Avec une égale précipitation, elle fit sauter les boutons de sa chemise, se frayant un accès à son buste hâlé.

Pendant ce temps, il luttait avec l'agrafe de son soutien-gorge et dénuda ses seins, le regard brillant d'une brutale gourmandise. Puis il la repoussa contre les oreillers et s'agenouilla au-dessus d'elle.

Autant la première fois, dix ans plus tôt, elle avait cherché à se dissimuler à son regard, autant aujourd'hui, tout était différent. Elle se reput du plaisir d'être nue sous son regard, et sentit ses mamelons se dresser, gonflés de sève.

— Bon sang ! murmura-t-il. Tu es encore plus belle que dans mon souvenir.

Les mots merveilleux la touchèrent au plus profond. Mais l'émotion romanesque ne dura pas. Elle fit place à la jouissance pure et simple, quand il se pencha pour emprisonner un téton entre ses lèvres. Un gémissement lui échappa alors, et elle s'embrasa tout entière. Prise d'une sorte de frénésie, elle prit son visage entre ses mains et plongea sa langue dans sa bouche. Elle ne se reconnaissait plus. Un désir primitif emportait son corps, le dominait.

Subjuguée, elle le regarda enlever ses vêtements avec fébrilité. Là où autrefois elle avait détourné le regard dans un geste de pudeur effrayé, elle dévorait des yeux la masculinité triomphante qu'il exhibait. Tout l'excitait, sa peau tannée, ses muscles puissants et déliés, son ventre plat, et plus que tout, son sexe érigé, long et raide, à couper le souffle.

Nu, il regrimpa sur le lit et l'emprisonna de nouveau entre ses jambes, présentant son sexe tendu contre son ventre. Enivrée, elle caressa de ses mains la chair dure et brûlante qui palpitait contre elle.

Il se dégagea un peu et insinua ses doigts sous la dentelle de sa petite culotte. Découvrant son centre humide et chaud, il emmêla ses doigts à sa toison bouclée. Par de petites caresses habiles, il l'amena au bord du vertige final. Là, il s'arrêta.

Elle entrouvrit les yeux et cria d'une voix rauque :

— N'arrête pas !

Il eut un rire rauque. Il fit glisser le slip de dentelle le long de ses jambes et le jeta par-dessus son épaule.

— Quand tu vas jouir, je veux être à l'intérieur de toi, lui murmura-t-il à l'oreille.

Elle aurait voulu répondre sur le même ton. Mais à peine pouvait-elle penser, encore moins parler. Toute notion de prudence ou de responsabilité, se noyait dans le martèlement assourdissant de son cœur, tandis qu'il enfilait un préservatif.

Il lui pétrit un instant les hanches. Puis, n'y tenant plus, lui écarta les cuisses et s'enfonça en elle d'un long coup profond.

Il était fort et puissant, et elle se sentit aussi emplie, investie, que la première fois. Mais cette fois-ci, la brutalité de la pénétration ne la paniqua pas. Au contraire, haletante, elle arqua son corps, l'ajusta au sien et suivit le rythme de ses coups de boutoir.

Tendue, pantelante, le corps moiré de sueur, elle essaya de faire durer ce moment ineffable. Mais les va-et-vient puissants, animaux, eurent raison de sa volonté. Lâchant prise, elle se laissa emporter par l'extase qui montait en elle.

— Attends-moi, grogna-t-il, les yeux rivés aux siens.

Mais le nœud du plaisir explosa en elle en mille sensations brutales et délicieuses à la fois.

Cédant alors à la pression au creux de ses reins, il la rejoignit, et ils sombrèrent ensemble dans l'abîme de la volupté.

— Je n'ai jamais joui aussi vite de ma vie, murmura-t-il à son oreille.

Tirée de la langueur exquise dans laquelle elle baignait, elle se raidit soudain.

Il se trouvait toujours en elle, la maintenant rivée au matelas. Lorsqu'elle tenta de le repousser en abaissant ses cuisses toujours enroulées à sa taille, elle sentit le poids de son corps lui opposer une trop grande résistance. En désespoir de cause, elle lâcha :

— Laisse-moi me lever, je dois partir. Tout de suite.

Se redressant sur un coude, il la libéra.

— Qu'est-ce qui ne va pas ? murmura-t-il.

Plaisantait-il ?

Ils venaient juste de s'envoyer en l'air comme des sauvages alors qu'ils ne s'appréciaient même pas ! Resserrant ses jambes, elle roula loin de lui. La chair tendrement broyée de son sexe lui rappelait la façon dont ils venaient juste de profiter l'un de l'autre comme des animaux.

Elle avait honte.

Non seulement cela n'allait pas du tout, mais ils avaient commis une impardonnable folie. Si elle mettait à part leur soirée d'autrefois, elle venait de commettre la faute la plus idiote, la plus humiliante de sa vie.

— Tout va pour le mieux, rétorqua-t-elle, caustique.

L'odeur de sexe la suffoquait. Elle se réfugia à l'autre bout du lit, puis se redressa, prête à prendre la poudre d'escampette. Mais le bras fort de Gio la retint et la ramena contre lui.

— Je dois vraiment partir, dit-elle, saisie de panique.

— Calme-toi. Pourquoi es-tu si pressée ? Tu n'as pas encore obtenu ce pour quoi tu étais venue.

— Je…

Sous le coup des mots blessants, elle bégaya et se racla la gorge. La conversation qu'ils avaient eue avant de s'arracher mutuellement leurs vêtements dans une sorte de frénésie lui revint en tête, assourdissante.

Elle se recroquevilla sur elle-même. Jamais elle n'avait eu la moindre intention de faire l'amour avec lui pour de l'argent. Mais le désir, le besoin, la rancœur s'étaient emparés d'elle, tout s'était emmêlé, et elle l'avait fait. D'une certaine façon.

Elle n'avait pas l'habitude de pratiquer une sexualité aussi animale. Mais s'il s'y rajoutait l'argent, cela rendait les choses horriblement sordides.

— Ce n'est pas pour l'argent que…

Elle fit une pause et tenta d'expliquer de nouveau :

— Je… je ne m'attends pas à ce que tu me paies.

Elle sentit son bras se raidir. Puis il émit un petit rire :

— Ça, je le sais… après ce qui s'est passé au club entre nous, c'était presque inévitable qu'on finisse par faire l'amour. Et franchement, tu me vexes ! Je ne paie pas les femmes pour avoir des rapports avec elles. Même toi.

Elle repoussa avec colère les larmes qui lui montaient aux yeux, essayant de recouvrer un peu de sa dignité, malgré sa nudité.

— Bien, dit-elle. Je suis contente que tu me croies.

Elle voulut se dégager mais il l'en empêcha.

— Pourquoi tu es si pressée ? demanda-t-il d'un ton raisonnable qui eut pour effet de l'irriter. Maintenant que le sexe est un problème réglé, pourquoi ne parlerions-nous pas de l'argent dont tu as besoin ?

Comment pouvait-il se montrer si cynique ? Etait-il vraiment aussi facile que ça pour lui de balayer d'un revers de la main ce qu'il venait de faire avec elle ?

Pour sa part, jamais elle n'avait fait l'amour simplement parce que ça la démangeait, sans y mettre la moindre émotion. Pas jusqu'à aujourd'hui, en tout cas. Elle trouvait ça horrible. N'avait-il pas un peu honte de leur attitude ? Visiblement pas, à en juger par son visage impassible. Comment pouvait-il tout ramener au plus petit dénominateur commun ? Elle, au moins, avait encore des scrupules.

— Maintenant que nous avons réglé le problème

du sexe, comme tu dis… je ne veux plus parler du reste, affirma-t-elle. Laisse-moi m'habiller, j'ai froid.

Ce qui était un pur mensonge. Le soleil entrait à flots dans la pièce. Et elle sentait contre sa cuisse quelque chose de dur, qui ne la laissait pas indifférente. Sans parler des mains qui lui caressaient les fesses avec insistance.

— Tu peux te rhabiller à une condition, lui souffla-t-il à l'oreille. Celle de ne pas t'enfuir.

Acquiesçant de la tête, elle bondit hors du lit. Mieux valait se revêtir pour converser avec lui, plutôt que rester dans ce lit dangereux et tentateur.

A sa consternation, lui ne sortit pas du lit pour se rhabiller. Il se contenta de s'appuyer confortablement aux oreillers, de replier un bras derrière sa tête et de la regarder faire.

Gênée, elle courut vers ses sous-vêtements, une main cachant ses seins, l'autre son sexe.

— Qu'est-ce que tu fais, encore ? demanda-t-il, amusé.

— J'essaie de préserver ma pudeur, si ça ne te dérange pas, siffla-t-elle.

Quant à lui, il en manquait singulièrement ! songea-t-elle avec rancœur. Le drap couvrait à peine ses hanches et malgré cela, il avait l'air tout à fait à l'aise.

— Il n'est pas un peu tard pour ça ? s'enquit-il d'un ton tranquille.

— Sans doute, rétorqua-t-elle, furieuse et rougissante en enfilant sa culotte. Merci de le souligner.

D'un regard circulaire, elle chercha le reste de ses vêtements. Sa robe se trouvait presque sous le lit. Elle s'en empara prestement et l'enfila, sans prendre garde à la couture déchirée. Pendant quelques secondes, elle batailla avec sa fermeture Eclair pour la remonter.

— Tu veux de l'aide ? demanda-t-il, un rire dans la voix.

Elle grogna un assentiment. Plus vite elle serait habillée, plus tôt elle partirait. Elle s'assit au pied du lit et lui présenta son dos.

Mais au lieu de remonter la fermeture, il lui souleva les cheveux et entreprit de lui caresser la nuque.

— Je n'appelle pas ça aider, dit-elle en serrant ses cuisses pour réprimer son désir.

Il eut un petit rire et remonta enfin la fermeture Eclair. Puis il posa sa main sur son épaule et s'enquit :

— Alors, de combien d'argent as-tu besoin ?

La question était posée avec gentillesse, et elle en ressentit soudain une gêne teintée de culpabilité et de désespoir.

Le théâtre. Qu'allait-il advenir du théâtre ?

Que faire, à présent ? Au milieu de la débâcle, Gio avait représenté son dernier espoir, même si elle n'y avait pas vraiment cru. Mais maintenant, il était impossible de lui demander de devenir son mécène, sans avoir l'air d'une femme vénale et intéressée. Une femme qui se vendait. De toute façon, il n'accepterait pas.

Car pour quelle raison accepterait-il ?

— Je n'ai besoin de rien, répondit-elle.

Comment avait-elle pu se montrer aussi impulsive et irresponsable ? Elle ne trouvait pas grâce à ses propres yeux.

— Je t'assure, tout ira bien, murmura-t-elle d'une voix chevrotante.

Raide, elle se tint droite devant lui, effrayée à l'idée

de se briser en mille morceaux. Ce n'était pas le moment de flancher. Pas devant lui.

Pour le théâtre, elle trouverait une autre solution, d'une manière ou d'une autre, résolut-elle.

Mais comme elle se relevait, il la retint par le poignet.

— Tu mens, dit-il.

Elle regarda les longs doigts bronzés qui lui enserraient le poignet. Tout à coup, elle eut l'impression d'être une marionnette à qui on vient de donner un bon coup dans les côtes.

— Je ne mens pas. Tout va bien.

Lui soulevant le menton, il la força à le regarder.

— Tu m'agaces avec tes « tout va bien ». J'étais là quand tu t'es cassé le poignet, à l'âge de douze ans, tu te souviens ? Tu souffrais beaucoup, et pourtant tu ne versais pas une larme. Aujourd'hui, tu es beaucoup plus proche des larmes. Il doit y avoir une raison.

Elle baissa les yeux, troublée par l'admiration indirecte qu'il lui témoignait, et le souvenir qu'il évoquait.

Le jour de sa chute, elle n'avait pas pleuré, en effet. Dès qu'il l'avait découverte dans le parc, la douleur s'était comme envolée. Il l'avait transportée dans ses bras jusqu'au château. L'événement avait ensuite nourri ses fantasmes pendant des mois.

Elle sécha ses yeux du revers de la main. Ce n'était pas le moment de penser à la tendresse qu'il lui avait manifestée ce jour-là.

— Les choses ne vont peut-être pas si bien que ça, admit-elle avec prudence. Mais je trouverai un moyen…

Il souleva un genou, ce qui fit encore un peu plus glisser le drap sur ses hanches.

— Pas en refaisant des strip-teases ! menaça-t-il.

Son ton autoritaire eut le don de l'irriter.

— Je n'ai jamais fait de strip-tease ! répliqua-t-elle. C'était un télégramme chanté.

— Pour quelle raison as-tu besoin d'argent ? Tu as des difficultés financières ?

— Pas moi, murmura-t-elle. C'est le Crown and Feathers. Le café-théâtre dans lequel je travaille. J'en suis le manager depuis quatre ans. Et la banque va nous contraindre à fermer.

Ecrasée par l'énormité de la situation, elle se tordait les mains, les yeux baissés.

— Si nous fermons le théâtre, personne ne s'en remettra. Ni ceux qui y travaillent, ni la troupe, ni tous ceux qui nous ont aidés à monter de bonnes pièces. Et c'est ma faute, acheva-t-elle, anéantie.

Elle avait échoué.

A part un miracle, rien ne les sauverait.

Gio contemplait les épaules d'Issy, rigides et tendues. Elle serrait si fort ses mains l'une contre l'autre que les jointures en devenaient blanches. Au comble de la frustration, il eut envie de frapper du poing contre les murs.

Pourquoi fallait-il que l'argent qu'il lui proposait ne soit pas pour elle ?

C'était elle tout craché ! songea-t-il avec des sentiments mélangés. Trop intègre, elle ne s'occupait pas de son propre bien-être, mais de celui de la collectivité.

Maintenant, non seulement il se sentait responsable, mais en plus il éprouvait un sentiment de culpabilité jusqu'ici peu familier. Il n'aurait jamais dû la tenter, faire de l'argent un problème entre eux. Mais il n'avait pas su résister. Au moment où il l'avait aperçue, de l'autre côté de la piscine, le désir qu'il étouffait depuis une semaine avait resurgi avec la force d'une bête sauvage.

Sur le moment, il s'en était fait le reproche, et surtout, il lui en avait voulu, à elle.

Ne lui avait-elle pas lancé au visage qu'elle le détestait ? Dans ces conditions, pourquoi continuait-il à s'intéresser à elle aussi fort ? Convaincu qu'elle refuserait, il lui avait suggéré de monter dans sa chambre, dans le seul but de l'humilier. Contre toute attente, elle avait accepté, brouillant les cartes. Et il s'était senti nul, tout à coup.

Quand elle lui avait demandé de l'argent, son ressentiment s'était transformé en colère. Puis en percevant dans son regard la flamme bridée de son désir, il avait décidé de l'exploiter. Elle n'était pas là pour son argent, il le savait. Et il se faisait fort de le prouver.

Ils venaient de vivre ensemble un moment de sexualité incroyable. Encore mieux que la première fois. Un moment explosif, enthousiasmant. Une force naturelle que ni l'un ni l'autre n'avait pu contrôler.

Elle avait aimé cela autant que lui. Il se sentait donc vengé.

Hélas ! ses problèmes financiers venaient gâcher son moment de triomphe et sa satisfaction sexuelle. Ils le frappaient en pleine conscience, et cela lui déplaisait.

— A quel montant s'élève le trou financier de ton théâtre ? s'enquit-il.

— L'intérêt sur notre prêt s'élève à trente mille livres. Et nous avons moins de deux semaines pour trouver les fonds.

Ses cils humides accentuaient encore la profondeur de ses yeux turquoise. Il se sentait de plus en plus coupable.

— C’est tout ? s’enquit-il.

— Nous… nous aurions besoin de cent mille livres pour être à l’abri pendant un an, confia-t-elle comme si elle portait un grand poids sur ses épaules. Nous essayons de trouver des sponsors depuis des mois. Les deux subventions que nous avions obtenues l’an dernier nous ont été retirées. Les revenus du cabaret-théâtre ont chuté avec l’interdiction de fumer dans les lieux publics… Mais… je regrette de m’être adressée à toi. J’ai visiblement frappé à la mauvaise porte. Pour quelle raison t’intéresserais-tu à un théâtre en déroute ? demanda-t-elle en effaçant une larme. Il faut me comprendre, j’étais désespérée.

Il posa la main sur la sienne, lui-même étonné de son désir de la réconforter. En fait, il avait toujours détesté la voir pleurer, se souvint-il.

— Je vais te donner cet argent, ce n’est pas un problème, dit-il.

Abasourdie, elle releva la tête.

— Ne dis pas de sottises. Pourquoi ferais-tu ça ?

— Pourquoi ne le ferais-je pas ? Le théâtre, c’est une bonne cause.

Mais au moment même où il prononçait ces mots, il savait qu’il ne disait pas la vérité. La vraie raison de sa générosité était tout autre. Jamais il ne s’était vraiment pardonné sa façon d’agir avec elle, cette fameuse nuit.

Il ne regrettait pas de l’avoir quittée à l’époque, ça non. Elle était alors une toute jeune fille, romantique et douce qui s’était amourachée de lui des années plus tôt, sans le connaître vraiment. En revanche, il avait eu envers elle un comportement beaucoup plus cruel que nécessaire. Cela, c’était impardonnable.

Sur le moment, il l’avait accusée de ne pas lui avoir

avoué sa virginité. Après coup seulement, il avait compris le malentendu entre eux. Entre ses bras, elle était bien trop innocente pour comprendre l'enjeu de la situation. Lui s'était senti pris au piège, furieux contre lui-même de ne pas avoir su s'arrêter, en comprenant qu'il la déflorait. Et il l'avait accusée, lui avait fait porter toute la responsabilité.

Au moment où elle lui déclarait son amour, il avait eu la tentation fugace de la croire. Ce qui prouvait à quel point sa querelle avec son père lui avait brouillé l'esprit et le cœur. Cela aussi, il l'avait mis sur le dos d'Issy.

Pas question de s'en expliquer maintenant. Ni jamais. Il était trop tard pour demander pardon. Mais lui donner l'argent dont elle avait besoin, ne serait-ce pas une excellente façon de s'amender ?

Cependant, quand il plongea son regard au fond de ses yeux turquoise, quand il sentit le désir battre au creux de ses reins, il cessa de se mentir. Ses actes n'étaient pas gouvernés seulement par la culpabilité, reconnut-il. En fait, c'était bien plus grave que ça.

Devant l'évidence, il tenta de se raisonner. Pourquoi l'orgasme animal qu'ils venaient de vivre ne lui suffisait-il pas ?

— Tu ne peux pas me donner cent mille livres, déclara-t-elle en retirant sa main. C'est une bien trop grosse somme.

— Tu veux sauver ton théâtre ou pas ? s'impatienta-t-il.

Une seule chose importait à ses yeux en cet instant : se débarrasser de la question de l'argent, pour se concentrer sur la meilleure façon de reprendre le contrôle de ses désirs sexuels.

— Oui… bien sûr, mais…

— Alors pourquoi essaies-tu de me convaincre de ne pas le faire ?

— Parce qu'il s'agit d'une grosse somme !

— C'est pratiquement la somme que j'ai dépensée pour acheter ma dernière voiture. Pour moi, ce n'est pas une grosse somme, tu comprends ?

— Je ne savais pas que l'architecture rapportait autant, dit-elle, les yeux écarquillés.

— Quand on est très bon, si, répliqua-t-il en réprimant le désir de s'épancher davantage sur ce sujet.

Il avait fini ses études avec deux ans d'avance. Ensuite, il avait concouru pour de grands projets urbains, les remportant haut la main, devant des architectes plus aguerris. En trois ans, il avait tracé sa route vers le succès international.

Son bureau de Florence travaillait à des plans pour des chantiers situés aux quatre coins du monde. Il avait ouvert un deuxième bureau, et raflait des récompenses prestigieuses. Désormais, il n'avait plus à concourir pour obtenir des contrats, les clients venaient à lui. Il était fier d'avoir surmonté les pulsions destructrices qui avaient dirigé son adolescence, fier d'avoir fait de sa vie quelque chose de constructif.

Il n'avait pas coutume de se vanter de ses succès, ni de rechercher l'approbation des autres. Alors pourquoi rechercherait-il celle d'Issy ?

— Si cela peut te rassurer, mentit-il, je pense ouvrir un bureau à Londres depuis longtemps. Chaque année, mon entreprise offre des millions d'euros à des causes valables. Pour deux raisons : ça fait du bien aux organismes que nous dotons, et mon directeur financier est content ! Donc, quand je soutiens ton théâtre, c'est bon pour mes affaires et pour mon image de marque.

Il la vit écarquiller ses grands yeux, puis elle pressa ses mains contre ses joues, visiblement très émue.

— Mon Dieu ! Tu es sérieux ! Tu vas vraiment nous donner l'argent ! Mille fois merci ! Tu n'as pas idée de l'importance que ça a pour moi, et pour tous les gens qui travaillent au Crown and Feathers.

En fait, il en avait une idée très précise. Tellement précise que cela le gênait. Ses motivations n'étaient pas particulièrement altruistes et, au fil des minutes, elles le devenaient de moins en moins.

— Comment pourrais-je te remercier ? murmura-t-elle.

Il faillit lui dire la vérité : il n'avait que faire de ses remerciements. Il aspirait à autre chose. Mais il s'arrêta net dans son élan.

Tout à coup, il savait parfaitement ce qu'il voulait.

Il voulait qu'elle sorte de sa tête.

Il avait eu la jeune fille dans la peau pendant assez longtemps. Pourquoi ne pas le reconnaître ? En général, il ne faisait aucune fixation sur les femmes. Il en changeait avec aisance et régularité, et les oubliait sans effort. Mais dans le cas d'Issy, il était pris au piège, en quelque sorte. Il avait essayé de fuir, il avait nié les faits. Mais cela n'avait pas marché.

Il entrevoyait une solution. En résolvant ses problèmes financiers, il espérait alléger enfin la culpabilité et la responsabilité qu'il éprouvait envers le passé.

Alors, pourquoi ne pas commencer tout de suite ? Cet après-midi, il rentrait à Florence. Eh bien, il emmènerait Issy avec lui. Pendant quelques jours, il profiterait d'elle jusqu'à l'écœurement, jusqu'à se l'enlever de la peau une bonne fois pour toutes. Ensuite, repu et guéri, il l'oublierait enfin pour toujours. Dans la situation présente, sa santé mentale en dépendait.

— Il n'y a qu'une petite chose, mentit-il sans le moindre regret.

Pas question de lui annoncer son plan. Elle avait tendance à prendre les choses trop à cœur, à mélanger sentiments et sexualité. Mieux valait l'attirer à Florence d'abord. Il gérerait ensuite les conséquences éventuelles de sa manœuvre.

— Quoi ? demanda-t-elle avec une grimace.

— Il faudra que tu m'accompagnes à Florence cet après-midi.

— A Florence ?

La proposition semblait la surprendre encore plus que l'argent offert. Mais quand il lut au fond de ses yeux une fugace lueur d'intérêt, il eut du mal à dissimuler un sourire de triomphe.

Aller ensemble à Florence lui plaisait autant qu'à lui, se réjouit-il. A une différence près : *elle* n'en était pas encore consciente.

Issy essaya de toutes ses forces d'ignorer l'excitation qui la gagnait. En vain.

Elle se cherchait des prétextes. Etant donné les circonstances, peut-être pouvait-elle pour une fois laisser libre cours à un peu de fantaisie ? Depuis des mois, elle vivait dans un état de stress permanent, et ne s'était permis aucune liaison avec un homme depuis plus d'un an. De toute façon, le souvenir de Gio embrouillait toujours son sens commun, lui faisant espérer des choses impossibles.

Toutefois, elle demeurait ferme sur un point : s'amuser

un peu, d'accord. Mais pas question de refaire l'amour comme une folle avec lui. Elle ferait la sourde oreille à son corps exigeant.

Par le plus grand des hasards, Gio devenait le sauveur officiel du théâtre. Et pour cette raison, faire l'amour avec lui serait encore plus impardonnable.

— Pourquoi Florence ? demanda-t-elle, craignant d'entendre la réponse qu'elle prévoyait.

— Tu as besoin de l'argent la semaine prochaine, c'est bien ça ?

Elle hocha la tête, encore éberluée que les problèmes du théâtre se soient résolus aussi vite, aussi facilement.

— Il y a une tonne de paperasse à remplir et signer. Et puis, tu seras peut-être amenée à présenter ton projet au conseil d'administration. Bref, ta présence est indispensable. C'est une question de deux ou trois jours. Le seul problème, c'est que je pars cet après-midi. L'hélicoptère me prend à 14 heures, pour m'emmener à London City Airport. De là, je saute dans le jet privé de la compagnie pour rejoindre Florence.

Son ton professionnel lui fit l'effet d'une douche froide.

— Je vois, murmura-t-elle. Ce n'est pas un problème. Je vais passer un coup de fil à Maxi, mon assistante, pour qu'elle me prépare un sac de voyage et me l'apporte à l'aéroport.

Excellent, en fin de compte ! songea-t-elle. Gio mettait tout en branle pour résoudre les problèmes financiers du théâtre et, d'un autre côté, il y avait pire que passer trois jours à Florence ! Surtout après le stress insupportable des derniers mois. Elle avait bien mérité une petite récréation. Et maintenant que le théâtre allait recevoir beaucoup d'argent, elle pouvait s'offrir un petit hôtel de charme. Et pourquoi pas un peu de tourisme, à l'occasion ?

— Plus tôt tout cela sera officiel, mieux ça sera pour le théâtre, dit-elle du ton le plus professionnel possible.

Gio et elle se verraient peu, raisonna-t-elle avec un petit pincement au cœur. Il serait accaparé par ses activités et ses responsabilités.

— Ça te dérange si je prends une douche ? demanda-t-elle d'une voix impersonnelle.

— Je t'en prie, répliqua-t-il sur le même ton.

Comme elle se dirigeait vers la salle de bains, elle capta du coin de l'œil l'image de Gio, nu devant sa penderie. Une chaleur diffuse se répandit dans ses membres.

Son corps réagissait de manière beaucoup moins professionnelle que son esprit, constata-t-elle avec dépit.

Gio sourit en entendant la clé tourner dans la serrure de la salle de bains. Il avait eu une envie presque irrésistible de proposer à Issy de lui laver le dos. Mais il s'était retenu. Il n'avait plus vingt et un ans, et ne voulait pas se précipiter dans une situation qu'il ne contrôlerait pas.

Avant d'entrer en action et mettre son plan en application, il voulait s'assurer qu'elle comprenait bien ce que signifiait ce petit séjour à Florence. Et surtout, ce qu'il n'était pas.

Quand tout serait clair, il avait l'intention de se laisser aller à ses désirs avec volupté. Trois jours d'orgie, et ensuite, fini.

Il enfila un jean et un T-shirt propres et écouta le

bruit de la douche, imaginant l'eau ruisselant sur son corps nu.

Après dix années à ressasser sa culpabilité, dix années entrecoupées de deux épisodes de sexualité sauvage et débridée, il allait enfin pouvoir séduire Issy Helligan sans passif entre eux.

Pas de mauvaise conscience.

Pas de responsabilité.

Pas de sentiments blessés.

Et surtout pas de vêtements entre eux !

Il avait la ferme intention d'en profiter pleinement.

- 5 -

Maxi tendit à Issy sa vieille valise à roulettes en murmurant :

— C'est lui, ton duc ?

Du regard elle suivait Gio, qui se frayait un chemin entre les passagers dans la zone de sécurité de l'aéroport.

— Pourquoi as-tu gardé le secret si longtemps ? poursuivit-elle, éblouie. Regarde-moi ce dos !

— Maxi, tais-toi ! répondit sèchement Issy. Ne fais pas la midinette.

L'enthousiasme déplacé de son assistante lui tapait sur les nerfs, déjà bien éprouvés par la situation. N'avait-elle pas assez à faire avec ses propres fantasmes ? Gio et elle avaient fait l'amour comme des sauvages. Une seule fois, mais c'était déjà trop, aussi bien pour elle que pour lui. Alors, pourquoi ne parvenait-elle pas à ne plus y penser ? Il avait pourtant mis les choses au clair : il ne souhaitait pas que cela se reproduise. Point final.

Au château, elle était restée vingt minutes sous la douche pour se calmer, avant de le retrouver au rez-de-chaussée, en grande discussion avec ses paysagistes. En l'attendant, elle avait dû subir les attentions de Jack Bradshaw à qui il l'avait confiée.

L'assistant l'avait conviée à partager le délicieux

buffet destiné aux paysagistes et aux ouvriers qui travaillaient au projet de parc. Hélas ! ceux-ci lui avaient posé mille questions sur son enfance au château avec le duc. Soumise à leur curiosité, elle avait senti son estomac se nouer. Avaient-ils tous remarqué son passage dans la chambre du maître de maison ? Se moquaient-ils d'elle ? Si seulement Gio avait eu la délicatesse d'y mettre des formes, et de ne pas la laisser seule, elle n'aurait pas été livrée en pâture à la curiosité de chacun…

Mais bien sûr, il n'avait pas daigné paraître. Heureusement, Jack l'avait entraînée dans son sillage pour une visite du château. Au fur et à mesure qu'ils flânaient dans ce lieu autrefois si familier, elle éprouvait un sentiment étrange. Gio avait réaménagé l'ensemble avec un brio et un sens artistique qui l'enchantaient.

Il avait fait abattre des cloisons et percer des fenêtres, transformant les pièces sombres et imposantes en vastes espaces inondés de lumière. Sous les vieilles moquettes, il avait mis au jour de beaux parquets de bois. La cuisine agrandie, éclairée par de nouvelles fenêtres et équipée du matériel *ad hoc* aurait fait pâlir d'envie le meilleur des chefs de cuisine.

Gio avait non seulement arraché le château à la décrépitude, il lui avait offert une flamboyante renaissance. Mais pourquoi se donner autant de mal ? se demandait-elle.

Il avait quitté le château dix ans plus tôt, et n'y était jamais revenu. Pas une seule fois il n'avait contacté son père. Il ne s'était même pas déplacé pour ses obsèques. A l'époque, il détestait profondément ce lieu. Alors pourquoi avoir apporté un tel soin à sa restauration ? Voulait-il prouver quelque chose ?

Une autre chose l'intriguait. Pour quelle raison éprouvait-elle cette fierté devant le travail qu'il avait accompli ? Ce qu'il avait fait de la maison de son père ne la concernait pourtant pas le moins du monde.

Le trajet en hélicoptère s'était passé sans encombre. Le bruit assourdissant de l'appareil les ayant empêchés de parler, il s'était plongé dans son ordinateur et elle ne l'avait pas dérangé. Même si mille questions lui montaient aux lèvres au sujet du château et de ce qu'il en avait fait.

Ils étaient en voyage d'affaires, se répéta-t-elle, rien de plus. Dans ce cadre strict, le fait de l'interroger sur ses motivations concernant la restauration du château prendrait un caractère beaucoup trop personnel.

Hélas ! chaque fois que la cuisse de Gio avait frôlé sa robe de soie, chaque fois que son coude avait touché le sien sur l'accoudoir, son esprit s'envolait vers bien autre chose que les affaires. Et le temps d'atteindre City Airport, ses sens en feu la tourmentaient sans répit.

A peine avait-elle eu le temps de le présenter à Maxi qu'il prétextait de coups de fil à passer pour s'éloigner, lui donnant rendez-vous dans le jet.

Il semblait tout faire pour l'éviter, songea-t-elle, et cela commençait à la vexer. Ce qui était ridicule ! Elle n'avait aucun besoin de l'attention de Gio, au contraire. A quoi cela servirait-il ? Cela ne ferait qu'alimenter ses fantasmes. Ce qu'il fallait éviter à tout prix.

Le babillage excité de Maxi n'était pas fait pour arranger les choses. Il lui rappelait les bavardages stupides de son adolescence.

— Comment le connais-tu ? demanda l'assistante, encore sous le charme. Le courant passe entre vous, ça crève les yeux. C'est pour ça qu'il va sponsoriser le théâtre ? Parce que vous avez le béguin l'un pour l'autre ?

Elle sentit ses joues s'empourprer.

— Pas du tout ! rétorqua-t-elle. C'est un vieil ami, nous avons passé notre enfance ensemble.

— Dans ce cas, pourquoi rougis-tu ? demanda Maxi, en lui adressant un regard perçant. Et pourquoi vas-tu à Florence avec lui ?

— Je ne rougis pas ! Et je me rends à Florence pour signer des papiers. Simple formalité.

— Comprends-moi bien, reprit son amie avec sincérité. Je trouve ça fabuleux qu'il t'emmène à Florence. Tu mérites quelques jours de vacances. Et avec un homme aussi beau, encore mieux ! Tu n'as pas besoin de faire semblant avec moi. Et je servirai la version officielle à Dave et à toute la troupe. Alors, depuis combien de temps ça dure ?

Elle serra plus fort la poignée de sa valise.

— Ce n'est pas la version officielle, c'est la vérité, corrigea-t-elle.

— Allons, allons ! Raisonnons : d'abord, de nos jours, personne n'a besoin de voyager pour signer des papiers, tout se fait par internet. Ensuite, tu as dû prendre une douche très récemment, parce que tes cheveux sont encore humides. Et enfin, il y a une drôle de déchirure au dos de ta robe. Que dis-tu pour ta défense ? acheva-t-elle en riant.

Elle se sentait perdre contenance mais n'eut pas le temps de trouver une réplique bien sentie que Maxi ajoutait :

— Et surtout, il y a la façon dont il vient de te regarder.

— Quelle façon ?

— Comme s'il voulait te dévorer.

Pur fruit de l'imagination de Maxi, rectifia-t-elle en son for intérieur. Depuis deux heures, Gio s'échinait à l'éviter. Elle était bien placée pour le savoir.

— Tu te fais des idées ! protesta-t-elle.

— Je l'ai vu de mes propres yeux. Il t'a lancé un regard intense et sexy, crois-moi ! Ça m'a fait un de ces effets ! Et si tu n'as pas encore une liaison avec lui, eh bien, songes-y.

— Mais… c'est impossible, bafouilla-t-elle.

— Pourquoi ?

— Parce que…

Elle nageait en pleine confusion.

— Mademoiselle Helligan ? dit un steward en uniforme en s'approchant d'elle. M. Hamilton m'a demandé de vous escorter pour les formalités de sécurité.

Contente de la diversion dans une conversation qui commençait à devenir embarrassante, elle embrassa Maxi.

— En cas de problème, tu peux me joindre sur mon portable, recommanda-t-elle. Communique la bonne nouvelle de notre sauvetage à Dave et à la troupe, et renseigne-toi pour savoir si…

— Arrête de tout organiser ! Tout ira bien, pars tranquille. Je m'occupe de tout.

Maxi prit un air coquin et lui murmura à l'oreille :

— Transmets mes remerciements très particuliers à Sa Grâce. Et… prends la liberté de faire tout ce que je ne ferais pas !

Issy lui adressa un regard noir, mais ne trouva rien de convaincant à répliquer. Elle pivota sur ses talons, l'esprit en bataille.

Son voyage à Florence s'annonçait beaucoup plus dangereux que prévu.

Le steward lui permit de doubler la file des voyageurs et de faire passer sa valise aux rayons X dans une pièce à l'écart. Privilège de riches ? se demanda-t-elle. Mais qu'importe ! Richesse et privilèges étaient pour l'heure le cadet de ses soucis.

Tout en gravissant la passerelle métallique du jet privé, elle s'efforça de raisonner. Malgré sa volonté de contrôler ses actions et ses émotions, elle n'y parvenait pas. Cela aurait pourtant dû être très simple. Elle partait en voyage d'affaires. Rien d'autre. Mais…

Elle vit Gio sortir de la cabine de pilotage au moment où elle pénétrait à bord. Sa simple vue la fit frissonner. Il affecta une pose nonchalante pour s'appuyer au chambranle de la porte de la cabine, bras croisés, et la toisa de la tête aux pieds.

Le jean et le T-shirt qu'il portait tranchaient avec le luxe des sièges en cuir et de la moquette épaisse de l'avion. Ils lui rappelèrent irrésistiblement le garçon rebelle d'autrefois.

Mais le garçon s'était mué depuis longtemps en un homme sexy, à qui tout souriait. Et c'était avec lui qu'elle avait accepté de se rendre à Florence. Un homme au sourire prédateur. Comment avait-elle pu ne pas le remarquer plus tôt ?

— Hello, Isadora, murmura-t-il d'une voix râpeuse. Prête à décoller ?

Sa voix lui fit l'effet d'une caresse et elle tressaillit. Que signifiait ce langage ambigu ? Cherchait-il à la troubler ?

Indifférente au rouge qui lui montait aux joues, elle entra dans la danse. Gio l'avait propulsée dans cette situation étrange. Il était grand temps de découvrir pourquoi.

— Y a-t-il vraiment des papiers à signer à Florence ? s'enquit-elle tout de go.

— Pourquoi cette question ?

A la lueur prédatrice qui luisait au fond de ses prunelles noires, elle comprit. Elle s'était fait avoir ! Elle était prise au piège ! Elle suffoqua d'indignation.

— C'est un coup monté, n'est-ce pas ? s'exclama-t-elle. Mais pour quelle raison ? J'espère, au moins, que le sauvetage du théâtre n'était pas une blague ?

— Arrête ton cinéma ! dit-il en riant. J'ai déjà parlé avec mon comptable. Il transférera l'argent demain, dès que tu lui auras communiqué tes coordonnées bancaires.

Elle hésitait entre indignation et soulagement et, prise en ces deux feux, ne savait pas quelle attitude adopter.

— Dans ce cas, pourquoi vais-je à Florence ?

— Essaie de deviner, répondit-il en la prenant par les hanches, le regard plongé dans ses yeux turquoise.

— Eh bien moi, j'ai une meilleure idée, répliqua-t-elle en tentant de se dégager. Pourquoi ne me donnes-tu pas une réponse directe, au lieu de parler par énigmes ?

Il ne se démonta pas.

— Si tu préfères… disons que j'ai l'intention de passer quelques jours à te faire monter au septième ciel.

— Au septième ciel ? répéta-t-elle, les joues en feu. Tu es fou !

— Ne fais pas semblant d'être outrée… une fois ne nous a pas suffi, et tu le sais très bien.

Elle ravala la réplique cinglante qui lui venait aux

lèvres quand les doigts de Gio se mirent à fourrager dans sa chevelure tandis qu'il l'emportait dans un baiser fougueux.

Se raccrochant à ce qui lui restait de bon sens, elle le repoussa :

— Je ne veux pas… C'est… c'est une très mauvaise idée.

— Pourquoi ?

S'il lui en laissait le temps, elle trouverait mille raisons à lui opposer. Mais sur l'instant, alors qu'il lui caressait les cheveux, aucune ne lui venait à l'esprit.

— Le passé est mort, murmura-t-il. Mais si tu es encore…

— Bien sûr que non ! l'interrompit-elle en se dégageant. Ça n'a rien à voir avec le passé, mais plutôt avec ton incroyable arrogance. Comme as-tu osé ruser avec moi pour que je vienne à Florence ? A quel moment m'aurais-tu dévoilé ton intention de « m'envoyer au septième ciel », comme tu dis ?

— Je te le dis maintenant…

— Et si je refuse ?

— Tu refuses ? demanda-t-il, avec des yeux que le désir assombrissait.

— Non… je veux dire, oui, souffla-t-elle, le corps en feu.

Il referma doucement sa main sur sa nuque, et enchaîna :

— Finissons ce que nous avons commencé. Ensuite, nous nous sentirons plus libres de poursuivre notre voie chacun de son côté.

Avait-il raison ? se demanda-t-elle. Etait-ce aussi simple que ça ? Ne s'agissait-il entre eux que d'une étrange alchimie sexuelle à mener à terme ?

Tandis qu'elle tentait de démêler ses sentiments, il l'attira contre lui et plaqua sa bouche sur ses lèvres. Elle s'accrocha au T-shirt en coton, sans trouver la volonté de le repousser. Leurs langues se mêlèrent en un baiser interminable, qu'il finit par interrompre le premier.

— Pas de liens, dit-il alors. Aucune entrave. Seulement un grand moment de sexualité chaleureuse, et ensuite nous partons chacun de notre côté. A toi de choisir. Si tu ne peux pas envisager les choses ainsi, séparons-nous tout de suite. Je ne suis pas prêt à entreprendre quoi que ce soit de sérieux.

— Je suis très consciente de tes difficultés à t'engager, répondit-elle du tac au tac.

Non seulement elle en avait fait l'expérience personnelle, mais la veille, elle avait découvert sur Google des tas de photos prises par des paparazzis. On le voyait au bras de mannequins, de starlettes, de reines de la jet-set. Et pas deux fois avec la même femme. Il aurait fallu être aveugle pour ne pas le remarquer.

Nullement vexé par sa réplique, Gio enfonça le clou avec un sourire sensuel :

— Dans la mesure où tout ça est bien clair, je ne vois aucun problème à notre séjour à Florence. A cette période de l'année, c'est une ville très agréable. J'ai une villa sur les collines, dans laquelle nous pourrons assouvir tous nos fantasmes. Et crois-moi, en dix ans, j'en ai accumulé plus d'un.

Il passa ses doigts dans sa chevelure soyeuse et poursuivit :

— Quand nous étions enfants, nous nous sommes bien amusés ensemble. Nous pouvons nous amuser encore davantage maintenant.

Elle avala sa salive avec difficulté. Sa main sur sa joue rendait la promesse de plaisir encore plus irrésistible. Elle sentait son corps se liquéfier.

— Et tu sponsoriseras le théâtre dans les deux cas ? demanda-t-elle, dans le seul but de ne pas céder trop vite.

— Je t'ai déjà dit que oui…

— J'accepte, capitula-t-elle en plaçant ses mains sur les épaules de Gio.

Certes cet homme était dangereux. Mais le danger était une source d'excitation aussi bien que de peur. Et en cet instant précis, c'était l'excitation qui l'emportait. Elle se sentait comme Alice tombant tête la première dans le Pays des Merveilles. Emoustillée, grisée. Et terrifiée.

Il lui passa les mains autour de la taille.

— Bien, dit-il.

Avide de sceller leur marché, elle se dressa sur la pointe des pieds, mais une voix inconnue s'éleva dans son dos, qui la fit sursauter :

— Garde ça pour plus tard, Hamilton, dit un homme en uniforme de pilote. Nous décollons dans dix minutes.

Puis il se tourna vers elle pour expliquer :

— Désolé, mademoiselle, mais nous devons faire les dernières vérifications.

Gio jura entre ses dents, et posa une seconde son front sur le sien. Puis il recula de quelques pas et fit les présentations :

— James Braithewaite. Co-pilote… et rabat-joie.

Elle serra la main de l'inconnu. Puis, comprenant soudain, elle demanda :

— Co-pilote ?

— C’est ça, répondit-il en déposant sur sa joue un baiser rapide. Va t’attacher…

— Attends ! dit-elle d’une voix tremblante. Ne me dis pas que… tu pilotes toi-même cet engin ?

Le jet se transformait soudain dans son esprit en un piège mortel. Elle se souvint en rafale de Gio massacrant la Bentley de son père, ou fonçant à moto sur les petites routes sinueuses de son enfance.

D’accord, elle venait d’accepter une aventure sans lendemain avec lui, pour finir ce qu’ils avaient ébauché cet après-midi. Mais pas question pour autant de risquer sa vie en se laissant piloter par lui ! Il avait toujours eu un goût immodéré pour la vitesse, sans la moindre prudence. Qu’est-ce qui lui prouvait qu’il était devenu plus raisonnable ?

Mais il sourit de son air horrifié.

— Femme de peu de foi, murmura-t-il en lui caressant la joue. J’ai plus de cent heures de vol à mon actif et je suis un pilote qualifié. Tu es en sécurité entre mes mains, fais-moi confiance.

Résignée, elle le regarda disparaître dans la cabine de pilotage. Puis elle choisit un siège et boucla sa ceinture. Faire confiance à Gio Hamilton ? Il faudrait être folle.

Mais une femme avertie en vaut cent ! Et cette fois-ci, forte de ce qu’elle savait sur les points faibles de cet homme turbulent, elle saurait veiller à sa propre sécurité.

Après un décollage tout en douceur et un atterrissage sans histoire à Pise deux heures plus tard, Issy dut reconnaître que Gio était un fin pilote. Mais les choses se corsèrent à l’aéroport, quand il la fit monter dans une magnifique Ferrari décapotable. Il la conduisit à vive allure dans un paysage italien inondé de soleil. Son cœur se remit à battre à grands coups, et elle réitéra le serment de ne lui faire confiance en rien.

Le merveilleux paysage défilait et comme le vent les empêchait de parler, elle eut tout le loisir de réfléchir. L'accord qu'elle avait passé avec Gio était-il humiliant ? Après tout, quelle femme intelligente, qui se respectait et poursuivait une carrière professionnelle, accepterait de « monter au septième ciel » sur commande ?

Mais en réalité, elle n'avait pas le choix, conclut-elle. Gio avait raison. Elle devait surmonter le mauvais tour que ses fantasmes lui jouaient depuis des années.

Depuis qu'il l'avait initiée aux plaisirs du sexe, lors de cette unique et mémorable fois, elle n'avait eu que deux piètres amants. Ses relations sexuelles avec eux avaient ressemblé à des pétards mouillés. Au début, elle avait réussi à se convaincre : elle n'était pas prête pour eux, voilà tout. Le moment était mal choisi. Les deux hommes en question ne lui convenaient pas.

Mais maintenant, la vérité éclatait en plein jour.

Elle avait manqué de l'étincelle particulière, du frisson de l'indicible énergie sensuelle qu'elle avait connu aujourd'hui. Dans une relation, elle savait qu'il ne fallait pas surévaluer la sexualité, mais cela avait quand même son importance. Sans en avoir conscience, elle avait comparé Johnny et Sam à Gio au lit, et les avait trouvés médiocres. Peut-être à cause de la beauté de Gio, de sa virilité si manifeste ? Ou bien tout simplement parce qu'il était son premier amant ? En tout cas, il était temps de régler le problème.

Si elle ne le réglait pas, elle ne pourrait jamais avoir de relation durable avec qui que ce soit. Jamais elle ne vivrait la relation dont elle rêvait, petite. L'amour qu'avaient connu ses parents, avant la mort prématurée de son père. La relation qu'elle avait cessé d'espérer pour elle-même.

A présent, elle savait que l'enjeu de ces quelques jours à venir était bien autre chose qu'une simple partie de sexe avec Gio. L'enjeu pour elle était de se libérer de l'emprise sexuelle qu'il avait sur elle, depuis cette lointaine première nuit. L'oublier, être libre de trouver le vrai grand amour de sa vie.

Quelque chose l'intriguait pourtant : puisqu'elle avait accepté les conditions de ce voyage, pourquoi son pouls ne cessait-il pas de battre la chamade, dans la voiture ?

Gio s'engagea dans une allée bordée d'ifs, en haut d'une colline. Quand il gara la Ferrari devant une villa de style florentin de toute beauté, elle se laissa enivrer par le parfum des citronniers. Devant le perron, une grande fontaine, surmontée de deux nymphes nues aux corps entrelacés, coulait paisiblement.

Bouche bée, elle contemplait la merveilleuse harmonie de la composition. La richesse et les privilèges ne lui étaient pas inconnus. Elle avait vécu les années les plus formatrices de sa vie à l'ombre d'un château. Alors pourquoi demeurait-elle en arrêt ?

Il lui tint galamment la portière ouverte et l'aida à sortir de la voiture. Tout en avançant dans l'allée pavée, elle se força à respirer calmement. Lorsqu'ils arrivèrent devant la lourde porte de chêne de la maison, celle-ci s'ouvrit et fit apparaître une femme d'âge mûr, accueillante et gracieuse, qui se présenta comme Carlotta. Gio poursuivit les présentations et s'entretint un instant avec la gouvernante, avant qu'elle ne se retire.

En l'entendant parler italien, elle en eut le cœur qui battit encore plus fort. Dans sa bouche, la langue étrangère semblait si musicale, si sophistiquée ! Tout en parlant, il accompagnait son propos de gestes de ses mains si raffinées. Tout cela paraissait aux antipodes du garçon revêche de son enfance et adolescence.

Elle tenta de secouer sa gêne, de calmer les battements précipités de son cœur. Mais il lui fit traverser des pièces magnifiques, et son sentiment d'embarras s'accrut.

Les meubles, peu nombreux mais précieux, étaient en accord parfait avec l'ambiance méditerranéenne des lieux. Le style minimaliste aurait dû rendre l'endroit inabordable et froid, mais ce n'était pas le cas. Comme ils pénétraient dans une vaste salle de séjour, les tapis épais et colorés, les plantes vertes dans de grands pots, les magazines d'architecture qui jonchaient la table basse, cornés à force d'être feuilletés, donnaient à l'ensemble une élégance et une impression de chaleur qui rendait la maison accueillante et simple.

Il ouvrit une porte de verre et s'effaça pour la laisser passer. Elle sortit sur une terrasse qui surplombait un magnifique jardin en terrasses. Le regard se perdait ensuite vers Florence, parcourue des langoureux méandres de l'Arno. La ville s'étalait comme un tapis de merveilles. Elle repéra le Ponte Vecchio, qui devait être bondé de touristes à cette heure chaude de la journée. Elle n'en apprécia que mieux la petite brise chargée de senteurs de citronniers. Se penchant au-dessus de la balustrade qui bordait la terrasse, elle découvrit une grande piscine sertie dans la pelouse, son eau scintillant de mille éclats au soleil.

— Mon Dieu ! souffla-t-elle.

Qui aurait imaginé que le garçon ingérable d'autrefois, celui dont on pensait qu'il ne s'assagirait jamais, vivrait un jour dans un si beau domaine ?

— Qu'en penses-tu ? demanda-t-il.

Elle se retourna. Les mains dans les poches de son jean, un air un peu incertain dans le regard, il l'observait. Comme s'il craignait son jugement, songea-t-elle. Mais elle rectifia aussitôt. Il se moquait comme d'une guigne de son avis, car il connaissait la beauté de sa maison. De plus, elle n'était qu'une des innombrables femmes qu'il invitait ici.

Elle se reprocha aussitôt sa trop grande sensibilité. Elle n'allait pas commencer à analyser chaque nuance du comportement de Gio, à y lire des choses qui ne s'y trouvaient pas.

— Je pense que tu as un goût incroyable, dit-elle en se raclant la gorge. Appeler cet endroit une villa ne lui rend pas justice. C'est le paradis, plutôt.

Elle sentit ses mains se poser sur ses hanches. Il l'attira contre lui et frotta son nez contre le lobe de son oreille.

— Vu ce que j'ai en tête, murmura-t-il, ce serait plutôt le paradis perdu…

Elle laissa échapper un petit rire contraint. Une évidence la frappait soudain : en vivant chez lui, elle partagerait son intimité, ce qu'elle n'avait pas prévu et qui ne faisait pas partie de leur accord.

— Si nous allions voir la chambre ? demanda-t-il sans masquer ses intentions.

Refermant encore davantage les bras autour d'elle, il

la serra contre lui. Puis il lui baisa le cou, lui mordilla le lobe de l'oreille et murmura, provocant :

— J'aimerais savoir ce que tu penses de… la vue.

Une espèce de vertige la saisit, un désir fou lui empoigna le corps. Mais elle n'était pas prête. Pas encore.

Elle fit volte-face, interrompant la caresse qui la faisait frissonner de la tête aux pieds.

— Si nous allions nous promener ou visiter Florence ? proposa-t-elle d'une voix haut perchée.

Elle ne pouvait replonger si vite dans un lit avec lui, songea-t-elle, en pleine confusion. Le sexe, c'était une chose, l'intimité en était une autre, bien différente. Confondre les deux serait trop dangereux.

— Tu veux vraiment faire du tourisme ? demanda-t-il en fronçant les sourcils.

— S'il te plaît. J'adore ça, insista-t-elle d'une voix aussi ferme que possible, pour masquer le mensonge.

Pour ne plus sentir le renflement de son sexe contre sa hanche, elle s'écarta d'un pas.

— C'est mon premier séjour à Florence, poursuivit-elle, et je meurs d'envie de découvrir la ville. Si nous dînions en ville ce soir ?

Deux heures, pour établir entre eux une distance, songea-t-elle. Cela suffirait, elle en était sûre.

Sans paraître remarquer sa contrariété, elle acheva :

— On m'a dit que les meilleures *trattoria* d'Italie se trouvent à Florence.

La manœuvre de diversion n'échappa pas à Gio. Il avait pourtant remarqué les seins d'Issy qui pointaient sous son chemisier, sa respiration saccadée. Il se retint de hurler de frustration.

N'avaient-ils pas mis au point le programme de ces trois jours, dans l'avion ? Il se sentait prêt à commencer dès à présent. En fait, il lui aurait même donné le baptême de l'amour dans les airs, s'il n'avait été le pilote.

Fourrant ses mains dans ses poches, il arbora un visage impassible. Sous les joues rosies d'Issy, il lisait une inquiétude persistante.

Quel idiot ! songea-t-il. Il aurait dû se douter que rien ne se passerait de façon aussi directe. Rien n'avait jamais été direct avec elle ! Depuis qu'ils avaient mis les pieds dans la maison, il la sentait sur des charbons ardents. Au début, il avait trouvé cela plutôt de bon augure. Plus elle serait hors de son contexte, plus il aurait prise sur elle. Et son ego s'était gonflé d'aise en la voyant admirer sa maison.

Pourtant, quand elle s'était tournée vers lui, les yeux agrandis de surprise et d'admiration, il avait éprouvé une sensation très étrange. Comme si elle lisait en lui à livre ouvert. Pour la première fois de sa vie, il avait eu envie de demander à une femme ce qu'elle pensait de son travail. Ce qu'elle pensait tout court.

Bien entendu, il ne le ferait pas. D'abord parce qu'elle ne donnait jamais de réponse directe. Mais surtout parce qu'il suivait une règle d'or : ne jamais poser à une femme de questions personnelles. Une fois qu'on ouvrait cette boîte de Pandore, il était impossible de la refermer.

En l'invitant dans sa villa, il avait déjà enfreint une règle sacrée. Il évitait toute routine dans ses relations avec les femmes, et ne les conviait jamais chez lui.

— D'accord, répliqua-t-il en détendant les épaules. Si tu veux te promener, pas de problème.

Elle tenait à se faire désirer ? songea-t-il. Très bien. Il pouvait différer de quelques heures le moment de son plaisir. S'il le fallait absolument.

— Je connais un endroit près de la Piazza della Republica, proposa-t-il. Leur steak à la florentine est un vrai péché.

Et puis, l'atmosphère sans prétention de ce restaurant prestigieux par sa cuisine la mettrait peut-être à l'aise ?

Il lui offrirait quelques verres de chianti classico, lui ferait goûter les spécialités florentines, et lui parlerait de choses et d'autres en prenant soin de ne pas aborder de sujets trop sérieux. Peut-être même lui ferait-il faire un tour en ville. Tout ce qu'il fallait pour rendre les choses faciles et naturelles. Il pouvait bien faire cela, en échange d'une nuit.

— Tu es sûr ? demanda-t-elle, à la fois surprise et tellement soulagée que cela le fit sourire.

— Certain, ce sera amusant, dit-il en contenant sa frustration.

Il pouvait attendre encore un peu avant de la sentir nue sous lui, se répéta-t-il. Il n'avait pas envie d'elle à ce point-là.

Il eut alors une idée. Il pouvait pimenter encore les choses, se dit-il avec un sourire.

— Si nous prenions ma Vespa ? Je viens de la faire réparer, elle fonctionne bien, pour une fois.

— Pardon ? Tu conduis une Vespa ? Ça semble un peu incongru pour un duc.

— J'espère que tu n'es pas en train de me traiter de snob ? fit-il en lui caressant la joue. Aucun Florentin intelligent ne prend sa voiture pour rouler en ville. Le scooter est le seul moyen de locomotion valable.

Et comme tous les Florentins, il conduisait sa Vespa à toute vitesse, s'amusa-t-il. Ce qui obligerait Issy à se coller contre lui pour ne pas tomber.

— Si tu as pris un jean, c'est le moment de l'enfiler. Le personnel a dû monter ta valise dans ma chambre. Prends l'escalier au bout de la terrasse, et la chambre se trouve au fond. Pendant ce temps-là, je sors la Vespa du garage.

Il avait un instant songé à l'accompagner dans la chambre pour assister à son changement de tenue mais préféra y renoncer.

A leur retour, ce soir, il aurait tout le loisir de la voir nue.

Tout en montant l'escalier qui menait vers la chambre qu'il lui avait indiquée, Issy regarda Gio traverser la terrasse. Son jean moulait ses fesses comme une seconde peau. Elle détourna vite le regard et contempla un instant la vue à couper le souffle de Florence au crépuscule.

Dans l'immense chambre, elle enfila un jean et un T-shirt cache-cœur, et fit une pause devant le large lit en acajou. Un frisson d'excitation pure la parcourut tout entière, à l'idée des nuits et des jours qui s'annonçaient.

Elle chercha sa respiration. Avec Gio, l'abstinence n'était pas au programme. Il était trop irrésistible. Essayer de détourner son attention de l'inévitable ne ferait que les frustrer tous les deux.

Mais cela ne signifiait pas qu'il pouvait mener la danse à sa guise. Il l'avait téléguidée vers son avion, puis il avait exploité la tension palpable qui existait entre eux pour obtenir ce qu'il désirait : du sexe à loisir, sans les engagements qui vont avec.

Très bien ! Elle non plus ne voulait pas d'engagement, d'ailleurs. Mais pour elle, il était plus difficile de faire table rase du passé. Elle ne se sentait pas aussi apte que lui à séparer de manière étanche sexe et intimité. Cela se comprenait sans problème. Jamais auparavant elle n'avait fait l'amour avec un étranger.

Car c'était bien ce qu'il était devenu pour elle, maintenant. Un étranger.

Découvrant une salle de bains luxueuse attenante à la chambre, elle passa quelques minutes à se recoiffer et retoucher son maquillage, le temps de calmer les battements désordonnés de son cœur.

Autrefois, elle pensait le connaître et le comprendre. De là, il n'y avait eu qu'un pas à franchir pour l'aimer. Après leur fameuse nuit, elle avait cru comprendre les raisons profondes de son comportement si imprudent. A l'époque, elle était jeune, immature, et elle éprouvait un immense besoin de reconnaissance masculine. Elle avait perdu son père si tôt… Sa disparition avait laissé un vide immense dans sa vie. Jusqu'à l'apparition de Gio, un garçon certes triste et rébarbatif, mais magnétique, qui semblait avoir autant besoin d'elle qu'elle de lui.

A présent, elle entrevoyait une autre raison, moins évidente, à son comportement d'alors, à sa façon de tomber amoureuse du fruit de sa propre imagination.

Même quand ils étaient enfants, une aura de mystère l'avait toujours entouré. Il se montrait toujours très rétif à donner la plus petite information personnelle.

Elle passait des heures à lui parler de ses espoirs et de ses rêves, de sa mère, de ses amies de classe, et même des émissions qu'elle regardait à la télévision. Il l'écoutait, mais ne disait presque rien de sa propre vie, de ses espoirs ou de ses projets. Jamais elle n'aurait pu deviner son intérêt pour l'architecture. Ce qui expliquait sa stupéfaction lorsqu'elle découvrait ses belles réalisations, qu'il s'agisse du château familial ou de sa belle villa florentine.

Et puis, elle ne savait absolument rien de ce qu'il faisait pendant les dix mois de l'année qu'il passait à Rome avec sa mère. Adolescente, elle avait toujours été intimidée au plus haut point par Claudia Lorenzo. Actrice d'une flamboyante beauté, elle venait pourtant des taudis milanais, mais elle s'était forgée à la force du poignet un destin hors du commun dans le monde des mannequins. Elle avait même eu droit à la une de *Vogue* et de *Vanity Fair*. Elle s'était lancée dans un manège éperdu de liaisons et de mariages avec des hommes riches et influents. Comme toute adolescente, Issy avait été fascinée par cette femme. Au début, elle avait très naturellement posé mille questions au sujet de « La Lorenzo », mais Gio refusait de parler de sa mère. Elle avait fini par laisser tomber ses questions, inventant des raisons romanesques à son silence au sujet de sa vie romaine.

Elle redressa les épaules et passa ses mains moites sur le tissu raide de son nouveau jean. Pourquoi ne pas profiter de cette semaine pour lever le voile sur ce mystère ? Pourquoi ne pas enfin satisfaire sa curiosité à propos de Gio ? Elle avait toujours souhaité savoir pourquoi il cachait tant de choses, et semblait si décidé à n'entretenir aucune relation suivie avec une femme. Une fois le mystère éclairci, il ne posséderait plus le pouvoir de la fasciner et de l'émoustiller à ce point.

Bien entendu, Gio ne se montrerait sans doute pas coopératif. Et elle aurait du mal à ne pas se laisser distraire, emportée qu'elle serait par les plaisirs physiques, et les beautés de la capitale toscane.

Heureusement pour elle, elle était passée maîtresse dans l'art de mener plusieurs tâches de front. En plus, les défis ne lui faisaient pas peur. Elle avait acquis ces qualités au théâtre en s'occupant de tout, depuis l'ego des acteurs jusqu'à la faillite bancaire. Pourquoi ne pas se servir pour la bonne cause de toutes ces compétences acquises de haute lutte ?

De la sorte, elle profiterait de tout ce que les prochains jours avaient à offrir. Elle se débarrasserait de son addiction à Gio au lit, et mettrait en même temps un terme définitif à ses erreurs passées.

- 6 -

— Dis-moi… pourquoi as-tu si peur de t'engager ?

Gio avala de travers la gorgée du coûteux chianti qu'il sirotait. Il reposa son verre sur la nappe blanche en lin du restaurant, à côté des restes de la côte de bœuf qu'ils avaient partagée.

— Issy ! Je viens juste de manger comme quatre. Tu veux que je fasse une indigestion ? demanda-t-il, plaisantant à moitié.

Que lui prenait-il ? songea-t-il. Tout marchait à merveille, jusqu'à cet instant précis. Leur tour de la ville s'était avéré beaucoup moins ennuyeux que prévu. Issy était depuis toujours très attirante, mais il avait oublié à quel point elle pouvait être fraîche, amusante et directe.

Peut-être parce qu'elle était encore un peu sur la défensive, elle avait parlé sans arrêt depuis leur départ de la villa. Mais ce bavardage ne l'avait pas lassé. Au contraire, la conversation presque à sens unique lui avait rappelé des souvenirs très chers de leur enfance. Pour un garçon à qui on avait appris dès son plus jeune âge à se taire, le contact et la conversation d'Issy adolescente lui avaient donné le sentiment fugace d'être normal. Autrefois, il adorait l'écouter parler, se souvenait-il.

La seule fois où elle était devenue muette, c'était au

moment où il avait foncé dans les rues de Florence en Vespa. Elle s'était accrochée à lui, lui rappelant leur première chevauchée commune en moto.

Ensuite, il avait eu besoin d'une diversion. Ses seins chauds et tendres dans son dos avaient mis son endurance à rude épreuve. Il avait alors eu l'idée bienvenue de faire une visite privée des Offices, le temps de calmer ses sens.

Tandis qu'ils arpentaient la galerie Vasari main dans la main, et qu'elle le mitraillait de questions, une chose étrange s'était produite. Il avait vu son visage s'illuminer devant *Le Printemps* de Boticelli. Elle avait eu le souffle coupé devant la beauté éthérée de *La Venus* du Titien. A ce moment-là, il avait commencé à prendre une part plus active à la visite et surtout, à y prendre un véritable plaisir.

Il avait déjà eu l'occasion de conduire l'une ou l'autre de ses conquêtes aux Offices. Hélas ! aucune d'elles ne s'était pâmée devant ces chefs-d'œuvre immortels.

Chez Latini, plus tard dans la soirée, elle avait dévoré les spécialités toscanes succulentes avec la même ferveur. En la regardant passer avec gourmandise sa langue sur sa lèvre inférieure, le plaisir qu'il prenait en sa compagnie et la nostalgie du passé qu'il éprouvait s'étaient tout à coup transformés en désir violent.

Autant il avait apprécié jusqu'ici sa compagnie, son amour de l'art et ses conversations, autant il ne souhaitait pas continuer éternellement dans cette voie. Surtout pour aborder le sujet qu'il fuyait le plus.

Il s'apprêtait à changer habilement de conversation, mais elle revint à la charge en le regardant droit dans les yeux :

— Tu insistes tant sur le fait que tu ne veux pas

de relation suivie… C'est bizarre, pour un homme de ton âge.

— Je n'ai que trente et un, répliqua-t-il, agacé.

— N'est-ce pas l'âge où la plupart des hommes se marient et ont des enfants ?

Et voilà ! songea-t-il. On y était ! Mais il ne se laisserait pas entraîner sur ce terrain.

— En quoi cela t'intéresse-t-il ? rétorqua-t-il un peu vivement. A moins que tu ne sois en train de me faire une proposition ?

Au lieu de s'offusquer ou de paraître blessée, elle éclata de rire.

— Ne sois pas si prétentieux ! Tu crois qu'un homme qui fuit les responsabilités comme toi représente l'affaire du siècle ?

— C'est bon à savoir, grommela-t-il, un peu vexé.

Elle posa ses coudes sur la table et le regarda calmement :

— Je suis simplement curieuse, dit-elle. Qu'est-ce qui a bien pu t'arriver, qui te braque autant contre une vraie relation avec une femme ?

— Mais j'*ai* de vraies relations ! Comment appelles-tu ce qui se passe entre nous ?

Elle laissa échapper un petit rire. Ses yeux bleu sombre pétillèrent quand elle répliqua du tac au tac :

— Une fausse relation !

— Très drôle, dit-il sèchement, les sens aiguisés.

Il fit signe au serveur et réclama l'addition. Il était temps de mettre un terme à ce débat stérile. Il remplit leurs deux verres et proposa :

— Rentrons à la villa prendre le dessert…

Il y avait mieux à débattre, songea-t-il. Par exemple, de quelle façon commencer leurs ébats érotiques.

***

Issy pouvait clairement lire sur le visage de Gio de la détermination et du désir, et elle s'efforça de calmer en elle la passion sensuelle qu'il avait attisée tout au long de la soirée, en usant et abusant de son charme.

Chaque fois qu'il la prenait par le coude, chaque fois qu'il posait sa main au creux de ses reins, chaque fois qu'il lui frôlait l'oreille en lui murmurant quelque chose, chaque fois qu'il la regardait de ses yeux brûlants, elle avait senti le désir croître en elle. Et il savait parfaitement ce qu'elle ressentait, elle n'en doutait pas un instant.

Mais elle n'était pas décidée à se laisser distraire aussi facilement. Pas tout de suite, en tout cas.

— Que se passe-t-il, Gio ? demanda-t-elle. Tu ne sais vraiment pas pourquoi tu n'arrives pas à faire durer une relation avec une femme ?

Il tambourina des doigts sur la table, un sourire amer aux lèvres.

— Ce n'est pas que je ne puisse pas, rétorqua-t-il. C'est que je ne *veux* pas. Pourquoi voudrais-je quelque chose qui ne marchera pas de toute façon ?

— Qu'est-ce qui te fait penser ça ? demanda-t-elle stupéfaite.

— Ce qui pousse les gens les uns vers les autres, c'est un attrait animal, expliqua-t-il avec cynisme. Mais ça ne dure pas. Ils finissent par se détester, même s'ils ne l'avouent pas.

Il avait saisi son poignet et lui caressa le pouls avant d'ajouter :

— La nature humaine est ainsi faite. Les relations entre les hommes et les femmes sont sexuelles, un point c'est tout. On peut embellir les choses avec des fleurs et des petits cœurs roses. Mais ce n'est pas mon cas.

Choquée par sa force de conviction et son ton cassant, elle avala sa salive avec difficulté. Jusqu'à cet instant, la soirée avait été magique, lui procurant un faux sentiment d'amitié, parallèlement au courant sensuel qui passait entre eux.

Depuis le moment où le scooter avait dévalé la pente de la colline vers la ville, et où elle avait senti sous ses doigts ses abdominaux d'acier, elle était en proie à une intense vibration intérieure. Elle se trouvait à Florence avec un homme superbe, qui savait jouer avec ses sens comme un virtuose. Pourquoi ne pas en profiter pleinement ?

Mais au fur et à mesure que se déroulait la soirée, elle ressentait davantage que la perspective imminente du plaisir physique. Leur première visite avait été pour les Offices. Un jeune étudiant en architecture qui y travaillait comme gardien de nuit, et semblait idolâtrer Gio, les avait fait entrer dans ce lieu peuplé de merveilles de l'art italien.

Au cours de ses études, Gio avait suivi des cours d'histoire de l'art. Il avait donc répondu de bonne grâce aux questions qu'elle posait, lui donnant des tas de renseignements sur les tableaux accrochés aux cimaises. Le ton passionné avec lequel il lui parlait architecture et art tranchait avec sa réserve habituelle.

Lorsqu'ils sortirent des Offices, la nuit était tombée, déposant sur la ville un voile d'enchantement et de mystère. Les touristes avaient disparu, sans doute épuisés par la chaleur, tandis que les Florentins reprenaient possession de leurs rues. De jeunes gens élégamment vêtus passaient d'un bar à l'autre, puis se dispersaient sur les grandes *piazzas* illuminées. Accrochée à la taille de Gio, elle avait regardé de tous ses yeux Florence et ses habitants, frappée par un sens d'appartenance à cette ville. Ce soir, en sa compagnie, elle se moquait de ne pas parler italien, de ne pas avoir l'air d'une Italienne. Ce n'était qu'une illusion, elle le savait. Mais elle renforçait son désir et le sentiment d'attente.

Elle se surprenait à espérer un tas de choses. Et si Gio et elle redevenaient amis, en même temps qu'amants, à l'occasion de leur semaine de débauche ?

Le repas aussi avait été merveilleux. La petite *trattoria* bondée affichait un passé riche en événements sur ses murs, et proposait une cuisine simple et goûteuse. De toute évidence, Gio était un habitué des lieux. Le maître d'hôtel l'avait accueilli avec bonhomie et les avait dirigés vers la seule table restante.

Sans doute avait-il amené ici des dizaines d'autres femmes, songea-t-elle. Mais elle s'en moquait. Ils vivaient ensemble quelques jours hors du temps. C'était l'occasion rêvée de se livrer corps et âme à l'attrait physique intense qu'ils éprouvaient l'un pour l'autre. Mieux encore, peut-être, l'occasion de renouer avec leur précieuse enfance, en faisant fi des malentendus et de la maturité, qui avaient tout détruit entre eux. L'occasion de balayer une stupide nuit de sexe qui n'aurait jamais dû exister.

Mais comment y parvenir s'il ne lui donnait pas accès à son moi profond, et s'il méprisait ses opinions sur l'amour et les relations humaines ?

Sans doute était-elle très naïve et insouciante à dix-sept ans. Elle avait sans conteste commis une énorme erreur en pensant que Gio était l'homme de sa vie.

Tout le monde pouvait se tromper. Il n'empêche, elle continuait à croire en l'amour, et ne se laisserait pas traiter d'idiote naïve.

Retirant sa main, elle riposta :

— Tout ça est bel et bon… mais que fais-tu de l'amour ? Quand on rencontre la personne avec laquelle on veut passer le reste de sa vie ?

— Ne me dis pas que tu crois encore à ces balivernes ? s'exclama-t-il avec un rire incrédule.

— Eh bien si, j'y crois ! Ça arrive tous les jours. C'est arrivé à mes parents, ajouta-t-elle avec chaleur. Ils s'adoraient. Mon père est mort il y a vingt et un ans, et maman parle toujours de lui.

— Disons que tes parents sont l'exception qui confirme la règle.

Sa voix trahissait un regret, enfoui sous sa condescendance. Cela la calma tout en lui confirmant que s'il avait fermé son cœur, c'était uniquement pour mieux se protéger.

— Qu'est-ce qui te fait croire que tes propres parents ne sont pas l'exception ? demanda-t-elle.

Il se raidit. Elle comprit qu'elle mettait le doigt sur la vérité. Son cynisme, son amertume, n'avaient rien à voir avec l'opinion qu'il avait d'*elle*, mais plutôt de l'exemple catastrophique que lui avaient donné ses parents.

Les Hamilton avaient divorcé trois ans avant sa propre arrivée au château avec sa mère. De sordides histoires à propos de leur séparation continuèrent pourtant à circuler et à alimenter les ragots à Hamilton Cross pendant des années.

En privé, des disputes épiques avaient émaillé la vie de la flamboyante mondaine Claudia Hamilton, et du duc de Connaught, play-boy invétéré. En public, ils s'envoyaient des piques acerbes. Jusqu'au jour où Claudia avait quitté le bateau pour de bon, emmenant avec elle son fils de neuf ans. La bataille pour la garde de l'enfant avait fait la une des journaux à scandale. Pourquoi le duc s'était-il donné tant de mal pour obtenir la garde de son fils, alors qu'il le traitait si mal ? C'était un mystère. Le juge pour enfants lui avait concédé la garde pendant les vacances scolaires, et le duc avait fait de ces vacances un calvaire pour Gio.

Adolescente, elle avait trouvé à la fois très romantique et tragique le fait que Gio soit orphelin. Cela lui conférait l'air d'un personnage tout droit sorti des *Hauts du Hurlevent*. Mais maintenant, elle comprenait l'enfer qu'il avait vécu. Pas étonnant que sa vision des relations entre hommes et femmes se soit distordue.

— Tes parents étaient égoïstes et centrés sur eux-mêmes, dit-elle. Ils n'accordaient pas une pensée à l'amour ni au respect de l'autre. Mais cela ne devrait pas t'influencer au point de refuser toute relation amoureuse pour le restant de tes jours.

Il émit une sorte de grognement, et tapa du poing sur la table.

— Laisse tomber, lâcha-t-il. Tu ne sais pas de quoi tu parles.

Sa réaction brutale la fit sursauter, mais elle refusa d'abandonner aussi facilement la partie.

— Je sais très bien de quoi je parle, au contraire ! insista-t-elle. Ma mère et moi entendions comment ton père te grondait et t'humiliait. Après chaque dispute, je voyais clairement à quel point ses colères t'affectaient. Cette fameuse nuit, quand je t'ai trouvé dans le verger, tu venais justement de te quereller avec lui, tu avais l'air bouleversé. Et…

Il détourna la tête, mâchoires serrées.

Soudain, elle comprit ce qu'elle aurait dû comprendre des années auparavant.

— C'est pour cette raison que tu avais besoin de moi, cette nuit-là ! C'est pour ça que tu as fait l'amour avec moi, dit-elle d'une voix douce. A cause de quelque chose que ton père t'a dit.

A présent, il était hors de lui, ses yeux jetaient des éclairs et il se retenait à grand-peine de lui dire son fait.

Elle sut alors qu'elle avait vu juste. Ce que son père lui avait dit ce soir-là devait être très dur. Si dur qu'il avait eu besoin d'un contact humain avec une autre personne, pour alléger sa peine, et la rendre plus supportable. Et cette personne avait été *elle*. C'était aussi simple que ça.

Cette révélation n'avait plus aucune importance, dans le contexte actuel. Et pourtant… Pendant dix ans, elle avait pensé à leur nuit comme à une terrible erreur, fruit des fantasmes romantiques immatures qui la hantaient à l'époque. Mais peut-être l'explication était-elle très différente, en fin de compte ? Peut-être avait-il vraiment eu besoin d'elle, à sa manière, cette nuit-là ?

— Nous n'avons pas fait l'amour, rectifia-t-il. Nous avons couché ensemble.

Elle ne cilla pas malgré la réplique cinglante et offensante.

— Qu'est-ce que ton père t'a dit, ce soir-là ? insista-t-elle.

Son air sombre et les efforts qu'il faisait pour paraître indifférent lui fendaient le cœur.

— Qui se préoccupe de ce qu'il a dit ? C'était il y a un million d'années.

Tout cela était en effet très loin, songea-t-elle. Mais il n'empêche, il en souffrait encore.

— Bon sang ! éclata-t-il. Tu ne vas pas lâcher prise ?

— Non, répliqua-t-elle d'une voix calme.

— Eh bien… il m'a dit que je n'étais pas son fils. Selon ses propres termes, Claudia avait « baisé avec une douzaine d'autres hommes » pendant leur mariage. Je n'étais que le bâtard de quelqu'un d'autre. Voilà ce qu'il m'a dit ! Tu es contente ?

Les mots affreux résonnèrent à ses oreilles en bourdonnant. Comment le duc avait-il pu être assez cruel pour asséner à son fils cette brutale révélation ?

— Tu as dû être anéanti, murmura-t-elle. Dans ces conditions, il y a quelque chose que je ne comprends pas. Pourquoi ton père a-t-il insisté pour avoir ta garde ? Pourquoi…

— Je ne sais pas… il avait besoin d'un héritier… et puis, ça devait lui faire plaisir de traîner Claudia devant les tribunaux, il faut croire.

Il avait lâché l'explication d'un ton monocorde. Mais sous les mots méprisants, elle perçut la douleur toujours vivace du petit garçon. Les gens qui auraient dû le chérir le plus au monde lui avaient infligé une blessure ineffaçable.

— Je suis désolée, souffla-t-elle en posant sa main sur la sienne.

Il la retira aussitôt.

— Pourquoi ? Cela m'a plutôt soulagé d'apprendre que je n'étais pas son fils. Je m'étais toujours demandé pourquoi je n'arrivais pas à lui plaire.

« Il ment ! » songea-t-elle. Elle était au contraire

persuadée que cela l'avait terriblement blessé. Elle se souvenait très bien qu'après chaque dispute avec le duc, il broyait du noir pendant des jours. Il tentait en vain de cacher sa souffrance derrière une indifférence bourrue. Et cette nuit-là, elle avait senti à quel point il était malheureux et déstabilisé. Des années plus tard, la négligence de ses parents le faisait encore souffrir.

Pas étonnant qu'il ne croie ni à l'amour ni aux relations durables !

Le regard noir de colère, il bondit sur ses pieds et lança :

— Arrête ça tout de suite ! lui intima-t-il en la prenant par le coude pour l'entraîner dehors.

— Arrêter quoi ? dit-elle en le suivant.

— De me psychanalyser !

— J'essaie juste de comprendre, répondit-elle, le souffle coupé.

Parvenu sur le trottoir, il répliqua :

— Il n'y a rien à comprendre ! Je te désirais, et toi aussi. Il ne s'est rien passé de particulier cette nuit-là, sauf que tu étais vierge. Si je l'avais su plus tôt, je ne t'aurais pas touchée, même si j'étais tenté de le faire. Un point c'est tout.

Ce déni forcené la stupéfia. Pourquoi ne parvenait-il pas à admettre qu'il avait besoin d'un autre être humain dans certaines circonstances très difficiles de sa vie ?

— Très bien, dit-elle d'un ton apaisant. Mais je trouve toujours émouvant que…

— Non, coupa-t-il alors qu'ils étaient arrivés à hauteur du scooter. Cette nuit n'avait rien d'émouvant. Il ne s'agissait que de passion animale.

Il lui fourra un casque entre les mains et ordonna :

— Monte derrière moi. J'éprouve encore de la passion animale pour toi, et j'ai hâte de l'assouvir.

Refroidie, elle mit le casque et grinça :

— Et que dirais-tu si je te disais que cette nuit-là, je ne *voulais* pas de ton désir animal ?

— Je dirais que tu mens ! Et maintenant, monte, dit-il en mettant le contact. Tu as exactement dix secondes. Sans ça, je te prends contre le mur, sans attendre que nous nous trouvions dans l'intimité de ma chambre. A toi de choisir.

Sous la menace, elle sentit ses joues s'empourprer et son corps la trahir avec des frémissements inopportuns.

— Je ne monterai pas sur ton satané scooter ! s'écria-t-elle.

— Dix…

— Comment oses-tu me parler ainsi ? demanda-t-elle, outrée.

— Neuf…

Etait-ce une blague ?

— Huit…

— Je ne suis pas une prostituée à ta disposition !

— Sept…

Désemparée, elle ne savait plus que faire.

— Six…

— Et franchement, tu as une trop haute opinion de…

— Cinq…

— De ton pouvoir de séduction, acheva-t-elle d'un ton faussement ironique.

Les bras croisés sur le guidon du scooter, il semblait décontracté mais prêt à bondir comme un tigre.

— Quatre…

Le temps passait de plus en plus vite.

— Trois…

— Comme si tu pouvais me contraindre à le faire en public ! lança-t-elle en dernier recours.

— Deux… dit-il en se dressant sur ses jambes.

Les mains sur les hanches, elle tenta de composer :

— Ecoute…

— Un…

Vaincue, elle grimpa sur le siège arrière, et empoigna le T-shirt de Gio.

— Tu gagnes pour le moment, lança-t-elle, en quelque sorte soulagée d'entendre son petit rire de triomphe.

Comme il mettait les gaz et démarrait à toute allure, elle ajouta en lui passant les bras autour de la taille :

— Espèce d'obsédé sexuel arrogant…

L'insulte se perdit dans le bruit du moteur. La tête lui tournait, elle s'accrocha à Gio, ses seins vibrant contre son dos musclé.

Sur le Ponte Vecchio, un couple s'embrassait dans l'ombre. Un désir torturant lui vrilla le ventre. De retour à la villa, serait-elle en état de poursuivre leur conversation ? Cela semblait de plus en plus improbable.

Un quart d'heure plus tard, il lui prit la main d'autorité et ils traversèrent la maison enténébrée. Aucun d'eux ne prononça une parole. Dans la chambre, il claqua la porte et entreprit de lui arracher ses vêtements sans plus attendre.

Puis il enleva ses propres vêtements en toute hâte. Elle tremblait devant lui, hypnotisée par la beauté masculine de son corps nimbé de la lueur de la lune. Ses yeux glissèrent vers sa magnifique érection, au moment où il enfilait un préservatif. Le désir animal qui avait couvé en elle toute la soirée s'enflamma.

Il la souleva et enroula ses longues jambes autour de sa taille.

— Ne discute plus, souffla-t-il. Il n'y a rien à comprendre. Tout ce dont nous avons besoin, c'est ça.

— Pourquoi ne pouvons-nous pas faire les deux ? protesta-t-elle tandis qu'il la plaquait contre la porte.

Mais elle livrait une bataille perdue d'avance. Il l'avait déjà presque pénétrée.

Leurs regards se rivèrent l'un à l'autre dans la pénombre.

— Plus tard, Isadora, murmura-t-il en plantant sur ses lèvres un baiser possessif. Pour l'instant, nous sommes occupés.

Et il l'empala d'un seul coup.

La profondeur de la pénétration lui arracha un sanglot.

Plus tard, oui, songea-t-elle dans la brume de ses pensées. Et elle se laissa emporter dans le gouffre de la volupté.

Plus tard, exténués par le plaisir, ils s'écroulèrent ensemble sur le lit.

Lovée contre lui, la tête sur son épaule, elle murmura :

— Tu crois que nous arriverons un jour à faire l'amour en prenant notre temps ?

Elle l'entendit rire doucement. Il la serra contre lui, sa main courut le long de son dos.

— La prochaine fois, répondit-il. Dors, maintenant.

Elle ferma les yeux, sentit ses lèvres sur ses cheveux.

Prenant une profonde inspiration, il murmura :

— Bon sang, Issy, qu'est-ce que je vais faire de toi ?

A moitié endormie, elle perçut sa confusion. Son cœur palpita.

« Redeviens mon ami », eut-elle envie de répondre.

Puis, repue, gorgée de sensualité, elle sombra entre ses bras dans un sommeil heureux.

- 7 -

— Réveille-toi, Belle au bois dormant ! Sans ça, ta peau va brûler au troisième degré.

Issy abrita ses yeux de sa main en visière. Gio se tenait à côté de sa chaise longue, grand et beau dans son pantalon de ville et sa chemise à col ouvert.

Elle s'étira paresseusement et s'étonna :

— Déjà de retour ?

Elle feignit de ne pas remarquer que les battements de son cœur s'étaient accélérés en sa présence. Il l'avait quittée pour une réunion en ville, après le petit déjeuner, en l'invitant à profiter de la piscine.

Accroupi à côté d'elle, il lui effleura le bout du nez.

— Je pars deux heures, et tu attrapes un coup de soleil ! Il faut te mettre à l'ombre.

Elle minimisa le plaisir qu'elle ressentait à le voir s'occuper d'elle et s'inquiéter de sa santé.

— Quelle heure est-il ? s'enquit-elle.

Ils redevenaient amis avec une facilité déconcertante, se réjouit-elle. En quelques jours, leur amitié était devenue aussi excitante et intéressante que leur relation sexuelle.

Si leur première visite de Florence avait été magique, la journée de la veille l'avait été davantage encore. Ils avaient mangé dans une *trattoria* du Mercado

Centrale. Il s'était amusé des efforts touchants qu'elle faisait pour commander son repas en italien. Ensuite, il l'avait emmenée voir les merveilleuses mosaïques de la basilique romane de San Miniato al Monte. Puis, épaule contre épaule, ils avaient assisté à la projection en noir et blanc de *La Dolce Vita* dans un cinéma en plein air.

Par petites touches, elle voyait émerger un homme cultivé et charismatique, doté d'un sens de l'humour malicieux, passionné par son métier d'architecte, et amoureux de la ville d'exception qu'il habitait.

Ils n'avaient plus évoqué leur passé et n'abordaient que des sujets impersonnels. De son côté, elle ne l'avait plus poussé aux confidences. Elle se contentait de la douce amitié qui se renouait entre eux, et jouissait chaque jour un peu plus du tour artistique et riche que l'ancien adolescent malheureux avait su donner à sa vie. Pourquoi gâcher cette belle harmonie entre eux par une curiosité mal placée ?

Il consulta sa montre.

— Il est 13 heures, répliqua-t-il. C'est l'heure la plus chaude de la journée.

Elle avait donc dormi une heure en plein soleil, constata-t-elle, effarée. Heureusement, elle s'était enduite d'écran total avant de sombrer dans le sommeil !

— Pourquoi me regardes-tu avec cette sévérité ? dit-elle en bâillant. C'est ta faute si je me suis endormie.

— Comment ça ?

— Depuis mon arrivée à Florence, tu ne m'as pas laissée dormir ! le taquina-t-elle.

Leur amitié avait de merveilleux à-côté, songea-t-elle tandis que son pouls s'accélérait.

Ils faisaient l'amour de toutes les façons. Parfois

pressés et brusques. D'autres fois, lents et presque recueillis. Mille variantes aiguisaient leurs sens. Il était doté d'un surprenant pouvoir de récupération. Quant à elle, jamais elle ne s'était sentie aussi rassasiée et épanouie de sa vie. Ni aussi épuisée. Au réveil ce matin, blottie contre lui, respirant son odeur musquée, elle avait frissonné de tous ses membres, pleine de la même faim dévorante que la veille, et l'avait accueilli en elle avec ardeur.

Lorsqu'il s'était levé pour prendre sa douche seul, avant son rendez-vous important en ville, elle avait éprouvé un véritable sentiment d'abandon. Elle ne s'en était pas inquiétée. Ils passaient ensemble des moments fabuleux, mais tout cela aurait une fin, elle le savait.

— Combien de temps as-tu passé au soleil ? demanda-t-il. Tu avais mis de la crème, au moins ?

— Oui chef ! répliqua-t-elle en souriant.

— Ce n'est pas drôle. Les brûlures du soleil font des ravages sur les peaux claires.

— On dirait ma mère, plaisanta-t-elle en passant un doigt caressant sur son biceps bronzé.

Il esquissa un lent sourire :

— Ah oui ?

— Exactement ! rétorqua-t-elle, un soudain désir niché au creux de son intimité.

— Rien que pour ça…

Il la souleva de la chaise longue. Prise au dépourvu, elle enroula ses bras autour de son cou, et se tortilla en criant :

— Mais… qu'est-ce que tu fais ?

— Je vais t'aider à te rafraîchir.

Anticipant la suite, elle gigota de plus belle.

— Non ! Je me suis déjà baignée ce matin !

— Toi, d'accord, mais pas moi !

Et sans plus de préambule, il se jeta avec elle tout habillé dans la piscine.

— Dis-moi… c'est le coup de soleil, ou bien rougis-tu encore ? demanda-t-il avec un amusement non déguisé.

— Je ne sais pas de quoi tu parles.

Assis en peignoir de bain à la table dressée sur la terrasse, il souriait de toutes ses dents.

— Je ne savais pas que tu courais aussi vite, poursuivit-il. Je me demande si tu n'as pas établi un nouveau record.

Pour calmer les battements de son cœur, elle but une longue gorgée de limonade glacée.

— Ce n'est pas drôle du tout, répliqua-t-elle sèchement, en essayant de se maîtriser. La gouvernante va me prendre pour une catin.

« Si ce n'est déjà fait », songea-t-elle.

En effet, tout de suite après leur plongeon impromptu, ils s'étaient ébattus et s'apprêtaient à faire l'amour dans l'eau. Ils avaient été interrompus par Carlotta venue leur annoncer que le repas était prêt. Mortifiée, Issy avait jailli hors de la piscine, s'était enroulée dans une sortie de bain et enfuie vers la chambre, poursuivie par le rire de Gio. Elle n'était pas remise de ce moment d'embarras.

— Bien sûr que non, protesta-t-il en entamant le repas. En bonne Italienne, elle n'est pas aussi à cheval sur les bonnes manières que vous, les Britanniques.

— Nous, les Britanniques ? N'es-tu pas toi-même à moitié anglais ?

— Quand il s'agit de… bonnes manières, je suis plutôt italien, rétorqua-t-il avec un sourire.

— Moi aussi, dit-elle avec emphase.

Ils sourirent ensemble. Mais encore rouge de confusion, elle tira son peignoir de bain sur ses genoux.

Comment avait-elle pu se laisser aller à ce point dans la piscine ? Le personnel pouvait les interrompre à tout moment, elle le savait très bien ! En l'espace de quelques jours, il l'avait transformée en une véritable nymphomane. Cela commençait à la perturber.

La passion physique entre eux n'aurait-elle pas dû commencer à retomber ?

Interrompant le cours de ses pensées, il lui prit la main et emmêla ses doigts aux siens.

— Par déférence envers ta susceptibilité britannique, je suggère que nous nous retirions dans l'intimité de notre chambre, après le déjeuner.

Elle sentit la vague de désir désormais familière monter en elle, tandis qu'il portait sa main à ses lèvres et y déposait un baiser. Cela l'inquiéta encore davantage. Pourquoi acquiesçait-elle toujours à tout ? Pourquoi ne lui disait-elle jamais non ?

Carlotta apparut sur la terrasse, un petit plateau en argent entre les mains. Issy retira sa main.

Gio prit la grande enveloppe sur le plateau et remercia la gouvernante. Les deux femmes se sourirent, choisissant d'ignorer l'épisode de la piscine.

De combien d'escapades sexuelles de Gio Carlotta avait-elle été témoin ? se demanda-t-elle en la regardant s'éloigner. Un pincement au cœur de jalousie lui fit froncer les sourcils. Cette liaison n'était que temporaire, se répéta-t-elle pour la énième fois. Cela n'aboutirait à rien, et les autres liaisons de Gio ne la concernaient pas.

— Bon sang ! lâcha-t-il entre ses dents.

Il laissa tomber dans la poubelle de table une grande carte couleur magnolia, et déchira l'enveloppe qui subit le même sort.

— Mauvaises nouvelles ? s'enquit-elle.

— Ce n'est rien, répliqua-t-il en reprenant son couteau et sa fourchette.

Dans le mouvement qu'il fit, son peignoir s'entrouvrit. Elle détourna le regard du triangle de poils noirs qui descendait vers son ventre.

Rien ? Difficile à croire. Elle voyait bien qu'il était soudain tendu et agacé. Elle s'empara de la carte qu'il venait de jeter. Les mots en lettres dorées s'étalaient en italien. Elle ne comprit que la date du jour.

Pourquoi réagissait-il avec une telle violence à une carte inoffensive ?

— Qui est Carlo Nico Lorenzo ? demanda-t-elle en lisant le nom imprimé au centre de la page.

Il la fusilla du regard.

— Ce n'est pas pour rien que j'ai jeté cette carte, rétorqua-t-il.

— C'est un parent à toi ? Ta mère avait des frères et sœurs ?

Elle laissa traîner sa voix, pour lui donner l'occasion de remplir les blancs.

Il lui arracha l'invitation des mains et la posa à l'envers sur la table.

— Carlo, c'est l'enfant qu'ils baptisent, dit-il d'un ton bref. C'est le petit-fils du frère aîné de Claudia, qui s'appelle aussi Carlo. Et maintenant, pouvons-nous finir de déjeuner tranquilles ?

— Tu veux dire qu'il est le petit-fils de ton oncle ?

Pourquoi ne parlait-il jamais de sa famille italienne ? se demanda-t-elle. Elle ne savait même pas qu'il avait des parents en Italie.

— C'est ça, dit-il, concentré sur son assiette.

Mais elle était piquée dans sa curiosité et ne pouvait s'arrêter en si bon chemin.

— Que dit ce petit mot ? demanda-t-elle en remarquant les lignes manuscrites au dos de la carte.

Il prit le temps de mâcher longuement sa bouchée avant de lâcher :

— Tu sais, ton insistance est parfois très agaçante.

Calme et attentive, elle attendit la vraie réponse.

Résigné, il soupira avec bruit, prit la carte et lut :

« Tu nous manques, Giovanni. Tu fais partie de la famille. S'il te plaît, viens, cette fois-ci. »

— Ce qui est absurde, poursuivit-il en remettant la carte à la poubelle, parce que je les connais à peine, lui et sa famille.

— Cette fois-ci ? Combien de fois t'ont-ils invité à des réunions familiales ?

— Je ne sais pas, s'énerva-t-il. Des centaines de fois. Ils sont très nombreux. Claudia avait cinq frères plus âgés qu'elle, et ils ont tous une flopée d'enfants, et font constamment des fêtes.

— Où habitent-ils tous ?

A l'autre bout de l'Italie, peut-être ? Cela expliquerait qu'il ne leur rende jamais visite.

— Ils vivent à une heure de route d'ici, à peu près. La famille possède une oliveraie près de San Giminiano. Je m'imagine que la plupart des membres de la famille y vivent encore. Pourquoi ça t'intéresse tant ? demanda-t-il avec un air agacé.

Elle sentait une sourde colère monter en elle. Elle-même n'avait pour toute famille que sa mère, et avait toujours rêvé d'avoir des frères et sœurs, des cousins, des oncles et tantes. Gio aussi était fils unique. Enfant, il avait été encore beaucoup plus seul qu'elle. Alors, pourquoi ne saisissait-il pas la chance de connaître la chaleur de sa propre famille ?

— Bon sang, Gio ! lança-t-elle. Pourquoi ne les vois-tu pas ? Ils sont *ta* famille !

— Je n'ai pas de famille. Je ne les connais même pas. Ils ont renié Claudia avant ma naissance, l'ont chassée de leur vie.

— C'est pour ça que tu ne les aimes pas ? demanda-t-elle, un peu déroutée. Parce qu'ils ont mal traité ta mère ?

— Bien sûr que non, rétorqua-t-il, de plus en plus agacé. Je pense qu'elle a dû leur rendre la vie impossible. Je suis bien placé pour savoir que la vie avec elle était un vrai cauchemar. Je ne leur reproche pas de l'avoir rejetée de leur existence.

Elle perçut le mépris dans sa voix. C'est pour cela qu'il ne parlait jamais de sa mère.

— Tu es fâché parce qu'ils n'ont jamais cherché à te connaître quand tu étais enfant ? demanda-t-elle avec précaution.

Repoussant son assiette, il se servit à boire et déclara :

— Au cas où tu ne l'aurais pas encore compris, cette conversation ne m'intéresse pas.

— Eh bien, ça m'intéresse, moi, répliqua-t-elle, décidée à ne pas lâcher prise. Je crois que tu leur en veux, mais tu as tort. Je…

— Je ne leur en veux pas, interrompit-il en se levant de table. Pourquoi s'intéresseraient-ils à moi ? Je ne suis rien pour eux.

Il se dirigea vers la balustrade de la terrasse et s'y appuya. Son ton défensif, ses mains crispées sur le rebord, la calmèrent. Infiniment triste pour lui, elle riposta :

— Ce n'est pas vrai. S'ils n'avaient rien à faire de toi, ils ne t'inviteraient pas à ce baptême. S'ils n'ont pas cherché à te voir quand tu étais enfant, il doit y avoir une raison. Peut-être que…

La tête dans les épaules, il l'interrompit d'une voix sourde :

— Ils ont essayé… j'ai rencontré Carlo une fois. Il est venu chez nous, à Rome. Claudia était sortie pour la nuit et je me trouvais seul.

— Quel âge avais-tu ? demanda-t-elle d'une voix douce.

Depuis le début de son séjour, elle évitait de penser à l'enfance de Gio, se méfiait de ne pas tomber dans la psychanalyse à bas prix, en reliant les actes et les attitudes de Gio au comportement de ses parents. Mais maintenant, tout devenait différent. Elle voulait savoir à quel point son enfance avait été une catastrophe.

— Dix ans.

Pour ne pas trop se laisser attendrir, elle se mordit la lèvre inférieure. Mais tout à coup, une évidence la frappa, et elle dut refouler les larmes qui lui montaient aux yeux. Depuis qu'elle connaissait Gio, il appelait ses parents « Claudia » et « le duc ». Même enfant, il ne les avait jamais appelés « papa » et « maman ». Maintenant, elle comprenait pourquoi. Ils n'avaient jamais été pour lui de vrais parents. Il les voyait sous leur vrai jour : des gens qui s'étaient battus entre eux pour obtenir sa garde, et l'avaient ensuite rejeté sans états d'âme.

— Comment ça s'est passé avec Carlo ? demanda-t-elle.

— Il n'y a pas grand-chose à dire, répondit Gio en haussant les épaules. Il voulait voir Claudia, nous l'avons attendue ensemble. Pendant ce temps-là, il m'a expliqué qui il était, et m'a posé des questions sur mes goûts, etc. A cette époque, je parlais peu l'italien, je comprenais mal ce qu'il me disait.

Elle sentit son cœur se serrer. Quoi d'étonnant à ce qu'il ne croie pas aux relations durables entre les êtres ? Il n'avait jamais eu de famille. Jamais il n'avait connu le cocon familial, dans lequel un enfant peut grandir en toute quiétude, couvé par des parents et une famille qui s'intéressent à lui et l'entourent.

— Elle a fini par arriver, poursuivit-il avec dérision. Droguée à la cocaïne, comme d'habitude. Ils se sont violemment disputés, elle a appelé la police, et Carlo a dû partir. Il n'est jamais revenu. Mais les invitations ont commencé quelques mois après. Elles m'étaient toujours adressées. Claudia les jetait, sans me permettre de les ouvrir. Après sa mort, j'ai répondu à quelques invitations, en me creusant la tête pour trouver des excuses pour ne pas m'y rendre. Mais ils ont persisté. C'est pourquoi, maintenant, je jette les cartons à la poubelle sans répondre.

— Tu devrais y aller, dit-elle.

Elle se leva à son tour, repêcha le carton d'invitation dans la corbeille avant de le rejoindre. Posant une main sur son épaule, elle répéta :

— Tu devrais aller à ce baptême. Voir ta famille, revoir Carlo.

Pour une raison mystérieuse, se rendre à cette invitation revêtait tout à coup une importance capitale à ses yeux.

Il ne prit pas l'invitation qu'elle lui tendait.

— Issy, je t'en prie ! murmura-t-il en lui caressant la joue, les yeux voilés. Tu n'as pas compris ? Je ne veux pas y aller. Je suis un étranger pour cette famille.

Elle posa la main sur son torse, et sentit les sourds battements de son cœur sous ses doigts.

— N'aie pas peur d'eux, dit-elle. Ils sont ta famille.

— Peur d'eux ? Quelle idée !

Mais elle le sentait sur la défensive. Oui, il avait peur, songea-t-elle. Peur de les laisser l'approcher de trop près. Peur de se fier à eux. Il n'accordait sa confiance à personne.

Il détourna la tête, et son cœur se serra de nouveau.

Quelle grave maltraitance il avait subie ! Tout enfant méritait d'être aimé d'un amour inconditionnel, et soutenu dans toutes ses entreprises. Elle pensa à sa propre mère, à la façon indéfectible dont elle l'avait aimée, l'avait aidée à franchir toutes les étapes difficiles de sa vie. Edie était une maman toujours présente, elle l'avait félicitée de ses moindres succès, et lui avait offert son épaule secourable pour pleurer toutes les larmes de son corps après le départ définitif de Gio.

Gio, lui, n'avait bénéficié de rien de tel dans son enfance. Il avait vécu seul, critiqué et rejeté par son père, négligé et ignoré par sa mère. Son succès professionnel flamboyant dissimulait mal une réalité aride : malgré son charisme et sa belle assurance, il avait survécu émotionnellement en se barricadant à l'intérieur de lui-même. Il avait refusé l'amour, celui qu'on donne et celui qu'on reçoit.

Dans son enfance, un ami lui aurait été précieux. Il en avait encore besoin aujourd'hui. Un ami qui lui démontrerait qu'il existait une autre voie.

— Ta famille enrichirait encore plus ta vie, comprends-le, dit-elle.

— Toujours aussi romantique ! s'exclama-t-il avec un rire dur.

Puis, s'appuyant à la rambarde d'un geste nonchalant, il ajouta :

— Cela ne m'intéresse pas de rencontrer la famille de Claudia. Je n'ai rien à leur offrir. Et ils n'ont rien à m'apporter non plus.

Elle le dévisagea. Son refus obstiné la sidérait. Il pouvait donner beaucoup, et recevoir autant en retour, elle en était sûre…

— Je n'ai besoin que d'une chose, et ça n'a rien à voir avec ça, dit-il en lançant le carton d'invitation sur la table.

Joignant le geste à la parole, il la prit par la taille, l'attira contre lui et plaqua sa bouche contre la sienne.

Désireuse de lui laisser marquer le point, elle enfouit ses doigts dans ses cheveux, et lui rendit son baiser. Sous son désir, elle sentait son désespoir muet.

Il la souleva contre lui et l'emporta vers la chambre en ordonnant :

— Entoure-moi de tes cuisses.

Elle obtempéra, déposant une pluie de baisers sur son visage, son front, son menton.

Dans la chambre, il l'embrassa à pleine bouche, s'allongea avec elle sur le lit et la couvrit de son corps. Emportée par ce baiser profond, dangereux, délibéré, elle eut envie de crier.

Ils se débarrassèrent en hâte de leurs vêtements.

Puis il emmêla ses doigts dans les boucles dorées de la toison d'Issy, et lui prodigua d'ardentes caresses.

— J'aime que tu sois toujours humide pour moi, lui murmura-t-il à l'oreille.

Elle s'arqua contre lui. La violence de son propre désir la laissait pantelante. Sous la caresse de ses doigts experts, elle explosa avec une volupté sauvage, sans lui laisser le temps de la pénétrer.

Puis sans reprendre haleine, éperdue de reconnaissance, elle s'accrocha à ses épaules, et s'ouvrit tout entière à lui.

Il plongea en elle comme dans un fourreau. Sous ses coups de boutoir profonds, elle sentit le plaisir renaître. Les grognements sourds qu'il poussait se mêlèrent à ses propres gémissements, et ensemble ils sombrèrent dans un abîme de félicité.

Rassasiés et comblés, le corps brillant de sueur, ils demeurèrent un long moment l'un dans l'autre.

Issy caressait les cheveux mouillés de sueur de son amant. Ses doigts tremblaient, son corps vibrait encore de leur orgasme exaltant. Comment Gio classerait-il ce qu'ils venaient de faire ? se demanda-t-elle, engourdie. Venaient-ils de coucher ensemble ou de faire l'amour ? Pour sa part, elle avait vécu une sorte de tremblement de terre.

Il souleva la tête un instant sans dire un mot, avant de se laisser retomber sur le côté. Il avait l'air aussi fourbu qu'elle. Mais une seconde plus tard, il jura entre ses dents :

— Bon sang ! Je n'ai pas mis de préservatif ! C'est un problème ?

Elle mit un moment avant de comprendre ce qu'il venait de dire.

— Pardon ? demanda-t-elle.

— J'ai oublié le préservatif, répéta-t-il en se raclant la gorge.

Il se dressa sur un coude, et s'enquit :

— Qu'elle est la date de tes prochaines règles ?

Devant le ton sec de la voix de Gio, elle bégaya :

— Je…

— Tu n'es pas au milieu de ton cycle, au moins ?

— Non… je les aurai sous peu, ajouta-t-elle après un rapide calcul.

— Ouf ! dit-il en se laissant retomber sur le lit.

Face à son soulagement, elle sentit ses joues s'empourprer.

— Et la pilule du lendemain ? murmura-t-elle en s'efforçant de s'en tenir aux choses pratiques. On peut se la procurer, par ici ?

Jamais encore elle n'avait eu recours à cette procédure d'urgence, et son estomac se serra.

— Il faut sûrement une ordonnance, dit-il d'un ton si désinvolte que son cœur se serra.

— Ah, fit-elle d'une voix rauque en se redressant. Ça n'a pas d'importance. Tout va bien aller, j'en suis sûre. Si je repars tout de suite pour l'Angleterre, je la trouverai en pharmacie.

Ils n'avaient à aucun moment abordé la question de son retour au Royaume Uni. Mais soudain, cela devenait primordial.

Elle balança les jambes hors du lit et s'exhorta au calme en enfilant son peignoir.

— Je vais prendre un billet d'avion, annonça-t-elle.

Mais il l'empêcha de se lever.

— Réfléchis un peu, dit-il. Tu n'as pas besoin de chercher une place d'avion sur internet, puisque nous avons mon jet. Mais attendons demain, ajouta-t-il en lui caressant l'intérieur du bras.

Elle fut tentée d'accepter la proposition. Bien à tort, d'ailleurs. La meilleure chose à faire était de régler ce petit… incident au plus vite. Alors pourquoi éprouver cette joie sourde quand il lui proposait de rester un jour de plus ? Pourquoi ne voulait-elle pas partir ?

— Nous nous étions mis d'accord sur deux jours, avança-t-elle.

— Eh bien, cet accord était ridicule, voilà tout, répliqua-t-il en lui replaçant une mèche de cheveux derrière l'oreille. Tu as dit toi-même que tu n'étais pas en milieu de cycle. Rien ne presse.

Il lui releva le menton. Sous son regard intense, elle essaya de dominer les battements de son cœur. Jamais il ne l'avait contemplée de la sorte.

— Nous règlerons les choses en temps utile, si nécessaire, assura-t-il de sa voix profonde.

Puis, la prenant par les épaules, il la regarda au fond des yeux et poursuivit :

— N'y pensons pas aujourd'hui. Demain est un nouveau jour. Va t'habiller, maintenant. Mets quelque chose de joli, nous allons dans un endroit très spécial. Cela nous changera les idées, conclut-il en lui effleurant le front de ses lèvres.

— Tu crois vraiment que…

— Nous irons où tu voudras, l'interrompit-il. A toi de choisir.

— D'accord, dit-elle, heureuse à la perspective de ne pas partir ce soir.

Elle courut vers la salle de bains, referma la porte

derrière et s'y adossa, laissant aux battements fous de son cœur le soin d'effacer ses doutes. Tout allait bien. Plus que bien. Ils avaient fait une erreur, mais cela n'aurait aucune conséquence.

Adolescente, elle avait toujours eu du mal à prendre ses distances envers les gens, pour pouvoir peser leurs attitudes et leurs sentiments et les juger à bon escient. C'est la raison pour laquelle elle était si facilement tombée amoureuse de Gio, dans le passé. Depuis, elle avait appris à contenir ses émotions. Elle ne les laissait plus gouverner sa raison. Peut-être avait-elle exagéré dans ce sens, étouffant sa vraie personnalité ?

Qu'y avait-il de mal à ce qu'elle éprouve pour Gio des sentiments très forts ? Ils avaient une histoire commune, pour commencer. Et maintenant qu'elle comprenait à quel point l'attitude négligente de ses parents l'avait détruit, n'était-il pas normal d'éprouver pour lui un regain d'amitié profonde ?

Ouvrant le robinet de la baignoire, elle poursuivit sa réflexion. Elle avait accepté de venir à Florence pour surmonter les conséquences de ses erreurs de jugement passées. Le meilleur moyen d'y parvenir était de guérir la part intime d'elle-même qui avait été ravagée cette nuit-là. Il ne fallait donc plus avoir peur de ses sentiments pour Gio.

Quand leur passade s'achèverait, ils reprendraient chacun leur route, riches des bons côtés retrouvés de leur enfance, et délestés des mauvais souvenirs.

Tout en versant les sels de bain dans l'eau bouillonnante, ses pensées dérivèrent et elle sourit. Gio lui avait proposé de choisir leur destination de cet après-midi. Eh bien, elle savait très bien où aller ! Lui aussi devait guérir de son passé.

Elle s'enfonça dans l'eau chaude, abandonnant avec délice ses muscles fatigués aux huiles essentielles de lavande. Pourtant, elle éprouvait un drôle de sentiment. N'avait-elle pas raté quelque chose de vital ?

Qu'avait-il fait ?

Allongé sur le lit, un bras replié sous la tête, Gio fixait le plafond. Il avait pris Issy sans mettre de préservatif. Il tourna les yeux vers la salle de bains, rassuré par le bruit de l'eau qui coulait.

En fait, il n'était pas si rassuré que ça.

Avait-il complètement perdu l'esprit ? Jamais auparavant il n'avait oublié de se protéger, même quand son désir était intense. Pour se protéger, bien sûr, mais surtout pour éviter d'avoir un enfant. Même quand la femme qu'il courtisait affirmait prendre la pilule, il enfilait toujours une protection.

Mais Issy lui faisait beaucoup plus d'effet que n'importe quelle maîtresse. Et pour la première fois de sa vie, dans le feu de l'action, il avait oublié la contraception.

Elle l'avait mis à nu et l'avait rendu vulnérable en lui racontant ces fadaises à propos de la famille de Claudia. Très vite, il n'avait plus eu qu'une idée en tête : la faire taire par n'importe quel moyen. Mais dès qu'il l'avait touchée, dès qu'il avait retrouvé son goût, dès qu'elle avait répondu à ses caresses avec le même désir insensé que le sien, il n'avait plus pensé qu'à une chose : se retrouver en elle, se nicher dans son ventre. Avant de savoir ce qui se passait, il se repaissait de leurs corps claquant l'un contre l'autre, plantant sa semence au plus profond d'elle, sans une pensée pour les conséquences possibles.

Cela, ce n'était pas une simple erreur. C'était de la folie pure.

Bondissant hors du lit, il enfila son peignoir de bain et se passa une main nerveuse dans les cheveux.

Comment cela était-il arrivé ? Il était en train de perdre pied.

Qu'arriverait-il si elle se retrouvait enceinte ? Il la connaissait assez pour savoir qu'elle n'envisagerait pas un avortement. Mais lui ne voulait à aucun prix d'un enfant. Il savait trop bien ce que c'était d'être une conséquence, un inconvénient, une erreur, dans la vie d'autrui. Il en avait fait l'amère expérience.

Et pourquoi lui avoir demandé de rester un jour de plus ? Il aurait dû au contraire foncer à l'aéroport, la ramener à Londres, s'assurer qu'elle faisait le nécessaire pour ne pas attendre un bébé.

Tout cela résultait d'une folie passagère ! décida-t-il. Il sortit sur la terrasse, se laissa tomber sur une chaise, et contempla leur repas inachevé. Sa folie était-elle si temporaire que ça ? Pas sûr du tout. En fait, cette femme lui faisait perdre la raison. Ces derniers jours, il était devenu esclave de tout ce qui la concernait de près ou de loin.

Le doux parfum de ses cheveux, quand il se réveillait à côté d'elle, le matin. Le son de sa voix quand elle babillait à propos de tout et de rien. Même son menton têtu, et la compassion dans ses yeux bleu océan, quand elle le poussait à se rendre à ce satané baptême. Il aimait tout d'elle.

Elle le charmait tant que ce matin, il s'était rendu au bureau, dans l'unique but de se prouver qu'il pouvait passer quelques heures loin d'elle. Mais son plan avait échoué. Il n'avait pas eu la force de demeurer loin d'elle toute la matinée. Il avait accouru vers elle, l'avait retrouvée, sa peau tendre rosie par trop de soleil, et n'avait pas pu s'empêcher de la toucher.

Ils avaient failli se donner en spectacle sous les yeux de Carlotta. Et même si la dignité outrée d'Issy l'avait fait rire sur le moment, il ne trouvait plus ça drôle.

Mais il y avait pire. Quand elle avait parlé de retenir un billet d'avion de retour, son estomac s'était noué, il avait eu peur. Il n'avait caché sa panique qu'au prix d'un effort considérable.

Jamais les femmes ne troublaient ses pensées. Pourtant, elle y parvenait sans peine.

Il se leva. Malgré son envie dévorante de la rejoindre dans son bain, il se dirigea vers une autre salle de bains. Il avait besoin d'un moment seul avec lui-même pour faire le point. Il se demandait à présent comment il avait pu s'imaginer qu'en faisant l'amour jusqu'à plus soif avec elle, il pourrait s'en détacher plus facilement.

C'était peut-être ça, le problème ? se demanda-t-il. Il n'avait pas l'habitude de partager sa maison avec les femmes qu'il séduisait. Il ne couchait jamais avec elles jusqu'à épuisement. En fait, c'était simple. Il était persuadé que dès que la nouveauté perdrait de sa fraîcheur, il parviendrait à se séparer d'Issy sans problème. Tout se passait plus lentement que prévu, voilà tout. Jamais auparavant il n'aurait cru qu'on puisse se lasser de la meilleure des choses.

Satisfait de cette hypothèse rassurante, il s'abandonna avec soulagement au plaisir d'une douche bien chaude. Un tour en ville, voilà ce qu'il lui fallait. Cela lui remettrait les idées en place.

***

— Tu veux aller où ? s'exclama Gio, les mains crispées sur le volant de sa Ferrari.

Tous les sentiments positifs de cet après-midi passé ensemble s'étaient envolés.

— J'ai l'adresse dans mon sac.

Muet de stupeur, il la regarda brandir d'un air naturel le carton d'invitation au baptême.

— Tu avais raison, reprit-elle, avec un sourire suave, c'est bien à Giminiano. Et j'ai une jolie robe, comme tu me l'avais suggéré. Tu veux que je programme le GPS ?

— Nous avons déjà eu cette conversation, Issy. Je ne veux pas y aller, dit-il d'un ton ferme, prêt à engager une querelle.

Mais au lieu de se fâcher, elle fit remarquer simplement :

— Tu avais dit que je pouvais choisir. Je choisis d'aller au baptême de ton cousin.

De nouveau, elle lui offrait son menton têtu. Mais cela ne lui plaisait plus.

— Ce n'est pas mon cousin ! Il n'est rien pour moi. Aucun d'eux n'est rien pour moi.

— Si c'est le cas, pourquoi as-tu si peur de leur rendre visite ?

— Je n'ai *pas* peur !

Tout cela commençait à l'agacer prodigieusement.

— Alors, prouve-le, dit-elle d'une voix douce.

Il ouvrit la bouche pour l'envoyer au diable. Il n'avait plus dix ans, tout de même ! Il ne relevait plus les défis. Mais tout à coup, son regard empreint de sympathie et de compréhension eut raison de lui, et les mots ne franchirent pas ses lèvres.

— D'accord, on y va, grinça-t-il en programmant le GPS. Mais je t'avertis, tu vas t'ennuyer à mort.

Comme il saisissait les coordonnées sur l'écran, elle se pencha vers lui et l'embrassa sur la joue.

— Pas du tout ! riposta-t-elle en lui caressant la cuisse. Et toi non plus, d'ailleurs. C'est une expérience que tu n'oublieras jamais.

Ah ça, non ! songea-t-il, lugubre, en appuyant sur l'accélérateur.

- 8 -

— *Giovanni, mio ragazzo. Benvenuto alla famiglia.*

Devant l'émotion de l'homme âgé qui prenait dans ses bras son neveu prodigue, Issy refoula des larmes d'émotion.

Raide, mal à l'aise dans l'élégant costume qu'il avait choisi pour cette soirée si particulière, Gio se pencha et accepta le baiser que Carlo Lorenzo déposait sur sa joue. Le vieil homme émit un petit rire, et serra entre ses mains décharnées celle de son neveu. Il n'arrêtait pas de parler. Que disait-il ? Elle n'en avait pas la moindre idée. Mais à la confusion qu'elle lisait sur le visage de Gio, elle comprenait. Il exprimait sa joie, et celle de sa famille.

Elle laissa échapper un soupir de soulagement et sortit un mouchoir en papier de son sac.

Pendant que la Ferrari gravissait la route tortueuse vers la propriété des Lorenzo, elle avait commencé à douter du bien-fondé de son initiative. Elle le poussait à se rendre à ce baptême. Mais que se passerait-il si elle s'était trompée ? Si la famille ne l'accueillait pas comme elle l'espérait ?

Au fur et à mesure qu'ils approchaient, il s'était montré de plus en plus tendu et renfermé. Il répondait à ses questions par monosyllabes sèches, conduisait avec une brusquerie inhabituelle. Pour la première fois, elle le voyait avoir le trac, et sa réaction remettait en cause son initiative de manière radicale.

Qu'est-ce qui lui donnait le droit de se mêler de sa vie ? Lui ne montrait pas le moindre intérêt pour la sienne. Ils ne partageaient une certaine intimité que depuis trois jours. Et la fin de cette parenthèse hors du temps se rapprochait. Bien sûr, ils étaient amis. Mais pas plus. Cela lui donnait-il le droit de juger de ce qui lui convenait ?

Pourtant, maintenant, en regardant Carlo et Gio parler ensemble, tous ses doutes s'étaient évanouis. Elle se réjouissait de l'enthousiasme avec lequel la famille Lorenzo accueillait l'enfant prodigue. Tout aurait pu si mal tourner ! songea-t-elle. Le contraire s'était produit, et elle savourait le miracle.

— Vous êtes la *ragazza* de Giovanni, n'est-ce pas ?

Issy se retrouva devant une jolie petite brune vêtue d'une robe vive et enceinte de plusieurs mois.

Elle fourra son mouchoir dans son sac et tendit la main en se présentant :

— Je suis Issy Helligan.

Que dire d'autre ? *Ragazza* ? Voulait-elle dire petite amie ? Etait-elle la petite amie de Gio ? Pas vraiment. Pas de façon permanente.

— Je suis une amie de Gio, reprit-elle, soudain désenchantée. Je suis désolée, mais je ne parle pas italien.

— Dans ce cas, ça tombe bien que je parle couramment l'anglais, répondit la jeune femme avec un sourire malicieux. Sans cela nous ne pourrions pas discuter à propos de mon cousin disparu depuis si longtemps ! Je m'appelle Sophia, à cause de l'admiration que mes parents vouaient à Sophia Loren. Dommage que je n'aie pas son corps de rêve !

Issy se mit à rire. Sophia lui plaisait bien.

— Pour quand attendez-vous votre bébé ? demanda-t-elle.

— Dans deux semaines, répondit la future maman en se caressant le ventre. Mais Aldo, mon mari, assure qu'il va naître avant. Nos deux premiers sont arrivés plus tôt que prévu. Il est persuadé que ce sera encore le cas cette fois-ci !

— Formidable, souffla Issy, un peu jalouse.

Sophia irradiait l'amour et le bonheur. Issy eut de nouveau envie de ressortir son mouchoir. Cette femme paraissait plus jeune qu'elle, et elle avait déjà deux enfants et un troisième en route, avec un homme qui l'aimait.

Qu'ai-je fait de ma vie ? songea-t-elle.

— Venez, dit Sophia en la prenant par le bras. Ma mère, mes tantes, mes sœurs, mes cousines, tout le monde vous attend.

Elle l'entraîna loin de Gio qui paraissait en état de choc, un peu aux abois, tandis que Carlo le présentait à d'autres membres de sa famille.

— Elles veulent tout savoir de vous et de Gio, poursuivit Sophia sur un ton de conspirateur. Il est un peu l'enfant prodigue… et vous, vous êtes très belle. Alors, nous sommes toutes très curieuses !

— Oh ! Gio et moi ne sommes pas… entre nous ce n'est pas exactement…

Comment ne pas induire la jeune femme en erreur ?

— Il… il n'y a pas beaucoup à dire sur lui et moi, répondit-elle enfin, prenant la tangente. Et j'ai honte de le laisser tout seul, ajouta-t-elle en regardant par-dessus son épaule. C'est moi qui lui ai suggéré de venir au baptême.

Gio lui lança un regard furieux, entre deux embrassades d'hommes âgés qui devaient être ses oncles.

— Giovanni est un grand garçon, décréta Sophia en l'entraînant vers la terrasse où se dressait un alléchant buffet. De toute façon, il n'est pas seul.

Un groupe de femmes de douze à quatre-vingt-dix ans se tenait autour de la table, et la regardait avec une curiosité non déguisée. Sous l'intérêt de ces regards, elle ressentit encore plus le poids de l'imposture.

— Mon père attend depuis plus de vingt ans de revoir *il ragazzo perduto,* ajouta Sophia. Il va le présenter à tout le monde pendant des heures ! Mais quand nous commencerons à danser, nous vous ramènerons vers lui.

Danser ? L'idée la fit sourire. Jamais elle n'avait dansé avec Gio.

Malgré la panique de Gio, elle se laissa guider par sa nouvelle amie. Cela lui ferait du bien d'être fêté par sa famille tout entière, songea-t-elle. Tous les deux étaient là pour ça, pour qu'il reprenne contact avec ce qui compte vraiment dans la vie. Et pour cela, il valait mieux prendre un peu de distance par rapport à lui, se laisser pénétrer par la chaleur de cette grande famille heureuse et accueillante, et retrouver ses propres priorités dans l'existence.

— Que veut dire *il ragazzo perduto ?* demanda-t-elle distraitement.

— Carlo appelle Giovanni « le garçon perdu », répliqua Sophia avec un sourire chaleureux. Il se fait du souci pour lui depuis le jour où il l'a rencontré à Rome, il y a des années de cela. Carlo pensait que, loin de sa famille, il n'avait personne pour l'aimer, ou pour prendre soin de lui… Mais, en voyant la façon dont vous le regardez, ajouta-t-elle d'un air entendu, je pense qu'il n'est plus perdu…

Les mots de Sophia firent battre son cœur plus vite.

— Dansons, Isadora.

Au son de cette voix impérieuse, Issy tourna la tête.

— Oh ! Gio ! s'exclama-t-elle en esquissant un sourire.

Il avait l'air confus et épuisé.

— Tu as donc enfin échappé à ton oncle, dit-elle gaiment.

— Ne ris pas ! Il m'a tenu la jambe pendant deux bonnes heures. En un après-midi, il m'a présenté à davantage de gens que je n'en ai rencontrés dans ma vie entière. Il m'affirme que j'ai un lien de parenté avec chacun d'entre eux !

Il salua brièvement Sophia et les autres femmes, mais leur échappa en posant sa main sur le bras d'Issy, pour la conduire vers la piste de danse en bois installée au milieu des oliviers.

Le crépuscule tombait, mais des lampions pendaient aux branches des arbres, diffusant une lueur magique sur les couples qui dansaient déjà.

— Deux grand-mères m'ont pincé les joues, continua-t-il en plaquant sa cavalière contre lui. J'ai dû raconter ma vie à peu près vingt fois. Tante Donatella m'a nourri de force de ses *fusilli ortolana,* et la cousine Elsabetta m'a obligé à goûter son lapin *cacciatore*.

Tout en parlant, il la faisait tournoyer au rythme langoureux de la musique.

— Pour comble, le nouveau baptisé m'a presque fait pipi dessus ! ajouta-t-il.

Elle étouffa un rire, son cœur battant à toute allure dans sa poitrine. Malgré la confusion et la fatigue, elle voyait les petites rides d'expression de Gio se creuser sous l'effet de l'amusement, et percevait une note gaie dans sa voix.

La journée était un succès, songea-t-elle. Il paraissait fatigué mais heureux.

Elle posa la joue sur son torse, et lui serra la main. Elle se sentait rassérénée. Les innombrables questions de Sophia et de sa famille l'avaient un peu déstabilisée, mais leur visite était un succès indéniable.

— Je suis épuisé, lui murmura-t-il à l'oreille en lui caressant le dos. Une seule chose m'a fait tenir pendant cet après-midi interminable : la perspective de me venger de tout cela sur toi, ce soir en rentrant.

— Pauvre Gio ! dit-elle moqueuse, en lui caressant la joue. C'est dur, d'être aimé, n'est-ce pas ?

Il s'immobilisa au milieu de la piste. Son visage en contre-jour était dans l'ombre, mais elle perçut parfaitement la soudaine méfiance et la dureté de sa voix.

— Que viens-tu de dire ? demanda-t-il.

— J'ai dit… c'est dur d'être aimé !

Pourquoi se raidissait-il ? s'étonna-t-elle. En un clin d'œil, il venait de faire voler en éclats toute la stabilité émotionnelle acquise depuis quelques heures.

— Ils ne m'aiment pas, reprit-il. Ce sont juste des gens gentils qui accomplissent ce qu'ils appellent leur devoir.

Mais si, ils l'aimaient ! songea-t-elle. Comment faisait-il pour ne pas le voir ?

*
**

Sophia se tenait près de Carlo pendant que le vieil homme serrait les deux mains d'Issy.

— Mon père veut que je traduise pour lui, dit-elle. Parce que Gio lui a expliqué que vous ne parliez pas l'italien.

Sophia lui sourit. Carlo se mit à parler d'une voix sobre et ferme, avant d'effleurer de ses lèvres la main d'Issy.

— Mon père vous remercie du fond du cœur d'avoir convaincu Gio de venir aujourd'hui, après un éloignement de plus de vingt ans, traduisit Sophia. Il dit que votre visage est aussi beau que votre âme, et espère que Gio s'en rend compte, lui aussi.

Elle sentit ses joues s'empourprer.

Carlo prit la main de Gio. Issy le sentit se raidir pendant que son oncle parlait d'une voix un peu rauque tout en lui tapotant la joue. Il baissa la tête, et rougit sous son hâle impeccable.

Quand Sophia se mit à traduire, Issy sentit les larmes perler sous ses paupières :

— Mon père dit que la famille Lorenzo est très fière de Giovanni. Pour tout ce qu'il a fait de sa vie, en dépit d'une mère qui ne savait pas se comporter comme telle. Il dit que Giovanni a édifié de beaux bâtiments qui survivront à l'épreuve du temps.

La voix vibrante d'émotion, elle poursuivit :

— Mais il ne doit pas oublier l'essentiel : la seule chose qui dure éternellement, c'est la famille. Et, acheva-t-elle en riant à moitié, il pense que Giovanni vieillit et qu'il est grand temps pour lui de fonder une famille.

L'air malicieux du vieil homme la fit aussi rire. Comme Gio répondait en italien, elle nota son ton mesuré, dénué de son cynisme habituel, et elle s'en réjouit. Finalement, malgré les apparences, il ne restait pas sourd à ce que ces gens avaient à lui offrir.

Au moment de dire au revoir à tout le monde, la main d'Issy se porta machinalement à son ventre.

Et si leur négligence se terminait par une grossesse ?

A sa grande surprise, cette hypothèse ne lui faisait pas peur. Cependant, elle chassa cette éventualité de son esprit. Les chances d'une grossesse étaient très minces. Et d'un autre côté, la journée lui avait apporté son lot d'émotions fortes. Il était inutile d'en rajouter.

La dernière à dire au revoir fut Sophia. Elle serra Issy dans ses bras tandis que Gio s'engouffrait dans la Ferrari.

— Vous devez venir au prochain baptême, lui murmura-t-elle à l'oreille. Ce sera celui de mon bébé. Et si Giovanni suit les conseils de mon père, ajouta-t-elle avec un clin d'œil, le prochain bébé sera peut-être le vôtre.

Gio démarra. Quand la voiture s'éloigna, Issy agita la main avec chaleur, refoulant les larmes qui lui montaient aux yeux. Elle fit de son mieux pour ne pas prendre trop à cœur la petite plaisanterie de Sophia.

Pour la énième fois, elle se rabâcha la même ritournelle. Gio et elle vivaient une liaison passagère. C'était entendu comme ça depuis le début. Alors, pourquoi laisser sa pensée divaguer ?

Cependant, l'émotion eut raison d'elle. Toute la famille hurlait des « au revoir » tonitruants, quelques enfants couraient derrière la voiture, et elle sentit une larme couler le long de sa joue. Cette famille la ravissait. C'était cela, faire partie de quelque chose de plus grand que soi. Jamais jusqu'à cet instant elle n'avait réalisé à quel point elle en avait envie.

— Ça ne s'est pas mal passé, commenta-t-il en posant sa main sur le genou d'Issy, tout en rejoignant la route principale.

Elle s'enfonça dans son siège de cuir, et regarda les contours sombres de la forteresse de Giminiano disparaître dans la nuit. La tête appuyée contre la vitre, elle posa la main sur son ventre. Elle devait reconnaître que les émotions de la journée l'avaient bouleversée.

— Tu y retourneras ? demanda-t-elle.

Au bout d'un moment, il murmura :

— J'en doute.

Elle esquissa un sourire. Rêvait-elle ? Il lui semblait moins sûr de lui que de coutume.

Tout en mettant le frein à main, Gio contempla Issy profondément endormie sur le siège du passager. Aujourd'hui, elle avait été parfaite. Belle, captivante, essentielle à sa tranquillité intérieure. Au milieu de sa famille, il avait eu besoin d'elle comme jamais auparavant.

Tout au long de la journée, chaque fois qu'il s'était senti trop déboussolé par ces retrouvailles familiales, il l'avait cherchée du regard. En l'apercevant en grande discussion avec Sophia et les autres femmes, ou en train de jouer avec les enfants, ou en train de charmer ses vieux oncles par son italien sommaire, ils avaient parfois échangé un regard, et son cœur s'était mis à battre plus vite. Chaque fois, elle avait réussi à le tranquilliser et à faire battre en retraite la confusion dans son esprit.

A un moment, il l'avait surprise tandis qu'elle tenait Carlo junior dans ses bras. Il s'était émerveillé de la voir si détendue et heureuse, alors que tout l'entourage lui était étranger et parlait une langue qu'elle ne connaissait pas. On l'aurait crue de la famille. Son oncle, en fin de journée, lui avait glissé à l'oreille : « Elle fera une excellente mère pour tes enfants, Giovanni. C'est dans ses gènes ».

Carlo était un vieil homme désespérément traditionnel et sentimental, il aurait fallu être aveugle pour ne pas le remarquer. Cependant ses propos ridicules avaient produit sur lui un certain effet. Il avait senti son cœur battre plus vite. Comme à ce moment précis.

Il continuait à la contempler dans le clair de lune. Ses cheveux roux flamboyant encadraient son visage en forme de cœur. Une de ses mains reposait sur son ventre. Une image d'elle, enceinte de lui, se forma dans son esprit. Il imagina ses seins gonflés de lait, les mamelons larges et distendus, son ventre rond et mûr, prêt à donner naissance. A cette évocation, un désir fou l'empoigna, au point de lui faire grincer les dents.

Stupéfait, il regarda la situation en face. Impossible de le nier davantage, il ne vivait plus une folie temporaire. Au contraire, il tombait dans une véritable obsession, qu'il avait de plus en plus de mal à contrôler.

Il attendit dans le noir que son pouls se calme. Puis il souleva Issy dans ses bras pour la transporter jusqu'à leur chambre. A peine remua-t-elle. Mais quand il la déshabilla et rabattit la couverture sur elle, il fut de nouveau assailli par l'image de son corps lourd du bébé qu'elle portait.

Ce n'était pas le désir qui le tracassait en se couchant à côté d'elle. Leur attirance sexuelle lui semblait aussi naturelle que l'acte de respirer. Issy enceinte l'attirerait tout autant. Cela ne lui posait aucun problème.

En revanche, ce qui le dérangeait au plus haut point, c'était le besoin irrationnel, irrépressible, qu'il avait d'elle, en même temps que le plaisir incommensurable qu'elle lui donnait.

Il sentit son front se couvrir de sueur, pris aux tripes par la panique qu'il avait jugulée toute la journée.

La lumière de l'aube qui filtrait à travers les persiennes fit grimacer Issy. Puis une douleur abdominale la fit gémir doucement. La main chaude de Gio bougea contre sa hanche, elle entendit sa respiration régulière, et les larmes lui montèrent aux yeux. Cette douleur familière… elle annonçait la venue de ses règles.

Elle se mordit la lèvre inférieure, souleva la main de Gio et la reposa doucement derrière elle avant de se lever avec d'infinies précautions. Elle rejoignit la salle de bains à pas de loup. Pour rien au monde elle ne voulait qu'il la voie dans cet état.

Après avoir géré les problèmes pratiques, elle enfila une robe de chambre, et s'assit sur la cuvette des toilettes. Sa déception était intense. Et pourtant, quoi de plus ridicule ?

Elle devait plutôt considérer le fait de n'être pas enceinte comme une bonne nouvelle.

Il faudrait être idiote pour souhaiter attendre un bébé dans ces circonstances. D'abord, elle ne se sentait pas mûre pour la maternité. Quant à Gio, il n'était pas le moins du monde prêt à être père. La visite familiale de la veille lui en avait administré la preuve par neuf. Il se méfiait profondément de l'amour, de la famille et des relations avec les autres en général. Même si cela commençait à changer un peu, le processus serait long, beaucoup plus laborieux qu'une visite d'un après-midi à sa famille retrouvée. Les dégâts commis par ses parents dans son enfance ne disparaîtraient pas comme par enchantement.

En dépit du bon sens de son raisonnement, un poids énorme pesait sur sa poitrine, et l'empêchait de respirer normalement.

Elle se leva, chercha des mouchoirs en papier, et tamponna les larmes qui coulaient le long de ses joues. Puis elle se moucha, passa ses doigts dans ses cheveux, et se contempla dans le miroir, l'estomac noué.

Tout en observant son reflet, elle repensa à Gio la veille, au moment où son oncle lui murmurait quelque chose à l'oreille. Il avait eu soudain les joues en feu, se rappela-t-elle.

Cette évocation l'emplit d'une tendresse inouïe. Elle chercha sa respiration et se laissa retomber sur la cuvette des toilettes. Ses genoux tremblaient, elle avait le cerveau vide.

— Ce n'est pas possible, se murmura-t-elle. Cela ne fait que quelques jours.

Elle se prit la tête entre les mains et gémit. A quoi servirait de se voiler la face ? Mieux valait affronter la réalité. Elle avait libéré ses émotions, pour s'en débarrasser une fois pour toutes, croyait-elle. Et qu'était-il aussitôt arrivé ? Elle était de nouveau tombée éperdument amoureuse de Giovanni Hamilton.

Elle l'aurait volontiers nié, mais c'était inutile. Soudain tout s'éclairait et prenait un sens. Son obsession de réunir Gio à sa famille. Son bonheur sans bornes de retrouver leur amitié adolescente. Ses efforts ininterrompus pour sonder les traumatismes qu'il avait vécus dans son enfance, l'aider à les résoudre. Jusqu'à son étrange déception en découvrant qu'elle n'était pas enceinte.

Tout se mettait en place. Sa fabuleuse passade de quelques jours n'avait rien à voir avec le sexe, ou l'amitié, ou avec la volonté de surmonter ses erreurs passées. Elle s'était menti à elle-même, derrière un écran de fumée généré par le désir et la négation.

La vérité était tout autre. Elle aimait Gio. Point.

Elle gémit encore plus fort.

Bravo ! songea-t-elle avec dérision. Pour la seconde fois, elle commettait la même énorme erreur.

Pendant dix bonnes minutes, Issy ne put se lever de la cuvette des toilettes. Mais cela lui permit de mettre les événements en perspective.

Son tout nouvel amour pour Gio n'était pas forcément un désastre.

L'homme qu'elle côtoyait à Florence différait du tout au tout avec le garçon renfermé et malheureux dont elle était autrefois tombée folle amoureuse. Il était plus posé, équilibré et beaucoup plus mûr. Et elle aussi.

Jamais elle n'aurait imaginé que la relation qui s'était établie entre eux ces derniers jours prendrait une telle tournure. La force de la passion qui les rivait l'un à l'autre quand ils faisaient l'amour. L'intensité de leur amitié. L'étonnante fierté qui s'était peinte sur le visage de Gio quand son oncle l'avait accueillie au sein de sa famille.

Tout cela prouvait que Gio n'était pas une cause perdue.

Mais elle savait aussi que le spectre du garçon d'autrefois l'habitait toujours. La cruauté ordinaire qu'il avait subie dans sa jeunesse rendait difficile à l'homme d'aujourd'hui de baisser la garde et d'accepter son amour. Cela ne se ferait certainement pas en trois jours, en tout cas.

Elle se passa de l'eau sur le visage, puis se prêta à un exercice qu'elle avait coutume de faire avant un spectacle : devant le miroir, elle répéta des bouts de phrases pour annoncer à Gio qu'elle n'était pas enceinte jusqu'à ce qu'elle trouve la formule et l'intonation adéquates.

Elle ne devait sous aucun prétexte lui donner le moindre soupçon de ce qu'elle éprouvait. Pas avant d'avoir élaboré une stratégie amoureuse. Cette fois-ci, elle se montrerait calme, mesurée et responsable. L'inverse de la jeune fille de dix-sept ans d'autrefois. Elle attendrait de jauger les sentiments de Gio avant de lui avouer les siens.

Elle préféra mettre de côté le fait que ses dons de stratège ne s'étaient pas révélés performants jusqu'à ce jour. Gonflée à bloc, elle prit une profonde inspiration, sortit de la salle de bains et referma sans bruit la porte derrière elle. La pénombre qui régnait encore dans la chambre la soulagea.

— Que se passe-t-il ? Tu vas bien ?

— Très bien, répondit-elle avec un sourire assuré.

— Tu es sûre ? demanda-t-il en se frottant les yeux. Tu as passé un sacré moment dans la salle de bains.

Appuyé sur un coude, le drap roulé autour de ses hanches, il était beau comme un dieu. Elle sentit la boule qui s'était nouée au creux de son estomac se resserrer. Elle se força à rejoindre le lit.

— Je vais même plus que bien, ajouta-t-elle en laissant tomber le peignoir à ses pieds pour se glisser sous les draps. J'ai même une excellente nouvelle à t'annoncer. Mes règles ont commencé.

Elle le vit froncer des sourcils, puis une lueur étrange passa dans son regard.

— Tu veux dire que tu n'es pas enceinte ? dit-il d'une voix morne en posant une main sur la hanche de sa compagne.

— Quel soulagement, n'est-ce pas ? souligna-t-elle en se lovant contre lui.

Elle garda pour elle les mots d'amour qu'elle brûlait d'ajouter. Il était trop tôt. Beaucoup trop tôt.

— Il n'y a donc plus aucune urgence à trouver un moyen contraceptif du lendemain, ni ici ni à Londres, conclut-elle.

Londres ! Le mot lui serra le cœur. Il lui avait demandé de rester une nuit de plus, sans préciser s'il souhaitait qu'elle reprenne le chemin du retour dès ce jour.

Il garda le silence un long moment, caressant d'une main distraite sa hanche. Seul le bruit du système de climatisation emplissait la pièce.

Allait-il lui suggérer de rester un peu plus longtemps ? espéra-t-elle. Elle avait besoin de davantage de temps pour mener à bien sa stratégie.

Finalement, il caressa son ventre de ses mains chaudes.

— C'est bien, lui murmura-t-il à l'oreille d'une voix dénuée d'émotion.

— Oui, n'est-ce pas ?

Ce fut comme si elle venait de recevoir un coup de poing dans l'estomac. Voilà, il ne lui demandait pas de rester.

D'un autre côté, il ne lui avait pas non plus demandé de partir. N'était-ce pas un bon signe ?

— *Buongiorno, signorina.*

Au son de la voix de Carlotta, Issy cligna des yeux. Elle se redressa dans le lit et remonta les couvertures sur elle. Repoussant ses cheveux en bataille, elle regarda la gouvernante placer un plateau sur la table de la terrasse. Viennoiseries, un pot de café, une seule tasse, nota-t-elle machinalement.

Elle se sentait lasse et endolorie, comme si elle n'avait pas dormi de la nuit. L'euphorie de la découverte de son amour, dans la salle de bains, n'avait duré qu'un temps. Toutes les questions sans réponses avaient tourné sans relâche dans sa tête pendant le reste de la nuit.

— *Scusami, Carlotta. Dové signor Hamilton* ? demanda-t-elle en s'efforçant de formuler sa phrase correctement. Où est Gio ? ajouta-t-elle.

La gouvernante sourit, attendrie par ses efforts, et répondit en italien. Elle parlait beaucoup trop vite pour qu'elle la comprenne. Mais elle sortit de la poche de son tablier blanc une enveloppe, et la lui tendit, avant de se retirer sur une petite révérence.

La gorge nouée, elle attendit que la porte se referme pour prendre connaissance du message. Elle jeta un coup d'œil à l'horloge sur le manteau de la cheminée. Pas encore 9 heures, et il était déjà parti ?

Les mains tremblantes, elle ouvrit l'enveloppe. Au fur et à mesure qu'elle lisait, elle sentait sa respiration se bloquer dans sa poitrine.

Désolé, Issy.

Du travail m'attend au bureau. Tu devras survivre sans moi aujourd'hui.

Je serai de retour pour le dîner.

Si tu as besoin de quoi que ce soit, demande à Carlotta.

Ciao, Gio.

Une larme coula le long de sa joue. Le rêve d'amour auquel elle s'était accrochée s'était évaporé d'un coup.

Comment avait-il pu partir au bureau avant qu'elle ne se réveille ? se demanda-t-elle en reniflant. Eh bien ! Au moins elle n'avait plus à se tracasser sur la façon de lui exprimer ses sentiments, puisqu'il n'était même pas là pour l'écouter.

A la troisième lecture, le sens plein de cette courte missive lui apparut clairement.

Qu'espérait-il en partant ce matin ? Le message sous-jacent lui paraissait très clair. Il espérait que ce soir, en rentrant chez lui, le délicat problème de la fin de leur liaison se serait résolu en son absence. Pourquoi ne lui avait-il pas reparlé de son départ, hier soir ? Parce qu'il n'en voyait pas la nécessité. Pour lui, ça ne faisait pas un pli, elle serait partie à son retour du bureau.

Une souffrance aiguë lui poignait le cœur. Refusant pourtant de pleurer elle se força à ingurgiter son petit déjeuner puis à s'habiller. Elle aurait tout le temps de pleurer plus tard, à Londres.

Elle fit sa valise, et acheta un billet d'avion en se servant de l'ordinateur de Gio. Puis elle téléphona à Maxi, et lui annonça qu'elle serait de retour au théâtre le lendemain, prête à reprendre les rênes.

Elle trouva un certain réconfort dans la conversation

avec son amie. Elle avait besoin de reprendre sa propre vie en main, de revenir de plain-pied dans la réalité.

En composant le numéro de téléphone du taxi qui la conduirait à l'aéroport, elle eut cependant un regain de combativité. Plus vigoureux que jamais.

Sa main se figea sur le combiné.

Pourquoi lui rendrait-elle la situation si facile ? Pourquoi le laissait-elle maître du jeu ?

En gardant ses sentiments pour elle, en se conduisant en personne mûre et réfléchie, elle l'avait laissé mener la danse.

Elle était prête à tout lui donner, son corps, mais aussi son cœur et son âme. Et même si *lui* ne voulait pas d'elle, ne se devait-elle pas de lui dire ce qu'elle ressentait ? C'était une simple question de respect envers elle-même.

Elle obtint de Carlotta l'adresse du bureau de Gio, puis appela un taxi pour l'aéroport. Quand le véhicule se présenta devant la porte, elle tendit au conducteur le bout de papier où la gouvernante avait gribouillé l'adresse, et lui expliqua la situation dans son mauvais italien : elle devait faire un petit détour en ville avant de se rendre à l'aéroport.

Elle disposait de quatre heures avant le décollage de son vol. Plus de temps qu'il n'en fallait pour voir Gio une dernière fois et lui faire savoir ce qu'il ratait en l'ignorant comme il le faisait.

- 9 -

Epuisée mais plus que jamais déterminée à aller jusqu'au bout, Issy pénétra dans le grand hall du magnifique immeuble de verre et acier, sur les berges de l'Arno.

Elle savait parfaitement ce qu'elle s'apprêtait à dire à Gio. Elle se montrerait sous son meilleur jour, calme, équilibrée, logique, et surtout, elle contiendrait ses émotions. Sous aucun prétexte elle ne se transformerait en loque suppliante, comme lorsqu'elle avait dix-sept ans. Elle n'étalerait pas sa détresse, ni ne se montrerait anéantie.

Parce qu'elle n'était pas anéantie. Au cours de ces dix dernières années, elle avait mûri. Elle savait à présent accepter les choses, mêmes douloureuses, qu'elle ne pouvait pas changer. Elle refusait de passer dix autres années à attendre un homme qui n'avait rien à lui offrir.

— *Mi scusi, parle inglese, senor ?* demanda-t-elle au jeune homme impeccable de la réception. Vous parlez anglais, essaya-t-elle à tout hasard.

— Yes, *signorina*. Que puis-je faire pour vous ? répliqua-t-il en anglais avec un fort accent.

— J'aimerais voir Giovanni Hamilton.

— Vous avez un rendez-vous ?

— Non… je suis une… amie, bégaya-t-elle.

Elle se sentit rougir sous le regard impassible du jeune homme. Combien de femmes s'étaient-elles présentées au bureau de Gio, comme elle en ce moment, à la recherche de quelque chose qu'il ne voulait pas leur donner ?

— Je dois absolument le rencontrer, risqua-t-elle comme un bon petit soldat. C'est très important.

Pour elle, au moins.

Le réceptionniste la crut-il ? Eut-il pitié d'elle ? En tout cas, il lui adressa un sourire compatissant, et souleva le combiné de son téléphone en disant :

— Je vais contacter son assistante personnelle. Quel est votre nom ?

— Isadora Helligan.

Après une brève conversation en italien, le jeune homme raccrocha.

— Il est en réunion sur un site, expliqua-t-il. Mais si vous voulez bien monter au dernier étage, sa secrétaire va l'appeler et le mettre au courant.

Dans la grande salle du sixième étage, des jeunes hommes et des jeunes femmes élégants travaillaient devant des ordinateurs ultra-sophistiqués. Tous levèrent la tête à son passage. Sous leurs regards, elle perdit un peu de sa belle assurance.

Que faisait-elle ici ? Etait-ce encore une idée débile, qui se retournerait contre elle comme un boomerang ? Comment s'empêcherait-elle de fondre en larmes, avec l'énorme boule qui grossissait dans sa gorge de seconde en seconde ?

Une femme calme et d'âge mûr qui parlait aussi anglais, l'accueillit en souriant et la fit entrer dans un bureau.

— J'ai informé M. Hamilton de votre visite, expliqua-t-elle. Il a interrompu sa réunion et sera ici dans dix minutes à peu près.

Au moins n'évitait-il pas une explication, songea-t-elle avec une sorte de gratitude.

Les murs du bureau de Gio étaient de verre. Quand elle s'installa sur le canapé de cuir face à l'immense baie vitrée qui dominait Florence, elle sentit à travers les vitres les regards des employés posés sur sa nuque brûlante.

Elle avait l'impression d'être un poisson rouge dans un bocal. Au bout d'un moment, elle se leva et se dirigea vers la baie, pour contempler les toits de la ville. L'énormité de la tâche qu'elle s'était fixée lui pesa soudain sur les épaules.

Voulait-elle vraiment se mettre dans cette situation ? S'il la repoussait et rejetait ses sentiments comme il l'avait fait dix ans plus tôt, ne serait-il pas encore plus difficile de recoller les morceaux de son cœur brisé ?

— Issy ? Quelle bonne surprise ! Tu déjeunes avec moi ?

Elle leva la tête pour le découvrir dans l'embrasure de la porte, ses manches de chemise relevées sur ses avant-bras, son pantalon froissé et taché de boue. Il avait l'air très heureux de la voir. Son beau visage détendu exprimait une invite sensuelle et intime.

Son cœur chavira. Comme pouvait-elle tant l'aimer, et ne pas parvenir à déceler ses sentiments à lui ?

— Je n'ai pas le temps de déjeuner, répliqua-t-elle, soulagée de ne pas entendre trembler sa voix. Je passe juste te prévenir que j'ai pris un billet d'avion pour rentrer à Londres ce soir.

Elle vit son sourire s'effacer aussitôt. Sourcils froncés, il ferma la porte derrière lui et s'approcha d'elle.

— Pourquoi diable ? demanda-t-il.

C'était le moment de lui dire pourquoi.

Elle réfléchit, cherchant les mots justes, mais la fureur qu'elle lisait dans son regard la réduisit au silence.

— Tu ne prends pas l'avion ce soir… ni demain, lâcha-t-il en l'attirant contre lui. Tu restes à la villa, même si je dois pour ça t'attacher au lit.

— Tu ne peux pas faire ça, protesta-t-elle en état de choc.

— Tu parles ! Ce n'est pas fini entre nous. Et tant que je ne déciderai pas que ça l'est, tu n'iras nulle part. Alors, appelle tes collaborateurs du théâtre, et dis-le leur.

— Mes… qui ?

Eberluée, elle demeura bouche bée.

— *Dio !* s'exclama-t-il en lui lâchant le bras.

Un flot de paroles en italien, qui ressemblaient à des jurons, s'échappa de ses lèvres. Ouvrant la porte du bureau, il cria quelque chose. Tous les employés se tenaient debout à leur table et les contemplaient, les yeux écarquillés. Certains murmuraient entre eux, d'autres les dévisageaient, visiblement curieux de suivre la scène. Ils avaient tout entendu, songea-t-elle. Et avec la chance qui la caractérisait, ils parlaient tous un anglais parfait.

Mais alors qu'elle se tenait sous leur regard, tandis que l'assistante faisait une annonce au personnel, elle ne ressentit aucun besoin de rougir. Gio et elle s'étaient donnés en spectacle ? Et alors ? Elle était bien au-delà de la gêne, et ce que les autres pensaient ne la concernait pas. Une seule chose la préoccupait : la colère de Gio.

De toute évidence, elle n'avait pas bien interprété la teneur de son petit mot de ce matin. Il n'avait pas pour but de la congédier avant son retour chez lui, comme elle l'avait cru.

La nouvelle aurait dû l'enchanter. Pourtant ce n'était pas le cas.

Pourquoi cette rage contre elle ? Quel droit s'arrogeait-il de la commander à sa guise, de lui ordonner de rester ? S'était-elle montrée si malléable qu'il la prenait vraiment pour sa possession personnelle ? Cela, ce n'était pas une bonne nouvelle. Etaient-ils vraiment redevenus amis, ou bien s'était-elle, sur ce chapitre aussi, bercée d'illusions ?

Les bras croisés pour cacher le tremblement irrépressible qui l'avait saisie, elle se tenait bien droite près du bureau de Gio. Les employés quittaient leur poste et se dirigeaient vers l'ascenseur, certains en jetant un dernier regard par-dessus leur épaule, avides du spectacle qui se déroulait sous leurs yeux.

Cinq longues minutes plus tard, l'étage tout entier était évacué, Gio et elle se retrouvèrent enfin seuls.

Il s'appuya contre son bureau, les mains posées à plat de chaque côté de son corps.

— Bien… je veux savoir ce qui se passe, dit-il d'un ton sec, qui trahissait une impatience mal maîtrisée. Pourquoi veux-tu rentrer chez toi ?

Elle sentit ses épaules s'affaisser sous le poids de la tâche qui l'attendait, et sa gorge se noua encore davantage. Elle ne pouvait pas lui déclarer son amour maintenant. Pas avant de savoir si elle n'était dans sa vie qu'une passade parmi d'autres.

— Pourquoi veux-tu que je reste ? répliqua-t-elle.

*
* *

« Je veux que tu m'aimes », voulut dire Gio.

Les mots surgirent dans sa tête et avaient failli franchir ses lèvres. Effrayé, il eut un mouvement de recul. Il ne pouvait prononcer ces mots. Pas maintenant. Ni jamais. Il ne voulait ni de l'amour d'Issy ni de celui de personne.

Ce matin, il avait écouté un long moment sa respiration régulière tandis qu'elle dormait à ses côtés. Puis il s'était astreint à quitter la villa, dans un effort désespéré pour échapper au tour que prenaient ses pensées.

Il s'était jeté à corps perdu dans le travail, mais cela n'avait pas eu l'effet escompté. Au lieu d'oublier ses sentiments sur le chantier, il n'avait cessé de penser à elle. Elle lui avait manqué encore davantage que la veille. Au point que, lorsqu'il avait été informé de sa visite dans son bureau, il avait sur-le-champ mis un terme à une réunion très importante sur le site de construction. Il s'était réjoui d'avance à l'idée de l'emmener déjeuner en ville.

Et voilà qu'elle lui annonçait son départ ! Cela le déstabilisait complètement et le faisait réagir comme un homme amoureux. Un comble ! Car il n'était pas le moins du monde amoureux. Il ne pouvait se le permettre.

— Qu'est-ce que je veux ? répliqua-t-il. Ce que j'ai toujours voulu.

Ce disant, il enfonça ses doigts dans son épaisse chevelure, approcha sa bouche de ses lèvres, fouillant son regard, à la recherche d'un signe de désir.

Elle entrouvrit d'instinct les lèvres, mais détourna aussitôt la tête et recula en titubant.

— Ça ne me suffit plus, dit-elle, ses yeux bleus

emplis d'émotion. Je ne peux rester avec toi que pour le sexe.

— Pourquoi pas ? C'est ce que nous faisons le mieux, répliqua-t-il, incapable de maîtriser son amertume.

Elle lui avait joué un tour en venant jusqu'ici. De même qu'elle lui avait joué un sacré tour en l'entraînant au baptême familial. Et maintenant, il payait le prix de sa faiblesse.

Elle grimaça comme s'il lui avait asséné un coup.

— Parce que je veux davantage, répondit-elle.

— Il n'y a rien d'autre.

— Si. Je t'aime…

Il écouta longuement les mots résonner à ses oreilles. La panique s'empara de lui, il sentit se rouvrir les blessures qu'il avait mis tant de temps à cicatriser.

— Ne t'en fais pas, lâcha-t-il. Tu t'en remettras.

— Je ne veux pas m'en remettre, répliqua-t-elle d'une voix tremblante.

Il croisa son regard et y lut tant de détermination qu'il se figea. Elle était sérieuse.

Le refus de Gio la ravageait. Elle avait mis tout son courage à avouer son amour, à prononcer les mots fatidiques. Et lui, comment réagissait-il ? Il les lui renvoyait au visage, sans la moindre hésitation.

Comment pouvait-il se montrer si insensible ? C'était encore pire que la première fois. Bien pire.

— Ça ne compte pas pour toi de savoir ce que je ressens ? murmura-t-elle.

— Dès le début, je t'ai avertie que je ne recherchais pas… ça, dit-il sans même pouvoir prononcer le mot « amour ». Tu as choisi de ne pas comprendre. Pas moi.

Elle se sentait comme engourdie de douleur sous le choc. Comment avait-elle pu se tromper à ce point à son propos ? Sur toute la ligne.

Bras croisés, elle se força à réagir :

— Je vois, dit-elle d'une voix sobre. Tout est ma faute, c'est ce que tu es en train de me dire ?

Soudain, elle éprouva le besoin vital de comprendre. Pourquoi avait-elle commis autant d'erreurs le concernant ?

— Issy, pour l'amour du ciel ! dit-il en s'approchant pour lui prendre la main. Jamais je n'ai eu le désir de te faire du mal. Souviens-toi, je t'ai dit ce que je voulais…

Retirant sa main avec brusquerie, elle s'écria :

— Pourquoi s'agit-il toujours de ce que *tu* veux ?

Le ressentiment lui permettait d'oublier un instant la douleur qu'elle éprouvait. Mais en regardant le beau visage contrarié de Gio, elle comprit ce qui lui avait toujours manqué. Et elle regarda la vérité sans fard : il s'était joué d'elle. Et elle lui avait permis de le faire.

— Je n'avais pas compris à quel point tu es lâche, dit-elle à voix basse.

Il se raidit comme si elle l'avait giflé.

— Que veux-tu dire ? siffla-t-il.

— Tu ne veux que du sexe, parce que tu n'as pas le courage de vouloir davantage, répliqua-t-elle en essuyant ses larmes d'un revers de la main.

— Tu es folle ! cria-t-il.

Mais sa colère n'avait plus le pouvoir de la faire souffrir.

Jamais il n'avait voulu de ce qu'elle avait à lui offrir. Elle devrait désormais apprendre à vivre avec cette réalité. Mais cela ne l'autorisait pas à se montrer si cruel.

Au moins avaient-ils été amis, songea-t-elle pour se consoler. Ça, elle ne l'avait pas inventé. Avec le temps, ils auraient peut-être pu devenir davantage que des amis. Mais il avait tout rejeté en bloc, parce qu'il n'avait pas le courage d'essayer. Et elle savait pourquoi.

— Tes parents t'ont fait du mal, Gio. Ils t'ont traité comme un objet, et ne t'ont jamais donné l'amour que tu méritais. Tu as survécu à tout ça. Mais tu ne seras vraiment libre que quand tu arrêteras de laisser le mal qu'ils t'ont fait gouverner ta vie.

— Ça n'a rien à voir avec eux, répliqua-t-il.

Il avait le visage fermé des mauvais jours. Il ne comprenait toujours pas sa propre histoire, pensa-t-elle. Mais il y avait pire encore. Jamais il ne comprendrait.

— Ah non ? répliqua-t-elle d'un ton fatigué en se dirigeant vers la porte.

— Reviens ici, bon sang !

Elle ne se retourna pas. La force lui manquait pour argumenter. A quoi bon, puisqu'elle ne gagnerait jamais ?

— Je ne vais pas te courir après, Issy, si c'est ce que tu essaies de me faire faire.

Le ton de défiance de l'homme qu'elle aimait lui brisa le cœur. Mais elle quitta la pièce tout de même.

L'ennemi, ce n'était pas elle. Comment ne le voyait-il pas ?

- 10 -

— Tu crois que notre nouveau sponsor exigera son nom sur la page de couverture ? demanda Maxi.

Les doigts d'Issy se figèrent sur le clavier de son ordinateur. Elle avait très bien entendu la question, mais elle répliqua :

— Pardon ?

— Je mets la dernière touche aux nouveaux programmes. Tu ne crois pas que nous devrions y mentionner le nom de l'entreprise de ton duc ?

— Je suppose que si… c'est même une très bonne idée, ajouta-t-elle avec un enthousiasme feint.

Elle était furieuse contre elle-même. Son retour de Florence datait de deux semaines, et elle ne parvenait toujours pas à parler de leur mécène sans perdre contenance.

Quand surmonterait-elle enfin son chagrin ?

Elle refusait d'y penser, ne voulait plus analyser sans relâche chaque petite nuance de l'attitude de Gio au cours des jours passés ensemble à la villa. Cela l'épuisait, et ça ne changeait rien à rien.

Une semaine plus tôt, elle était parvenue à une conclusion intéressante de toute cette histoire : elle n'était pas retombée amoureuse de Gio en trois jours passés à Florence. Pas du tout. En fait, elle n'avait jamais cessé de l'aimer. Pendant toutes les années où ils avaient vécu loin l'un de l'autre, son amour pour lui s'était niché dans un coin de son cœur, ne demandant qu'à s'épanouir à la moindre occasion.

Mais maintenant qu'elle savait cet amour sans espoir, ne devrait-elle pas être capable d'aller de l'avant et reconstruire sa vie ?

Quand elle était allée le voir à son bureau, il n'avait pas bougé d'un pouce au moment où elle avait franchi la porte pour se rendre vers l'aéroport. Cela la rendait infiniment triste, alors qu'elle aurait plutôt dû s'en réjouir. En effet, malgré l'indifférence qu'il affichait envers elle, il n'avait pas renoncé à sponsoriser son théâtre. Cela seul comptait, à présent.

Sur le moment, elle était tellement absorbée par son histoire malheureuse avec Gio qu'elle en avait complètement oublié le théâtre. Et cela ajoutait un surcroit de culpabilité à sa blessure amoureuse.

Dorénavant, elle devait changer, se comporter en professionnelle. Et si dans l'avenir elle était amenée à le rencontrer du fait de son statut de financeur, ce ne serait qu'une épreuve mineure, au regard de ce que son argent apportait à la troupe. Le théâtre était redevenu sa priorité.

— Pourquoi n'appelles-tu pas le bureau de Florence ? suggéra-t-elle à Maxi. Comme ça nous serions fixées.

— Tu es sûre de ne pas vouloir appeler toi-même ? demanda son amie avec un petit sourire. Ils te passeraient le beau duc sur-le-champ.

— Pas le temps, rétorqua Issy d'un ton sec. Je planche sur la biographie de Jake.

Sur ces mots, elle retourna à son clavier.

Malgré la curiosité affichée de Maxi, elle ne lui avait

rien raconté de son séjour à Florence. Et elle n'avait pas l'intention de le faire. Parler de toute cette affaire la rendrait encore plus difficile à oublier.

Elle continuait à taper sur son clavier, contente que le bruit des touches l'empêche d'entendre le coup de fil de Maxi à Florence.

Mais tout en mettant en forme ses notes gribouillées, elle ne put s'empêcher de l'entendre raccrocher.

— Tout s'est bien passé ? demanda-t-elle d'une voix aussi naturelle que possible.

— Mieux que bien, répliqua Maxi tout excitée. Heureusement que j'ai appelé. Leur e-mail a dû se perdre.

— Quel e-mail ? demanda Issy, l'estomac soudain serré.

— Le message nous informant de sa visite. Son avion a atterri il y a une bonne heure, m'a déclaré son assistante. Il peut débarquer ici d'un moment à l'autre !

Maxi commença à empiler les dossiers les uns sur les autres, soucieuse sans doute de faire bon effet lors de la visite du « duc ».

— Nous ferions mieux de ranger ce bureau, dit-elle. Je suppose qu'il voudra examiner le côté administratif des choses avant d'assister au spectacle de cet après-midi.

Issy était sous le choc de la nouvelle, l'estomac noué et les mains moites, au bord la nausée.

— De qui parles-tu ? demanda-t-elle.

Sa propre voix lui semblait parvenir d'un endroit très lointain. Toutes ses barricades mentales, soigneusement érigées, s'écroulaient une à une, mettaient à nu son cœur toujours en charpie.

— Du beau duc, répondit Maxi. Qui d'autre ?

*
* *

— Quand avez-vous dit qu'elle serait de retour ?

Tout en jetant un regard circulaire au bar presque vide, Gio porta son verre de bière à ses lèvres. Le liquide frais n'apporta aucun apaisement à la sécheresse de sa gorge.

Il remarqua sur les murs les photos dédicacées. Issy lui avait beaucoup parlé de cet endroit durant leur séjour à Florence. Mais lui avait-il accordé l'attention nécessaire ? Avait-il au moins pris la peine de lui poser des questions sur ce qui la passionnait ? En visitant les lieux avec Maxi, en rencontrant les gens qui travaillaient avec Issy, et semblaient l'adorer, il avait enfin pris la mesure du travail qu'elle fournissait dans ce café-théâtre, et ce qu'il représentait pour elle. Malgré cela, il était encore trop paralysé par ses propres peurs pour bien appréhender les choses.

Il s'en voulait de s'être comporté en égoïste de la pire espèce, à tous points de vue. Pourrait-il faire amende honorable ?

L'assistante d'Issy lui jeta un regard étrange, sans doute parce qu'il venait de lui poser la même question pour la énième fois en deux heures.

— Je ne suis pas sûre, répondit-elle, patiente. Voulez-vous que je la rappelle une nouvelle fois sur son portable ?

Il posa son verre sur le comptoir.

Comment diable Issy avait-elle eu vent de son arrivée ? se demanda-t-il. Seule son assistante était informée de son voyage.

Il dévisagea Maxy, qui lui souriait d'un air perplexe.

beauté le touchait moins. Mais une chose lui manquait par-dessus tout, c'était de l'écouter parler. Le silence devenait assourdissant, le poursuivait partout, comme dans son enfance, avant qu'il ne fasse la connaissance de cette petite fille, au château.

Ce matin, assis dans son bureau, il avait enfin reconnu la vérité. Le seul moyen de remédier à cette solitude, c'était de reconquérir Issy.

Ce ne serait pas facile, il le savait. Mais il se devait d'essayer.

Maîtrisant son impatience, il observait l'assistante d'Issy. Pourquoi cette fille mettait-elle tant de temps à se décider ?

Enfin elle sortit son portable de sa poche et composa un numéro. Comme elle portait l'appareil à son oreille, elle lui lança un regard perçant, dénué de toute gentillesse.

— Je vous préviens, lâcha-t-elle, je me moque pas mal que vous soyez duc, ou le sauveur de notre théâtre. Si vous faites du mal à Issy, je vous tue.

Il hocha la tête. Il pouvait lui arriver bien pire que ce dont le menaçait Maxi.

— Maxi est encore là ? demanda Issy à Gerard, un des barmen.

— Elle est en coulisse, répliqua-t-il en servant une pinte de Guinness. Dave a eu un problème avec les costumes. Tu veux que j'envoie Magda la chercher ?

— Non, ça va, merci.

Son angoisse était ridicule, songea-t-elle. Maxi lui avait téléphoné une heure plus tôt pour lui annoncer le départ de Gio. Alors, à quoi bon ses craintes de mauviette ?

Elle se faufila entre les clients et emprunta l'escalier étroit qui menait à son bureau. Il était déjà 19 heures, et elle avait un travail fou. Sa fuite précipitée l'avait beaucoup retardée. Résultat, elle devrait rester au bureau jusque tard dans la nuit. Tant pis ! songea-t-elle en poussant la porte. Dans quelque temps, elle parviendrait peut-être à affronter Gio sans frémir. Mais pour l'instant, ce n'était pas le cas. Alors, pourquoi s'imposer cette douloureuse épreuve ? Elle s'en sentait bien incapable.

— Bonsoir, Isadora.

Au son de la voix si familière, elle eut le souffle coupé. Elle se retourna d'un bloc. L'homme qui hantait ses rêves se tenait assis derrière son bureau, une jambe repliée sur l'autre, une main posée sur la cheville, les cheveux rejetés en arrière.

Effarée, elle pivota sur ses talons pour sortir. Comme elle atteignait la porte, elle entendit des pas précipités résonner dans son dos. Elle parvint à l'ouvrir, mais une main ferme s'abattit sur le panneau de la porte et la referma d'un coup sec.

Le corps puissant de Gio la retenait prisonnière, même si elle continuait sans résultat à s'acharner sur la poignée de porte. Elle respira le parfum épicé de son après-rasage, et frémit, le cœur en émoi. Mille sensations tourbillonnaient en elle.

— Ne t'enfuis pas, Issy. Nous devons parler.

Son haleine chaude lui caressait le lobe de l'oreille. Sa propre réaction à la proximité de l'homme aimé fut immédiate et intense, dévastatrice : elle tremblait de désir de la tête aux pieds. Après tout ce qu'il lui avait fait, elle aurait dû être immunisée contre lui. C'était désespérant.

Le premier choc passé, elle répliqua d'une voix tremblante :

— Je ne veux pas te parler. Laisse-moi tranquille.

Comme ses jambes se dérobaient sous elle, il passa un bras autour de sa taille pour la soutenir.

— Ça va ? demanda-t-il avec sollicitude.

Elle secoua la tête. Même à travers leurs vêtements, elle sentait le désir de Gio. Elle tenta de se dégager, refusant de succomber à sa propre sensualité.

— Si tu es venu pour coucher avec moi, je te préviens tout de suite, ça ne m'intéresse pas, dit-elle.

Son corps fondait pourtant davantage à chaque minute, lui infligeant un cuisant démenti.

Il desserra son étreinte et protesta de sa bonne foi.

— Je suis seulement venu te parler, Issy. Excuse-moi si, en ta présence, je maîtrise mal les réactions de mon corps.

Ebranlée, elle se força à le regarder en face.

— Une fois que tu auras dit ce que tu veux, tu me promets de repartir ? demanda-t-elle.

Une lueur de regret traversa le regard de Gio, sa mâchoire se contracta, mais il acquiesça de la tête.

— Si tel est ton désir, répondit-il.

Elle s'éloigna de la porte. Pour mettre une distance entre eux, elle se réfugia derrière son bureau.

— Je t'écoute, dit-elle.

Pendant ce qui sembla une éternité, il ne dit rien. Seul leur parvenait le bruit étouffé du bar au-dessus d'eux.

— Je veux que tu reviennes, lâcha-t-il enfin.

L'ironie de la situation la frappa. Quelques semaines auparavant, elle aurait tout donné pour entendre une pareille phrase. Maintenant, au contraire, la colère faisait en elle son travail de sape. Comment avait-elle pu se contenter de si peu ? C'était lamentable.

— Qu'espères-tu que je réponde à ça ? s'enquit-elle d'une voix détachée.

Les mains dans les poches de son pantalon, il pencha la tête sur le côté. Quand il releva les yeux vers elle, elle y lut une expression inattendue.

— Je voudrais que tu me donnes une deuxième chance, répondit-il.

Son ton suppliant et son regard empreint d'un désir profond la firent presque fléchir. Mais elle ne pouvait pas céder, pas après tout cc qu'il lui avait fait vivre.

— Je ne peux pas, souffla-t-elle, une boule dans la gorge. Je t'ai déjà donné trop de chances. Je t'aime depuis toujours, depuis notre enfance. Et je ne veux plus t'aimer.

Il fit quelques pas dans le bureau, s'appuya des deux mains à la table et répliqua :

— Ce n'est pas vrai. Quand tu étais adolescente, tu ne m'aimais pas. Ce n'était qu'une amourette, rien de plus.

— Pas du tout ! cria-t-elle d'une voix forte.

Comment osait-il plaider pour une seconde chance, tout en continuant à minimiser ses sentiments ?

— Tu t'es trompée toi-même, Issy. Parce que tu étais jeune et douce, dit-il en détournant le regard.

— C'est faux ! J'étais immature, d'accord. Encore une enfant, de bien des façons. Mais je t'aimais, c'est sûr et certain. La preuve, quand je t'ai retrouvé, mes sentiments étaient intacts, ils étaient simplement enfouis en moi.

— Non ! dit-il en la regardant en face. Tu me détestais lorsque tu m'as retrouvé. Tu l'as dit toi-même.

Sous la remarque brusque, elle perçut son angoisse. Il semblait blessé.

Depuis toujours elle pensait ne jamais pouvoir le blesser. Comment le blesserait-elle, puisqu'elle comptait si peu pour lui ? En cette minute, elle fut soudain saisie de doutes. S'était-elle trompée ? Sous-estimait-elle ses sentiments envers elle depuis le début ? De la même façon qu'elle avait mal évalué ses propres sentiments envers lui ?

— Pourquoi m'as-tu repoussée ? demanda-t-elle, une soudaine lueur d'espoir au cœur. Pourquoi ne pas m'avoir crue, quand je te disais mon amour ?

Il poussa un profond soupir.

— Tu veux m'obliger à le dire, n'est-ce pas ? demanda-t-il, résigné.

Un espoir fou commençait à poindre dans son cœur.

— Oui, dit-elle.

Ils se toisèrent longuement du regard. Au bout de quelques secondes, il obtempéra :

— Je t'ai repoussée… parce que je ne suis pas l'homme que tu crois.

— Quel homme es-tu ? demanda-t-elle avec simplicité.

— Je ne suis pas digne de toi.

Après toutes ces années, toutes ces souffrances, cette confusion des sentiments, les barrières entre eux s'écroulaient enfin.

— Gio, quel idiot tu fais ! murmura-t-elle. Qu'est-ce qui te fait croire que tu ne me mérites pas ?

— J'ai passé toute mon enfance à essayer d'attirer l'amour de mes parents. Mais jamais ils ne m'ont aimé. Je savais qu'il existait une raison à cela. Puis tu es arrivée, et tu as rempli tous les espaces vides. Sans que j'aie rien à demander.

— Mais… à partir d'un certain moment, chaque fois que je m'approchais trop, tu me repoussais. Pour quelle raison ?

— Parce que j'étais pétrifié, murmura-t-il. Je refusais d'avoir besoin de toi. J'avais peur que tu découvres un jour que tu t'étais trompée en me choisissant.

Contournant son bureau, elle le rejoignit. Sans un mot, elle enroula ses bras autour de sa taille et posa sa tête contre son torse. Elle se blottit encore davantage quand il mit ses deux mains sur ses épaules.

— Tu avais raison, Issy. J'ai laissé le mal que mes parents m'ont fait contrôler ma vie. Mais c'est fini, maintenant.

Ses lèvres effleurèrent les cheveux de sa compagne, et il poursuivit :

— Donne-moi une deuxième chance. Tu ne m'aimes sans doute plus, mais…

— Gio, calme-toi…

Elle le serra contre elle et leva les yeux vers lui. La main posée contre sa joue, elle sentit sa barbe naissante lui râper la main et remarqua les cercles sombres autour de ses yeux.

— L'amour ne marche pas comme ça, reprit-elle. Je ne pourrais jamais cesser de t'aimer, même si je le voulais. Et crois-moi, j'ai essayé de toutes mes forces.

Une sorte d'euphorie s'empara d'elle. Plus jamais elle n'aurait à tenter de tuer en elle l'amour qu'elle lui portait. Le visage illuminé, elle acheva :

— Je serai heureuse de te donner une seconde chance. A condition que tu me promettes de ne plus jamais me rejeter.

— Promis, répondit-il en l'embrassant.

Tout à coup, il interrompit leur baiser, et prit son

visage entre ses mains. Des ombres incandescentes traversaient son regard.

— Attends un peu… tu ne veux pas que je te déclare mon amour, moi aussi ?

Devant son air perplexe, elle éclata presque de rire.

— Quand tu t'en sentiras capable, ce sera merveilleux, répondit-elle.

Un jour, il pourrait, songea-t-elle. Quand il serait tout à fait convaincu de ce qu'elle représentait pour lui.

— A ce moment-là, poursuivit-elle, mon cœur romanesque sera sur un petit nuage. Mais au bout du compte, les déclarations, ce ne sont que des mots. Ce qui compte vraiment, c'est ton engagement envers moi.

Dix ans auparavant, elle aurait exigé qu'il lui déclare effectivement son amour en bonne et due forme. Mais à quoi bon faire pression sur lui ? Il avait déjà parcouru tant de chemin.

— Cette noblesse de cœur t'honore, répondit-il, une lueur amusée dans le regard. Cela peut te surprendre, mais je ne suis pas aussi trouillard que tu sembles le croire. Je ne le suis plus, en tout cas.

Où voulait-il en venir ?

— Je sais, répondit-elle à tout hasard.

Puis, à sa grande surprise, elle le vit reculer de quelques pas et poser un genou à terre.

— Mais… que fais-tu ?

— Reste tranquille et laisse-moi faire les choses dans les formes.

— Je t'ai dit que ce n'était pas nécessaire !

— Je sais ce que tu m'as dit, rétorqua-t-il en serrant fort sa main dans la sienne. Et tu le penses sincèrement, en ce moment, parce que tu es délicieuse et généreuse. Et parce que tu ne réfléchis pas avant de parler.

— Merci bien ! Quel compliment !

— Ne te vexe pas et écoute ce que j'ai à dire, dit-il d'une voix sobre. Tu n'as peut-être pas besoin d'entendre les mots, mais moi, j'ai besoin de les prononcer. Je te dois ça, Issy. Pour ce que je t'ai dit il y a dix ans, et pour ce que j'ai dit il y a deux semaines. Alors voilà…

La poitrine dilatée de bonheur, elle frémit des pieds à la tête, et ses genoux se dérobèrent sous elle.

Il se racla la gorge et se jeta à l'eau :

— *Ti amo,* Isadora Helligan. J'aime ton esprit hardi, l'odeur de tes cheveux, la sensation de ton corps contre le mien quand je me réveille. J'aime que tu sois toujours prête à combattre pour tes idées et pour ce que tu aimes, sans jamais faiblir. J'aime ta passion pour la vie, ta spontanéité, et cette tendance à tout dramatiser qui te rend si facile à taquiner.

— Eh bien…, dit-elle en souriant, ivre de bonheur.

— Mais plus que tout, j'aime ton courage, ta ténacité, ta capacité à voir le meilleur dans les gens. J'aime que tu m'aies donné toutes les chances de comprendre enfin mon propre cœur.

Au comble du bonheur, elle se jeta à son cou, le renversant presque.

— Je t'aime, Gio. Tellement que je ne vais même pas te faire payer ta tirade ironique au sujet de mon goût pour le mélodrame.

Il se mit à rire, et se releva. Puis il la souleva du sol, et l'embrassa avec toute la passion et l'intensité qu'il éprouvait.

Quand enfin il la reposa par terre, il lui prit le visage entre ses mains, et effaça de son pouce les larmes de bonheur qui roulaient sur ses joues.

— Ne pleure pas, dit-il tendrement. C'est maintenant que tout commence.

Elle lui sourit, et quand il passa une main caressante sous son T-shirt, elle frémit de désir.

— C'est une promesse, Hamilton ? demanda-t-elle en soulevant un sourcil taquin.

— Attention, Helligan, répondit-il en effleurant ses lèvres. Ceci n'est pas une promesse, c'est une garantie.

Et il le lui prouva, de la façon la plus délicieuse qui soit.

Epilogue

— Je vais te détester ! s'exclama Sophia d'un air effronté en s'asseyant près d'Issy sous les oliviers. Comment as-tu fait pour retrouver la ligne aussi vite ?

Issy lui sourit, fatiguée mais heureuse. La journée avait été très longue, leur petit nouveau-né les avait réveillés, Gio et elle, à 3 heures du matin. Mais pour rien au monde elle n'aurait manqué cette réunion familiale.

— Tu plaisantes ? s'esclaffa-t-elle. Tu as vu comme mes seins sont gros ?

— Ici, en Italie, gros est synonyme de beau, tu ne le savais pas ? demanda Sophia en riant.

Les joues d'Issy rosirent. Elle venait d'apercevoir Gio qui traversait la piste de danse de sa démarche nonchalante, le tout petit bébé perché sur l'épaule.

— Ah, ah ! reprit Sophia sur un ton badin. Je vois que quelqu'un t'en a déjà informée !

— Ça se peut ! répliqua Issy.

Elle aimait les plaisanteries tendres de sa nouvelle cousine, et contemplait l'homme de sa vie, qu'une vieille dame arrêtait pour embrasser le bébé dans ses bras. Une centaine de personnes étaient réunies dans la propriété des Lorenzo, pour fêter la naissance de leur fils. Malgré ses progrès en italien, elle faisait des efforts considérables pour retenir les noms et les visages de toute la famille ainsi que leurs liens de parenté.

Gio montrait le bébé à la vieille dame, visiblement très fier de son fils. Elle sourit de plus belle. Il ne restait aucune trace de l'anxiété et de la confusion de leur première visite. Aujourd'hui, Gio se montrait détendu, tout à fait à l'aise dans sa famille. Leur fils y était pour beaucoup.

Une raison supplémentaire de remercier le petit Marco Lorenzo Hamilton, dont l'arrivée inopinée avait resserré et approfondi leur relation amoureuse d'une façon inimaginable.

Dix mois plus tôt, elle avait vécu dans l'angoisse pendant des semaines, se creusant la tête pour trouver la meilleure façon d'annoncer sa grossesse à Gio ! A l'époque, leur relation semblait infiniment précieuse, mais aussi très fragile…

Aucun des deux n'avait abordé le sujet des enfants, depuis Florence et l'épisode du préservatif. Issy fantasmait à la pensée d'avoir un enfant de Gio. Mais dès que le rêve s'était concrétisé, elle avait été emportée dans le tourbillon de doute et de panique.

Comment Gio réagirait-il à la perspective de devenir père ? Comment lui demander d'accomplir d'autres changements dans sa vie, alors qu'il en avait déjà tant fait ? Et comment affronteraient-ils tous les deux la pression supplémentaire, dans une situation domestique déjà difficile ?

Car, une fois passée le romantisme de leur déclaration d'amour réciproque, ils avaient vite découvert une pénible réalité : la vie à deux représentait un cauchemar logistique. Tous les deux avaient une maison qu'ils aimaient, une carrière passionnante à poursuivre, tout cela dans deux villes différentes, éloignées l'une de l'autre par des centaines de kilomètres.

Pour résoudre le problème, Gio avait acheté un appartement à Islington, et faisait en avion l'aller et retour depuis Florence, trois ou quatre fois par semaine. Mais Issy passait de longues heures au théâtre, et Gio beaucoup de nuits en Italie, de sorte que malgré les aller et retour épuisants, leur qualité de vie ensemble ne les satisfaisait pas tout à fait.

C'est d'ailleurs de cette manière qu'elle était tombée enceinte, songea-t-elle avec ironie. Elle rougit en se rappelant les moments frénétiques et explosifs qu'ils volaient au temps, souvent dans les endroits les plus incongrus. Que dirait-elle à son fils, si d'aventure il lui demandait un jour où il avait été conçu ? Oserait-elle lui avouer la vérité ? Son père et elle avaient fait l'amour sur la scène du théâtre Crown and Feathers, tard un soir où Gio était revenu inopinément d'Italie. Il l'avait surprise au moment où elle fermait les locaux.

Elle aurait sans doute attendu beaucoup plus que deux semaines pour annoncer sa grossesse à Gio si les nausées du matin ne s'étaient pas manifestées avec une telle force.

Gio lui avait caressé le dos pendant qu'elle vomissait. Il la cajolait pour qu'elle avale un petit bout de toast le matin avec un thé à la menthe, et insistait pour qu'elle se repose.

Il avait quelque chose à lui dire, lui annonça-t-il un jour. Et, à la stupéfaction d'Issy, il lui déclara qu'ils allaient se marier. En principe, il avait décidé d'attendre jusqu'à ce qu'elle lui parle de sa grossesse. Mais maintenant, il ne pouvait plus attendre. Selon lui, elle ne lui avait pas annoncé plus tôt la nouvelle par peur qu'il ne soit un père lamentable. Mais il était trop tard pour se poser ce genre de question.

Elle avait éclaté en sanglots. Elle se sentait à la fois coupable et au paroxysme du bonheur. Quand elle avait enfin surmonté son accès de larmes, elle avait accepté avec joie sa proposition, et lui avait juré qu'il ferait un excellent père.

Il ne la croyait pas, avait-elle remarqué. Cela lui avait fait très mal pour lui. Mais dans les mois qui avaient suivi, sa culpabilité s'était estompée, au fur et à mesure que s'approfondissait leur relation.

A l'insistance de Gio, leur mariage avait très vite été célébré, sans grand tralala, mais avec une gaîté et un romantisme qui l'avaient enchantée. Ils avaient prononcé leurs vœux d'une même voix, un après-midi d'hiver venteux à Islington Town Hall, en la seule présence de la mère d'Issy. En revanche, Maxi et la troupe du Crown and Feathers leur avaient organisé une charmante petite réception surprise, intimiste et chaleureuse. La première échographie du bébé, le jour précédant le mariage, avait ajouté encore à la magie des festivités de la soirée. Etourdie de bonheur, elle souriait chaque fois que Gio sortait de sa poche la radio sur laquelle on apercevait la petite crevette qui devenait peu à peu leur enfant. Il la montrait à tous ceux qui passaient à sa portée, manifestant une fierté toute nouvelle.

Il s'était vite lassé de ses incessants aller et retour entre l'Italie et l'Angleterre. Deux jours après le mariage, il avait annoncé la relocalisation à Londres de son bureau d'architecture florentin. Cela avait provoqué leur première dispute d'époux. Elle refusait sans appel ce dangereux et stupide virage professionnel. Elle proposait l'inverse. *Elle* abandonnerait le théâtre et déménagerait pour Florence.

Il avait tout essayé pour la convaincre : les soupirs excédés, les cajoleries, les cris. Finalement, à bout d'arguments, il avait boudé pendant toute une semaine. Mais elle avait obtenu gain de cause. Et elle avait savouré chaque minute de la colère et de l'exaspération de son homme.

Une seule chose comptait pour elle : il était prêt à tout abandonner pour elle. La décision de son mari de venir s'installer à Londres avait dissipé les dernières inquiétudes qui la rongeaient quant à son engagement total envers elle.

Dès l'annonce de ce projet, elle avait compris que déménager les bureaux de Gio n'était pas la chose à faire. Son corps s'épanouissait de jour en jour. A son doigt, l'alliance qui l'unissait à l'homme de sa vie la rassurait et la rendait heureuse. Elle contemplait avec bonheur le visage radieux de son mari quand il lui embrassait le ventre chaque matin et souhaitait une bonne journée à leur bébé à venir.

Le temps était venu pour elle d'abandonner son rêve de théâtre, pour se concentrer sur un autre rêve, encore plus fort, plus intense.

La facilité avec laquelle elle avait passé la main à Maxi pour la direction du théâtre, et supervisé le déménagement pour Florence, la confortait chaque jour dans sa décision. Et quand la Ferrari s'était arrêtée devant leur nouvelle maison, quand Gio l'avait portée pour lui en faire franchir le seuil, elle avait ressenti un irrépressible élan d'amour.

Elle était comblée.

Une nouvelle phase très excitante de leur vie commençait, à attendre ensemble la naissance de leur enfant. A aucun moment elle n'avait éprouvé le moindre regret de ce qu'elle laissait derrière elle.

Bien entendu, elle n'avait pas tout abandonné. Elle restait en contact étroit avec Maxi et la troupe. D'un autre côté, elle faisait du bénévolat dans un théâtre pour enfants dans l'Oltarno, et ne s'était arrêtée que lorsqu'elle était devenue trop grosse pour se mouvoir avec plaisir.

Pour le moment, elle était heureuse de mettre sa carrière entre parenthèses, pour jouir à plein temps du fruit de son corps. Voir Gio s'épanouir de jour en jour, devenir un papa aimant et fier au-delà de tout, était pour elle inespéré. La prison morale où l'homme de sa vie avait été enfermé s'était ouverte. Non seulement il faisait le don de tout son être à elle et à leur fils, mais il devenait plein d'attentions envers sa famille élargie. Au spectacle de sa transformation radicale, elle sentait souvent les larmes lui monter aux yeux. C'était le cas en ce moment même, à le regarder discuter avec cette vieille dame qu'il ne connaissait pas la veille. Il avait l'air aussi à l'aise et décontracté que s'il la côtoyait depuis des années.

Elle soupira d'aise, le cœur au chaud. Gio et elle se créaient un foyer et un avenir aux couleurs si lumineuses qu'elle avait hâte d'en vivre chaque minute.

Gio salua la vieille dame et se dirigeait vers elle quand Sophia lui sauta au cou et l'embrassa sur les deux joues.

— Comment va l'heureux père ? s'informa-t-elle.

— Il est épuisé. La prochaine fois que ton père et toi, ainsi que ma femme, concoctez une de ces réunions familiales dont vous avez le secret, mon fils et moi exigerons de savoir à l'avance qui y participe !

— Allons, allons ! rétorqua-t-elle en caressant les doux cheveux du bébé. Ne fais pas semblant ! Tu as pris du plaisir à présenter ton *bambino* à tout le monde ! Je n'avais jamais encore vu un homme bomber autant le torse !

Le *bambino* en question donna des signes de fatigue et commença à gigoter dans les bras de son père. Issy sentit la sensation familière dans ses seins, et comprit aussitôt le problème. Elle tendit les bras vers son fils en demandant :

— Comment supporte-t-il d'être la vedette ?

— Il adore ça ! répondit Gio. Il n'a même pas grogné quand oncle Carlo lui a fait une conférence sur les rapports entre la production d'huile d'olive et la nécessité de conserver les traditions familiales !

Les deux femmes se mirent à rire.

— Pas de panique, Gio ! dit Sophia. Mon père fait ce discours à tous les nourrissons depuis quarante ans ! Jusqu'ici, seul Donato, le fils de Carmine, s'y est laissé prendre.

Issy s'installa dans un fauteuil et découvrit son sein. Le bébé se jeta sur le mamelon et commença à téter avec voracité.

— Je vais chercher mon propre *bambino,* avant qu'Aldo parte à ma recherche, déclara Sophia.

Elle se pencha pour déposer un baiser sur la joue d'Issy, puis serra Gio dans ses bras.

— Si je ne vous vois plus avant la fin de l'après-midi, rendez-vous pour la communion de Gabriella, d'accord ? demanda-t-elle.

— Je ne manquerai la cérémonie pour rien au monde, rétorqua son cousin en hochant la tête.

Qui aurait cru qu'un jour ces rassemblements familiaux lui tiendraient tant à cœur ? se demanda-t-il en regardant sa cousine s'éloigner.

Il s'assit auprès de son épouse et de son enfant. Un sentiment de plaisir, de plénitude et de fierté l'étreignait. Passant son bras sur le dossier du fauteuil d'Issy, il joua avec une boucle de ses cheveux. Puis il contempla son fils qui se rassasiait goulûment à son sein dans la lumière du crépuscule. Une nouvelle fois, il s'extasia sur sa chance invraisemblable.

— Plus doucement, mon gars, murmura-t-il. On croirait que tu n'as pas été nourri pendant des mois.

— Ton oncle Carmine appelle ça « l'appétit de la vie à l'italienne », fit remarquer Issy avec un rire bas qui attisa ses sens.

Incapable de résister plus longtemps, il approcha sa bouche de celle d'Issy.

Il n'avait pas l'intention de trop exiger. Mais quand elle frémit et entrouvrit les lèvres, il approfondit son baiser avec ardeur. Leurs mains se joignirent, leurs bouches fusionnèrent. Il se reput d'elle, réprimant le désir sauvage niché au creux des reins.

Un faible gigotement contre son torse, ainsi qu'un petit pleurnichement, le rappelèrent à l'ordre. Il se redressa, honteux de son comportement.

— Désolé, dit-il. Je ne sais pas ce qui m'a pris.

Devant son air horrifié, Issy se sentit partagée entre le rire et une intense frustration. Leur fils était né depuis six semaines, maintenant, et ce bref instant était leur premier vrai baiser !

— Pourquoi t'excuses-tu ? demanda-t-elle avec une certaine exaspération.

Depuis des jours, elle se sentait prête à reprendre une vie sexuelle. L'état de perpétuelle excitation de son mari ne lui échappait pas. Il devait donc être aussi frustré qu'elle. Alors, qu'attendait-il ? Où était le problème ? Sans doute était-ce une question de patience, se disait-elle au début. Il allait s'expliquer. Mais il n'en avait rien fait.

Finalement, elle décida de crever l'abcès.

— Je veux refaire l'amour avec toi, dit-elle d'une voix un peu sèche. Pourquoi recules-tu chaque fois que la situation devient intime entre nous ?

Les sourcils en arc de cercle, Gio pinça les lèvres.

— Je fais attention à toi, dit-il. Tu viens juste d'accoucher.

— J'ai accouché il y a six semaines, rétorqua-t-elle du tac au tac. Et j'ai eu la chance de ne pas subir d'épisiotomie, donc je vais très bien.

Il pâlit sous son hâle, et accusa le coup.

Soulevant le bébé qui somnolait à présent, elle rajusta ses vêtements et appuya le bébé sur son épaule, sans détourner son regard de lui.

— Quel est le problème, exactement ? demanda-t-elle en s'échauffant un peu. Tu deviens prude parce que j'ai eu un bébé ? Si c'est ça…

— Je t'en prie, l'interrompit-il d'un ton plus haut. Tu sais très bien que ce n'est pas vrai. Mon désir pour toi est constant, tu as dû le remarquer.

Il avait l'air si gêné, si frustré, qu'elle sentit une irrésistible envie de rire.

— Qu'y a-t-il de si drôle ? demanda-t-il, les sourcils froncés.

Elle posa sa main sur la joue de son homme.

— Mon chéri, demanda-t-elle en étouffant son rire, si ton désir est si grand, qu'est-ce que tu attends ?

Il grimaça, indécis.

— Bonne question, répondit-il.

Plaçant sa main sous la nuque de sa femme, il posa son front contre le sien et laissa échapper un soupir frustré.

— J'aime beaucoup ma famille, mais je n'en peux plus, souffla-t-il. Echappons-nous en douce. Si je dois dire au revoir à tout ce monde, je vais exploser. Et je ne m'imagine pas aller de l'un à l'autre avec une érection aussi visible !

Elle eut du mal à ne pas éclater de rire. Ils se retirèrent furtivement entre les oliviers jusqu'à leur voiture. Comme Gio attachait en toute hâte le siège du bébé endormi, elle frémit de tous ses membres. Une chaleur sensuelle l'envahit tout entière. La tête lui tournait.

Tandis que la voiture suivait les méandres de la petite route, elle posa sa main sur la cuisse de Gio, et la laissa remonter peu à peu, tentatrice.

— Rien ne nous presse, dit-elle en souriant avec humour. Nous avons la vie entière devant nous.

Il tourna son beau visage vers elle dans la lumière du crépuscule.

— Je sais, murmura-t-il en lui prenant la main pour y déposer un baiser fervent. Et dès que nous arriverons à la maison, j'ai bien l'intention de profiter à fond de chaque seconde.

Le sourire un peu moqueur d'Issy avait disparu. A sa place, il y vit une expression de pur amour.

— Dans ce cas, nous sommes deux, souffla-t-elle, le visage illuminé.

Passions

— Le 1er juillet —

Passions n°271

Le défi d'une McCord - Teresa Hill

D'abord agacé de surprendre une intruse sur ses terres, Travis Foley ne tarde pas à succomber aux charmes de cette jeune femme aux cheveux roux et aux ensorcelants yeux verts. Jusqu'à ce qu'il découvre qu'elle n'est autre que Paige McCord, la fille de son pire ennemi...

Désirs inavouables - Maureen Child

Lorsqu'elle apprend que Tanner King, son nouveau voisin, qu'elle n'a encore jamais rencontré, s'est plaint d'elle et menace de la faire expulser, Ivy est folle de rage. Bien décidée à dire ses quatre vérités à ce goujat, elle se précipite chez lui. Et se retrouve face à l'homme le plus séduisant, le plus impressionnant qu'elle ait jamais rencontré...

Passions n°272

Un mariage imprévu - Crystal Green

Holly est plus que surprise par la demande en mariage de Bo Clifton. Quel homme en effet accepterait d'épouser une femme qu'il connaît à peine et qui, en plus, attend l'enfant d'un autre ? Mais a-t-elle seulement le choix ?

Séduite malgré elle - Maxine Sullivan

Jenna a toujours détesté les hommes comme Adam Roth : riches, sûr d'eux et arrogants. Mais si elle veut aider son frère à sortir de l'ornière, elle va devoir côtoyer cet homme d'affaires sans scrupules, et, pire, elle va devoir accepter son odieuse proposition : jouer le rôle de sa maîtresse pour quelques semaines...

Passions n°273

L'enfant secret d'un prince - Yvonne Lindsay

Le prince Benedict del Castillo n'aurait jamais imaginé revoir Mia Parker, la jeune femme en compagnie de laquelle il a passé, quatre ans plus tôt, l'une des semaines les plus incroyables de sa vie. Pourtant, c'est bien elle qui se tient devant lui, toujours aussi belle, toujours aussi séduisante. Et qui porte dans les bras un adorable petit garçon...

Au piège de la passion - Laura Wright

Même si elle se méfie un peu de ce genre de séducteur, Olivia est incapable de résister à la brûlante attirance qu'éveille en elle le beau Mac Valentine. Jamais en effet elle ne s'est sentie aussi bien que dans les bras de cet homme, attentionné et sexy. Mais sa joie est de courte durée, car, très vite, elle découvre la terrible vérité : Mac ne l'a séduite que pour se venger de sa famille...

Passions n°274

Orageuses retrouvailles - Jules Bennett

Travailler aux côtés de Cole Marcum ? Pour Tamera, il n'en est pas question. Car elle n'a jamais pardonné à Cole la manière dont il l'a brutalement quittée, dix ans plus tôt. Mais, hélas, si elle veut sortir l'entreprise familiale de l'impasse, elle va tout de même devoir accepter cette insupportable collaboration...

Cette attirance entre nous - Christine Rimmer

Zoe est folle de joie à l'idée de devenir l'assistante du célèbre journaliste Dax Girard. Une chose cependant l'inquiète : Dax n'a-t-il pas la réputation de séduire toutes ses assistantes avant de leur briser le cœur ? Déterminée à ne pas tomber dans le piège de ce don Juan, elle décide donc de se montrer la plus froide et la plus distante possible avec lui...

Passions n°275

L'amant aux yeux verts - Lois Faye Dyer

Dès qu'elle croise le troublant regard vert de Cade Coulter, Mariah comprend que cet homme sombre et ténébreux la déteste et la prend pour une intrigante. Révoltée par une telle injustice, elle s'efforce pourtant de se montrer aimable avec lui, car Cade est son nouveau patron, et elle ne peut pas se permettre de perdre son travail...

Un sentiment inattendu - Catherine Mann

Si elle veut obtenir la garde de sa petite filleule, Phoebe n'a d'autre choix que d'aller trouver Kyle Landis, le père biologique de l'enfant, afin de lui demander son accord. Mais alors qu'elle est persuadée que ce riche héritier à la réputation sulfureuse refusera de s'occuper d'une enfant de onze mois, elle a la surprise de découvrir que Kyle Landis, bouleversé par l'annonce de sa paternité, semble au contraire bien décidé à l'assumer...

Best-Sellers n°470 • suspense

Ombres sur Black Falls - Carla Neggers

Hannah Shay est enfin parvenue à montrer aux habitants de Black Falls, le petit village de montagne où elle est née, ce dont elle est capable : le café qu'elle y a ouvert est un succès et elle va bientôt devenir magistrate. Mais quand son établissement se retrouve au cœur d'une enquête sur une série de crimes violents perpétrés dans le domaine montagneux des Cameron, Hannah est pétrifiée d'angoisse. D'autant plus que Bowie, son ami d'enfance est soupçonné par la police d'être mêlé à ce cauchemar… Hannah refuse d'y croire, et les soupçons de Sean Cameron, revenu à Black Falls pour tenter de démasquer l'assassin de son propre père, l'une des victimes, n'y changeront rien. Sean… Un homme intrépide qu'adolescente, elle aimait en secret, et qui tente aujourd'hui de la convaincre de participer à ses recherches. Que faire ? Car tout comme Sean, Hannah sent que le tueur va bientôt frapper… et il pourrait bien se trouver plus près d'eux qu'ils ne le pensent.

Best-Sellers n°471 • suspense

Face au danger - Brenda Novak

Traumatisée par la violente agression dont elle a été victime trois ans auparavant, Skye Kellerman a mis du temps à surmonter ses angoisses. Ce n'est que depuis peu qu'elle reconstruit son existence autour de l'association d'aide aux victimes qu'elle a créé en Californie avec deux amies. Mais quand elle apprend que son agresseur, Olivier Burke, est sur le point d'être libéré pour bonne conduite, bien avant la fin de sa peine, toutes ses peurs ressurgissent brutalement : comment oublier que c'est son propre témoignage qui a permis d'envoyer cet homme derrière les barreaux ? Lui n'a certainement pas oublié qu'il a tout perdu par sa faute. Le temps presse et Skye n'a qu'une solution : faire ce qu'il faut pour que Burke ne sorte pas de prison, en commençant par prouver son implication dans trois affaires de meurtres survenues à l'époque de son agression, et qui n'ont jamais été résolues... Heureusement, elle peut compter sur l'aide et le soutien inconditionnel de l'inspecteur David Willis, qui est venu la trouver. Car lui aussi en est convaincu : Burke n'en restera pas là.

Best-Sellers n°472 • thriller

La proie du silence - Karen Rose

L'incendie criminel de Minneapolis dans lequel Tracey, une adolescente atteinte de surdité, a trouvé la mort en pleine nuit, est un véritable choc. Ecœurée par le sort de cette toute jeune fille que son handicap a sans doute empêché de fuir suffisamment tôt, l'inspectrice Olivia Sutherland se sent prête à tout pour retrouver les coupables. D'autant plus que ses recherches l'orientent rapidement vers d'autres agissements sinistres : ceux d'un maître chanteur qui n'hésite pas à tuer les proies qui lui résistent. Perturbée par son enquête, Olivia l'est encore plus quand elle doit interroger David Hunter, le pompier qui a risqué sa vie lors de l'incendie pour tenter de sauver Tracey. David, un homme secret et mystérieux qu'elle a aimé autrefois, et qui lui a brisé le cœur. Elle accepte pourtant l'aide qu'il lui propose pour mettre la main sur ce criminel cynique et calculateur. Un criminel toujours proche mais jamais visible – et qui sème la mort sur son passage.

Best-Sellers n°473 • roman

Le printemps des rêves - Debbie Macomber

Séparée de son mari depuis peu, Rosie a bien du mal à prendre un nouveau départ. Non seulement Zach revendique la garde de ses enfants, mais les deux adolescents tumultueux lui mènent la vie dure. Heureusement, son métier d'institutrice la passionne et elle peut compter sur l'aide et la compréhension de son entourage. D'autant qu'elle n'est pas la seule à traverser une période de doute et de remise en question : Grace, qui habite non loin de là, essaye elle aussi de prendre un nouveau départ, même si elle a encore du mal à s'y retrouver dans sa vie sentimentale depuis la disparition brutale de son mari. Elle-même sait pouvoir compter sur sa meilleure amie Olivia, qui semble vouloir donner une nouvelle chance à sa relation avec Jack. Ainsi que sur sa fille aînée Maryellen qui, après des relations houleuses avec Jon, vient de mettre au monde une merveilleuse petite Katie. Bref, c'est tout un univers chaleureux qui aide Rosie à prendre en main son avenir et celui de ses enfants. Un univers où les gens finissent toujours par se retrouver car, à Cedar Cove, on n'est jamais très loin les uns des autres…

Best-Sellers n°474 • paranormal

Le papillon des ténèbres - Gena Showalter

Gideon, ténébreux guerrier mi-ange mi-démon, possède le pouvoir de détecter le mensonge et la tromperie. Pourtant, quand l'immortelle Scarlet se présente à lui, couronnée de sa chevelure d'ébène, il perd tous ses moyens. Envouté par son parfum d'orchidée, captivé par tant de beauté, il écoute son incroyable histoire, incapable de savoir si elle lui dit la vérité. Mais comment la croire quand elle lui affirme qu'elle a un jour été sa femme alors qu'il n'a aucun souvenir d'elle ? Et surtout, comment la protéger sans mettre en danger ses compagnons et sans se détourner de sa propre quête, celle qu'il poursuit comme prince des seigneurs de l'ombre ? Une force irrésistible le pousse néanmoins à vouloir connaître la vérité et comprendre ce qui l'attire en elle. Car bien au-delà du désir, Gideon sent qu'un lien très particulier l'unit à Scarlet. Un lien qui, s'il le découvrait, pourrait détruire celle qu'il commence à aimer…

Best-Sellers n°475 • thriller

Piège de neige - Lisa Jackson

Prisonnière du criminel pervers qu'elle traque depuis des semaines dans l'hiver glacial du Montana, l'inspecteur Regan Pescoli n'a plus qu'une obsession : s'échapper coûte que coûte. Aussi essaie-t-elle, dans le cachot obscur et froid où elle est enfermée, de dominer la terreur grandissante qui menace de la paralyser. Car ce n'est pas seulement sa vie qui est en jeu, mais également celle d'autres captives, piégées comme elles et promises à la mort.

Pour les sauver, autant que pour retrouver ses enfants et Nate Santana, l'homme qu'elle aime, Regan est déterminée à découvrir le point faible du tueur. Pour cela, il lui faudra aller au bout de son courage, de sa résistance physique… Et vaincre définitivement ce maniaque, avant qu'il ne soit trop tard.

BestSellers

Best-Sellers n°476 • historique

Lady Secret - Nicola Cornick

Angleterre, Yorkshire, 1805.

A la seconde où elle est entrée dans la somptueuse salle de bal de Cole Court, Marina a senti son regard posé sur elle. Le regard d'un homme sûr de lui, déterminé à percer ses secrets. Et, dès qu'il s'est avancé, elle a su que cet homme sombre et arrogant était le mystérieux inconnu de Londres. Celui qu'elle a embrassé dans la taverne, quelques mois plus tôt. Un baiser enivrant dont le seul souvenir suffit à faire naître en elle un délicieux frisson.

Pourquoi est-il ici ? A-t-il découvert sa véritable identité ? Les questions fusent dans l'esprit de Marina tandis que l'inconnu approche, un sourire prédateur aux lèvres. Car si cet homme venait à découvrir les raisons de son séjour à Londres, il ne tarderait pas à déchirer le voile de mensonges derrière lequel elle se cache depuis des années…

Best-Sellers n°477 • roman

L'été des secrets - Susan Wiggs

Quand elle aperçoit les premiers rayons du soleil scintiller sur le lac des Saules, Claire Turner, une jeune infirmière, est envahie par un sentiment de bien-être presque irréel. Venue pour prendre soin de George Bellamy, un vieux monsieur qu'elle adore, elle ne s'attendait pas un instant à se retrouver, le temps d'un été, dans ce cadre enchanteur. Malgré tout, sa mission s'avère délicate. Elle a en effet promis à George de l'aider à réaliser son rêve de toujours : se réconcilier avec son frère sur les lieux de leur enfance, là où, cinquante ans plus tôt, s'est joué le drame qui les a conduits à se perdre de vue. Heureusement pour Claire, Ross Bellamy, le petit-fils de George, semble prêt à tout pour aider son grand-père à réaliser ses souhaits les plus chers. Ross qui hante ses rêves depuis le jour de leur rencontre. Même si, hélas, elle sait que de terribles obstacles liés aux secrets de son passé se dresseront, quoiqu'il arrive, entre elle et lui.